LA MALÉDICTION DES TRENCAVEL

****

DU MÊME AUTEUR

AUX ÉDITIONS AUBÉRON

LA MALÉDICTION DES TRENCAVEL

ROGER ET ADÉLAÏS
Tome 1 - *Adélaïs, comtesse de Toulouse*, 2001
Tome 2 - *La saison des orages*, 2002
Tome 3 - *L'enfant du miracle*, 2003
Tome 4 - *L'agneau cathare*, 2004

RAIMON-ROGER
Le fils de Roger et d'Adélaïs, qui s'opposa à la croisade contre les Albigeois, sera le héros du deuxième volet de la fresque *La Malédiction des Trencavel.*
(Quatre volumes à paraître)

CHEZ D'AUTRES ÉDITEURS

Saint-Sulpice-la-Pointe, une bastide dans l'Histoire,
Toulouse, Privat, 1997

La Faussaire de Saint-Sulpice,
Paris, éditions du Sémaphore, 2000

Une femme au destin singulier pendant la guerre de Cent Ans :
Jeanne de Boulogne et d'Auvergne, duchesse de Berry
Prix du roman 2001 de l'Académie
des arts, lettres, sciences du Languedoc

Bernard MAHOUX

LA MALÉDICTION DES TRENCAVEL

****

L'AGNEAU CATHARE

Aubéron

ISBN : 2-84498-038-4

à Sami

AVERTISSEMENT AU LECTEUR

Un glossaire en fin d'ouvrage définit les termes d'origine médiévale ou occitane qui ne sont pas courants.

Les termes figurant normalement dans les dictionnaires de langue française sont, pour la plupart, exclus du glossaire.

Pour des raisons de confort de lecture, les textes des troubadours en langue occitane du XIIe siècle, les textes et les termes en latin ou en langue étrangère sont traduits immédiatement dans un renvoi en bas de page.

D'autre part, une notice historique complète le glossaire. C'est dans ce cadre historique, respecté, que se déroule le roman.

En ce vouloir m'a mon cœur mis
– Et qui le cœur, beau doux ami ?
Dame, mes yeux – Et les yeux qui ?
La grand beauté quand je vous vis.

Chrétien de Troyes (XIIe siècle).

RÉSUMÉ DES VOLUMES PRÉCÉDENTS

À la suite de l'assassinat de son père par les mestres de Béziers, Roger Trencavel, vicomte d'Albi, Carcassonne et Béziers, organise une terrible vengeance contre la cité du Bédérès avec l'aide du roi Alfonse d'Aragon. Pendant le supplice de la ville une femme maudit le jeune vicomte et toute sa descendance. Roger garde de cet événement la conviction d'avoir reçu un sort, et la crainte de choisir une épouse pour envisager la venue d'un héritier.

Mais le comte de Toulouse Raimon V lui propose sa fille Adélaïs en mariage. Ce mariage doit mettre fin à la lutte épuisante que se livrent les deux familles depuis plusieurs générations ; en effet les immenses territoires du vicomte Trencavel séparent en deux la principauté du comte de Toulouse, qui comprend le marquisat de Provence à l'est et le comté de Toulouse à l'ouest.

Le comte de Toulouse espère par ce mariage contrôler son vassal et, à terme, faire l'unité de tout le Midi. Roger Trencavel, au contraire, redoute d'être encerclé par son beau-père et garde des liens privilégiés avec le roi d'Aragon, qui est pourtant l'ennemi mortel du comte Raimon.

Pour les mêmes raisons il ne fait aucune confiance à sa jeune femme Adélaïs, qu'il considère comme un cheval de Troie du comte de Toulouse à sa cour. Il la tient le plus possible à l'écart.

Adélaïs est venue à Carcassonne contre son gré, avec son premier amour, Aimeric de Castelnau, qui est devenu son amant. Roger ne supporte pas longtemps la présence de ce donzel qui, en outre, a tous les talents. Il tente à plusieurs reprises de le faire tuer. Mais le jeune chevalier est coriace ; il est d'autre part apprécié d'un ami intime du vicomte, Bertran de Saissac, hérétique notoire. Bertran de Saissac protège Aimeric de Castelnau pour s'en servir dans sa lutte contre l'Église romaine, et pour défendre l'Église cathare qui prend une expansion fulgurante en cette fin de XII*e siècle. Il envisage de le renvoyer, bien enseigné, dans le pays toulousain pour y essaimer la doctrine cathare.*

La rencontre fortuite à Beaucaire du frère d'Adélaïs, Raimon (le futur comte Raimon VI) et de la sœur de Trencavel, Béatrix, provoque une grande sympathie entre les deux adolescents. Le comte de Toulouse profite de la situation pour nouer un second mariage avec la famille Trencavel et l'amarrer définitivement à la rive toulousaine. Mais les noces à Toulouse du comte Jeune avec la sœur de Roger se passent mal, le vicomte Trencavel ne voulant pas apparaître comme soumis au comte de Toulouse.

L'alliance avec Trencavel n'ayant pas apporté les fruits escomptés, le comte de Toulouse alerte contre lui le pape, en lui demandant de venir délivrer ses terres de la peste hérétique. Il vise, bien sûr, les terres de Trencavel, envahies par l'hérésie et dont il espère la confiscation. Le vicomte Roger est obligé d'aller se cacher dans la Montagne Noire. Il n'en est pas moins excommunié. Pour se venger et mettre ses vicomtés à l'abri d'une saisie il les donne au roi d'Aragon qui les lui restitue en fief.

Adélaïs est exilée au château de Burlats, à côté de Castres. Elle y anime une petite cour et y reçoit des troubadours. L'un d'eux, Arnaut de Mareuil, la fera connaître par ses chansons à la postérité sous le nom de « comtesse de Burlats ».

Pendant ce temps Aimeric est fait prisonnier par un vassal de Trencavel, le brutal Jourdain de Cabaret, qui l'envoie dans les mines des Fournèls. Aimeric s'évade et revient au château de Saissac pour apprendre que le pape envoie une armée contre Trencavel. Pour mieux assurer sa protection tout le clergé cathare est réuni dans la cité de Lavaur.

Adélaïs est chargée par son mari, qui s'est de nouveau enfui pour ne pas être emprisonné, d'aller soutenir l'ardeur des combattants à Lavaur. Aimeric l'y rejoint avec les Bonshommes et les Bonnes Domnas du Carcassès que Bertran de Saissac lui a confiés. Le siège dure quelques semaines. Adélaïs trouve un compromis avec son frère Raimon venu à la tête d'une armée toulousaine. Roger invite ensuite tous les belligérants à Burlats, dans le château où a été assignée Adélaïs.

Au cours du repas Adélaïs rappelle à son mari qu'il lui a promis la liberté si elle allait défendre à sa place la cité de Lavaur. Elle réclame le droit d'aller où bon lui semble et surtout de conserver Aimeric auprès d'elle. Roger s'y refuse. Revenant sur sa promesse il lui impose de rester à Burlats, tandis qu'il ordonne le départ d'Aimeric avec le jeune comte de Toulouse. Sinon il sera tué.

Adélaïs ne supporte pas l'idée d'une nouvelle séparation et décide de couper les ponts avec son mari le soir même.

Elle s'enfuit avec son compagnon au petit matin et part à pied dans la Montagne Noire, sans autre but que d'être ensemble et de vivre librement leur amour. Commence alors une longue errance à travers monts, landes et forêts.

Jourdain de Cabaret se fait fort de retrouver les amants et de les capturer. Après des rencontres étranges, le couple trouvera un refuge illusoire dans le castellas de Murat. Jourdain de Cabaret vient l'assiéger. Aimeric préfère se livrer plutôt que de voir périr les donzelles qui logent au château, au service d'un répugnant seigneur.

Jourdain contourne son serment de ne pas tuer Aimeric et le fait mourir dans le froid de l'hiver, abandonné dans une tour en ruines.

Découvrant la mort de son ami, Adélaïs va cacher son chagrin dans le monastère de Saint-Pons, où la retrouve le roi Alfonse d'Aragon. Il l'emmène à Aix, nouvelle capitale de son comté de Provence, puis à Perpignan dont il vient d'hériter. Adélaïs y retrouve Roger venu signer une nouvelle convention avec le roi Alfonse. Son mari adopte le fils cadet du roi, qui sera l'héritier direct de la vicomté des Trencavel.

Adélaïs y apprend également que le marquis de Mataplana, l'inquiétant conseiller royal, s'est fait promettre secrètement par le roi Alfonse la vicomté de Trencavel dès la mort du vicomte.

Toutes ces dispositions ne valent que si Roger meurt sans héritier. Adélaïs comprend qu'elle n'a pas d'autre choix que de faire un fils à Roger, son mari, dans son propre intérêt comme dans celui de son peuple. Après un séjour en Aragon, où elle échappe de peu aux tueurs de Mataplana (qui veut l'empêcher à tout prix de perpétuer le lignage des Trencavel) elle parvient à rejoindre Carcassonne. Mais c'est pour y apprendre que Roger l'a répudiée.

Sans se décourager, avec l'aide des communautés juives très attachées aux Trencavel qui les ont toujours protégées, Adélaïs finit par faire la « conquête » de Roger. Un enfant est enfin attendu. Les menaces de Mataplana l'obligent à se cacher à Albi. Retrouvée par les tueurs aragonais elle va accoucher à Lombers, ville sûre car entièrement dévouée aux hérétiques.

Rejoignant Carcassonne avec son nouveau-né, elle y trouve le comte de Toulouse, son père, qui assiège son mari.

L'enfant sera l'instrument de la réconciliation. Roger et Adélaïs vont ensuite présenter le nouveau vicomte à leurs vassaux. À Béziers ils rencontrent dans une rue la « sorcière », la femme qui avait lancé une malédiction sur Roger et sa descendance, une vingtaine d'années auparavant, parce qu'il avait fait pendre son époux.

Roger la tue involontairement. Adélaïs comprend que la « sorcière » sera plus dangereuse morte que vive, car elle aura désormais deux meurtres à venger. Elle pressent des lendemains dramatiques.

En attendant elle n'a qu'un but : régner sagement sur son peuple avec Roger, faire la paix avec Toulouse, élever son fils dans les meilleurs principes de la chevalerie et de la foi catholique.

Elle espère ainsi en faire un grand prince.

I

Mon père et Roger avaient décidé de mettre en place une « paix de Dieu » dans tout l'Albigeois, sous la houlette de l'évêque d'Albi monseigneur Guilhem-Peire, pour qui j'avais gardé de l'amitié depuis mon séjour dans la cité albigeoise, au Castelviel.

Cette paix que signèrent d'une même plume le comte de Toulouse et mon mari me remplit de joie. J'y vis comme une porte s'ouvrant sur une ère nouvelle, un monde neuf dont allait hériter mon fils.

La paix signée, il avait fallu se débarrasser des mainades de routiers qui écumaient l'Albigeois depuis des années, semant la terreur dans tout le peuple, une fois pour un parti, une fois pour un autre, le plus souvent pour eux-mêmes.

La ville d'Albi leur fut interdite, et tout le diocèse.

Roger et mon père s'étaient entendus pour les déplacer vers les domaines administrés par l'Angleterre, en leur faisant miroiter de belles picorées sur les terres de « Guyenne », comme les Anglais appelaient le duché d'Aquitaine.

– Ce sera autant de répit pour moi, s'était réjoui le comte de Toulouse mon père qu'obsédait la menace anglaise.

À tous ces pillards sans foi ni loi mon mari avait promis la corde s'ils ne disparaissaient pas dans les trois jours, ce qu'ils firent. Mais ils avaient juré de revenir mettre la cité à feu et à sang avant Pâques fleuries.

Aussi avait-on décidé de rester à Albi jusqu'à Pâques, afin de nous assurer de leur éloignement. Un banquet réunissait chaque soir les seigneurs les plus nobles de l'Albigeois, partageant la table avec ceux du pays toulousain une fois chez l'évêque, une fois au Castelviel dans la vieille forteresse des Trencavel, et le plus souvent chez le prime consul d'Albi, mestre Bénazet, un riche marchand qui était aussi tisserand et banquier.

Il s'était fait construire un palais sur les hauteurs du Buc, un quartier neuf qui faisait face à la vieille cité épiscopale, fort décrépie.

Le château du Castelviel étant envahi par la soldatesque, je séjournais avec mon fils dans l'oustal de mestre Bénazet, à la merci d'Escaronne son épouse qui ne me quittait jamais d'une semelle.

Avec une vivacité joyeuse, inépuisable, Escaronne m'entraînait chaque jour à la découverte de la cité d'Albi, ne m'épargnant aucun recoin. Le regard habité d'une fierté conquérante elle se faisait une joie de me présenter ses amies, toutes femmes de négociants, d'artisans, de boutiquiers, et se jouait de leur approche respectueuse.

Ayant toujours connu la guerre dans l'Albigeois, les menaces des pillards, la brutalité des hommes d'armes, ces femmes ne pouvaient croire que la cité était définitivement libérée des bandes armées, que la campagne était ouverte, riante, offerte à celles qui voulaient la parcourir selon leur caprice.

Comme pour s'en assurer et convaincre leur esprit méfiant malgré tout, elles m'obligeaient chaque jour à passer les portes des remparts.

La rue de la Grande Coste descendait jusqu'à la rivière du Tarn, passant sous l'oustal d'Escaronne. Le matin de préférence nous nous laissions aller dans la pente jusqu'à la porte du Pont pour quitter la ville et découvrir juste après l'animation rassurante du port. Escaronne m'emmenait dans la brume sur les chemins de halage visiter les pêcheurs ou, passant le pont étroit, parcourir le faubourg du Cap-del-Pont. Elle y était née dans un des grands moulins du bord de l'eau. Son père était meunier. Après une courte prière à l'église de Sainte-Marie-Madeleine, où elle avait été baptisée, nous marchions le long de la rive jusqu'à un débarcadère construit en gros madriers, où attendaient des attelages de bœufs.

Mais le plus grand plaisir d'Escaronne était de suivre l'anneau des rues bruyantes qui encerclaient comme un grand fossé la collégiale Saint-Salvi, et toutes ses dépendances. Sous les couverts s'ouvraient des boutiques de toutes sortes, la plupart louées par les chanoines de la collégiale. Certains, disait-on, y faisaient eux-mêmes le commerce du vin.

Dans ces boutiques on trouvait des pâtés farcis, des rissoles, des tartes et des friandises. On y voyait des oranges frites dans le sucre qu'on appelait « pommes d'or ». Escaronne, qui ne se cachait pas d'être plus gourmande qu'une chatte blanche, m'obligeait à tout goûter pour se donner le droit d'en manger. Je me moquais de sa corpulence pulpeuse mais elle prétendait n'y attacher aucune importance.

Nous achetions pour Raimon-Roger des petits animaux de rosat, faits de sucre de canne filé et parfumé à l'eau de rose, qui venait de Sicile ou de Grenade.

On trouvait aussi sous ces arcades de nombreux marchands de vin. Ils vendaient d'abord le vin des chanoines, mais aussi des vins étrangers, de la malvoisie et autres vins grecs, ou prétendus tels, et des vins aux épices comme l'hypocras.

Je prenais quelquefois mon fils Raimon-Roger avec nous pour faire le tour des rues, car ce quartier n'était pas loin du palais d'Escaronne. On y accédait facilement par une rue étroite. Mon petit vicomte l'enfilait d'ailleurs seul quand l'envie lui prenait de disparaître, pour se venger de quelque réprimande et nous inquiéter.

C'était devenu un jeu pour mes donzelles les plus proches, Longabruna et Argentella que j'avais délivrées du castellas de Murat, Leïla une jeune Sarrasine aux yeux lilas ramenée d'Aragon. Elles partaient à sa recherche en chantonnant. Mais Aude, la gouvernante de mon fils, s'angoissait affreusement.

Il faut dire qu'il était très facile de se perdre dans cette cité d'Albi car en plus d'être bâties dans un grand désordre les rues étaient reliées par des « voûtes », passages obscurs sous les immeubles qui traversaient les arrière-cours et permettaient de disparaître en un instant.

Le vendredi saint, jour de la passion et de la mort de Notre-Seigneur, un cortège funèbre parcourut les rues de la cité, passant lentement sous nos fenêtres. Précédés par un cavalier noir portant un étendard de nuit, des hommes en robe sombre et la tête cendrée marchaient en cadence au rythme lent et solennel des tambours, et d'une énorme crécelle, grande comme une roue de chariot, tirée par deux mules violettes. Se flagellant avec des chaînes dans un geste qui rappelait celui, noble et éternel, du semeur, les hommes à la tête grise de poussière chantaient d'une voix augurale les chants des Trépassés et des *Miserere*.

« *Miserere mei, Deus, secundum magnam misericordiam tuam*[1]... » déclamaient les pénitents, et les femmes aux fenêtres répondaient d'une voix solennelle, tremblée : « *Pitié, Seigneur, car nous avons péché !* »

« *Et in peccatis concepit me mater mea*[2]... » poursuivaient les voix sombres.

« *Pitié, Seigneur, car nous avons péché !* » répondait la rue.

« *Douleur, pleurs et pénitences,*
Ce sont maintenant nos tourments.
La mort crie pénitence.
Mais rien ne sert ici après le Mal de faire pénitence... »

Et encore :

« *Réveillez-vous cœurs endurcis*
Réveille-toi peuple endormi.
Nous avons été ce que vous êtes.
Et vous serez ce que nous sommes. »

Sans se lasser, comme en écho jaillissait des façades des maisons, dans une discordance émouvante, pitoyable, le même cri inlassablement repris : « *Pitié, Seigneur, car nous avons péché !* »

« *Voyez mon côté percé, par un grand coup de lance.*
Voyez mon sang couler, tout au long de mes membres... »

Les chaînes fouettaient l'air, les poitrines meurtries résonnaient de gémissements rauques en invoquant inlassablement l'amour divin.

Comme s'éloignait le sinistre cortège s'embouchèrent dans la rue à la lumière de quelques torches des porteurs de cercueils dans lesquels apparaissaient fugacement des formes vêtues de drap noir. Sur le tissu sombre était représenté à la peinture blanche un squelette entier.

Parfois les morts soulevaient les couvercles des cercueils et les laissaient retomber en cadence, comme d'énormes claquoirs. Certains se levaient, descendaient de leur boîte et gesti-

---

1. Pitié pour moi, Dieu, dans ta grande miséricorde...
2. Et dans le péché ma mère m'a conçu...

culaient dans la rue, faisant des tours et des pitreries. Puis tout à coup dans un grand rire de fou ils se jetaient sur un passant, une femme en contemplation, et tentaient de les emporter dans leur cercueil.

Des plaisanteries égrillardes fusaient parfois des fenêtres.

« La gent ne pense qu'à se réjouir », pouffait Escaronne qui n'attendait que ça pour se soulager de l'oppressant spectacle.

Les pénitents erraient ainsi à travers la ville toute la nuit, effrayant terriblement le peuple d'Albi, pour son salut.

*

Le jour de Pâques, les cloches silencieuses depuis trois jours partirent à toute volée dans la matinée, emplissant l'air d'un élan joyeux qui installa la gaieté dans chaque maison. Pour la première fois depuis longtemps les églises se remplirent de monde, dans la cité comme de l'autre côté des remparts dans les faubourgs désormais en sûreté.

Chacun portait à l'église un corbeillon d'œufs pour les faire bénir.

Dans la cathédrale s'entassait une foule incommensurable. Le chœur fut bientôt isolé comme une île, battu par une mer jaune et rosée, des milliers d'œufs disposés pour recevoir la *Benedictio ovorum* de monseigneur Guilhem-Peire, dont on savait qu'elle protégerait des maladies, des maléfices et des orages.

Roger qui m'accompagnait (c'était le seul office qu'il suivait sans faute dans l'année, ou à peu près) riait en contemplant cette mer d'œufs qui baignait la cérémonie dans une lumière étrange.

Partageant sur ce point comme sur beaucoup d'autres l'incrédulité des hérétiques cathares, qui niaient l'efficacité des protections célestes, il imaginait de faire passer sur la plage blonde un cheval au galop tandis qu'Escaronne, qui au contraire ne doutait de rien, m'expliquait sur l'autre oreille que les œufs bénits et mangés à Pâques protégeaient de la descente d'organe, des hernies et de la morsure des serpents.

– On dit qu'un jaune d'œuf pondu à une certaine heure le vendredi saint et conservé cent ans se change en diamant ! ajouta-t-elle les yeux agrandis par l'énormité du miracle.

– Peu de gens ont eu le temps de s'en apercevoir, s'amusa Roger.

– Et lancé dans le brasier d'un incendie il l'éteint ! poursuivit Escaronne, indifférente au mauvais esprit de son suzerain.

– On dit aussi qu'il éteint les dettes, ajouta son mari banquier, goguenard.

À la sortie de l'église les jeunes concouraient à lancer des œufs d'une certaine façon sans les casser. Ils lançaient dans le même temps de joyeux « Alléluia ! » et gagnaient les œufs et des gâteaux.

Le soir on alla assister aux vêpres de la collégiale Saint-Salvi pour y contempler un spectacle réputé. À un moment le prévôt, l'archidiacre et tous les chanoines s'armèrent d'œufs durs et livrèrent bataille aux jeunes clercs de l'école, aux choristes, aux enfants de chœur. Après la bataille ils allèrent souper tous ensemble.

À ce moment les familles, les voisins en querelle devaient suivre leur exemple et faire la paix.

Dans les rues des jeunes passaient avec des musiciens, lançant des œufs peints par les fenêtres, qui se cassaient en répandant de l'eau parfumée, des billes de sucre et d'autres friandises. Parfois un œuf couvé répandait une odeur putride à cause d'une jeune fille qui avait éconduit un amoureux, ou pour saluer une veuve remariée.

Un grand banquet réunit une dernière fois chez mestre Bénazet les grands barons de l'Albigeois et du Toulousain, et les prélats.

À la fin du souper j'allai chercher mon fils et le présentai à la noble assistance, grimpé sur la table haute.

Je lui avais fait répéter un petit rôle. Il cria en brandissant sa courte épée : « Que nul ne soit assez hardi pour violer la paix d'Albi, qu'il soit seigneur ou paysan, artisan ou marchand, clerc, consul, chevalier ou brassier. Celui qui oserait enfreindre le serment de paix sera châtié de la pointe de mon épée ! Nul ne pourra l'en protéger, ni par Dieu ni par le diable ! »

On applaudit. On rit. Ogive Carcassoune, ma garde du corps et de l'âme, qui portait ses ans lourdement d'une démarche balancée comme une voile noire bousculée par le vent, l'avait écouté hébétée. Elle laissa couler une larme. Ramenant mon fils auprès de sa gouvernante dans une maison voisine, Frézoul de Montredon l'attrapa au passage. Le puissant châtelain des Monts de Lacaune avait les oreilles en fête, décorées de dinars andalous et, comble de préciosité, il avait gardé sur ses épaules une chape en peau d'écureuil dont le pélissier avait conservé les têtes et remplacé les yeux – des centaines d'yeux – par des billes de verre noir.

J'avais le souvenir de l'avoir vu couvert de cette vêture à Burlats, plusieurs années auparavant. La chape trop portée avait vieilli, s'était usée. Les petits crânes blanchoyaient maintenant sous la fourrure, et apparaissaient un peu plus chaque jour.

Frézoul retint mon fils et ne voulut pas le lâcher tant qu'il n'aurait pas répété pour lui son petit discours. Raimon-Roger s'encoléra et lui répliqua :

– Tu pues !

Frézoul éclata de rire, et lui confia à l'oreille :

– C'est ainsi que les femmes aiment les hommes.

– Ma mère ne t'aimera jamais, conclut mon petit vicomte.

La pertinence de ses propos malgré son jeune âge (il avait tout juste six ans) et sa détermination à batailler lui attira une ovation et de beaux éclats de rire. « Il a déjà du caractère ! » m'envoyait-on au passage pour me féliciter.

– ...Reusement ! leur répondait Raimon-Roger, l'œil batailleur.

Je pensais : « Fasse le Ciel qu'il n'en ait pas trop, comme son père ! »

Je craignais plus que tout qu'il devienne un rebelle à son suzerain, à l'Église du seigneur pape, à Dieu.

Je n'osais penser : et la proie toute désignée de la sorcière de Béziers.

Pendant le souper des lumignons étaient apparus à chaque fenêtre, dans toute la ville, de petites flammes entretenues dans des coquilles d'escargot remplies d'huile, avec une minuscule mèche de lin. Sur la place de la Piale, la place du marché, un mannequin de Judas Iscariote, le disciple qui avait trahi Jésus, brûlait et à ce feu étaient allumés des brandons confectionnés avec des sarments de vigne ou des tiges longues de bouillon blanc, et des bouchons de paille trempés dans du suif.

Les jeunes allaient par les rues en chemise, chantant et faisant des roues de feu avec les brandons. Ils parcouraient les jardins et les vergers, passant avec la flamme sous les arbres neigeux pour les préserver de la vermine, chantant :

« Porte pommier plus de pommes que de feuilles. » Ou encore : « Brandonne, brandonne mon pommier (ou mon cerisier, mon noyer) des pommes (des cerises, des noix) à plein panier. »

« Tout le peuple albigeois est dans les rues », dis-je à Roger qui malgré sa répugnance à se mêler à la foule accepta de m'accompagner à pied à travers la cité, avec notre fils et mes donzelles. Il était au fond si heureux de voir son peuple libéré.

C'était une nuit de Pâques exceptionnelle, peut-être la plus belle du siècle. Des femmes pleuraient en remerciant le Ciel, l'évêque, le vicomte, car de mémoire d'homme on n'avait vu les portes encore ouvertes après vêpres.

Roger nous quitta bientôt pour se rendre au Castelviel, y rappeler ses dernières consignes avant notre départ prévu pour le lendemain. La nuit était chaude, amoureuse, parcourue de flammes vives qui couraient en grimaçant dans les jardins, les vergers, les vignes. Les rues étaient éclairées comme en plein jour, et sous les maisons les voûtes tout à coup s'illuminaient au passage d'une bande.

L'air portait une rumeur joyeuse qui ne cessait jamais.

J'allai avec ma suite et mon fils hors des remparts contempler la nuit, les vergers blancs sous la lune parcourus de flammeroles.

Je m'assis avec mes donzelles sous les branches d'un cerisier près de la porte du Vigan, respirant la brise parfumée. Des hommes en gonelle claire, en chemise de lin parcouraient les jardins devant les remparts. Ils étaient nombreux autour de nous, de plus en plus nombreux.

L'éclat bref d'un acier sous une tunique m'alerta. Ce n'étaient plus les jeunes hommes que j'avais vus prendre le feu sur la place de la Piale tout à l'heure qui nous entouraient, garçons d'écurie, valets de vigne, goujats, jeunes laboureurs, écuyers imberbes, jeunes donzels graciles dans leurs chemises flottantes. Nous étions maintenant entourés d'hommes épais, lourds, barbus, mal fagotés dans des accoutrements d'emprunt.

Je compris tout en un instant. Je me levai, chuchotai à mes donzelles : « Vite ! Repassons la porte de la ville, j'ai aperçu des routiers. Mais ne courez pas ! »

Prenant mon fils par la main je revins sans hâte vers le rempart, vers la porte de la ville la plus proche qui se distinguait sur le ciel de lune par la masse noire de ses tours carrées. S'y découpaient, rassurantes, chaleureuses, de petites ouvertures éclaircies faiblement par l'or pâle des flambeaux. On pouvait sans risque de se tromper imaginer derrière ces lucarnes une tablée d'hommes d'armes banquetant.

Mes donzelles jetaient des regards effrayés autour d'elles, cherchant parmi la gent qui se promenait les guerriers redoutables que j'avais reconnus. « Quand je pense que je n'ai même pas une épée », rumina Longabruna. Je rétorquai, agacée : « Qu'en ferais-tu ? »

– Ma domna, j'ai assez la colère pour les étriper de haut en bas, ces fils de putes.

Elle en était capable. On approchait de la porte. Je pensais déjà : nous sommes sauvées, quand je vis avec effroi les lourds battants se refermer en hâte, tandis qu'on criait : « À l'arme ! À l'arme ! Les routiers ! »

Je courus en vain, me retournai. Des hommes se hâtaient vers nous en relevant leur tunique, leur chemise qui leur servait de déguisement, pour reprendre en main leurs armes.

L'un d'eux me désigna de la pointe de son couteau : « La comtesse... » lança-t-il.

Je regardai autour de moi, espérant comme par miracle que Roger et ses hommes, prévenus bien avant nous, allaient apparaître dans l'instant et nous sauver. Mais personne ne venait, sinon quelques jeunes gens et des promeneurs inoffensifs pris au piège, eux aussi, et qui cherchaient leur salut dans la nuit.

Par le chemin qui menait à la porte arrivait un cavalier paisible, assis sur un solide cheval. Je dis à mes filles :

– Courez à la porte de Verdusse. Je viens de voir mon sauveur.

Je me précipitai avec Raimon-Roger vers le cavalier qui, à en juger par son allure, ne se doutait de rien. Je lui criai, prenant la bride de sa monture :

– Donnez-moi votre cheval, vite !

L'homme me regarda avec des yeux de hibou. Je venais peut-être de le réveiller. Saisissant enfin mes paroles il s'indigna :

– De quel droit prendriez-vous mon cheval ? Savez-vous qui je suis ?

– Non, et peu m'importe.

– Vous le saurez quand même : je suis Nicodème, chanoine de Saint-Salvi.

– Alors Dieu vous portera secours avant moi.

Réunissant mes mains sous son étrier je m'arc-boutai et me relevai brutalement. L'homme cria et bascula lourdement de l'autre côté. Dans un grand ahan je saisis mon fils par la taille et le mis à califourchon sur l'encolure de l'animal. « Agrippe la crinière, lui dis-je. À pleines mains ! »

Relevant mes jupes je mis le pied à l'étrier et m'envolai dans la selle. Raimon-Roger se blottit entre mes bras. Prenant en main la bouche du cheval je le réveillai en le talonnant brutalement. Le cheval indigné tenta d'échapper à ma main en relevant la tête. Il se leva. Je criai à Raimon-Roger : « Tiens-toi, mon fils, tiens-toi bien ! »

Les premiers routiers se précipitaient. L'un d'eux saisit la queue du cheval mais, reculant mon talon sous la cuisse de l'animal avec une terrible détermination je le poussai à ruer et le routier lâcha tout. Je repris en main le cheval, modérément, et il partit enfin au galop vers la porte de Verdusse. Je vis en arrivant que la porte se fermait.

Je m'y attendais. J'avais déjà décidé de galoper jusqu'au Castelviel qui était le seul endroit véritablement en sûreté dans ce désordre. Relançant ma monture déjà prête à se rendormir je plongeai dans le ravin du Bondidou, au fond duquel coulait un ruisseau. Des jardins, des vergers couvraient les pentes. Le cheval prit de lui-même un sentier et le suivit jusqu'au pied de la forteresse. Je remontai l'allée charretière qui nous mena à la porte de Théron, à flanc du piton. Elle était fermée.

J'appelai, en vain. Une femme finit par m'entendre depuis une fenêtre dans la maison forte du seigneur Fortier, le châtelain. Elle fit venir du monde. Un homme m'enjoignit d'aller à la grande porte, qui était ouverte.

Je m'en retournai quand je vis venir – j'entendis plutôt – une troupe de cavaliers dans le ravin du Bondidou, qui se rapprochait à grand galop. Je ne pouvais plus revenir en arrière.

Tenant mon fils par sa ceinture je jetai le cheval dans le ravin qui cernait la porte de Théron. On descendit le talus abrupt qui portait le chemin. Le cheval tomba sur les genoux, s'assit sur son arrière-train, se releva, retomba, glissa sur le ventre, se remit sur l'avant-main, sans jamais basculer complètement.

Je dis à Raimon-Roger, dont le petit corps était devenu dur comme du bois, que les chevaux voient beaucoup mieux que nous dans la nuit, et qu'il faut leur faire confiance.

« Mère, je n'ai pas peur ! » me répondit-il d'une voix tremblante. Quand le cheval heurta un rocher il commença à pleurer parce qu'il s'était meurtri un genou. Je l'étreignis, incapable de parler tant j'avais les mâchoires serrées. Le cheval arriva en bas dans un petit ruisseau et se releva, apparemment indemne.

Je le relançai sur le versant en suivant le ruisseau nauséabond qui servait d'égout au quartier épiscopal, comme certainement à celui du Castelviel. Le cheval atteignit malaisément la rue de la cité, le souffle rauque.

Debout sur les étriers, la bouche dans la chevelure bouclée de mon fils, je pouvais enfin le rassurer d'une voix ferme et presque joyeuse.

J'essuyai ses larmes, pensant que son père n'aurait pas aimé de voir venir son fils en pleurs.

Au même moment sortit par les portes grandes ouvertes un fort conroi de chevaliers montés, casqués, bruissant des mailles d'acier dont beaucoup s'étaient revêtus (ce qui me poigna car la vue des cottes de mailles avait toujours signifié pour moi la guerre, la guerre et son cortège d'horreurs). Roger lui-même menait en tête, la lance au poing.

Il m'aperçut et vint vers moi. Il nous gratifia d'un maigre sourire. Il était tendu, le regard brillant, exalté. Une sourde jubilation faisait étinceler ses yeux à la lueur des torches.

– Vous êtes saufs, Dieu merci, nous dit-il. Entrez dans le Castelviel, pendant que nous détruisons cette vermine.

Il leva la lance et partit au galop, disparaissant avec ses compagnons dans la porte de la Trébailhe, qui était tout à côté. Comme je m'étonnais qu'ils entrent dans la ville on me dit que des routiers y étaient déjà. Un autre conroi sortit derrière eux, mené par le seigneur Fortier qui longeant les remparts par l'extérieur s'enfonça dans la nuit.

En passant devant moi Fortier s'était arrêté et avait désigné un de ses compagnons :

– Bertomieu, accompagne la comtesse.

Le jeune chevalier m'avait ondoyé d'un sourire séducteur, retenant brutalement son cheval. Il était casqué de bleu et portait sur l'enseigne de sa lance des armes brisées d'un bâtard.

J'entrai à sa suite dans le Castelviel où régnait une effervescence extraordinaire. Le bourg fortifié était clair comme le jour. Des hommes à pied s'habillaient encore de cottes d'armes, disparaissaient sous des casques luisants et allaient en courant passer les portes du Castelviel pour disparaître dans la nuit.

Je pensai à mes donzelles et allai à la chapelle Saint-Loup prier la Vierge Marie que je savais si miséricordieuse. Je la suppliai d'insuffler la crainte dans le cœur des routiers avant qu'ils aient pensé à tuer et à violer, comme ils l'avaient promis.

Je ne dormis pas de la nuit, priant pour mes compagnes, pour Escaronne, ses amies, tout le peuple d'Albi. Au matin Roger revint harassé, sanglant ainsi que ses compagnons. Beaucoup étaient blessés.

– Il n'en reste pas un, commenta Roger laconiquement.

Ceux qui n'avaient pas été tués au combat avaient été faits prisonniers, ligotés et noyés dans la rivière du Tarn. Peu avaient pu s'échapper.

– Pas un n'a survécu, répéta mon mari toute la matinée comme pour s'en convaincre lui-même.

Mes donzelles réapparurent vers midi, méconnaissables. Elles s'étaient enfuies à la faveur de la nuit dans la campagne, droit devant elles, et s'étaient perdues. Mon mari les accueillit avec amitié, montrant son contentement, et comme si les routiers n'étaient venus que pour elles il reprit :

– Tout est fini ! Pas un n'a survécu ! Cette fois la paix est faite.

II

Frère Boson dit le Fredonneur (il ne savait accomplir aucune tâche sans fredonner un air grégorien sur des textes de son invention) regarda le père abbé droit dans les yeux. Il savait que celui-ci allait lui signifier une nouvelle pénitence pour avoir peint dans une lettrine un frère convers à cheval sur un cochon rose. Il était réputé luxurieux.

Frère Boson était connu et reconnu comme premier rubricateur et grand enlumineur au *scriptorium* de l'abbaye de Saint-Pons. Son habileté à dessiner, son don du portrait, son sens de la couleur aussi lui valaient une telle considération que beaucoup de moines de son ordre reconnaissaient au premier coup d'œil une page œuvrée par Boson le Fredonneur. Sans l'avoir jamais rencontré.

Ce don merveilleux, frère Boson avait déclaré un jour sans davantage s'expliquer qu'il le mettait au service de la clarté, de la lumière, c'est-à-dire de la sincérité, de la Vérité avec un grand V vertueux. Tout ce qui passait devant ses yeux (abbé, moines et moinillons, frères convers, domestiques et leur famille, et même les visiteurs) tous les familiers de l'abbaye étaient la cible de son regard aiguisé et couraient le risque accablant d'être couchés un jour ou l'autre sur le parchemin, saisis sur le vif dans une attitude personnelle que les amis du moine (et seulement ses amis) jugeaient d'une pertinence époustouflante.

Boson était peintre de l'âme.

Cette manie – ce vice, disaient ceux qui avaient été maltraités – soulevait des récriminations sans fin, des disputes, des menaces jusqu'au cœur de la salle capitulaire. À cause de Boson le Fredonneur les réunions du chapitre étaient devenues une foire d'empoigne où ceux qui défendaient avec une fausse innocence le divin enlumineur se heurtaient à ceux qui avaient subi le feu irritant de sa cruelle sagacité.

L'abbé lui-même, dom Ermengaud, n'avait pas échappé à l'implacable volonté de dénonciation du moine. Bien qu'il fût proche de l'entourage du roi Alfonse d'Aragon, et autrefois un redouté capitaine avant d'entrer dans les ordres, le moine fredonneur n'avait pas hésité à s'attaquer à la réputation de son pasteur et à le représenter à l'intérieur d'une lettrine dans une posture d'une inimaginable perversité sodomitique.

Mais un malheur n'arrivant jamais seul, avec la brûlure vive de son déshonneur l'abbé Ermengaud avait dû supporter une douleur encore plus vive. Le jeune moine blond au visage d'ange, qu'il appelait « mon enfant » ou encore « mon neveu », et pour lequel il manifestait une indécente affection dont frère Boson s'était méchamment amusé, ce jeune homme trop aimé fut renvoyé.

Dans sa sagesse, le chapitre avait obligé l'abbé à chasser l'ange blond pour couper court à toutes les médisances qui s'échappant aux quatre vents pouvaient ternir durablement l'image sainte de l'abbaye de Saint-Pons. Au risque, certes matériel mais vital, de diminuer ses revenus.

L'abbé Ermengaud avait obtempéré dans l'intérêt supérieur de l'Église. Il est vrai qu'il fallait aussi couper court aux préparatifs d'une redoutable inquisition apostolique venue de Rome, qui à tout coup lui aurait fait perdre sa place.

« J'ai déjà tant d'ennemis, se raisonnait-il, imitant par sa modération la sainte sagesse du chapitre, que le légat de Rome me trouverait des poils sur les œufs. » En même temps il passait la paume de sa main sur le croupion poli de son crâne.

Mais il s'était promis qu'il n'oublierait jamais à qui il devait cette chaude alerte. Frère Boson ne l'ignorait pas.

L'abbé avait imaginé tout d'abord de châtier le moine enlumineur d'une manière toute personnelle, d'homme à homme en quelque sorte, selon les règles traditionnelles de la vengeance d'honneur. Il rêvait jour et nuit de mortifier Boson dans sa chair, car par sa faute c'est dans sa propre chair qu'il souffrait maintenant.

Comme on coupe les mauvaises herbes il voulait le châtrer.

« Un chapon d'église ! » riait-il tristement. Voilà à quel état ridicule il allait réduire le moine fredonneur en réponse à la très ignoble représentation qu'il avait osé faire de son abbé.

Dom Ermengaud avait longtemps laissé traîner dans sa chambre un couteau courbe maure, merveilleusement affûté, qui lui rappelait sans cesse, outre la vertigineuse épopée vécue dans les armées du roi d'Aragon, la promesse qu'il avait faite intérieurement à son jeune ami Herbert, le bel ange, de le venger magnifiquement.

Je le dois à sa mémoire, se disait-il en évoquant le beau visage androgyne du jeune moine. Il entendait encore chaque nuit, dans le grincement nocturne des arbres, ses sanglots déchirants au dernier soir, quand il lui avait appris qu'il devait s'en aller, quitter l'abbaye de Saint-Pons pour toujours. Une toux d'enfant, avait-il pensé.

Il avait murmuré, la main dans ses cheveux : « Les anges pleurent aussi... » Il revoyait les traits de son visage ravagés par la peur, son joli corps raidi par la souffrance de la séparation, refusant obstinément une dernière étreinte.

« Oui ! s'exclama dom Ermengaud dans un ravissement passager, l'esprit tout à coup illuminé par le souvenir de la surnaturelle beauté de son ami, j'ai rencontré dans ma vie tant de faux-traîtres et tant de simulateurs, tant d'hypocrites, tant d'affabulateurs (il avait été capitaine d'une grande compagnie de routiers au service du marquis de Mataplana, un homme roué s'il en est), j'ai entendu et moi-même j'ai soutenu tant de mensonges que je sais de façon infaillible quand quelqu'un ment et simule. Et lui ne mentait pas, il m'aimait sincèrement, il aimait mes caresses, ma tendresse, ma présence, mon fort caractère. »

Il est certain (tout le monde l'avait ressenti) que le jeune Herbert au visage d'ange ne mentait pas quand il disait que ce départ pour un autre monastère, loin, si loin, lui brisait le cœur, surtout quand il avait su par la bouche de ses adversaires qu'il était envoyé dans le monastère de Psalmodi, au cœur de la Camargue, un monastère de roseaux perdu au milieu des eaux, où le froid et l'humidité, la solitude, la faim, n'étaient rien à côté des attaques des moustiques, des fièvres et des pirates.

On l'envoyait dans le plus effroyable des exils, dans l'antichambre de l'enfer.

Dom Ermengaud voulait garder intacte dans son esprit cette détresse de l'adolescent quittant le monastère les yeux rougis, un baluchon sur l'épaule et un âne au bout d'une corde, une corde même pas tendue, comme s'il attendait que l'âne le guide et décide de tout.

Réfléchissant encore pendant les longues nuits d'amère solitude qui avaient succédé au départ du jeune moine, l'abbé avait compris que l'éclatante victoire qu'il préparait en silence contre son ennemi, conclue par une mutilation spectaculaire et irréversible, aurait constitué en quelque sorte une victoire à la Pyrrhus, car cette vengeance qui l'aurait soulagé et réjoui grandement lui aurait fait perdre, à coup sûr, la place suprême dans l'abbaye de Saint-Pons.

Saint-Pons était devenue une des abbayes les plus réputées de la Chrétienté. On ne lui aurait pas pardonné d'avoir terni son éclat.

Il finit donc par écouter sa raison, qui voyait plus loin que sa rancœur, et il rangea son couteau maure. Pour autant le recours au pénitentiel pointilleux et d'une extrême complexité dont était doté le monastère ne lui parut pas assez cruel pour étancher son impérieuse soif de vengeance. Il préféra attendre une meilleure occasion.

Elle se présentera tôt ou tard, se répétait-il, philosophe. Dieu ne peut me refuser cette justice.

Tandis que frère Boson soutenait donc son regard en fredonnant (loin de s'arrêter devant son supérieur, tout au contraire il augmentait le son en sa présence), le père abbé lui représenta une nouvelle fois tous les torts dont il s'était rendu coupable dans l'année écoulée, envers lui comme envers ses frères.

Il enrageait de ne pouvoir évoquer le désarroi du jeune moine blond au visage d'ange, car cette évocation rendait frère Boson hilare et l'abbé ne le supportait pas.

Prenant sur lui (alors qu'il n'avait qu'une envie, le gifler, le détruire) l'abbé lui demanda paternellement, d'une voix faussement chaleureuse, exagérant sa lassitude :

– Mais qu'est-ce que je vais faire de toi !

Frère Boson renifla en remuant le nez comme un lapin, secoua la tête, laissa tomber les épaules et dans une mimique apitoyée et sincère, désespérée, il soupira :

– Je ne sais pas.

L'abbé éloigna son regard et le porta vers les voûtes. Il avait vraiment envie de le battre. Il tenta de se calmer en gardant les yeux dans le vague, laissa tomber d'une voix neutre, sur un ton de tous les jours :

– En attendant tu travailleras à la cuisine, et tu n'en sortiras pas.

– Pas la cuisine ! se rebiffa Boson.

– Si ! Si ! j'ai bien dit la cuisine, jubila l'abbé. Et tu n'en sortiras pas. C'est compris ?

Boson le Fredonneur agita ses yeux, son nez et sa bouche comme un lapin qui s'inquiète et, tout en marmottant des injures inaudibles, il se leva et s'en alla à pas crispés vers les cuisines.

L'abbé le suivit des yeux, observant avec une joie démente la démarche furieuse de frère Boson. Il comprenait qu'il avait réussi à le peiner sérieusement, et cette constatation lui mit du baume sur le cœur. « Tu n'as encore rien vu ! » lui lança-t-il doucement, sans forcer la voix, profitant de sa petite victoire pour s'encourager lui-même.

Le frère enlumineur n'avait jamais caché qu'il avait horreur de servir à la cuisine, de faire la cuisine. C'était bien assez d'aller y préparer les encres. Mais sa mélancolie se dissipa rapidement en voyant les quatre frères qui y officiaient. L'accueillant avec des cris de joie en dansant et en chantant : « Alléluia ! Alléluia ! » (ils étaient tous secrètement de son parti) il leur promit de tout faire pour que son passage au milieu des marmites laisse au monastère un durable souvenir.

« On l'inscrira le jour venu à ma place, sur le rouleau des morts ! » prophétisa-t-il.

*

Frère Boson brandit la louche pour avertir qu'il commençait et la frappant en cadence sur le fond d'un chaudron il débuta le chant lentement, en articulant pour que chacun de ses élèves pût retenir facilement les paroles : « Petti peto petere pet pet pet... »

Les quatre frères cuisiniers, trois moines et un convers barbu et chevelu, illettré, qui avait seul quelque pratique de la cuisine, reprirent après lui chaque phrase, suivant le rythme de la louche. Ils avaient une bonne mémoire et la chanson fut vite assimilée.

Satisfait, Boson les invita à reprendre toutes les strophes à la suite, sans interruption, et sur un rythme plus rapide qui correspondait mieux à l'ambiance festive évoquée par la chanson.

Il faut tout leur dire ! pensa-t-il quelque peu agacé. Boson avait remplacé le chant des psaumes, que devaient réciter chaque matin ceux qui, retenus en cuisine, ne pouvaient se rendre à l'église, par quelque chanson de goliard, amusante et plutôt salée.

Il levait la louche quand la silhouette massive et basse de l'abbé Ermengaud vint obstruer la petite porte de la cuisine. Le père abbé siffla entre ses dents pour exprimer son désappointement, et les frères cuisiniers s'égayèrent dans la salle obscure. L'un devant la cheminée s'agenouilla pour ranimer le feu, agitant dans la lèchefrite les morceaux de lard qu'il avait mis à fondre. Un autre, brandissant sa grosse cuillère de bois, alla touiller la soupe de choux et de haricots ; le troisième plongea ses mains dans le cuveau pour se saisir des poissons pêchés à l'aube dans la paissière du moulin, et qui nageotaient dans une eau trouble encombrée de plantes aquatiques. Le quatrième, âgé et sourd, mal voyant, poursuivit la chanson qu'il prenait pour un cantique à la Vierge Marie, d'une voix tremblante et quelque peu voilée.

L'abbé Ermengaud, les lèvres serrées, le front bas, branlait sa grosse tête bosselée, tournant autour de frère Boson comme un fauve qui observe sa proie pour savoir de quel côté l'attaquer.

Craignant de lâcher la bride à son courroux et d'être emporté malgré lui – malgré sa raison – l'abbé alla au chaudron pour se donner une contenance et huma la soupe qui répandait une bonne odeur saine dans la cuisine. Il arracha sans un mot la cuillère au moine cuisinier et pêcha quelques légumes qu'il porta lentement à ses narines. Chacun suivait ses gestes du coin de l'œil.

Frère Boson, sans quitter son sourire niais qu'il opposait comme un bouclier à la trogne rogneuse du père abbé, s'approcha en silence, avançant sur la pointe des pieds, et comme dom Ermengaud était penché au-dessus du chaudron fumant il souleva jusqu'au ventre son froc et sa chemise de laine, sous laquelle il était entièrement nu, mimant à l'adresse des fesses du père abbé une copulation frénétique.

Le visage des frères se figea dans une stupéfaction indicible. Puis leur face se convulsa sous l'effet d'une lutte gigantesque pour refouler le fou rire qui les menaçait gravement, et chacun se détourna en tressautant vers une tâche pressante.

L'abbé se retourna d'un bloc, juste au moment où frère Boson, pressentant le danger, laissait retomber sa bure. L'abbé le repoussa brutalement : « Éloigne-toi de moi ! » lui cria-t-il malgré lui, enfreignant la loi du silence. Boson recula sans quitter son sourire niais et, tout à coup soucieux de la règle, s'étonna par mimiques et par signes, sans vouloir prononcer un mot. Ses gestes, ses grimaces voulaient dire : « Que craignez-vous de moi, mon père ?

– Tout ! répliqua le père abbé excédé, négligeant le langage trop châtié des mains et des yeux.

Une agitation inquiétante l'avait saisi. Il tenait la cuillère fumante comme une épée, pointée vers le moine :

– Tu es capable de tout, cria-t-il. Tu es un fou dangereux.

– Moi fou ? s'étonna encore frère Boson dans le langage des muets, le sourire modeste, en faisant tourner son index sur sa tempe.

L'abbé s'en retourna en haussant les épaules, maugréant assez haut pour être entendu de l'intéressé :

– Je finirai par t'avoir, Boson, et ce jour-là... Il fit claquer son poing fermé dans la paume de la main.

Le claquement violent et sinistre qu'il en tira hérissa l'échine de Boson.

Changeant de sujet, le moine alla barboter dans le cuvier et y plongea la tête pour observer de plus près la nage des poissons. Il tenta de chanter sous l'eau et se releva à bout de souffle en toussant, un poisson à la main. Le caressant affectueusement il rit de la force que l'animal déployait dans ses mains, se tortillant jusqu'à lui échapper. Le reprenant et le contemplant à bout de bras il commenta :

– Je n'ai jamais peint de poisson.

Il lui chantonna dans l'ouïe : « Poissonne et poisson se prennent à l'hameçon... de l'âââmour... » Puis il le lança à travers la pièce sur le frère convers qui rit aux éclats en l'attrapant au vol. Il lui trancha la tête.

Chacun observait maintenant Boson avec curiosité, pensant : « Il est réellement fou... » et attendant avec impatience quelque nouvelle farce.

D'avoir un compagnon dérangé ne les inquiétait pas du tout, bien au contraire. C'était un bonheur pour le monastère, comme une lampe allumée dans la nuit.

Les fous, débarrassés de tous les artifices de l'intelligence, de l'orgueil aveuglant du raisonnement, de la pure logique, n'étaient-ils pas dans leur innocence plus proches de Dieu ? Une cire vierge sur laquelle le Seigneur pouvait écrire clairement sa volonté ?

Chacun espérait sincèrement qu'il attirerait sur la communauté tout entière la pleine grâce divine.

III

Nous attendîmes encore une semaine après l'attaque des routiers venus se venger d'avoir été boutés hors du pays albigeois. Il faut dire que les accords de paix leur avaient fait perdre tout emploi comme soldadier dans un ou l'autre camp, mais surtout avaient mis fin aux « pâtis », comme ils appelaient les rançons et les prélèvements qu'ils faisaient sur les villes et les marchands, sur les paysans aussi, apparaissant le matin au beau milieu des marchés.

Aucun seigneur n'était seul capable de leur tenir tête, aussi ne s'opposaient-ils que rarement à ces exactions, quand ils n'y participaient pas eux-mêmes, de préférence sur les terres de l'Église.

C'est dire si la paix d'Albi avait été un changement dans la vie des routiers, en les mettant sur la paille ; voilà pourquoi les plus mécréants étaient revenus le cœur enfiellé, animés d'un fol désir de vengeance. Mais mon mari les avait détruits pour longtemps, fidèle à sa réputation de bon chef de guerre.

Roger dut toutefois renoncer à rejoindre Ambialet en petit équipage, presque seul comme il aurait voulu pour mieux me faire sentir la force particulière du lieu qui vit naître son lignage. Sermonné par ses vassaux en raison de la présence de son fils il accepta la protection de Bernat de Boissezon, seigneur de Lombers, et d'une dizaine de barons et de chevaliers. Parmi eux se distinguaient par leur masse énorme et leur folle jactance Bernat de Roquefort et Frézoul de Montredon. Leur présence m'apportait, malgré la rugosité de leur caractère et la grossièreté de leurs manières, une suave tranquillité.

Il y avait aussi le jeune chevalier du Castelviel, Bertomieu, au corps bien fait et au visage rieur et avenant. Son regard était indiscret, naïf, fier. Comme il ne me quittait pas des yeux je pouvais les contempler à volonté, bordés de longs cils noirs comme ceux d'une domna.

Barons et chevaliers étaient accompagnés d'autant d'hommes d'armes à cheval, et d'autant de serviteurs robustes et armés. Nous pouvions nous endormir paisiblement, nous les femmes, quoique peu nombreuses et trop dispersées. La jeune épouse du seigneur de Lombers, Azalaïs la Blonde (que j'appelais ainsi pour la distinguer de la brune Alazaïs Azema) boudait mes compagnes Longabruna, Argentella et la Sarrasine aux yeux lilas.

Mondine, qui était à mon service depuis longtemps, me servait avec Cornus, son éternel fiancé. Un doute encore, ou la peur de laisser sa jeunesse, ou son insouciance rieuse l'empêchait de passer devant le curé. Cornus ne l'appelait pas moins affectueusement sa « femnòte ».

Il y avait encore la gouvernante de Raimon-Roger, Aude, une jeune veuve de Limoux qui avait été religieuse dans sa jeunesse avant d'être enlevée par son futur mari. Elle avait gardé du couvent le goût du latin et une grande connaissance des Saintes Écritures.

Nous l'avions choisie pour accompagner Raimon-Roger dans sa prime jeunesse, parce qu'elle avait reçu de sa grand-mère une bonne éducation. Elle n'avait pas d'enfants et considérait mon fils comme le sien.

Ces longues chevauchées étaient éreintantes mais indispensables pour suivre les revenus de nos terres, inspecter nos biens, et connaître l'état de nos forteresses. Elles servaient aussi à visiter nos vassaux et nous assurer de leur fidélité. Nous devions à notre tour leur garantir notre soutien car tous demandaient de l'aide, sans faute.

Mais la toute première des raisons était encore de présenter à nos sujets leur petit vicomte, et de faire jurer une fidélité éternelle à la lignée des Trencavel, de père en fils, tandis qu'on me manifestait un grand respect par des bénédictions et d'interminables baisotements des mains.

Les cérémonies d'hommage et de jurement se succédèrent sans répit dans chaque château, chaque église, chaque communauté. Elles étaient suivies de la lecture et de la signature de nouvelles chartes dites « de coutumes et de libertés », commentées lentement par l'ancien notaire des Trencavel, le vieux Saquet, plus maigre et plus savant que jamais.

Il mêlait volontiers aux revendications des habitants des bourgs, trop souvent mal embouchés, des exemples de l'histoire antique, doctement, pour rendre compte de la pérennité de la nature humaine au-delà des siècles, et tenter de calmer les esprits.

Pendant ce temps le notaire personnel de Roger, Bernardus, qui avait succédé à Saquet dans la rédaction des textes, remplissait les parchemins de belles formules, avec une écriture d'une séduisante rondeur et une merveilleuse aisance dans le geste. C'était un plaisir de le regarder travailler, quoique ses textes fussent inutilement longs. Mais il était payé à la ligne.

Roger sur mes conseils souscrivait les chartes, avec moi et ses barons, sans trop ergoter. Mais on sentait dans son maniement de la plume une certaine réticence à se prêter à cette nouvelle façon de gouverner, car il n'aimait guère partager le pouvoir. À moins que, peu instruit, il n'ait eu des difficultés à écrire.

Je voyais quant à moi, dans ces conventions librement discutées, dans les règles nouvelles clairement instituées au bénéfice des communautés (en particulier l'interdiction de condamner sans preuve, et celle d'enfermer et de contraindre sans jugement) une formidable avancée pour le bonheur de notre peuple, une meilleure paix et une garantie de fidélité envers leur seigneur. Je répétais à Roger qui bougonnait :

– J'ai toujours pensé qu'un peuple heureux est plus travailleur.

Saquet m'approuvait, comme il approuvait tous mes propos, me défendant aveuglément avec cette tendresse sénile qu'ont les vieillards pour les jeunes femmes.

J'étais extrêmement curieuse de connaître le fief qui fut à l'origine de la bonne fortune de mon mari, de son lignage. J'imaginais l'ombilic de sa puissance celé dans l'antre cyclopéen d'une forteresse imprenable, lové dans une volte de la rivière Tarn qui en constituait les douves.

Le castella redoutable qui se découpa un soir sur le tranchant d'un piton, et que nous atteignîmes par un chemin invisible à flanc de montagne, avait tout du château merveilleux de Merlin l'Enchanteur. Le donjon était minuscule au sommet, une simple tour chemisée dressée au-dessus de la vallée, mais une longue cour protégée de hautes murailles descendait par paliers jusqu'à une chapelle sous laquelle la rivière cognait obstinément.

La cour était encombrée de bâtisses en désordre et de la demeure châtelaine. Des maisons peu sûres s'accrochaient encore aux falaises, semblant flotter dans la brume du soir. Des escaliers minuscules les rejoignaient jusqu'aux remparts, formant les rues d'une ville du ciel gardée par trois portes.

On alla jusqu'en bas, après la chapelle, quand le rocher de plus en plus étroit devenait une mince muraille contre laquelle bouillonnait en grondant le flot rougeâtre de la rivière. Un chemin vertigineux taillé dans le roc la couronnait jusqu'à une brèche, que la pugnacité du courant avait fini par creuser et qui avait donné l'idée aux ancêtres de Roger d'y construire un moulin bladier. Trois meules y tournaient jour et nuit.

Après le moulin on rejoignait dans la falaise l'église Saint-Gilles et la ville basse, un amas de masures qui ceinturait le puech rocheux contourné presque entièrement par la rivière.

Depuis les terrasses du castella la vue sur ce puech d'une rondeur parfaite était merveilleuse. On voyait la rivière faisant sa volte, s'enfuyant d'un côté et revenant de l'autre, et au sommet de la presqu'île un prieuré avec sa petite église, bâti au milieu des buis, surgissant de la montagne comme une boursouflure.

C'est à peine si on arrivait à le distinguer du rocher, depuis le château. Tout au contraire ses cloches, lointaines mais à notre hauteur dans le ciel, s'entendaient à les toucher.

Le soir depuis ma chambre je surpris le mont du prieuré éclairé d'une centaine de lumignons, comme un chemin de lumière qui montait vers le couvent. J'appelai Roger :

– Que se passe-t-il ? Voyez toutes ces lumières. On dirait des vers luisants sortant la nuit des trous de la montagne.

Roger sourit.

– Ce sont des vers en effet, mais plutôt des vers de terre.

– Que voulez-vous dire ?

– Nous irons les voir demain. Vous comprendrez.

Le lendemain Roger nous emmena dans la ville basse, avec mes compagnes et tous nos compagnons qui voulaient se rendre au prieuré. Notre horde joyeuse fit un grand effet dans la communauté d'Ambialet. Après avoir passé le moulin et rejoint l'église Saint-Gilles, par en dessous, nous y rencontrâmes les consuls et toute la population qui, faute de place, resta au dehors, tendant le cou pour apercevoir le vicomte, son épouse désormais renommée et surtout le petit vicomte, le jeune suzerain sur la tête duquel reposait tout l'avenir du monde.

On but et on mangea jusqu'au soir, dans le grondement torrentueux de la rivière qui, encore grosse du printemps, me rappelait affreusement la rivière Cinca que j'avais descendue en Aragon. Avec la nuit arrivèrent sur la rive opposée un troupeau d'hommes noirs, qui se déshabillèrent et se lavèrent longuement en barbotant dans l'eau. Ils passèrent sur un bac pour accoster sous nos pieds.

– Ce sont les vers de terre, me dit mon mari en s'amusant. Sachez que tout ce pays est riche de fer, de cuivre, de plomb, d'or et d'argent. Nous y avons creusé de nombreuses mines. Mais ici dans la paroisse d'Ambialet nous ne cherchons que le fer.

– Il n'y a pas d'or ni d'argent ? Dommage...

– L'argent n'est pas loin, un peu plus haut dans la vallée. Mais l'or... On trouve bien quelquefois des paillettes d'or dans la rivière. Les culverts s'y promènent l'été avec des tamis en osier. Mais aucun n'est devenu riche, à ma connaissance.

– Je doute qu'ils viennent vous le dire, s'ils trouvent.

– C'est pourquoi j'ai interdit l'orpaillage tout le long du Tarn. On l'autorise de temps en temps dans des endroits connus et sous la surveillance du bayle. Ainsi peut-on opérer un juste prélèvement sur les trouvailles.

– Rien ne vous échappe.

– Pour ne rien vous cacher, ils me doivent la moitié de ce qu'ils ramassent. C'est le prix de leur sécurité. Mais il est certain qu'ils trichent. Beaucoup cherchent en cachette du bayle.

– Et que leur faites-vous, s'ils sont pris ?

– Autrefois ils étaient suppliciés. Aujourd'hui, avec la merveilleuse invention des chartes de coutume et des consuls, dont vous semblez apprécier plus que moi l'existence – peu gênée que vous êtes par l'arrogance de leurs requêtes – je m'en remets à eux pour le châtiment.

– Quelle marque de confiance dans votre peuple !

– Point. Je confisque d'abord la récolte, et je mets à l'amende la communauté entière. La tâche des consuls est de la répartir équitablement entre tous.

Les hommes avaient débarqué et l'un derrière l'autre montaient d'invisibles marches jusqu'à nous. Ils passèrent sous l'église et disparurent.

– Où vont-ils ? demandai-je à Roger.

– Chez eux. Venez, nous allons les surprendre.

Un chemin serpentait au-dessus de la ville basse. Passé la dernière maison apparurent les premières cases des mineurs. C'étaient des cabanes taillées dans le rocher, complétées de quelques bouts de mur en moellons grossiers qui soutenaient une toiture de chaume ou de branchage. Sous cet abri fragile des hommes allumaient des feux pour y faire la soupe ou y réchauffer de pauvres potées.

Après le bain dans la rivière leur peau était redevenue claire. Certains restaient recuits par le soleil, d'autres au contraire arboraient une peau blême, diaphane. Roger les interrogeait amicalement. Il avisa un grand roux à la barbe envahissante qui ne laissait apparaître que ses yeux verts d'une impressionnante vivacité. Son corps immense était déjà voûté et ses genoux énormes le soutenaient mal.

– D'où es-tu ? lui demanda mon mari.

– Du pays de Rodez.

– Tu travailles dans quelle mine ?

– Celle de Montroc.

– Au front d'abattage ?

– Oui seigneur.

– Que vaut le minerai ?

– Il est bon, il est très bon. On est au cœur du filon il faut dire, et il y a beaucoup de fer.

Roger continua. Comme je donnai à l'homme roux une piécette d'argent, mon mari ricana :

– Connaissez-vous le proverbe, comtesse : « Oint le vilain il te poindra. Point le vilain il te oindra[1] » ?

– Oui, je l'ai souvent entendu dans ma jeunesse. Mais je ne l'approuve pas.

– Vous en reviendrez un jour.

– Nous verrons bien...

Nous poursuivîmes notre montée d'un lacet à l'autre, passant devant des cases et des cases. Sous les toitures de chaume, de fou-

1. Bénis le vilain, il te cognera. Cogne le vilain, il te bénira.

gères, de genêts, ou de bois équarri pour les plus solides se déroulait partout le même rituel autour d'un maigre feu. Les chaudrons sifflaient. Tout à coup je m'arrêtai, interdite. Je venais de reconnaître un homme jeune occupé à jeter dans son oule des morceaux de choux.

« Garin Garrèl... » murmurai-je.

Roger s'approcha, reconnut l'homme et murmura. Je lui pris le bras amicalement, comme pour l'apaiser par avance et me plantant devant la case j'appelai : « Garin ! »

Il tourna lentement la tête, me reconnut mais apercevant Roger à mon côté son regard s'assombrit. L'inquiétude rida son front, tordit sa bouche. Il nous salua d'un petit hochement de tête et attendit, un genou à terre devant le feu et sa maigre pitance. Il tenait un couteau dans une main et un morceau de choux dans l'autre.

– Que fais-tu là ? lui demandai-je.

Il montra du regard la montagne derrière nous.

– Je suis à la mine d'argent de Courris...

– Et tu t'y plais ?

Il eut un petit rire destructeur :

– Comme on peut aimer son tombeau.

Se redressant lentement il vint vers nous. Je l'avais connu à Carcassonne quand il était le page d'un grand limier du vicomte. C'est lui qui m'avait permis de retrouver mon ami Aimeric dans la Montagne Noire. Roger l'avait su et l'avait chassé du chenil vicomtal peu de temps après, sous un prétexte imaginaire.

Je ne l'avais pas revu depuis, mais sa légère claudication qui lui avait valu son surnom de « garrèl » s'était aggravée, au point qu'il avait du mal à marcher. Ses mains étaient très abîmées.

– Que fais-tu à la mine de Courris ?

– Je lave le minerai.

– Et tu voudrais en partir ?

– Comme on voudrait quitter l'enfer.

Je hochai la tête.

– Que voudrais-tu faire ?

Son visage émacié, ingrat, encadré par deux bandeaux de cheveux noirs, souillés par la terre mineuse qui leur donnait à la lumière des lampes un reflet roux, s'illumina d'un sourire d'enfant.

– Moi ce que j'aime, ce sont les chiens et les chevaux.

Roger s'impatientait et m'emmenait plus loin.

– Je vais voir ce que je peux faire pour toi, lui lançai-je en m'éloignant.

Je me tournai vers mon mari, armée de mon plus séduisant sourire.

– Roger, commençai-je d'une voix douce, je veux aider ce jeune homme. Ne revenons pas sur les histoires du passé. Le pauvre garçon n'est pour rien dans tout cela. Aussi je veux que vous le repreniez à Carcassonne, au chenil ou aux écuries. Vous avez entendu, son paradis ce sont les chiens et les chevaux.

Roger marchait en silence, m'emportant d'un pas rapide. Nous avions passé les dernières cases et attaquions la forte pente qui menait droit au prieuré.

– Faites-moi plaisir et je prierai pour vous, pendant qu'avec vos compagnons vous irez visiter le cellier du prieur, plaisantai-je le souffle court.

Je me fis lourde à son bras. Devant et derrière nous quelques compagnons qui nous avaient suivis portaient des torches, mais insuffisantes pour éviter les pierres du chemin. Je trébuchai souvent. Je haletai tandis que Roger montait sans peine, à grands pas. Je pense qu'il s'amusait à me faire perdre le souffle.

– Vous ne dites rien Roger ? lui demandai-je au bout d'un moment, entre deux halètements.

Je craignais ses silences, toujours inquiétants car prémices d'orage. Ils en disaient plus long sur ses pensées que ses paroles.

– Nous verrons... me répondit-il.

– Nous verrons... si le vin est bon ?

– Oui. Je vous répondrai selon la qualité du vin.

– Alors je n'ai pas de crainte. Les moines ont de fins palais, ils ne tolèrent que du bon vin.

– Pas ici.

Je crus le voir sourire. Je supposais qu'il ne devait pas attacher beaucoup d'importance à cette histoire vieille de quinze ans, ou plus, et que s'il se retenait de dire oui c'était pour faire durer le plaisir de me voir l'implorer humblement. Mais j'étais prête à toutes les bassesses pour aider Garin Garrèl, car à l'époque le jeune page n'avait pas hésité un seul instant à me porter secours.

Arrivés en haut du puech nous fîmes le tour du prieuré. Il n'y avait personne pour nous accueillir mais des chants s'échappaient de l'église. On y entra. Le prieur vint vers nous précipitamment. Il se campa devant moi :

– Domna, me dit-il brusquement en étirant un long cou d'oiseau, vous ne pouvez pas entrer.

– Et qu'ai-je fait de mal ?

– Dieu seul le sait. Mais la question n'est pas là. Adam est l'esprit, Ève est la chair. Dans ce monastère nous ne recevons que l'esprit.

– Ainsi donc les femmes n'ont pas d'esprit. Je l'apprends...

– Relisez saint Paul, domna. Dieu a créé l'homme à son image, et la femme n'est que le reflet de l'homme.

Je me tournai vers Roger :

– Ami, saviez-vous que vous avez épousé un simple reflet ?

Roger ricana méchamment :

– C'est encore une lubie du seigneur pape.

Il revint au prieur :

– Depuis quand les femmes ne peuvent plus entrer dans une église ?

Un autre moine s'était approché, pressé d'intervenir :

– Une femme a empoisonné Adam, notre premier parent, une autre a coupé la tête de saint Jean-Baptiste, une autre encore a livré à la mort le courageux Samson. Méfiance ! Méfiance !

Un troisième tonsuré vint mettre son grain de sel :

– C'est une femme qui a poussé Pierre au reniement !

– C'est une femme qui a entraîné l'Homme dans sa chute.

Et encore un autre :

– Les femmes, dit-il en écarquillant les yeux, sont inconstantes comme la cire fondue qui prend la forme du sceau qui la marque. Elles se rendent à l'église en bavardant et tiennent des propos oiseux, sans penser à rien de sérieux pour leur âme.

Chacun voulait dire son mot :

– La femme dans le couvent c'est la louve dans la bergerie.

– Comme le sel sorti de l'eau s'évanouit dans l'eau, le moine sorti de la femme se perd dans la femme...

– Les meilleures pensées des femmes sont presque toujours mauvaises. La passion leur tient lieu de raison !

– Les femmes sont comme les chèvres, quand elles ne font pas le mal c'est qu'elles y pensent.

Nos chevaliers commençaient à s'énerver. Repoussant les moines brutalement, ils répétaient :

– Tu parles à la princesse Adélaïs, comtesse de Toulouse, ta souveraine !

L'un d'eux, au visage lourd, aux oreilles immenses et comme ramollies par les vigiles et l'ascèse monastique, se rebiffa dans un effort surhumain pour me lancer, les joues tremblotantes :

– Une femme a voulu autrefois entrer dans le cloître. Elle a été repoussée par une force invisible et s'est retrouvée la tête entre les jambes, baisant son cul !

– Qu'est-ce que tu dis bouche puante ? le menaça le beau Bertomieu, rouge de colère. Il le tira par une oreille.

Le prieur s'empressa :

– Ce ne sont bien sûr que des images.

– Nenni, reprit le moine avec une sincère conviction, elle était possédée du démon, bien entendu.

Le prieur tentait maintenant de calmer la querelle. Nous ouvrant les bras il nous invita à le suivre.

– Nous ferons une exception pour vous... me dit-il mi-figue, mi-raisin.

Roger reprit en main ses troupes. Il alla chercher Frézoul de Montredon qui menaçait un frère de sa bedaine, et lui pinçait le téton ; le moine battait en retraite sans pouvoir se dégager de l'énorme pince.

Le prieur nous mena à travers l'église embaumée d'une forte odeur d'herbes des champs, jusqu'à une petite porte qui pénétrait dans une courette faisant office de cloître, où nous nous assîmes sur les murettes pour reposer nos jambes. Le vieil homme m'épiait avec son regard d'oiseau.

Comme les chants reprenaient dans l'église le moinc bénédictin se rapprocha de Roger :

– Seigneur vicomte, dit-il d'une voix feutrée, c'est pour moi une grande joie de vous rencontrer dans la paix retrouvée. Croyez que Dieu vous en tiendra compte. Vous aurez autant de jours d'indulgence que de jours où vous aurez garanti la paix publique.

– Que savez-vous des desseins de Dieu ? lui rétorqua Roger que l'accueil avait indisposé.

De toute façon le marchandage des indulgences le révulsait. Il enfonça le clou :

– Que savez-vous de ses comptes ? Dieu ne compte pas comme un boulanger, en cochant une planchette.

Le prieur devait savoir que ce point de doctrine était défendu par les hérétiques cathares. Comprenant que ce n'était pas son jour il rompit immédiatement la diatribe qui s'annonçait et sourit d'un air conciliant. La peau tendue de son visage se fendilla de mille rides, tandis que ses paupières fripées recouvraient comme une taie son œil rond.

Il lança la conversation sur ses démêlés avec les consuls de la ville, qui contestaient la propriété de certaines prairies dans la presqu'île.

Roger se détendit et en grand seigneur promit de faire justice au prieur, sans connaître le fond de l'affaire. Il aimait plus que tout arbitrer les conflits et faire passer sa justice.

Pendant ce temps la petite porte de l'église s'ouvrit et les moines défilèrent pour se rendre au dortoir, nous observant d'un œil méfiant. Ils n'étaient qu'une dizaine.

– Allons remercier le Seigneur de nous avoir tous réunis, lança le prieur faussement enjoué, montrant la petite porte restée ouverte.

On fut bien obligés de revenir dans l'église et son odeur de foin coupé. Quelques gros cierges éclairaient une douce pénombre. Les murs étaient barbouillés de scènes de la vie du Christ, semblait-il, mais il était impossible d'en distinguer le détail.

Le prieur s'agenouilla à sa place dans le chœur et récita des psaumes à haute voix, le *Pater noster*, des *Ave Maria* (le prieuré était sous la protection de Notre-Dame) et termina par l'invocation de quelques saints dont il pensait avoir l'oreille. Il appela enfin l'attention divine sur la tête de l'abbé de Saint-Victor de Marseille, dont dépendait le prieuré, sur la tête de Roger, dont il dépendait pour la justice et certains droits, de moi-même et du vicomte Jeune, notre fils, qui était absent.

Cette attention diplomatique me mit en joie et je vis sur le visage de Roger qu'elle lui faisait plaisir. J'en espérai une soirée finalement amicale et enjouée avec le vieux moine.

Celui-ci nous entraîna dans la salle capitulaire, une salle basse à la voûte surbaissée, sans fenêtre. Il nous servit lui-même à boire dans de lourds gobelets en terre cuite.

Un de nos chevaliers rappela la renommée du prieur comme exorciste. Elle attirait au prieuré chaque jour ou presque une faune humaine invraisemblable, apeurée et crédule, qui allait pour commencer martyriser un arbre ramené de Jérusalem et planté à côté. Armés d'un rameau ils venaient dans l'église attendre la bénédiction du prieur.

Roger manifesta un vif intérêt pour cette matière.

– Dom, lui dit-il quand il nous eut servi un vin blanc clair comme de l'eau, on me dit que vous chassez le diable. Est-ce vrai ?

– Mon fils, Dieu dans sa grande bonté m'a donné le don de reconnaître le Malin partout où il se cache, et de le traquer jusque dans le corps des hommes. Connaîtrais-tu un malheureux habité de cette présence redoutée, qui l'accable et le ravage ?

Roger venait de goûter le vin et grimaçait. Le moine posa la main sur son bras et sur un ton amical l'encouragea :

– Parle mon fils.

– Votre vin, d'où vient-il ?

Le prieur parut surpris mais répondit simplement :

– Nous le faisons nous-mêmes.

Roger secoua la tête.

– Il ne faut plus, fit-il sincèrement inquiet. Vous allez tous tomber malades.

Il rendit la coupe et tout le monde fit de même.

– Aurais-tu subi les attaques du Malin, un jour ou l'autre ? reprit le moine sans se démonter, le scrutant de son œil d'oiseau.

Roger resta un moment indécis. Il finit par grommeler :

– J'ai été pris par une sorcière.

– Toi aussi... Suis-moi dans mon *occultum*, fit-il en se levant.

Il nous mena dans le petit bâtiment servant de logis à la communauté, dans une pièce qui semblait être sa cellule. On y découvrit un indescriptible capharnaüm. Au milieu du bric-à-brac je distinguai à la lumière d'une chandelle des croix de toutes les dimensions accrochées au mur, des pierres polies en forme de hache sur une table, avec des chandelles noires et des colliers, des statues de la Vierge de toutes les tailles, en terre cuite, en bois ou en cire. Des corbeillons contenaient des herbes de la Saint-Jean, des petits scapulaires d'étoffe blanche, des pierres d'ambre, de jade, d'obsidienne, du corail, des médailles, des *agnus-dei* de cire verte, des œufs colorés marqués du pentacle de Salomon, de l'encens, des mains de Fatima en argent, des feuilles de noyer, des cordelettes nouées.

Du plafond pendaient des tresses d'ail qui répandaient une odeur entêtante dans la petite pièce. Dans un coin s'entassaient des fagots de branches de gui, à côté de laurier. Plus loin des cruches contenant de l'eau bénite étaient alignées au pied du lit, tandis qu'un sac de gros sel était appuyé à sa tête. Chaque pied du lit était dans une cuvette d'eau bénite, et cerclé d'une ligne blanche de sel.

Le prieur nous épiait, le regard illuminé d'une fierté enfantine. Je l'encourageai :

– Vous êtes bien armé !

– Ici le diable trouve à qui parler, admit-il en s'inclinant, tapant du pied.

Il s'agenouilla et disparut à moitié sous le lit en bois. Soufflant et gigotant il tenta de ressortir, en vain. Roger dut le tirer par les pieds. Il réapparut la tonsure enguirlandée de toiles d'araignée, et nous montra des statuettes grossières en argile, barbouillées de sang et criblées de grosses pointes de charpentier.

– Voyez comme je suis maltraité par l'armée de Satan ! Ici j'ai beaucoup d'ennemis, mais je les ai toujours vaincus avec l'aide du Christ.

Il prit dans chaque main une pierre et passa ses poings fermés autour de Roger. Puis de ses bras maigres il lui ceignit la tête.

– Je ne sens rien chez vous, seigneur vicomte, conclut-il, rien qui vous menace dans l'immédiat ou qui vous ronge.

Il reprit le même exercice autour de moi.

– Je ne dirais pas pareil de la comtesse Adélaïs. Je sens des forces à l'œuvre...

– Encore ! m'exclamai-je, excédée d'être de nouveau la cible d'une attaque monastique. Essayez de m'oublier...

Le visage du moine se crispa dans une mimique étrange ; son nez s'effila, ses sourcils se levèrent comme pour donner de la place à ses paupières et ses yeux ronds me scrutèrent durement :

– Oui domna, je vous sens habitée d'une grande force maléfique.

– Moi ? Mais je vais très bien !

Le moine ricana :

– C'est encore un artifice du Malin. Il copie vos pensées et vos gestes si bien que vous ne vous apercevez pas de sa présence. Jusqu'au jour...

– Jusqu'au jour ?

– Jusqu'au jour où il aura décidé de vous faire tomber dans l'abomination.

– Dieu du Ciel ! Vous voulez à tout prix attirer sur moi la malédiction divine ?

Roger rigola. Mais j'avais vu passer dans son regard l'ombre sournoise du doute. Allait-il de nouveau me prendre pour l'instrument de la sorcière de Béziers, et m'imaginer réalisant, à mon corps défendant peut-être, son implacable désir de vengeance ?

– Plantez de l'aubépine blanche, faites sculpter des croix au-dessus de toutes les portes, placez une statue de la Vierge aux carrefours de la maison... poursuivit le moine. Et ne laissez jamais vos yeux fixer un homme ou une femme au regard étrange. Ils pourraient avoir le mauvais œil.

Il prit Roger à témoin :

– Nous vivons environnés de forces maléfiques, puissantes, qui n'attendent qu'une occasion pour nous prendre. Il faut être sans cesse sur ses gardes !

Je revins au Castella en proie à des pensées confuses et furibondes.

IV

Les jours s'éternisaient sur le rocher d'Ambialet. Je m'exaspérais à suivre depuis les fenêtres étroites du donjon d'un côté l'écoulement lourd et puissant de la rivière, de l'autre le va-et-vient des visiteurs dans le Castella, les serments de fidélité, le bruit des armes.

Raimon-Roger ne quittait pas son père, le servant comme un page, se mêlant sans crainte au monde guerrier. Il est vrai que tout le monde voulait le voir.

Je lui racontais le soir qu'autour de nous, partout dans la montagne, des hommes creusaient des galeries sous la terre, comme les vers, remontant à la surface des cailloux arrachés péniblement à la montagne et qu'on réduisait en poudre pour en tirer du fer, du cuivre, de l'argent et du plomb.

Ces activités industrieuses ne le passionnaient guère, beaucoup moins que de monter à cheval et de jouer de sa petite lance, de sa petite épée. Aux explications fastidieuses du labeur quotidien de son peuple il préférait les exploits merveilleux et faciles des chevaliers de romans qu'Aude, qui savait lire, lui narrait un peu chaque jour.

J'étais certainement la seule dans la forteresse à me soucier de ces hommes maudits au corps pâle, se livrant dans les ténèbres à un épuisant travail plutonien, contre nature. Pour tirer de la montagne quelques lingots de fer, de cuivre, d'argent, ils devaient donner leurs forces, vite déclinantes, leur sueur qui engraissait la terre. Ils donnaient leur vie.

Des captifs, voilà comment je les voyais, ces damnés qui chaque jour portaient leur rançon au fond des galeries, abandonnant sur les arêtes rocheuses un peu de leur goût de vivre, de leur espérance. Quand ils étaient à court d'espérance ils mouraient.

Dans l'ennui de la forteresse obscure, assiégée d'un perpétuel cortège de plaignants, de quémandeurs, de bavards, de fiers-à-bras aussi à l'insupportable jactance, m'obséda peu à peu le sombre désir de descendre à mon tour au fond d'une mine, de ramper jusqu'au bout des travers-bancs, de respirer l'air corrompu des veines, de m'enfoncer jusqu'au cœur de la terre, là où les hommes noirs venaient donner leur sang.

Je voulais dans une sorte de remords parcourir à mon tour la géhenne qu'avait endurée mon ami Aimeric de Castelnau, quand les seigneurs de Cabaret l'eurent capturé dans le Sidobre et enfermé dans une nuit éternelle.

D'où venait cette force invisible, mystérieuse, de plus en plus insistante, qui assiégeait mon esprit et qui se révéla assurément diabolique, comme l'avait pressenti le prieur ? La souffrance des mineurs que j'imaginais agonisants dans les profondeurs glacées de la terre me devint si insupportable que je m'échappai une nuit du Castella, d'autant plus facilement que par manque de place nous dormions toutes les femmes ensemble, et les hommes à part.

J'empruntai dans l'obscurité faiblement éclairée par la lune, après la chapelle, le dangereux chemin taillé dans la roche, passai sous l'église Saint-Gilles et empruntant le chemin du monastère je montai jusqu'à la case de Garin Garrèl, encochée dans la montagne.

– Garin, lui dis-je en le secouant pour le réveiller, y a-t-il une mine dans les environs que je pourrais visiter cette nuit ?

Garin grogna, reprit ses esprits et me répondit d'une voix pâteuse :

– Il y a une mine de fer en face, sur le versant.

– Est-elle ouverte ?

– Oui. Des mineurs y travaillent chaque jour. Ils sont là-bas, dans les cases après le tournant. Ils peuvent vous y emmener.

– Surtout pas eux. Je veux visiter une mine et savoir tout ce qui s'y passe, mais dans le plus grand secret. C'est toi qui vas m'y conduire.

Garin Garrèl se leva sans gémir, gardant la couverture sur ses épaules.

Il fut vite prêt. Il alluma aux braises une lanterne sourde et nous descendîmes. Passant sous l'église Saint-Gilles nous rencontrâmes un escalier de pierre taillé dans la falaise qui nous mena sur une terrasse au-dessus de la rivière Tarn, et de là par un chemin de chèvre jusqu'au bac tiré sur la grève. J'y montai.

Garin défit l'amarre. L'avant du bac était asservi par une élingue à la corde de guidage tendue en travers du courant. Il tira sur la corde pour nous faire avancer et quitter la rive. À ce moment un homme encapuchonné sauta dans la barque. Je criai, levai la lampe. C'était Bertomieu. Je m'exclamai :

– Que fais-tu ici ?

– Domna, me répondit-il sans se démonter, le seigneur vicomte m'a demandé de veiller sur vous.

– Je n'ai pas besoin de toi ce soir. Et tu n'as pas à savoir où je vais.

– Je resterai muet comme une carpe, je vous le jure. Le seigneur vicomte ne saura rien.

– C'est lui qui t'a demandé de me surveiller ?

– Non, pas lui.

– Qui alors ? Saissac ? Bernat de Boissezon ? Ton seigneur Fortier ? Personne ?

– Je ne peux pas vous le dire.

– Peu importe. Désormais tu seras mon espie.

Il me saisit la main et l'embrassa. Il ne me déplaisait pas d'avoir un homme à moi, un fidèle dans l'Albigeois. De toute façon la barque était déjà au milieu du Tarn, dans les remous, et il n'était plus question de retourner. Je me tus.

La mine s'annonça par des cabanes de pierre, la plupart ruinées, et des forges. Un grand trou dessinait dans le flanc de la montagne une bouche noire que la clarté lunaire ne pouvait entamer.

– L'entrée est là, nous précisa Garin. Il y a d'abord une grande salle du temps des Romains, et puis plusieurs galeries qui s'enfoncent dans toutes les directions.

Après l'entrée naturelle une salle grande creusée de main d'homme nous accueillit dans ses murs d'ombre. Les minatiers de jadis avaient épargné trois ou quatre gros piliers de roche, énormes, qui soutenaient la voûte. Une forte odeur de terre humide, ferreuse, et de pissin me suffoqua.

Garin nous désigna une galerie en levant la lampe comme un encensoir.

– Nous allons prendre par là, dit-il.

On passa devant une barrique armée d'un robinet à tête de mouton qui gouttait dans une cuvette, au milieu d'une flaque d'eau miroitante. Comme des gobelets retournés hérissaient l'échine du tonneau Bertomieu en prit un et l'emplit d'un filet brasillant. Il leva vers moi le godet, les yeux pétillant de gaieté.

– À la santé de la comtesse de Burlats, lança-t-il à la cantonade.

La main sur le cœur il éleva le gobelet de bois vers la voûte, comme on tend vers le ciel le calice à l'Élévation, et m'observant d'un œil rieur il commença à chanter :

Bibit hera, bibit herus,
Bibit miles, bibit clerus,
Bibit ille, bibit illa,
Bibit servus cum ancilla[1]...

– *Et comtessa...* chantonna Garin ne sachant trop comment me présenter le gobelet.

– Et aussi buvons aux pauvres chevaliers du Castelviel, continua l'autre en se servant à la barrique une nouvelle rasade.

Espérant y puiser du courage je vidai mon pot. Ensuite on but à la santé des pauvres mineurs, des riches minatiers, des laveurs, des fondeurs, des forgerons, des charbonniers, encore des pauvres chevaliers du Castelviel, et des moines du prieuré (dont le vin acide n'avait rien de comparable avec celui des mineurs, fort et charpenté), des pèlerins, des fabuleux troubadours, des jouglars et autres ménestriers qui les accompagnaient.

On but à tout ce qui nous passait par la tête, au vicomte et pour finir « aux pauvres innocents ».

On s'étouffait de rire. J'arrêtai Garin et Bertomieu avant qu'ils aient vidé la barrique, leur rappelant que nous allions au fond d'une mine et qu'il faudrait en revenir. Je confisquai les gobelets.

1. Boit la maîtresse de maison, boit le maître / Boit le guerrier, boit le clerc / Boit celui-ci, boit celle-là / Boit le servant avec la servante... (Chanson de goliard).

Garin considéra mes atours. Il bafouilla :

– Vous devez vous défaire de votre cape, domna, et de votre bliaud aussi. Il y a des passages qui se font à genoux, à quatre pattes... C'est très étroit.

– À quatre pattes ?

– Oui, domna. Il y a des passages si bas que vous ne pourrez marcher en robe longue.

Effarée, je regardai Bertomieu. Il vint à mon secours :

– Domna, ne vous faites pas de souci. Il fait noir comme au cul d'un chaudron ! Et la lampe devant est bien faible.

C'était vrai. La clarté de la flamme, assourdie par les feuilles de corne qui la protégeaient des courants d'air, ne parvenait au sol que faiblement. Nous n'avions que trop tardé. Je me défis de ma cape, passai mon bliaud par-dessus la tête.

En chemise, nue à mi-cuisse et bottée, je suivis Garin qui tenait la lampe. Nous enfonçant résolument dans le couloir de la mine, Garin et le chevalier chantaient :

A l'entrada del tems clar, e-eya,
Per joi recommençar, e-eya,
E per jalos irritar, e-eya
Vol la régina mostrar
Qu'el'es amoroza[1]*...*

Ils reprenaient le refrain d'une voix forte qui résonnait sous la voûte comme un chant guerrier :

A la vi, a la via, jelos
Laissaz nos, laissaz nos
Ballar entre nos, entre nos[2] *!*

Très vite on dut se baisser pour avancer, éviter les saillies tranchantes de la voûte.

– C'est un mauvais passage, commenta Garin, mais il n'est pas long.

Le chevalier du Castelviel me suivait. Je sentais son chaud regard sur mes jambes nues. Il était si près de moi que son corps m'effleurait quand Garin s'arrêtait brusquement.

---

1. À l'entrée du temps clair, e-eya / Pour retrouver le joi, e-eya / Et pour irriter les jaloux, e-eya / Veut la reine montrer / Qu'elle est amoureuse...

2. Dehors, dehors jaloux / Laissez-nous, laissez-nous / Danser entre nous !

On s'enfila dans une nouvelle galerie bien taillée. La roche devait en être tendre car chaque coup de pic faisait un trait doux à la courbure régulière. La voûte arrondie comme une galerie de cloître nous permettait de rester debout.

Je remarquai que nous étions tous les trois à peu près de la même taille.

On arriva ainsi en descendant une pente douce sur un plancher de rondins, comme les parois de la galerie prenaient un fort devers qui nous rendit la marche pénible et désordonnée.

Garin leva sa lampe, n'éclairant autour de nous que de l'ombre.

– Nous sommes sur le plancher du premier puits, commenta-t-il. Nous allons descendre l'un après l'autre en plaçant nos pieds et nos mains dans les encoches.

– Je descends la première, dis-je précipitamment.

Garin sourit, et le chevalier laissa venir un rire gras.

– Domna, répliqua Garin, vous serez sans lumière.

– Tu me suivras de près en laissant pendre ta lampe devant moi.

Il attacha la lampe à une cordelette qu'il avait à la ceinture.

Je m'assis au bord du puits noir, carré, creusé dans une roche friable, terreuse, et descendis en cherchant les trous de descente du bout du pied. Ils allaient par deux sur les parois opposées et permettaient ainsi de se retenir des pieds et des mains.

Un vent coulis montait des profondeurs, une brise légère, rafraîchissante, qui me caressait la peau agréablement et s'insinuait dans tous les plis de mon corps. Elle faisait gonfler ma chemise qui se retroussa jusqu'au nombril.

Je posai mon pied botté, en dernier, sur un nouveau plancher dont le centre découpé portait un treuil autour duquel s'enroulait une corde. Garin nous expliqua que ce treuil remontait les cuveaux de terre mineuse, les fragments de roche que les hommes arrachaient à la montagne dans le fond des galeries.

On continua à descendre le long d'une échelle bordée par une sorte de glissoire en planches qui servait à guider les cuveaux.

L'échelle n'en finissait pas. J'étais heureuse du peu de lumière que nous avions, qui me protégeait du vertige. Enfin je sentis sous le pied le sol de la mine. En face une galerie s'échappait dans le noir, et une autre à main sénestre. Garin m'interpella :

– Nous voilà tout au fond de la mine, domna. Nous pouvons remonter, si vous le voulez...

Je me récriai :

– Non, non, je veux aller jusqu'au front d'abattage.

– C'est très sale, et très humide. L'eau vient de partout. Vous aurez les pieds mouillés.

– Ça m'est égal, j'ai des bottes. Allons-y.

Garin passa de nouveau devant moi et nous entrâmes dans une galerie aux parois irrégulières. La voûte variait, tantôt haute et tantôt basse, hérissée d'aspérités tranchantes. On finit accroupis dans un passage étroit cerné de boursouflures vitreuses. Garin les tapota du plat de la main.

– Les mineurs n'ont pas enlevé ces roches très dures pour ne pas perdre de temps, déclara-t-il d'une voix étrangement étouffée par l'étranglement. Ils sont payés à la tâche, ceux qui sont à l'abattage.

– Et combien gagnent-ils par jour ?

– De quoi ne pas mourir de faim... Ce n'est pas comme dans les mines d'argent. Un bon mineur gagne ici en se tuant à la tâche six deniers par jour, pas plus. Comme un sergent d'armes à pied.

Je perdis l'équilibre et me retrouvai dans les bras de Bertomieu qui me frôlait, et qui me garda dans ses bras solides. Il se mit à chanter, renvoyant dans l'air une buée humide avec une forte senteur de vin :

Quan vei la lauzeta mover
De joi sas alas contra l'rai
Que s'oblid' e laissa chazer
Per la doussor qu'al cor li vai[1]...

Je sentais le chevalier de plus en plus familier.

– Remets-moi d'aplomb, Bertomieu, lui ordonnai-je d'une voix ferme.

Il me repoussa lentement, à regrets. L'avancée dans le passage mal creusé était pénible, et plus d'une fois Bertomieu, vigilant, m'évita de plonger mes fesses dans la boue, dans l'eau glacée.

– Tu as une belle voix, Bertomieu, lui dis-je en guise de remerciements, me redressant un peu comme la voûte remontait.

On avança courbés.

– Domna Adélaïs, savez-vous que j'ai fait le vœu de ne chanter que pour vous désormais ?

---

1. Quand je vois l'alouette agiter / De joie ses ailes contre le rai / Qui s'oublie et se laisse choir / De la douceur qui au cœur lui vient... (Bernart de Ventadorn).

– Pourquoi pour moi ?

– Parce que mon cœur vous a choisie pour être ma Domna dès le premier instant où je vous ai vue.

– Diable, dis-je un peu désarçonnée. Et que sais-tu de moi ?

Il me répondit en chantant. Sa voix était vibrante et colorée, juste, avec assez de puissance et de rondeur pour n'être jamais forcée.

Per bona fe et ses engans
Am la plus bela e la melhor
Del cor sospir e dels olhs plor
Car tan l'am eu per que i ai dam
Eu que ne posc mais s'amor me pren[1]...

Garin Garrèl gloussa et se retourna, lançant en manière de provocation :

– Ma grand-mère disait, pour soigner une peine de cœur : « Va tremper ton cul dans l'eau froide, ça passera ! »

Le visage de Bertomieu, hébété, prit une mine dépitée.

– Il ne faut pas parler comme ça devant la comtesse, se fâcha-t-il.

Un incompréhensible fou rire me prit, qui emporta bientôt mes compagnons ivres. Une gourde apparut miraculeusement dans les mains de Bertomieu qui m'en proposa sans manières. Je bus, et après moi le chevalier et ensuite Garin qui tordit la peau de chèvre pour en extraire la dernière goutte.

On avança encore sans pouvoir nous débarrasser du fou rire. Des saignées couraient le long des parois, destinées à recueillir l'eau de ruissellement et à l'amener dans des bassins. À en juger par les flaques profondes dans lesquelles nous pataugions, les saignées n'étaient pas très utiles mais elles nous servaient pour nous retenir de tomber.

Bientôt la lampe éclaira l'extrême fond de la galerie. Par-dessus l'épaule de Garin j'aperçus une paroi grise, découpée en petits gradins.

Le valet se baissa et ramassa une sorte de long burin.

---

1. De bonne foi sans tromperie / J'aime la plus belle et la meilleure. / Du cœur je soupire et des yeux je pleure / Car tant je l'aime que je me fais du mal / Et je n'en peux mais car l'amour me prend... (Bernart de Ventadorn).

– C'est avec ça que le mineur creuse, une pointerolle et un gros marteau, précisa-t-il en faisant semblant d'attaquer la roche lisse. Certains préfèrent la pointerolle emmanchée, d'autres la tiennent dans le poing, comme ça.

– Toute la journée ?

– Oui domna, ils cognent toute la journée. Quand la pointerolle est émoussée ils en prennent une autre. Ils en ont chacun sept ou huit. Ils les emmènent avec eux le matin, et ils les appointent à nouveau chaque soir.

– Ils ne voient jamais le jour ?

– L'hiver jamais. Ils descendent à l'aube et remontent à la nuit tombée.

– J'avais un ami qui est resté une année entière au fond de la mine. Tu le connaissais.

– Oui domna, je le connaissais. Il était prisonnier des seigneurs de Cabaret. Les seigneurs voulaient sa mort, certainement. J'ai su qu'il s'était échappé.

– Oui, il leur a échappé, magnifiquement.

Je m'assis de la pointe des fesses sur un gradin. Mes joues étaient en feu. Une chaleur incompréhensible échauffait l'air, nous mettant en nage.

– Il fait chaud, dis-je. On est comme dans un four.

Bertomieu acquiesça, et défaisant sa ceinture il enleva son hauqueton. Une tunique courte d'un beau jaune apparut sur ses chausses vertes taillées dans le biais du tissu. Il ne manquait pas d'élégance, ni de prestance. Son corps bien découplé ne semblait pas affecté par l'excès de vin.

Il me sourit. Ses yeux noirs amoureux brillaient dans l'ombre, le regard aiguisé comme par une trop longue vigilance. Sa bouche d'enfant s'ouvrit sur des dents très blanches. Ses pommettes étaient comme enflammées. Sa belle chevelure formait une sorte d'auréole autour de son visage.

Comme je reprenais des forces, assise sur la marche taillée dans le rocher, les jambes nues et croisées, réfugiée derrière ma courte chemise maculée de terre ferreuse, Bertomieu répéta, l'air inspiré :

– Domna Adélaïs, vous serez ma Domna pour le restant de mes jours. Je ne chanterai plus jamais pour une autre.

Son sourire étrange, désinvolte, refleurit sur ses lèvres où une barbe tendre brillait dans la pénombre.

Je lui rendis son sourire.

– Bertomieu, ton vœu me touche, mais je ne te demande rien. Il serait dommage que je sois la seule à entendre ta belle voix.

– La seule, répéta-t-il d'une voix rauque avec une détermination inébranlable, vous serez la seule. C'est la règle.

La chaleur était pénible, suffocante.

– Pourquoi cette chaleur ? demandai-je à Garin.

– Domna, ce sont les feux de la journée.

– Les feux ?

– Dans les galeries voisines on a cassé la roche en faisant de grands feux. Je ne vous y ai pas emmenée parce que les galeries sont noires de suie.

Nous imaginant noirs de suie en plus de tout le reste, le fou rire me reprit.

Bertomieu avait enlevé sa tunique, et Garin aussi. Nous étions tous en chemise et en chausses. Le chevalier reprit son chant en me fixant effrontément :

Anar posc ses vestidura
Nutz en ma camisa
car fin'amors m'asegura
De la freja bisa[1]*...*

À la fin de la canso il plia les genoux sur un rythme lent, comme s'il attaquait une carole, et commença une autre chanson. Il semblait connaître par cœur un immense répertoire de troubadours :

Qui ve sas belas faissos
Ab que m'a vas se atraih
Pot be saber atrazaih
Que sos cors es bel e bos
E blanc sotz la vestidura[2]*...*

Il enchaîna encore, claquant des doigts, le regard rivé sur mes jambes nues :

Que genser cors no crei qu'el mon se mire :
Bels e blanc es, e frescs e gais e les
E totz aitals com eu volh e dezire[3]*...*

---

1. Je peux aller sans vêtements / Nu dans ma chemise / Car fine amour me protège / De la froide bise... (Bernart de Ventadorn).

2. Qui voit ses belles façons / Avec lesquelles elle m'attire / Peut bien savoir sans faute / Que son corps est bel et bon / Et blanc sous ses vêtements... (Bernart de Ventadorn).

3. Plus noble corps je ne crois pas qu'on le voit au monde / Il est bel et blanc, et jeune, et plaisant et lisse / Et tout à fait comme je le veux et désire... (Bernart de Ventadorn).

Son regard était doux et déterminé. Je lui souris encore. Son visage s'illumina et il me supplia :

– Domna Adélaïs, prenons un *senhal.* Je pourrais parler de vous sans vous compromettre.

– Comme tu voudras Bertomieu, répondis-je, l'esprit embrouillé.

Il se tourna vers Garin qui reprenait le chemin du retour.

– Attends-nous en haut de l'échelle, lui dit-il d'une voix amicale. Il ne faut pas que tu saches le *senhal* que nous allons prendre, la comtesse et moi, pour nous concerter en secret. Et laisse-nous la lampe.

Garin posa la lampe et s'en alla.

– Il va se perdre dans le noir ! dis-je.

– Il y voit comme un chat, me répliqua le chevalier.

Une voix lointaine nous arriva dans une espèce d'écho :

– N'ayez crainte, domna, je connais cette mine comme le fond de mes chausses.

J'aurais dû me lever à ce moment-là. Mais j'étais retenue par une force étrange qui engourdissait ma volonté. La chaleur était étouffante ; nos visages ruisselaient et la moiteur de l'air plaquait l'étoffe de nos chemises sur la peau, révélant nos corps mieux que la nudité totale.

J'avais beau me répéter que je devais me lever, m'en aller, je ne pouvais faire un geste. La lampe derrière Bertomieu me parut lointaine. Le chevalier venait de se mettre à genoux devant moi et me barrait le passage. Dans la pénombre je distinguais à peine son visage luisant, ses pommettes carminées, sa bouche entr'ouverte.

La tête environnée d'une chevelure sombre, foisonnante, j'y voyais dans une clarté lunaire un masque de théâtre antique. Il se pencha vers mon oreille.

Ce qui se passa ensuite, comme je voudrais en avoir perdu le souvenir ! Je le sentis venir sur moi, appesantir son torse et presque aussitôt, comme des éclaireurs fébriles, pressés, ses mains vinrent sous la chemise, courant sur mes hanches.

« Il est dans la place ! » pensai-je résignée.

Les yeux fermés, sa bouche d'ombre émit une plainte : « Jésus-Marie, j'ai le diable ! » et ses lèvres s'écrasèrent sur les miennes dans un gémissement réciproque. Il bascula sur moi.

Je m'abandonnai. « C'est un piège du Malin », rétorquai-je à ma conscience offusquée.

Quand il s'écarta pour baisser son blanchet je pouvais encore le repousser loin de moi, me lever d'un bond comme sous l'effet d'une vive indignation, le battre. Au lieu de cela je suivis des yeux ses efforts pour se mettre nu. Je vis même des mains l'aider, qui ne pouvaient être que miennes.

Je le reçus sur le petit banc ardoisier, dur et anguleux, lui agenouillé sur les débris de roche au pied du front d'abattage. La sueur baignait son visage, son cou fort, sa poitrine blanche ; les lèvres retroussées par le plaisir, la tête cerclée de lumière comme les saints, il gémissait de douleur et de joie.

Derrière lui la lampe posée au sol irisait l'air épais dans la galerie, soulignant sa carrure ramassée d'un trait lumineux. Plus loin des roches dures scintillaient comme des bancs de pierreries, tandis que venait de l'ombre le chantonnement d'un ruisselet tombant dans les eaux d'un bassin.

Je levai les yeux : au-dessus de nous une grande plaque lisse, moirée, luisait comme un damas à rayures sombres. Les yeux perdus dans la moire de la roche obscure, j'avais le sentiment d'être une autre.

« Je suis dans la chambre de Satan », pensai-je, revenant vers la sainte auréole de lumière autour de la tête du chevalier.

J'eus envie de rire.

Quand il se releva en frottant ses genoux saignants, Bertomieu murmura avec une pudeur feinte :

– Nous avons oublié de parler du *senhal*...

J'essuyai ses joues, son front avec les manches de ma chemise.

– Oublions tout. Allons !

Nous remontâmes dans un silence gêné, Bertomieu devant avec la lampe, attentionné et muet. À mesure que je revenais vers la surface de la terre, vers le ciel, mon esprit se réveillait, sortait de la brume pour me laisser découvrir l'étendue du désastre.

Garin nous attendait sur le plancher. Il passa devant sans commentaires et nous mena jusqu'à la salle grande. La barrique ne nous tira pas un regard. Dehors il pleuvait.

Vers l'orient le blanchiment du ciel annonçait l'aube.

– L'aube, déjà, dis-je à mes compagnons.

La clarté du jour me fit prendre conscience douloureusement, encore incrédule, de ce que je venais de faire. J'imaginai peu à peu avec horreur les conséquences que cette folie allait engendrer.

Bertomieu me conservait dans son regard, amoureux et inquiet. Il avait laissé sa gaieté au fond de la mine. Montant dans la barque on entendit un coq chanter du côté du village d'Ambialet. Je pensai, je ne sais pourquoi, au reniement de Pierre et me revinrent à l'esprit les paroles du moine lors de notre visite au prieuré. Il s'était exclamé, après m'avoir entourée de gestes mystérieux : « Je vous sens habitée d'une grande force maléfique. »

C'est un tour du Malin, me répétai-je, cherchant à m'innocenter. Il m'a maintenu sous le charme le temps que le chevalier fasse de moi à sa volonté. Oui, c'est une œuvre diabolique dont je n'étais que le jouet.

Une autre pensée me vint : Et si c'était un tour de la sorcière de Béziers, se servant de moi comme d'un instrument de vengeance contre le vicomte Roger, mon mari ?

Ainsi j'étais prise à mon tour.

Je soupirai comme une pluie fine venait retarder l'éveil de la vallée dans le jour naissant. La gêne, la vergogne, le sentiment affreux d'être devenue en une seule nuit une mauvaise femme, une mauvaise mère, me laissaient muette.

Garin Garrèl nous quitta et Bertomieu m'ouvrit sans un mot de plus le chemin du Castella, chacun priant silencieusement Dieu de ne rencontrer personne.

J'envoyai le chevalier parler avec le guet pour qu'il ne voie mon état et me faufilai jusqu'à ma chambre.

Tout reposait du côté des femmes. Mais à peine entrée mes filles m'entourèrent en chemise, silencieuses comme des fantômes, brûlant pourtant de me poser une première question. Elles allumèrent un cierge.

Cherchant la cause de leur regard stupéfait je m'aperçus que j'étais noire de la tête aux pieds, boueuse, les cheveux trempés et terreux collés autour du visage, les bottes noires. Enlevant ma cape et mon bliaud je dévoilai une chemise froissée, souillée, marquée de boue et de terre mineuse.

– Domna Adélaïs, s'exclama Longabruna, mais on vous a violée !

– Oui, répondis-je. Mais avec mon consentement, hélas !

V

Raimon de Moure, l'archidiacre de la cathédrale de Carcassonne, qui aimait se présenter comme « le bras fort de monseigneur Othon », fit un pas vers son neveu Arnaud de Moure, caressant de sa main son ventre d'une opulente rondeur. Il l'avait cerclé d'une ceinture de cuir mauve.

Fixant le jeune clerc droit dans les yeux, avec une fermeté qu'il voulait exemplaire, il déclara lentement et distinctement, comme on parle à un enfant :

– Mon neveu, j'ai une mauvaise nouvelle à t'apprendre...

– Le contraire m'eût étonné ! répliqua un peu vite Arnaud, trahissant une vive irritation.

– Crois bien que j'ai fait tout mon possible, et au-delà.

Au-delà de quoi, mystère, rumina Arnaud de Moure en vidant son regard par la fenêtre. Il s'aventurait rarement dans l'enclos canonial, quelque peu embarrassé par sa charge de secrétaire personnel du vicomte Trencavel, et aussi parce qu'il n'y apprenait jamais rien de bon.

Il s'étonnait toujours du contentement de soi que son oncle arborait dans les pires désastres.

« Mon oncle est aussi stupide que prétentieux, pensa-t-il presque à voix haute, et je parierais sans risque une croix des processions qu'il ne sera jamais évêque. Il est aussi malin qu'un dindon. »

– Oui, poursuivit l'archidiacre que la mine rechignée de son neveu ne rebutait pas, la place de chanoine qui t'était promise, et pour moi assurée, eh bien ! elle est remise à plus tard. La mort du camérier a profité à quelqu'un d'autre.

Comme Arnaud ne réagissait pas, l'archidiacre le prit dans son regard indigné :

– Nous avons été spoliés !

– Vous voulez dire dupés, bernés, moqués... s'impatienta Arnaud qui résistait à toute force au pressant désir d'abreuver son oncle d'injures.

L'archidiacre se rembrunit.

– Sache mon neveu que notre adversaire fut déloyal. Ton admission étant acquise de la bouche même de monseigneur Othon, je ne m'en suis plus soucié. Car il eût été mal séant d'insister, et de manifester quelque méfiance envers la parole de monseigneur. Or il m'avait promis, d'un auriculaire serment, qu'il t'attribuerait la prochaine place libre au chapitre canonial.

Le regard du chanoine s'évada par la fenêtre, tentant de surprendre ce qui semblait intéresser son neveu. Il poursuivit néanmoins sa pensée.

– Il me l'avait garantie cette place de chanoine, tempêta-t-il, non comme une faveur d'ailleurs mais comme un dû, une reconnaissance méritée de la part de la sainte Église pour tout ce que j'ai accompli dans ma vie, vouée comme tu le sais à l'impérieuse mission de défendre sa gloire et sa sauveté.

Il gratta une mousse qui s'épanouissait sur le larmier et la poussa d'un doigt agile dans le vide. Il se pencha pour voir où elle tombait.

Au fond il était mal à l'aise.

– Mais tu connais l'âge de notre évêque, rétorqua-t-il en se retournant vivement vers son neveu. Sa santé décline, ses facultés sont diminuées. Il n'a pas su résister au harcèlement incessant que tu imagines, dans sa position ; peut-être lui a-t-on promis quelque place honorifique. Il faut peu de choses pour séduire un vieillard...

– C'est donc vrai ce qu'on m'a dit... Après son neveu Béranger il a encore fait entrer quelqu'un de sa famille ?

– Contre mon gré et au mépris de la parole donnée ! Je ne manquerai pas de le faire savoir.

L'archidiacre laissa retomber ses épaules, faisant danser les jolis plis de son aumusse, une belle vêture bordée d'un liseré mauve, taillée dans un tissu d'une grande finesse.

– J'ai été mis devant le fait accompli ! Le coup était imparable.

– Peut-être. Mais sachez mon oncle qu'il y a un autre coup qui se prépare et que vous aurez du mal à parer, pareillement, vu la façon dont vous vous défendez.

Arnaud accompagnait ses révélations d'un sourire ironique. L'archidiacre s'inquiéta :

– Ah ? Que va-t-il arriver ?

– Le neveu de l'évêque va être nommé à une charge très importante.

– Tu en sais plus que moi, s'exclama le chanoine dépité.

– C'est bien ce qui m'afflige. Vous êtes toujours le dernier informé de ce qui se trame devant vous ! Et même contre vous !

Raimon de Moure lissa ses cheveux blancs dans un geste d'agacement. Il marmonna sur le coup, quelque peu désorienté : « Je ne m'intéresse pas aux ragots... » et prenant subitement un air rusé il revint vers son neveu :

– Et comment le sais-tu ?

– Par le vicomte. Il m'a dit avoir convenu avec monseigneur Othon de donner à son neveu Béranger la charge d'archidiacre.

L'archidiacre fut comme frappé d'une secousse ; il ouvrit la bouche sans pouvoir sortir un son et devint rouge de colère.

– Mais c'est impossible, finit-il par éructer, c'est moi l'archidiacre ! Je suis intouchable !

Il observa le visage de son neveu d'un œil critique, y cherchant quelque indice d'une mauvaise plaisanterie.

– Tu te joues de moi... avoue-le, tenta-t-il dans une ultime manœuvre.

– Hélas !...

L'archidiacre releva la tête brusquement, frappant du poing sa main grande ouverte qui venait de quitter la molle rotondité de son embonpoint.

– Par le sang du Christ, on ne peut pas m'humilier à ce point ! cria-t-il. C'est moi qui ai coupé la tête à l'hydre hérétique, qu'on s'en souvienne !

– Depuis elle a repoussé... Elle s'est même follement multipliée.

– C'est comme ça qu'on récompense les meilleurs défenseurs de l'Église romaine, en haut lieu ? lança-t-il vers le ciel.

Il martela du poing un pupitre, qui dans son esprit emporté représentait peut-être la poitrine de monseigneur Othon, et se campant comme un lutteur de foire, d'une voix méconnaissable il se lamenta :

– On veut me faire taire, on veut me décourager de dénoncer la subversion hérétique, c'est ça ? Vois mon neveu comme on récompense mal mon admirable ténacité ! On veut m'immoler, par le diable !

– N'exagérons pas, railla Arnaud. Vous n'êtes pas menacé de mort.

– Je me suis exposé tout devant, continua le chanoine, j'ai pris tous les risques, seul, avec un courage singulier, admirable. C'est moi le premier qui ai donné des noms, c'est moi qui ai condamné au grand jour les suppôts de l'hérésie, à commencer par ton maître, le vicomte Roger.

Saisi par une illumination il ouvrit des grands yeux, agita sa langue :

– Je comprends tout, il se venge !

– C'est bien possible, reconnut Arnaud sans perdre son sourire narquois. Pour une fois vous voyez juste.

L'archidiacre tournait dans la pièce, encensant du col comme un cheval fou. Il hennit :

– Quand je pense que j'ai affronté seul toutes les menaces, que j'ai résisté à toutes les intimidations... Dieu du Ciel ! J'ai même enduré le martyre !

Il ne se contenait plus. Arnaud s'effraya. Il ne l'avait jamais vu dans cet état. Il s'enquit avec douceur :

– Le martyre ?

– Souviens-toi du châtiment inique que m'infligea le vicomte, il y a quelques années, en m'enfermant ignominieusement dans une forteresse du pays de Sault ! Au pain et à l'eau pendant un an. Je ne suis pas près de l'oublier.

Arnaud contempla l'embonpoint de son oncle, recouvert et comme protégé à nouveau par la main lourdement baguée. Il laissa tomber :

– Vous avez bien remonté la pente.

– C'est la foi qui m'a maintenu en vie.

– La foi et le désir d'empêcher l'expansion de la peste hérétique je suppose, mon oncle.

– Exactement.

– Dieu éprouve le plus durement ses plus fidèles serviteurs. Souvenez-vous de Job.

– Faut-il qu'il m'aime pour m'affliger à ce point !

– Peut-être veut-il faire de vous un saint.

– Qui sait ? Les desseins de Dieu sont impénétrables.

– Impénétrables et inattendus bien souvent. De mon côté j'ai déjà offert ma déception à la Vierge Marie. Voyez si je suis bon chrétien, mon oncle. Vous ne devez pas l'être moins. Vous avez toujours été un exemple pour moi.

L'archidiacre croisa ses mains et, les paupière baissées, réfuta :

– Je ne suis qu'un pauvre pécheur...

– Comme nous tous. Mais je sais que vous êtes secourable... Mon oncle, pouvez-vous me rendre un service ?

– Dans la mesure de mes modestes moyens, certainement. Mais ne me demande pas d'argent, je n'en ai point.

– Non seulement je ne vous en demande pas, mais c'est moi qui vais vous en apporter.

Le chanoine devint méfiant :

– Je ne comprends pas.

– Voilà. Le vicomte, ses barons, des négociants aussi déposent de grosses sommes d'argent au palais, qui pour payer une rançon, par exemple, qui pour garantir un marché, ou pour mettre à l'abri discrètement quelques économies, je ne sais pas tout, bien sûr.

– Bien sûr.

– Mais je suis responsable de cet argent sur ma tête, et je ne sais où le cacher. Aucun coffre, aucun placard n'est sûr au palais. Si je pouvais laisser cet argent chez vous je serais plus tranquille. Nous serions seuls à en connaître l'existence, et comme l'enclos canonial est gardé, je ne connais pas d'endroit plus assuré.

Raimon de Moure approuvait par de petits hochements qui faisaient trembler ses mentons. « Je comprends, je comprends » répétait-il, manifestement soulagé.

– Et vous aurez une gratification bien sûr, pour la gêne et le souci que je vous apporte.

– Une gratification ? Comment cela ?

– Quand je reviendrai chercher l'argent, vous toucherez un dédommagement pour votre peine. Bien entendu tout sera écrit : rentrées, sorties, dédommagement, il faudra tenir des comptes en règle.

– Oui, oui. Des comptes en règle. Reste qu'il n'est pas dans la vocation d'un chanoine de faire du commerce, reconnais-le. Encore moins le commerce de l'argent. Si ça se savait...

– Vous ne serez pas nommé. Et de toute façon nous serons les seuls témoins de ces mouvements, vous et moi. C'est indispensable.

– Imagine qu'on m'accuse d'usure...

– Il ne s'agit que de rendre service, non de gagner de l'argent en prêtant. Encore qu'il m'arrive de tirer d'embarras des seigneurs partant en croisade, ou quelque chevalier rançonné.

– Je vois bien qu'il s'agit d'une banque. Cela nous est interdit, mon neveu, mais après le coup qu'on m'a fait j'avoue que je n'ai plus autant de scrupules à enfreindre les canons de la sainte Église. N'est-elle pas devenue le temple de l'iniquité ?

– On peut se le demander en effet, approuva Arnaud sans réserve, à voir de quelle façon vous êtes traité... C'est parce que vous êtes trop bon. On en profite.

Le chanoine secoua sa main devant lui, à plat. Ses bagues jetèrent mille feux.

– C'est fini, fini, dit-il la bouche amère. On s'est joué de moi, je sors du jeu. Ainsi mon neveu tu peux compter sur moi. Mais assure-toi toutefois qu'il s'agit d'argent bien gagné. Je ne voudrais pas faire le receleur. Le châtiment en est sévère.

Arnaud de Moure s'offusqua :

– Mon oncle ! Vous me connaissez, jamais je n'accepterai l'argent du pillage ou de l'extorsion. Ou même acquis dans des activités déshonnêtes. Je peux vous jurer que je n'ai à faire qu'à la meilleure gent.

Le chanoine approuva :

– Dans ce cas nous pouvons travailler ensemble. Je te laisse libre de fixer toi-même mon dédommagement, dans des proportions raisonnables. Mais songe que je cours de gros risques à t'épauler...

Arnaud ne s'attarda pas davantage. Refusant courtoisement le vin de tous les jours que le chanoine lui offrait, le sachant médiocre, il s'en revint vers le palais de la cité à travers les petites rues pleines de monde, encombrées de mules, d'ânes, de petits métiers.

Je veux être riche, se répéta-t-il tout le long du chemin, soucieux d'entretenir sa détermination. Riche, puissant et craint.

Et aimé aussi. Mais d'abord riche, ensuite puissant et craint, et le reste en plus, comme une récompense.

Il avisa un marchand d'oublies qui avait coutume de mêler à la pâte de l'angélique confite, ce qui donnait à la pâtisserie fort commune un sublime parfum sucré.

Il en acheta six, pour la journée, et regagna ainsi chargé le palais.

Revenu dans son *studium* il eut encore une bouffée d'exaspération en pensant que son oncle se laissait dépouiller comme un culvert. Il se recommanda toutefois de le ménager, car il allait devenir une pièce essentielle de la mécanique meunière qu'il était en train d'assembler. Si j'arrive, se dit-il en enfournant la première oublie, à régler parfaitement ce délicat assemblage, comparable à la charpenterie d'un moulin à eau, nul doute que je deviendrai plus riche qu'un chanoine, dont le sort est déjà fort enviable.

Encore fallait-il ne pas se précipiter. Il savait que son penchant à vouloir tout et tout de suite avait déjà suscité autour de lui beaucoup de méfiance. Et pour commencer cette tentative avortée d'entrer de plain-pied dans la chancellerie du roi d'Aragon. Un échec remédiable, il en était persuadé, mais un bel échec tout de même.

« Tout ça par la faute de la comtesse Adélaïs ! » cria-t-il aux passants dans la rue, qui ne pouvaient l'entendre hors du palais. Cette putanelle, qui fuit désormais le roi d'Aragon après l'avoir excité m'a fait perdre une place de conseiller royal. Et rien à espérer avant longtemps de ce côté.

Néanmoins Arnaud de Moure restait serein, se sentant poussé par le destin – il ne savait trop qui il devait remercier, Dieu, un saint ou son ange gardien – et pensait que tous ces échecs avaient été voulus ; ils avaient été des sortes de garde-fous apparus pour le canaliser vers sa véritable vocation : manieur d'argent, banquier.

Plus tard, sans trop attendre tout de même, quand il prêterait de fortes sommes aux grands barons, aux comtes, aux rois peut-être, et qu'il en tirerait de solides protections, il pourrait renoncer à son état de clerc et s'établir comme usurier patenté. Il prêterait à la gent noble, la plus dépensière, la plus festive, à des conditions mirifiques. Il se lancerait alors dans le grand négoce, et il serait appelé à une cour royale.

Il épouserait une fille de très haut lignage...

Mais d'abord amasser de l'argent.

Assuré de sa vocation il avait pu tirer la leçon d'une aventure en apparence fortuite – en apparence seulement – et dont il comprit par la suite qu'elle était le signe aveuglant du destin. Comme il fréquentait les communautés cathares de Carcassonne et d'ailleurs, à l'occasion des déplacements du vicomte, il fut sollicité pour apporter au chef de l'Église cathare de Béziers une importante somme d'argent qu'il était risqué de faire circuler par d'autres moyens.

S'étant acquitté de sa mission avec efficacité et discrétion il fut à nouveau requis. Se déplaçant souvent pour une affaire, avec ou sans le vicomte, il était apprécié par l'Église cathare pour la discrétion de ses transferts. Allant d'une communauté à l'autre il portait dons et legs, aumônes, fonds pour favoriser l'implantation de nouveaux couvents et s'attacher les services des petits seigneurs et de leurs chevaliers sans le sou. Le temps était compté. L'Église romaine pouvant se réveiller plus tôt que prévu, il fallait être prêt à endurer une longue guerre.

Cet argent remis sans témoins provenait aussi des mains de riches marchands, de petits barons, d'envoyés mystérieux vêtus des couleurs de la nuit et pressés de repartir se fondre dans les ténèbres, après avoir abandonné dans les mains d'Arnaud, entre deux longues bénédictions, quelque poche de cuir roux contenant des pièces d'argent ou du métal précieux.

Enfin, et ce fut la dernière étape, on lui proposa de conserver de l'argent chez lui, sans destinataire nommé, en prévision des événements à venir.

À l'abri des fouilles et des persécutions dans les palais de Trencavel, Arnaud était devenu en quelque sorte le banquier de l'hérésie, en particulier dans le Carcassès. Mais s'il jouissait d'une grande sécurité au regard des inquisitions romaines, il n'était pas à l'abri des vols. Et comme il ne pouvait être assuré que son manège passerait éternellement inaperçu, il lui fallait absolument une cachette inviolable. Quel meilleur endroit que le logis de l'archidiacre, réputé pourfendeur d'hérétiques, pour abriter le trésor de l'Église cathare ?

Ce lourdaud va enfin me servir à quelque chose, pensa-t-il en attaquant la troisième oublie.

Il imagina sa famille venant ramper à ses pieds pour obtenir quelques miettes de la manne hérétique. Il en fut extrêmement réjoui.

La nuit son esprit travailla encore.

Au matin avait fleuri une idée merveilleuse, capable de multiplier à l'infini la production de son moulin à finance. Si les donateurs de l'hérésie étaient pris et condamnés au mur pour de longues années, ou mieux encore brûlés, l'argent qu'ils lui avaient confié sans témoins lui appartiendrait entièrement et définitivement. Il aurait alors tout le temps de le faire fructifier, ou de le dépenser, à sa plaisance.

Lui revinrent à la mémoire les saintes exhortations des derniers conciles, ordonnant à tout chrétien de la vraie foi de dénoncer sans complaisance ceux qu'ils connaissaient comme hérétiques, empestés de fausses croyances, qu'ils soient amis ou parents, voisins ou inconnus. Et même les père et mère devaient être dénoncés par leurs enfants !

Appliquer strictement les commandements conciliaires, songea Arnaud, dénoncer sans faiblesse toute déviance, non seulement était une pieuse obligation, agréable à Dieu, mais encore allait augmenter rapidement et dans des proportions incommensurables les sommes libérées de tout maître.

Il allait de soi qu'il devait dénoncer en premier les plus importants donateurs.

Il rêva que dans un excès de zèle il dénonçait son oncle l'archidiacre, le confondant comme trésorier des hérétiques. Cette idée le fit rire aux éclats.

Il riait encore en quittant sa chambre pour se rendre à la chapelle. Au premier venu qui l'interrogeait sur sa gaieté matinale il confia : « Aussi bête que mon oncle il faut un don ! »

VI

On quitta la forteresse d'Ambialet quelques jours après mon étrange nuit dans la mine. Il pleuvait. Les chevaliers du Castelviel repartirent sur Albi, à mon grand soulagement, remplacés par ceux descendus de la montagne et qui appartenaient à Frézoul de Montredon ou à Sicard de Lautrec, un cousin de Roger qui s'était taillé une petite vicomté dans celle de mon mari, à la faveur des guerres méridionales. Mais soucieux de rester en paix avec lui il se déclarait toujours son vassal.

Tout autour de nous la montagne fumait. « Ce sont les feux des mines qui flambent le matin », nous affirma Frézoul sur un ton important.

La montagne sombre, bruineuse, le ciel noir, les fumerolles s'échappant de ses entrailles, tout rappelait l'Hadès des Anciens gardé par Cerbère et le nocher Charon, habité par des ombres. Je proclamai tout haut ma pensée :

– Mais nous sommes à l'entrée des Enfers, par Dieu ! J'imagine là-dessous un grouillement de pauvres âmes suppliciées. Peut-être en connaissons-nous...

– Peut-être, reprit Roger. C'est pourquoi vous y êtes allée voir ?

Il guetta ma réaction.

La surprise me laissa muette. J'écartai mon cheval pour que mon mari ne remarque pas la carmination brutale de mes joues, et le sujet n'eut pas de suite. Mais il savait que j'étais descendue dans une mine. Savait-il que j'y avais pris un monstrueux plaisir ?

On passa visiter les templiers de Cambon, une commanderie modeste, encore, qui n'avait pas vingt ans d'âge. Les moines-chevaliers nous offrirent du vin avec du pain et du porc fumé. Raimon-Roger, qui réclamait une croix rouge sur sa tunique, reçut en sautoir, en guise d'hommage, une belle croix d'ivoire. Mais il aurait préféré des croix rouges peintes sur sa vêture, comme les moines-soldats, et un casque verni à large nasal, comme celui de son père.

Roger lui répéta, faisant tinter son harnachement :

– L'an prochain, mon fils, vous aurez sept années. On vous apprendra alors à manier les armes, et vous deviendrez le plus grand chevalier d'Occident.

Raimon-Roger s'enflamma :

– Je protégerai ma mère... et personne ne pourra lui faire de mal !

Roger répliqua :

– Qui parle de lui faire du mal ?

Je temporisai vitement :

– Mon fils, personne ne me veut du mal. Et vous aurez à vous consacrer, avec votre père, à des tâches plus importantes que de vous occuper de moi.

Il répéta, têtu :

– Père s'occupera des tâches importantes, et moi je m'occuperai de vous.

Je lui souris :

– Je ne vous l'interdirai pas, mon fils.

On alla plus loin voir un nouveau quartier minier. Au-dessus de Cambon des bouches s'ouvraient sur les versants, qu'on ne distinguait pas aisément sous les fourrés mais que des entassements monstrueux de roches stériles trahissaient, comme des taupinières géantes. Des sentes s'en échappaient qui menaient en se tortillant jusqu'à une mouline ferrière, au bord du ruisseau. Là le minerai était concassé grâce à la force infatigable de l'eau.

Cette mouline, que le chevalier At de Cambon, seigneur des lieux, nous assura unique en son genre, concassait la roche mineuse sous les coups lents et puissants d'énormes marteaux de bois actionnés par l'eau. Ensuite les cailloux étaient réduits en grains dans de grosses meules qui tournaient nuit et jour, alimentant sans discontinuer les fours de fonte sur le Plo de la Fage. Des hommes montaient la roche mineuse sur leur dos, dans des hottes en osier, ou sur des ânes.

Je vis des malheureux exténués saisissant la queue des ânes pour se faire tirer, mais l'ânier qui les surveillait criait et les faisait lâcher à coups de bâton.

Sur le Plo de la Fage des hommes noirs de fumée, presque nus, mélangeaient la terre mineuse au charbon de bois dans les fours ; ils y mettaient le feu tandis que d'autres actionnaient d'énormes soufflets de cuir.

Au milieu de cet enfer un petit homme dirigeait tout d'un air affairé, houspillait les uns, contrôlait les autres, comptant les saumades apportées par les ânes, et les hottes d'osier. Il faisait tout noter par un scribe chauve et borgne. Surveillant la couleur des feux il réglait les soufflets, relançait le travail, suivant des yeux les loupes de fer incandescentes tirées du fond des fours avec de longues tenailles ; elles traversaient l'air comme des comètes, jusqu'aux enclumes où des hommes jeunes, imberbes et chevelus, les muscles ronds et luisants, les cinglaient à coup de grands marteaux qui sonnaient comme les cloches joyeuses de Pâques.

Ils frappaient la loupe à tour de rôle dans une gerbe de battitures, avec force, balançant le corps dans un effort ostentatoire. Portés par le rythme de leur carillon festif les jeunes forgerons infatigables faisaient sonner le fer encore et encore, indifférents aux battitures incandescentes qui frappaient leur corps nu dans un insupportable grésillement.

Tous étaient mouchetés de nombreuses brûlures.

Ce petit homme agité, moulé dans un vêtement de cuir au moiré reptilien, clouté d'argent, j'eus de la peine à le reconnaître : c'était Grosse Tête, l'intendant Aribert, l'ancien gouverneur du palais comtal de Carcassonne, et que Roger avait chassé sous prétexte de sodomie, mais surtout parce qu'il était au château l'œil et l'oreille de Rome.

Je pris le bras de Roger, tendrement, et lui chuchotai en souriant :

– On retrouve dans ces contrées mineuses tous ceux que vous avez chassés. Si ce n'est pas l'enfer ici, c'est au moins un purgatoire.

– Celui-là, n'allez pas me demander de le reprendre !

– Non, non. Il ne demandera rien, il se plaît ici.

– Qu'en savez-vous ?

– Voyez le regard amoureux qu'il porte sur les jeunes forgerons, beaux comme les dieux de l'Olympe. Ses yeux dévorent leur peau fragile quand le feu y laisse une marque rouge, ou noire. Il est terrifié et fasciné. En extase...

Roger se tourna vers son chevalier Bernat At de Cambon, grand seigneur minier de la contrée :

– Que fait-il ici, Aribert, à part de courir après les garçons ?

At de Cambon précisa :

– C'est mon meilleur minatier. Il est à son affaire. C'est lui qui a eu l'idée d'installer des martinets à la mouline, en bas. On peut dire que la production a doublé depuis qu'il est là, seigneur vicomte. Et votre part aussi...

– J'avais donc raison de le chasser de Carcassonne. Dieu m'aura inspiré...

– Certainement, mais encore faudrait-il savoir lequel.

– Que voulez-vous dire, seigneur At ?

– Aribert est de la nouvelle foi. Il hait l'Église romaine.

Roger fit entendre un sifflement sarcastique.

– Patarin et sodomite, railla-t-il, après avoir été l'épieur de Rome ! Dieu s'y retrouvera-t-Il au Jugement dernier ?

– Aribert s'y retrouve, lui. Et du moment qu'il travaille... conclut At de Cambon sur un ton raisonnable.

Les jeunes hommes contemplés par notre groupe nombreux et mélangé ne se sentaient plus de joie et se donnaient en spectacle, frappant à qui mieux mieux sur les loupes de fer dans des gerbes d'étincelle. Ils faisaient saillir dans un effort ralenti leur musculature d'écorché, arrondissant le geste jusqu'à la démesure, scandant le rythme d'une carole de plus en plus précipitée, de plus en plus endiablée. Les jambes prises dans des braies de cuir fauve, leur virilité étroitement gainée dans des peaux rapportées, colorées ou décorées de chevaux ailés, d'anges, d'oiseaux bariolés, leur torse large baignait dans une sueur à grosses gouttes, miroitant de luisances sauvages à l'incendie des foyers.

Je ressentis un trouble, et mes filles avec moi. On se détourna.

– Vous n'appréciez plus la beauté de la jeunesse, Adélaïs ? m'interpella Roger.

– Dieu qu'ils sont beaux ! répondit à ma place Argentella, qui se balançait au rythme des coups de marteau et n'avait pas compris le sous-entendu.

– Beaux comme le diable, rétorqua Longabruna, reniflant des désirs pas très catholiques.

Raimon-Roger, fasciné par la beauté des jeunes Vulcains, voulait faire comme eux et réclamait un marteau.

Roger murmurait, l'œil rieur et furieux à la fois. Il lança, embrassant d'un œil acerbe la silhouette sans âge de Grosse Tête :

– Il va nous pourrir toute la vicomté, cet oiseau-là...

– Du moment qu'il travaille à votre fortune... intervint At de Cambon, qui rajouta :

– Nous allons passer au Fraïsse, saluer la communauté.

– Quelle communauté ?

– Celle de la nouvelle foi. Aribert en est membre.

– Un membre actif, je suppose... plaisanta Roger.

On monta au Fraïsse. La communauté cathare nous attendait, impatiente de voir notre fils, car de lui seul pouvait venir leur sauveté terrestre qui leur importait davantage qu'ils ne voulaient le dire. Les hérétiques habitaient un grand mas, avec deux bâtisses séparées par une vaste cour. La cour avait été partagée par une clôture car les femmes vivaient dans un bâtiment, les hommes dans l'autre.

On alla d'abord visiter les femmes, parce qu'elles étaient les premières au bout du chemin. Elles passaient leur journée dans un atelier où l'on cardait, filait, tissait la laine, et jusqu'à la teindre, tout cela dans un joyeux désordre qui semblait inextricable. Mais à l'observation on constatait que chacune savait ce qu'elle avait à faire ; personne ne perdait un instant.

Les femmes s'arrêtèrent de travailler à notre vue. Dans un silence total la prieure, qui se distinguait par son âge, son maintien discret et son regard franc où se lisait une indestructible conviction, et aussi, déjà, comme le reflet d'un autre monde entraperçu, vint nous accueillir en serrant un livre saint sur la poitrine.

Parmi nos chevaliers et nos femmes certains s'agenouillèrent trois fois devant la Parfaite en réclamant : « *Benedicite, bona domna !* » Puis au second arrêt : « La bénédiction de Dieu et la vôtre ! » Enfin, à la troisième génuflexion : « Priez Dieu pour nous ! » Les femmes lui donnèrent le baiser de paix. Les hommes se contentèrent de lui baiser les mains ou le livre qu'elle leur tendait.

J'appris un peu plus tard de ces fidèles que la prieure du mas de Fraïsse était une Parfaite de grande renommée, habitée du saint

Esprit qu'elle transmettait sans réserve à tous ceux qui la touchaient.

– Elle est plus forte que le prieur, me précisa un valet d'armes d'At de Cambon.

Seul son sexe lui interdisait d'être nommée évêque. Évêque de la nouvelle Église, bien entendu.

Après elle d'autres Parfaites, des Bonnes Domnas, nous saluèrent et se prêtèrent au même rituel, pour celles qui en avaient le droit, ayant reçu le consolament.

Toutes les femmes portaient un voile sur la tête ; certaines l'avaient noué autour du cou, un fichu épais qui cachait le front et serrait les joues ; d'autres plus jolies et plus coquettes l'avaient noué sur la nuque, jetant sur nos chevaliers des regards rapides et incisifs.

Je pensai avec tristesse que ces jeunes femmes, préoccupées de plaire malgré elles, ne porteraient jamais d'enfants, ne connaîtraient jamais la force d'une étreinte, le vertige d'un envahissement bouleversant.

Elles bénirent Raimon-Roger dans un lent rituel qui lassa vite mon fils. Il était resté sur son désir d'un armement guerrier comme en avaient les templiers.

Il est vrai qu'avec leur vêture blanche croisée de rouge, leur harnachement guerrier quand ils s'armaient, leurs chevaux robustes, rapides, les templiers faisaient rêver plus d'un page, plus d'un écuyer et, certainement, plus d'un chevalier.

On quitta les femmes après de grands embrassements pour passer chez les hommes. Ils étaient peu nombreux en fait. Les plus jeunes et les plus robustes étaient dans les mines où ils s'occupaient d'assurer le pain de la communauté et, d'autre part et plus impérieusement, le salut du peuple de l'ombre.

Nul doute que les mineurs dans les ténèbres poussiéreuses des galeries écoutaient avec ravissement ceux qui leur parlaient du monde des origines, céleste, lumineux, affirmant que « le Dieu bon n'a pu faire les choses visibles, qui sont toutes la cause de nos tribulations d'ici-bas ». Le prieur était un Parfait robuste que les fonctions de diacre obligeaient à courir la campagne sans cesse. Il nous attendait avec impatience, car un mourant réclamait sa présence de l'autre côté de la vallée du Tarn, dans un hameau perdu. Un homme se tenait à côté de lui, sale et pieds nus, sentant l'étable, qui devait être le messager venu le chercher. Un de nos chevaliers, qui vivait dans le château de Frézouls, se précipita à nouveau et, se prosternant jusqu'à terre, trois fois, réclama puissamment en langue notre la bénédiction du Parfait et à la troisième fois il déclama en pleurant, pour lui donner plus de force : « *Senher, pregatz Deu per aquest peccaïre, que Deus m'aport a bona fin*[1] *!* »

– Il doit avoir beaucoup à se faire pardonner, celui-là, me souffla Longabruna en agitant la main.

L'homme s'était relevé et se jetant sur le Parfait il lui imposa une étouffante accolade.

Roger se limita, comme d'habitude, à une discrète inclinaison de tête qui dissuadait en général les religieux d'aller plus loin.

Les Bons Chrétiens avaient un petit atelier où ils taillaient des vêtements et travaillaient le cuir. Ils faisaient aussi un peu de tissage.

Ils nous servirent des fruits et de l'eau, du pain et des pâtés de poisson qui étaient très bons, après trois *Pater noster* et la bénédiction du pain.

On alla dormir à Alban, dans une forteresse minuscule où ne purent entrer que les femmes. Les hommes s'éparpillèrent dans le village, dans les granges, dans les champs avec les chevaux. Nous étions au seuil de l'été et les nuits étaient douces.

Raimon-Roger nous quitta pour aller avec son père.

---

1. Seigneur, priez Dieu pour ce pécheur, que Dieu m'amène à bonne fin.

VII

Après avoir traversé les solitudes grises du Ségala Frézoul nous conduisit jusqu'au château de Montredon, qui était son fief principal. Comme sa seigneurie dépendait pour partie de Sicard de Lautrec, pour l'autre de Roger Trencavel, Frézoul en tirait une certaine indépendance. Mais comme il n'aimait rien tant que la compagnie pour boire et banqueter, chevaucher, piller à l'occasion quelque dîme, il se réjouissait doublement d'avoir deux patrons à honorer.

Pour accéder au château de Montredon on montait au-dessus des prairies claires, et des bois sombres qui couvraient la campagne d'un damier régulier jusqu'à l'horizon, par un chemin circulaire s'enroulant autour d'un puech comme la rampe de la tour de Babel.

Le château était une forte bâtisse, assez vaste, défendue par un donjon carré et un profond fossé sec qui empêchait d'écheller les murailles. Le pont-levis en se relevant doublait fortement la porte.

Frézoul s'était marié sur le tard avec une riche jeune fille du pays, Diafrosine Frottecouenne, dont le père possédait en alleu la totalité de deux ou trois paroisses des environs. Il en avait doté sa fille pour redorer le blason du seigneur de Montredon, que les croisades et la légèreté d'esprit particulière à ce lignage, comme à quelques autres, avaient rapidement terni.

En conséquence Diafrosine avait perdu avec sa virginité son état de culvert.

Elle nous attendait devant l'unique fenêtre de la salle grande qu'elle occultait totalement, nous espérant en mâchouillant des racines de réglisse. D'une taille peu commune sa charpente ne pouvait se comparer, et en quelque sorte s'affronter, qu'avec les abattis de Frézoul.

Elle avait d'ailleurs comme lui recours à une ventrière en guise de ceinture, décorée joliment de quelques clous d'argent et de bronze, et d'une énorme boucle de cuivre. Son cou épais était ceint d'un collier de vertèbres de saumon supportant sur le devant une défense de sanglier qui semblait garder farouchement le val insondable de son corsage. Un épais orfroi d'église barrait ses énormes mamelles, enguirlandées d'un long collier en sautoir où claquetaient des dents de sauvagine, de toutes sortes.

– Mon épouse, la présenta Frézoul tout à coup cérémonieux.

– Je m'en doutais, fis-je avec une ironie que je regrettai.

La jupe ample de la châtelaine descendait jusqu'aux chevilles prises dans les lanières d'immenses sandales de cuir raide qui remontaient le long de la jambe sur des chausses de laine brune, épaisse.

Sa coiffe portait un oiseau empaillé, ébouriffé, qui avait perdu un œil de verre.

– Ils sont faits l'un pour l'autre, murmura Longabruna, attendrie.

Diafrosine vint vers moi les sourcils froncés et prit ma main avant de se lancer dans un basculement inattendu qui devait être le commencement d'une révérence. Je sentis sous mes doigts la peau rugueuse de quelque peau de reptile qui me surprit et me piqua. Je retirai ma main de cette pelote d'aiguilles au moment où la châtelaine ployait le genou. Elle bascula, tenta d'un formidable coup de rein de se redresser, mais glissa et partit à la renverse sans espoir de retour, ébranlant le plancher.

Roger et Frézoul se précipitèrent pour la relever, chacun la prenant sous une aisselle odorante.

– Quelle piote je suis ! se gourmanda-t-elle, rougissante.

Se tournant vers son mari qui la tenait tendrement elle demanda, bonne fille :

– Je la recommence ?

Mon fils se cacha derrière moi.

– Non, non ! répondit l'entourage d'une seule voix.

Je la rassurai :

– Ce serait inutile !

– Et même mauvais pour le plancher, murmura Longabruna pouffant de rire.

Diafrosine tourna vers moi son visage désolé. « Je manque d'habitude. Ici... »

– C'est sans importance, Diafrosine, répliquai-je fermement avec un bon sourire.

Pour l'apaiser, et nous rassurer définitivement, je l'embrassai franchement sur ses bonnes joues, où venait une toison velue.

Frézoul avait envoyé chercher sa mère. Un homme entra tirant sur le plancher un linceul dans lequel une vieille femme sèche comme un châtaignon suçait son pouce.

On la salua. La mère de Frézoul leva le doigt et lança à la cantonade : « Faites silence ! C'est moi qui vais parler, quoi qu'il m'advienne. Je prends ma chair entre mes dents... »

– Elle a cent ans, expliqua Frézoul. Elle radote un peu.

– Pas qu'un peu ! s'insurgea Diafrosine qui ne semblait pas la porter dans son cœur. Elle est complètement folle, la pauvre femme. Oc ben !

Sur un geste impatient de Frézoul l'homme repartit tirant son attelage, qui laissait dans son sillage une odeur de démon. Les yeux de la vieille baignaient dans du miel d'abeille dont l'effet était souverain, paraît-il, pour retarder la cécité.

Frézoul quitta la salle grande et nous fit visiter sa vaste demeure avant de nous installer, Roger et moi, dans sa chambre meublée d'un lit monumental. Une véritable forteresse qu'on ne pouvait conquérir qu'en la prenant d'assaut dans un grand élan, derrière des courtines de cuir. Les chevaliers allèrent après le repas étendre leurs couches de fougères et de feuilles de hêtre dans la nuit d'été, sur les terrasses, les hourds, les logettes de bois qui s'accrochaient aux façades pour donner de l'espace aux chambres des étages.

C'était la première fois que je dormais avec Roger depuis que nous avions quitté Albi. M'obsédait l'aventure de la mine d'Ambialet, cette folie inimaginable dont je tentais vainement de rejeter la faute sur quelqu'un d'autre. Je n'arrêtais pas de me répéter : « Ce n'était pas moi ! » sans parvenir à m'apaiser. Je m'emportais : « Malheureuse que je suis d'avoir ainsi péché sans préméditation, sans volonté ! Malheureuse que je suis pour le restant de mes jours. »

Je me demandais ce que Roger savait vraiment. Je craignais par-dessus tout qu'il apprenne ma faute par quelqu'un d'autre, et qu'il s'imposât une nouvelle séparation au moment où un enfant, espoir de tout un pays, nous unissait.

Je pris les devants.

– Roger, commençai-je comme nous étions nus, perdus dans le grand lit de Frézoul, je dois vous avouer quelque chose qui m'empoisonne l'esprit et le cœur.

– Parlez ! me répondit-il sèchement.

Son regard était dur, noir comme celui du taureau.

– Vous ne m'encouragez pas à vous ouvrir mon cœur...

– Je ne vous ai rien demandé.

Je poursuivis sans le regarder :

– J'ai commis une faute, une grande faute l'autre nuit dans la mine d'Ambialet.

– Je le sais.

– Que savez-vous ?

– Que vous avez été au fond d'une mine avec Garin Garrèl et un chevalier du Castelviel.

– Que savez-vous d'autre ?

– Ce que vos yeux disent !

– Une force diabolique m'a poussée à pécher avec le chevalier.

– Putane vous êtes née, putane vous resterez...

Je m'insurgeai, mordant les draps dans un cri de douleur :

– Sans mon consentement, je le jure !

– Il vous a violée ? Nous allons le punir. Il sera tourmenté jusqu'à ce que mort s'ensuive...

– Non, je n'ai pas été forcée, je le confesse. Mais je n'étais pas consentante. C'était comme une force mauvaise venue de la terre, une fleur vénéneuse qui m'a enivrée et portée à me soumettre contre mon gré. Je ne pouvais pas résister. J'étais sous l'empire d'un désir mauvais.

– L'empire des sens, tout le monde connaît ça.

– Roger, il faut me croire. Je n'ai jamais voulu cela, je le jure, mais c'était comme si je ne m'appartenais pas, comme si j'étais une autre, endormie et faisant un rêve. J'ai pensé à la sorcière de Béziers...

– Vous aussi ? Elle arrive bien à propos !

– J'ai honte, j'ai peur aussi de me savoir si vulnérable. Je sens que je suis prise à mon tour dans la malédiction. Il n'y a pas d'autre raison.

Roger tapa des mains avec impatience :

– Qu'est-ce que vous attendez de moi ? Que je vous berce pour vous endormir ?

– Ce qui est fait est fait. Je veux que vous me croyiez quand je vous dis que je n'étais pas consentante, je veux que vous acceptiez mes explications. Ainsi nous mettrons en échec les manigances de la sorcière de Béziers, ou du diable. Car derrière tout ça c'est notre fils qui est menacé.

Roger ne répondit pas ; je saisis sa main, rampai sur son épaule.

– Je suis votre servante. Vous n'aurez plus à vous plaindre de moi. Je le jure.

Je sentais le corps de Roger se raidir, sa tête s'éloigner. Il me repoussa fermement. Je criai :

– Non Roger, pour l'amour de notre fils, restons unis. Ne tombons pas dans le piège du diable. J'ai été envoûtée l'autre nuit, j'en suis certaine maintenant. Le moine avait raison, j'étais déjà prise et il l'a bien senti. Il est clair qu'on veut nous désunir pour mieux s'en prendre à notre fils ! Par vengeance !

– Comment savoir ? Ça vous plairait de faire porter à la sorcière de Béziers tout le poids de votre mauvaise conduite...

Je m'effondrai en larmes :

– Non Roger ! Ne dites pas cela ! J'ai été victime d'un sortilège, j'en suis sûre. Ne jouez pas le jeu des méchants.

Je reniflai, ravalai mes larmes, tentant un sourire qui ne fut qu'une pitoyable grimace. Comme j'aurais voulu être belle, irrésistible ce soir-là ! Mais c'était impossible. La vie m'échappait des mains.

– Faisons la paix ! fis-je dans un souffle.

Comme il ne réagissait toujours pas j'ajoutai d'une petite voix :

– Punissez-moi, je me soumettrai.

Il me regarda, étonné. Je pris sa main, la portai à ma gorge, la passai sur mon corps :

– Ne vous détournez pas de votre femme, mon époux, ne me repoussez pas. Venez, unissons-nous, montrons à Dieu que nous sommes forts, toujours amis, amants. Et oublions tout le reste. Pour que rien de mauvais ne puisse nous arriver, à nous et à notre fils.

Je l'attirai sur moi. Il vint comme un gros chien, maladroit, contraint. Je supportai tout sans une plainte, ses gestes brusques, sans tendresse, son silence obstiné. Mais j'étais si heureuse de le ramener vers moi. Tout n'était peut-être pas perdu.

Le lendemain nous allâmes jusqu'au village voisin de Labessonnié, où nous attendait la population de la châtellenie au grand complet. On nous régala. J'étais traitée avec une grande déférence, moi l'infidèle, la femmes de mauvaise vie, la rôdeuse qui ne savait pas se garder ; la chienne.

Derrière mon visage amène je n'avais pas de mots assez durs contre moi-même, tandis que le monde entier m'honorait, me louangeait, s'inclinait à mes pieds. Je faisais à tous bonne figure, attentive à mon époux dont j'espérais en vain réchauffer la froideur, le regard lointain.

Dans ces contrées montagneuses les hommes avaient tous l'air sévère. Ils ne manifestaient en public aucune tendresse, qui serait passée pour de la faiblesse, une sorte d'attachement incongru aux douceurs de l'enfance. La réserve de Roger à mon égard ne pouvait être mal interprétée. Elle était même de bon aloi.

La nuit venue Frézoul insista pour nous amener dans les environs de Labessonnié par un chemin silencieux, jusqu'à une tour qui s'élevait haut dans le ciel nocturne, à peine éclairci dans un coin par la lune nouvelle. Un astrologue y vivait, magicien et devin, que le peuple de culverts évitait comme la peste car il avait la réputation de jeter des sorts. Mais il était recherché par les gens instruits pour lire l'avenir.

Raimon-Roger nous accompagnait, avec mes donzelles et quelques chevaliers de Montredon, les moins impressionnables. Au pied de la tour dont la base était carrée on sonna longuement de la trompe de chasse et la porte finit par s'ouvrir. Lentement, apparut dans l'obscurité un homme étrange dont on ne savait s'il était mort ou vivant. Vêtu d'une robe grossièrement tissée sous laquelle on devinait un corps sans poids, son visage plat restait inanimé, les paupières en valve de clovisse maintenues fermées, la peau jaune et tendue sur ses paumettes saillantes au-dessus d'une barbe fricheuse. Une touffe de cheveux neigeux habillait le mitan de son crâne, qu'il faisait retomber sur la nuque en une seule tresse jusque dans le dos.

Frézoul nous annonça, et lui réclama « quelques éclats de sa science ». L'homme grogna et s'en retourna ; Frézoul nous pressa de le suivre. Je suivis Roger, poussant mon fils devant moi. Le châtelain de Montredon referma la porte de fer derrière nous, s'assurant que personne ne tentait de venir ; c'était bien inutile.

Un escalier bâti dans le mur, aux marches rapides, hautes, nous amena dans une première salle à huit côtés, les quatre angles de la tour carrée étant coupés à l'étage. Par un escalier de bois on pénétra dans une tour ronde, une salle voûtée remplie de pupitres et de parchemins. Un *studium*.

Le sol était pavé de pierres tombales. Un cercueil encombrait la petite pièce, d'où débordait une vieille flassade trouée. « Son lit... » nous souffla Frézoul.

Le vieil homme devant nous traversa la pièce sans bruit, le pas glissant sur le dallage funèbre, et s'engagea agilement sur un escalier de fer scellé dans le mur qui nous porta dans la nuit tiède jusqu'à une petite terrasse, au milieu des étoiles. On resta longtemps dans le silence de la nuit, bruissante en bas d'une incroyable vie nocturne, comme si le double du monde, dans l'obscurité, se mettait à vivre à l'envers du jour.

Le mage semblait fouiller la nuit de ses mains ouvertes, ses bras maigres levés vers le ciel. Il tournait lentement sur ses talons et s'arrêta face au chemin laiteux de Saint-Jacques qui partageait en deux la voûte céleste.

D'une voix douce il nous parla enfin, montrant dans le ciel le chemin blanchoyant, comme cessait en bas la rumeur nocturne.

– Écoutez, chuchota-t-il, le lointain bruit de mer des étoiles.

Une lumière, comme un reflet sur l'eau, parcourait le champ piqueté de milliers de pointes argentées, déroulant le fil soyeux d'une musique étrange, un murmure très doux niché dans l'oreille. Montrant l'horizon qui n'était que l'échine d'une masse noire, compacte, il annonça « l'atroce Scorpion à la tête rougeâtre qui piqua traîtreusement Orion ».

En effet montait dans le ciel une belle constellation menée par une étoile très brillante à l'éclat rouge, déroulant devant elle une longue queue retournée en une redoutable pointe, et qui semblait suspendue à une ombrelle de perles fines. Sa tête plongeait déjà dans le *campus stellae*. Suivant de son doigt ce chemin blanc, sinueux (Ogive pensait qu'il contenait les âmes du purgatoire), le devin amena notre regard sur l'autre bord de l'horizon, racontant de sa curieuse voix feutrée : « Au pied de l'arche laiteuse, Zeus amoureux de la belle Danaé aux fines chevilles la connut sous la forme d'une pluie d'or. Elle enfanta Persée, le plus fameux des hommes qui trancha la tête de Méduse à l'atroce destin. »

Il nous montra Persée et poursuivit de sa voix douce : « Du sang du cou de la Méduse jaillit Pégase, le cheval ailé. Survolant le désert d'Éthiopie Persée vit une belle jeune fille enchaînée à des rochers, sur le bord de mer. Sans une brise légère qui agitait ses cheveux et sans la tiède rosée de larmes qui coulait de ses yeux Persée l'eût prise pour une statue de marbre. C'était Andromède. Sa mère, la reine Cassiopée, jalouse de sa beauté, l'avait offerte à un monstre marin. Persée le tua et épousa Andromède. »

Il nous montra Persée, Cassiopée « au visage frémissant », Andromède « aux épaules luisantes de blancheur, à la ceinture de feu » et le cheval Pégase « le coursier ailé à la bouche écumante ». Ils apparurent peu à peu à mon regard et s'imposèrent au milieu de l'amas d'étoiles.

Le vieillard nous montra encore quelques constellations étranges. Comme il mettait le pied sur la lune Frézoul s'impatienta et lui demanda abruptement, désignant Raimon-Roger :

– Mage, tu vois cet enfant, il est l'héritier du seigneur Roger, notre vicomte ici présent. Son père et sa mère veulent savoir quel sera son destin.

Le vieux mage observa mon fils comme s'il le découvrait et détournant son regard aussitôt il déclara :

– C'est le monde superlumineux qui gouverne le monde d'ici-bas. Tout y est déjà écrit. Sa loi est implacable.

– Admettons ! concéda Frézoul qui ne tenait pas à entrer dans des débats difficiles. Mais qu'est-ce qui est écrit, c'est ce que je te demande.

Le vieillard tenta de gagner du temps.

– Le cours des astres nous laisse entrevoir l'avenir pour chaque être, il le devance mais il ne le fait pas. À quoi bon devancer ce qui de toute façon adviendra ?

– À quoi bon ? rétorqua Roger qui s'irritait également, mais pour y porter remède, sang-Dieu ! Quel que soit son destin je veux le savoir dès ce soir. Parle !

Le vieillard leva les mains au-dessus de la campagne blême sous le croissant de lune, soupira longuement en soulevant ses épaules comme si un poids insupportable les écrasait. Il tourna la paume de ses mains vers le ciel et il advint quelque chose d'incompréhensible.

Devant nous naquit dans le ciel un tourbillon lumineux, d'un vert d'émeraude, qui se creusa et s'élargit en un courant ruisselant comme une rivière aux eaux rapides, s'enroulant sur elle-même. Ce vortex lumineux emporta dans son mouvement toute la voûte céleste. Les constellations basculèrent, passant du septentrion au midi, de l'orient à l'occident, tournant autour de l'étoile polaire comme fait une toupie. Puis le tourbillon s'étendit à tout le ciel, s'enfonçant dans toute l'épaisseur du firmament et apparurent des nuées vertes, bleues, rouges, dans un ciel jaune d'or passant au pourpre, à l'azur, au vert d'émeraude puis au bleu de nuit, au violet. Une infinité de couleurs d'une merveilleuse beauté se succédèrent, piquetées d'étoiles parfois si nombreuses qu'elles formaient des guirlandes de diamants, des diadèmes enserrant des ombres immenses et menaçantes, comme des monstres.

– Écoutez le temps... murmura le mage.

Le bruit de la mer d'étoiles était revenu, un bruit doux et enchanteur, apaisant.

Le centre du tourbillon s'agrandit comme un œil, un œil rouge au milieu duquel apparut et s'élargit un iris vert, d'un très beau vert, parcouru de reflets d'or. Au centre l'étoile polaire scintillait.

J'eus l'impression de prendre connaissance, en un instant et avec une évidence toute naturelle, de l'histoire de mon lignage et du monde depuis les origines, et jusqu'à la fin des temps. C'était comme si le temps vécu et celui à vivre se déroulaient en suivant sans marquer la moindre pause, comme s'il n'y avait plus de différence entre le passé, le présent et le futur, *comme si tout existait ensemble.*

Je savais le passé, le présent, et ce qui allait advenir.

Raimon-Roger se mit à pleurer. Le mage referma ses poings, refermant le ciel qui reprit son aspect habituel.

– Qu'est-ce que cela veut dire ? intervint Frézoul entre peur et colère.

– Vous le savez mieux que moi... répondit avec douceur le mage, m'observant.

Je compris alors que cette impression, cette intuition, cette connaissance de l'existence était déjà en moi. Elle ne faisait que se révéler à mon esprit par je ne sais quel sortilège. J'étais comme l'âme des hérétiques, une parcelle divine existant de toute éternité et sachant tout depuis l'origine, sans avoir à tenir compte du présent.

– Que faut-il en penser ? demanda Roger qui avait repris une attitude méfiante et combative.

– Il n'est pas plus sourd que celui qui ne veut pas entendre, soupira le mage. Mais si par le moyen de l'esprit angélique et par nocturnes apparitions tu n'as entrevu la prophétie sous nébuleuse figure alors écoute l'oracle, et par auriculaire certitude la sanctissime prédiction te sera inspirée.

– Rien compris ! s'énerva Frézoul.

Le mage, ramenant ses bras dans un geste large et gracieux, imposa les mains sur la tête de mon fils. Raimon-Roger se tut et n'osa plus bouger. Il lui demanda :

– Quand es-tu né ?

– À Pâques de l'année mille cent quatre-vingt-cinq de l'Incarnation de Jésus-Christ, répondit notre enfant sans hésitation, à notre grande stupéfaction car il ne savait pas encore compter.

– Ce n'est pas de bon augure, remarqua le vieillard.

Il avait joint ses deux mains sur la tête de Raimon-Roger, l'une à côté de l'autre, les arrondissant autour de son crâne.

J'observai le visage de l'astrologue. Il se brisa en mille rides, les yeux cachés sous les plis de ses lourdes paupières, quand il commença à cantiller, frissonnant d'irrépressibles spasmes :

« Feu du Ciel, foudre, peur, frayeur de papauté,
L'Occident tremble, chrétiens trop serrés. »

Il se tut, haletant, leva les mains et les redescendit lentement autour de Raimon-Roger. Sa bouche s'ouvrit et un murmure, comme une lamentation, s'en échappa :

« Bourgs et cités emplis de conjurés
D'une secte hérétique,
Albi, Carcassonne, Béziers,
Monde confus et schismatique. »

Il se tut à nouveau, bouche ouverte et muette, comme asséchée. Le filet de voix revint :

« Perdu, trouvé, caché de si longs siècles
Sera vicomte demi-dieu honoré,
Avant que la lune achève son grand cycle
Sera des clercs excommunié.
Par la vallée et les chemins du Rhône
Viendront routiers à la force bellique.

Béziers riant à gorge déployée
Sera première à subir le supplice.
Des habitants un seul n'y survivra.
Maisons,vierges et temples violés
Par fer, feu, coups, le peuple entier mourra.
À Carcassonne après âpre bataille
Assauts donnés dessus le pont de l'Aude
La grand cité par tromperie et fraude
Sera forcée. Des habitants un seul n'y demourra.
Perdu, trouvé, caché de si longs siècles
Sera vicomte, demi-dieu honoré
Avant que lune achève son grand cycle
Par autres clercs trompé, emprisonné. »

Le mage se tut. Comme si la vie le quittait son corps tangua, passant insensiblement d'une posture à l'autre, les bras flottant dans l'air chaud comme des herbes dans l'eau courante, et le plus extraordinaire est que je comprenais ses gestes. Ils racontaient l'existence d'un jeune héros qui perdit la vie pour sauver son peuple.

Puis il s'effondra, le visage blanc. Frézoul jura et le prenant dans ses bras il le descendit péniblement, à cause de sa propre corpulence, par l'échelle de fer jusqu'à l'étage du *studium*, où il le déposa comme un nourrisson dans le cercueil qui lui servait de lit.

– Si demain il n'a pas bougé nous n'aurons qu'à fermer le couvercle, commenta-t-il sur un ton pratique.

« Il est mort ? » demanda Roger.

Frézoul haussa les épaules.

– Il n'a jamais été bien vivant...

Pâle, les narines pincées, le visage en sueur, il était pressé de partir. « Nous verrons demain... » répéta-t-il.

En bas devant la porte une petite foule nous attendait. Je devais être blanche comme un linceul car mes donzelles se jetèrent sur moi avec des cris d'effroi, me frictionnant les mains et les épaules.

– Qu'avez-vous vu, domna ? me demandèrent-elles, angoissées.

Je ne pouvais leur dire que j'avais vu la fin du monde.

VIII

Nous avions quitté Montredon dès le lendemain, pressés de tourner le dos aux prédictions du mage de Labessonnié, et malgré les marques d'affection de Diafrosine qui refusait de nous laisser partir.

Me voyant l'abandonner si vite elle fondit en larmes. Frézoul retourna pour la soutenir, parce qu'elle s'était couchée sur le sol de désespoir. Il la consola d'une voix vibrante : « Pleure, pleure, cœur plein d'amour, de jeunesse et de vie. Je voudrais bien pleurer avec toi... »

Sur le chemin qui nous menait vers les montagnes bleutées de Lacaune j'interrogeai Trencavel :

– Roger, mon époux, qu'avez-vous entrevu hier au soir dans le ciel ? Et dans les paroles du mage ?

Roger resta pensif un moment. Il hésitait à répondre.

– Comment saurait-il la volonté de Dieu, ce faux moine ? Alors que Dieu n'est même pas de ce monde !

Je rapprochai ma jument.

– Roger, dis-je irritée, nous avons été avertis par je ne sais quel sortilège de la menace que font peser sur nous les hérétiques de nos États. C'est bien ça qu'a prédit le mage : Rome lassée des menées de la secte hérétique enverra une armée, nos villes seront prises, nos sujets tués, d'autres bannis ! Or quand vous dites que Dieu n'est pas de ce monde, vous parlez comme un hérétique, vous donnez raison à la secte cathare. Quand vous injuriez l'Église romaine, vous portez témoignage de la parole des Bons Hommes, vous confirmez leur opinion.

– Je la confirme, sans peine ! Et alors ? Où voulez-vous en venir ?

– Ne voyez-vous pas que c'est vous, et vos compagnons, vos barons, tous de bon lignage, qui excitez les Loups de Rome et les poussez à venir nous faire la guerre ? C'est vous qui les appelez par vos provocations, par vos paroles inconséquentes, vos railleries. Aussi par pitié écoutez ce mage.

– Il nous a promis une croisade qui prendra Béziers et Carcassonne... Nous avons déjà connu deux croisades ; une troisième ne me fait pas peur. Elle n'aura pas davantage de succès.

– Vous vous obstinez ! Vous poussez votre peuple à se révolter contre Rome ! Et quand votre cité de Carcassonne sera prise, que ferez-vous ? Des génuflexions dans un couvent de Parfaits ?

– *Cara comtessa !* Vous devriez savoir que Carcassonne est imprenable.

– Le vicomte emprisonné... J'ai bien entendu.

– Au pire si cela arrivait je paierais la rançon, selon les bonnes règles de la chevalerie.

– Hélas ! il ne s'agissait pas de vous, mais de votre fils.

– Il aura de quoi se libérer. Nous irons tantôt visiter les mines d'argent que vous ne connaissez pas encore. Vous qui vous complaisez dans les mines... (je restai de marbre) vous comprendrez ce que je veux dire quand je dis que nous avons de quoi payer une rançon. Souvenez-vous que mon père, perfidement capturé par le vôtre...

– Perfidement ? Il a été pris sous les murs de Toulouse ! Que faisait-il là ? Il n'était pas chez lui, que je sache.

– Peu importe ! En tout cas il a versé à votre père sans sourciller 4 000 marcs d'argent. Vous vous rendez compte ? Quel autre seigneur du Midi aurait pu le faire ?

– Une rançon, le mage n'en a pas parlé.

– Quant à faire tourner le ciel, poursuivit Roger sans m'écouter, on dit qu'en Perse les mages font ça couramment. Ils l'apprennent dans leurs écoles.

Ainsi donc j'étais la seule à avoir entrevu la fin des Trencavel, la seule à me douter qu'ils seraient emportés par la peste hérétique. Mais comment empêcher ce malheur avec mes seules forces ? Qui autour de moi voudrait me croire, m'aider ?

Me revint en mémoire la vision de l'abbé de Saint-Pons, Raimon de Dourgne, se tordant de souffrance dans son fauteuil, les yeux enflammés par la foi. Avec son corps cadavérique il avait déplacé des montagnes. Moi la nouvelle Judith, moi qui m'enorgueillissais un peu vite d'avoir sauvé notre principauté, notre peuple en lui donnant un héritier pour les temps à venir, je compris que je devais reprendre les armes. Tout recommencer.

Il me faudrait désormais affronter les hérétiques, leurs chefs boursouflés de l'orgueil des martyrs, leur Église invisible, tentaculaire, intransigeante. Il me faudrait persuader nos vassaux de revenir dans le troupeau de la sainte Église romaine, catholique et apostolique, aussi repoussante d'arrogance et d'immoralité qu'elle soit.

Il me faudrait tout faire pour endormir les Loups de Rome, les caresser. Et s'ils se mettaient à gronder je devrais par je ne sais quel miracle détourner l'ire papale de nos belles cités, de nos beaux châteaux.

J'étais seule. Seule à craindre le seigneur pape, seule à révérer notre sainte mère l'Église, à l'aimer malgré l'indignité de ses prélats, de ses abbés, de quelques prêtres, seule peut-être à détester la guerre, seule à pressentir dans les dogmes de la nouvelle foi le germe d'une nouvelle tyrannie pire que dans le temps présent car elle comptait pour rien les beautés terrestres, la joie de vivre, l'amour. Elle osait présenter le sentiment sublime du *joy*, qu'on ne connaissait qu'une fois dans sa vie, peut-être, comme la séduction la plus pernicieuse de l'œuvre du Malin.

Je ne pouvais m'accommoder d'une telle philosophie. Je connaissais ma mission désormais : rassembler l'Église, une et indivisible, en ramenant les égarés. Que par leur errance ils n'aillent pas exciter l'appétit des loups, les ramenant avec eux vers le troupeau.

– Il faut sauver le troupeau ! m'écriai-je devant Roger étonné.

À Lacaune, les consuls nous attendaient avec tout le peuple. Nous signâmes quelques donations, quelques engagements, et tous ceux qui détenaient un fief de par nous jurèrent fidélité à notre fils. Raimon-Roger tenait son rôle très sérieusement, habité d'une ardente fierté de protéger son peuple, et parlant comme un homme il s'engageait à récompenser et à défendre ses fidèles vassaux.

Le peuple était en larmes. Des larmes de joie.

*

Quittant Lacaune sous les acclamations nous descendîmes à travers le Somail jusqu'à l'abbaye de Saint-Pons. Sur mon insistance Roger avait accepté de prendre à notre service un moine instruit, afin de donner à notre fils la meilleure éducation possible dans le domaine des lettres et de la prière. Or il y avait dans ce monastère de Saint-Pons des hommes très instruits.

L'abbé Ermengaud, prévenu, vint à notre rencontre. Il semblait avoir oublié nos affrontements et, soucieux de rester dans les bonnes grâces de Roger qui avait approuvé sa nomination à la tête de l'abbaye de Saint-Pons, à la demande du roi d'Aragon, il arriva au milieu d'un *decorum* digne d'un roi.

Tous les frères, même les convers illettrés qui ne pénétraient jamais dans le chœur, étaient revêtus d'une chape, et les enfants d'une tunique blanche. Un frère devant portait l'eau bénite, entouré des bannières de l'abbaye au portrait de la Vierge, précédant les croix de procession et un crucifix d'or entouré de chandeliers et d'encensoirs. Quatre moines chenus, amincis par les jeûnes et les souffrances de la vieillesse, engoncés dans des chapes précieuses raides comme des carapaces, portaient les reliques. Devant venait un reliquaire en forme de bras d'or massif dans lequel était conservée une main de saint Pons. Derrière eux des moines exposaient à bout de bras des évangéliaires et les autres ornements de la procession.

Le plus extraordinaire était que dans un élan d'humilité impensable l'abbé Ermengaud et tout le cortège venaient nu-pieds, chantant de bon cœur les antiennes, litanies et répons accoutumés.

L'abbé accueillit le vicomte en lui offrant l'eau bénite. Roger fit semblant d'y être sensible. Je la reçus aussi, et j'eus par la suite droit aux mêmes honneurs que mon mari. Jusque dans l'abbaye de Saint-Pons j'étais devenue une reine.

On parvint au couvent au milieu d'un carillon assourdissant. Il avait attiré le peuple menu qui, réjoui, nous accompagna jusqu'à la clôture.

L'office qui suivit notre arrivée, dans l'église du monastère, fut un émerveillement. Dans la fumée épaisse d'un encensement permanent, entourés d'une forêt de cierges qui depuis le cierge pascal, à sa tête, se répandait dans toute la nef, nous fûmes transportés dans une espèce d'orage musical où les moines enchaînaient les hymnes, les enrichissant de tropes et d'ornements nouveaux, inconnus, d'une grande habileté et d'une grande audace.

On aurait dit que devant le péril cathare, dont l'austérité et l'âpreté ascétique attirait les fidèles, l'Église romaine répondait par la séduction et l'ivresse des sens.

Et c'est un peu ivres que nous gagnâmes le logis abbatial que l'abbé nous avait abandonné, se contentant d'une petite cellule de moine.

« Trop, dis-je à Roger, l'abbé en fait trop. Que nous veut-il ? »

Il répétait qu'il avait pris très à cœur notre recherche d'un bon précepteur. Le lendemain il nous recommanda un frère qui, affirmait-il, répondait à toutes les exigences de la fonction. Point par point.

– Il est patient, charitable, obéissant, mais aussi vigilant et l'esprit résolu. Humble sous la louange, généreux, bienveillant, paisible, serein, joyeux et sage tout à la fois, sa simplicité ne l'empêche pas d'être ingénieux dans le choix des remèdes, au besoin.

– Vous nous parlez d'un saint...

– Presque !

– Il ne va pas vous manquer ?

– Il s'appelle frère Boson, poursuivit l'abbé en ignorant ma question. D'ailleurs le voilà !

Parut un moine arrivant à grandes enjambées, le regard sombre, méfiant. Il s'arrêta à notre vue, interloqué, et resta ainsi, un pied levé. Il avait le visage ravagé par le tic du lapin.

– Voilà frère Boson, l'accueillit l'abbé faussement enjoué. Il aime les enfants. Son intelligence supérieure, son éducation, son habileté à l'écriture et à l'enluminure, sa saine raison, sa profonde réflexion, sa tempérance, son horreur des excès, sa charité et son souci du prochain en feront un modèle pour le vicomte jeune.

À mesure qu'il entendait la litanie de ses mérites le moine prenait une mine de plus en plus ahurie. Son nez rouge de mouton frémissait, flairant un piège. Pour finir l'abbé lui expliqua ce que nous attendions de lui. Cela me parut fort étrange qu'il n'ait pas été mis au courant de notre venue et de ses raisons. Comme je m'en étonnais l'abbé me rassura :

– Nous avons fait vœu d'obéissance. Nous allons où Dieu nous appelle, à la première semonce. Il n'était nul besoin de prévenir frère Boson. Mais si je ne l'ai pas fait, c'est tout simplement parce que je ne voulais pas le choisir à votre place. Cependant si vous l'appelez à votre service il quittera sa cuisine sur l'heure.

L'abbé eut un petit sourire en coin :

– Il quittera sa cuisine sans regrets. N'est-ce pas mon fils ?
– Sans regrets ! confirma le moine.
– Que pensez-vous de vos nouvelles fonctions, frère Boson, lui demandai-je amicalement. Vous sentez-vous capable de mener à l'âge d'homme, dans l'amour de Dieu, de la connaissance, de la vérité et de l'honneur, un futur chevalier ?
– Faut voir... répondit-il laconiquement.
Il ne voulut pas s'engager sans avoir vu l'enfant. On appela Raimon-Roger qui arriva du haut de ses six ans, une petite épée au côté, et imitant son père il demanda au moine : « Que puis-je pour toi, frère Boson ? »
Le frère en resta muet. Puis tirant d'une poche deux grandes plumes, l'une droite, l'autre coudée, il les avança devant les yeux de notre fils, déclarant :
– L'une de ces plumes appartient à l'archange Gabriel, qui l'a perdue en rendant visite à la Vierge Marie. Laquelle est-ce ?
Raimon-Roger prit les plumes, nota que l'une était courbée et l'autre plus droite, et avoua son ignorance. Le moine éclata de rire :
– Celle qui est courbe, bien sûr, car ce sont les plumes des ailes. Les anges n'ont de plumes que sur les ailes. Tu devrais savoir ça à ton âge.
Il se tourna vers nous :
– Cet enfant n'a pas encore de réflexion, dit-il déçu. Mais peut-être sera-t-il chanteur ?
Il commença une chanson et la lui fit répéter :
– *Joli mois de mai...* commença-t-il.
– Joli mois de mai, répéta Raimon-Roger d'une voix juste.
– *Quand reviendras-tu...*
– Quand reviendras-tu...
– *Me porter des feuilles...*
– Me porter des feuilles...
– *Pour torcher mon cul ?*
– Pour torcher mon cul ?
Le moine rit aux éclats, Raimon-Roger aussi. Farfouillant sous son scapulaire le moine en tira une poignée de feuilles de bouillon blanc, grandes et velues, et les passa en chantonnant une comptine sous les narines de mon fils.
J'entendis derrière moi Roger interroger l'abbé :
– Ce moine a-t-il toute sa tête ?

– Je ne le pense pas, répondit Boson en se retournant.

L'abbé nous agrippa pour nous souffler :

– Il est d'une modestie extravagante. Je suis persuadé qu'il essaye de vous décourager de le prendre avec vous, car il craint de ne pas être à la hauteur de la tâche. C'est pourquoi il fait le fou. Ne jouez pas son jeu : il est d'une merveilleuse érudition. Et de plus il est un enlumineur réputé. Sa plume fait des merveilles. Vous pourrez l'employer à la rédaction des actes, des chartes, à la recopie de vos parchemins les plus précieux.

– Justement, mon père, nous avions l'intention de rédiger un cartulaire contenant tous les actes importants signés par un Trencavel depuis la nuit des temps.

– C'est exactement lui qu'il vous faut ! Son expérience est immense dans ce domaine.

Je me tournai vers mon époux :

– Ce moine ne pouvait pas mieux tomber. Il nous sera très utile.

– Soit ! conclut Roger. Nous en ferons au moins un copiste.

Le moine qui sentait de la réserve chez mon mari l'observait avec une curieuse mimique lapinière, agitant son nez, la bouche et les yeux comme un lapin qui flaire. Il prit mon fils par les épaules et tout en l'éloignant lui confia :

– Chanter c'est prier deux fois.

– Pas n'importe quelle chanson, lui rétorqua mon fils qui ne manquait pas de perspicacité pour son jeune âge.

Il éclata encore de rire au souvenir de ce que lui avait appris Boson. L'autre prit un ton grave :

– Nous allons chanter dans l'église. Nous y serons tranquilles, l'abbé n'y met jamais les pieds.

Je sentis l'abbé très contrarié. Boson revint un moment après, portant sur ses épaules mon fils qui le guidait comme on guide un cheval, mais par les oreilles qu'il avait immenses. Mon fils riait aux éclats. Boson avait cette fois le sourire forcé du lapin, découvrant ses dents du haut.

– Soyez sans crainte, crut bon d'ajouter l'abbé pour nous rassurer, ce qui nous inquiéta définitivement, notre frère est inspiré par l'Esprit-Saint.

Roger hocha la tête et commenta, le regard amusé : « L'Esprit-Saint est dans son bon jour... »

De toute façon Roger manifestait envers son fils une tolérance coupable. Se mettant un peu trop facilement à sa place il n'était pas loin de se réjouir de voir Raimon-Roger accompagné d'un précepteur aussi fantasque, aussi lunatique, aussi capricieux que frère Boson. Il le préférait à un homme d'Église d'une austérité rebutante.

Après m'avoir répété longtemps : « Vous n'êtes pas assez sévère avec votre fils ! » dans ses tendres années, depuis qu'il avait atteint l'âge de raison et qu'il s'approchait de l'état de chevalier Roger me disait, sans méchanceté mais sur le ton du reproche : « Vous êtes trop sévère avec mon fils, Adélaïs, vous allez le dégoûter de tout... »

IX

La lune se levait sur les étangs dans la transparence du soir, arborant une face rouge tavelée. « Du sang va couler cette nuit », déclama le jeune moine Herbert, sans s'émouvoir davantage. Dans un corbillon qu'il tenait à la main il avait ramassé quelques moules, des clovisses, de jolis coquillages d'un beige rosé qu'on appelait des « tellines » dans le pays. Réputés délicieux, le frère cuisinier natif d'Arles les préparait avec de l'ail. Frère Herbert exécrait l'ail qui donne une mauvaise haleine, sans parler des renvois intempestifs qu'il occasionnait le soir à vêpres au plain-chant, quand il ouvrait grand la bouche.

« La lumière de son regard a inondé mon corps avec force et tendresse », chantonna le moine. Il était incapable de dire où il avait entendu ce refrain qui l'obsédait depuis qu'il avait quitté le monastère de Psalmodi, son monastère, en début d'après-midi, pour aller visiter les salins et se rendre compte de la floraison du sel.

Frère Herbert était chargé de suivre la production – et les revenus – des salins. Ce n'était pas une mince affaire, manifestement trop lourde pour ses épaules. Mais l'abbé ne voulait rien savoir, et l'exhortait au courage et à la persévérance.

Le jeune moine s'essuya les lèvres et un goût salé envahit sa bouche. Un goût effroyablement salé, dur, plombé. Écœurant.

Il passa la main sur son front, ses joues, rageant de sentir sous ses doigts les cristaux de sel rouler comme des grains de sable. Il tapa du pied, soupira et chercha du regard où se rincer à l'eau douce.

Il savait bien pourtant qu'il ressortait des salins blanc de sel de la tête aux pieds. Aussi avait-il l'habitude de revenir en longeant un petit ruisseau, un cheveu du Rhône (qui pouvait brusquement devenir un torrent impétueux) et qui transportait de l'eau douce jusqu'à la mer. Il s'y lavait entièrement, tout nu, parce qu'à l'abbaye il était interdit de se déshabiller devant les frères et de montrer la moindre parcelle de peau, sinon les mains qui n'étaient que des outils et le visage, miroir de l'âme.

Il se demanda pourquoi il n'était pas revenu par son itinéraire habituel. Il tenta de l'atteindre en bifurquant et se retrouva face à la grosse lune, ce qui l'inquiéta. Cette soirée n'est vraiment pas normale, pensa-t-il, la lune est trop rouge, j'oublie d'aller me débarbouiller avant de revenir à l'abbaye, et cette langueur qui m'a pris dans les paluds ! Elle m'a enraciné au cœur l'envie de m'échapper de ce monde sauvage, de ces champs de roseaux à l'infini !

Frère Herbert ne supportait plus cette terre scintillante d'une eau sournoise tapie sous les broussailles et que seul le soleil, le soir à son coucher, le matin à l'aube, pouvait révéler au marcheur imprudent, tel un miroir brisé.

« Ici ce n'est pas tout à fait la mer, ce n'est pas tout à fait la terre », lui avait dit le père abbé en l'accueillant. En effet ce n'était ni la mer ni la terre, pour lui ce n'était RIEN.

Entre deux eaux, pensa-t-il, toujours marcher entre les eaux du ciel et les eaux de la mer. Et les eaux de la terre. Entre le ciel et son envers. Et au milieu rien, rien d'humain. De l'eau encore, des lagunes, des étangs où pêchent les hérons, des marais où pataugent d'énormes taureaux noirs, des sansouires à salicorne, des robines cachées par les tamaris, un piège implacable pour les frères perdus dans les ténèbres nocturnes.

« Chaque jour est plus important que tu ne penses, car chaque jour c'est toute ta vie qui se répète », lui rappelait l'abbé de Psalmodi sur un ton amical, proche, quand il osait lui avouer sa lassitude et son peu de foi pour les marais.

Il est vrai qu'ici, pensa Herbert en balayant du regard l'horizon, on ne voit pas bien comment les jours pourraient être différents.

Sa pensée s'envola – s'enfuit – jusque dans l'abbaye de Saint-Pons, d'où il avait été chassé quelque temps auparavant, jeté dehors comme un pestiféré. Il y avait été lui-même prieur là-bas, le bras droit de l'abbé, ce n'était pas rien. Les nuits y étaient étranges. L'abbé le retenait dans son logis assez souvent, lui donnait des conseils et, pour lui éviter la promiscuité malodorante du dortoir, il le retenait dans son lit.

Il lui prenait la main et quelquefois au milieu de la nuit se renversait sur lui dans un embrassement violent et bref qui le laissait poisseux jusqu'au matin.

Sur les recommandations suppliantes de l'abbé, frère Herbert avait juré de ne rien dire. Il ne voyait d'ailleurs pas pourquoi il aurait divulgué ces étranges gesticulations nocturnes, au début parce qu'elles l'effrayaient à cause du grommellement de l'abbé, et ensuite parce qu'elles le plaçaient dans une position tout à fait particulière au sein de l'abbaye. Au fond très enviable.

Les suaves caresses, les embrassements violents au milieu de la nuit s'étaient succédé sans entrave jusqu'au jour où frère Boson, justement connu pour la qualité de ses enluminures, avait dévoilé leur passion dans un livre sacré. Le visage à nez rouge de mouton de frère Boson revint occuper l'esprit du moine, et il le revit fredonnant la chanson qui le poursuivait depuis le matin :

« La lumière de son regard a inondé mon corps avec force et tendresse. »

Ainsi frère Boson le persécutait encore. Ce refrain était d'autant plus irritant que le jeune moine ne pouvait s'empêcher de l'associer au regard bleu et pâle d'un frère de l'abbaye de Psalmodi, un frère tout tendre comme lui, sensible, impressionnable, qui rougissait au soleil et sous la fixité de son regard.

Quel dommage que la discipline, et surtout la règle du mutisme absolu les maintienne éloignés l'un de l'autre comme derrière des barreaux ; ils auraient tant à se confier, à partager.

Il revint sur la lagune par des cordons de sable, se dirigeant vers le ruisseau en priant la Vierge Marie que son eau soit claire et abondante. Quand il aperçut dans le lointain au milieu des eaux, voguant dans le ciel, l'église de bois en bordure du hameau des Sablons, au creux du golfe des Aygues Mortes, il comprit qu'il s'était encore trompé de chemin, et jura. Un tout petit juron qui aurait fait sourire son jeune ami, car ni l'un ni l'autre ne supportait les gros mots.

Comment s'était-il encore égaré ? Il jeta un coup d'œil inquiet à la lune rousse.

Une force mystérieuse l'avait attiré là, évidemment, dans cette plaine de sable, d'eau et de broussailles, un monde saumâtre et angoissant où rien ne bougeait sinon de grands oiseaux le matin sur les miroirs des étangs.

On n'y surprenait jamais, par exemple, le frissonnement des courants. Seule la respiration de la mer, par des passages capricieux, s'y devinait les soirs de pleine lune.

Il ne put s'empêcher d'admirer la nacre qui s'était répandue dans le ciel et sur chaque étendue d'eau, reflétant sa clarté lumineuse avec une magnificence qui le figea dans une prostration bienheureuse. Ivre bientôt de contemplation extatique, il regretta de n'être jamais resté aussi tard dans ce lieu, oubliant sans peine que sa splendeur enchanteresse, en le retenant, allait l'empêcher de retrouver son chemin en pleine nuit. Mais il n'était plus effrayé.

Son regard fut attiré sur une rive par quelques formes noires amassées contre un îlot. Les eaux basses avaient découvert un cordon sableux d'un beau roux et il le suivit, convaincu qu'il était guidé par une force, et qu'elle ne lui laisserait aucun repos tant qu'il n'aurait pas accompli une mission, certainement.

Il espérait une révélation divine. Ou une apparition.

Le contre-jour l'empêchait de voir distinctement ce qui s'était échoué contre le tas de sable et d'argile qui avançait dans la nacre étincelante. Il s'approcha lentement, reconnut une croix noire bercée par le léger balancement de l'eau, et sur la croix une forme blanche. Il s'accroupit, tournant le dos au couchant, se protégea les yeux avec les mains. Il resta là un moment, stupéfait, voyant sans comprendre, et tout à coup cria. Un long cri sauvage, d'une extraordinaire souffrance.

Il se détourna, vit plus loin une forme semblable qui ballottait sur l'eau, et une autre, encore une autre. Il se leva et s'enfuit à grandes enjambées désordonnées.

Il retrouva le chemin de l'abbaye sans réfléchir et ne s'arrêta de courir qu'en reconnaissant l'épaisse silhouette noire de la tour-clocher plantée dans le bourrelet qui fermait l'horizon, un monticule sur lequel était édifié le prieuré de Psalmodi à l'abri des inondations annuelles.

Quant aux autres, celles qui s'apparentaient au Déluge... Dieu seul pouvait les en protéger. Comme pour éviter de trop perdre à chaque cataclysme l'abbaye était encore édifiée en roseaux, à l'exception de l'église construite en belle pierre de Beaucaire, dérobée à une ruine romaine en allant sur Saint-Gilles.

Frère Herbert arriva devant le grand porche comme les frères sortaient de complies, se disposant à se rendre au dortoir. Le moine n'eut pas le temps de leur parler que leur visage prit une expression terrifiée en découvrant la figure pâle comme la mort de leur compagnon. Ses traits étaient méconnaissables, blêmes, les yeux agrandis et comme exorbités, rougis par la course, la bouche tressautante comme si un flot de paroles en sortait. Mais aucun son ne sortait de sa bouche, sinon un râle crachotant dû à l'essoufflement.

Ses cheveux dressés faisaient une couronne buissonnante autour de sa tête d'habitude si ordonnée, si harmonieuse, d'une beauté rare, si rare qu'on osait à peine y porter la main, tout juste la tondre chaque trimestre de la largeur d'une grande hostie.

Les frères pensèrent qu'il allait tomber raide mort dans l'instant.

Aussi sans un mot le prirent-ils par les bras et les épaules, les pieds, pour l'amener au dortoir vélocement et tenter de le coucher avant cet instant fatal.

Quand enfin quelques mots purent se dégager de sa langue le père abbé – un homme d'une cinquantaine d'années, la barbe fricheuse, les yeux bons – amena son oreille jusqu'à sa bouche. Il entendit : « J'ai vu le Christ... »

– Le Christ ? Tu l'as vu dans le ciel ?

– Sur l'eau...

– Marchant sur l'eau ?

– Le Christ crucifié... sur la croix... la croix flottant sur l'eau...

L'abbé réfléchit. Ce n'était pas un miracle, tant pis. Il avait pensé à une vision du Christ. Une apparition du Seigneur, c'était intéressant. Mais s'il s'agissait d'un Christ en chair et en os voguant le long des côtes, encore fixé à son instrument de torture, il fallait chercher une autre explication.

Comme le jeune moine avait fermé les yeux, le chef du monastère lui dit :

– Repose-toi. Nous irons demain matin, après prime, au lieu de l'apparition.

– J'ai laissé là-bas mon corbillon de coquillages, gémit-il.

– C'est sans importance, le rassura le père abbé en lui serrant les mains.

Il ne savait si le jeune moine voulait dire qu'il avait marqué l'endroit ou s'il se reprochait d'avoir oublié les coquillages pour ses frères. « Sans importance ! » répéta-t-il comme on parle à un enfant.

Frère Herbert cria toute la nuit. Le lendemain matin l'aube dégageait à peine de la nuit les broussailles des paluds, lustrant déjà d'une moire opalescente la face des étangs, que les trente moines du prieuré se mettaient en marche vers les Aygues Mortes. Des confréries de hérons s'élevaient bruyamment sur leur passage. Voyant l'amoncellement des croix contre l'îlot frère Herbert eut une faiblesse. Deux frères le prirent vigoureusement sous les bras et ils avancèrent, le père abbé en tête lançant son bâton devant lui avec précaution.

Arrivé au bord du rivage il s'agenouilla, tendit le bras et avec le bâton ramena des planches noires qui flottaient, assemblées avec quelques clous pour évoquer vaguement une croix. Une forme blanche était posée sur ces planches, les bras écartés. L'abbé reconnut un corps d'homme, couvert de sel et d'algues. Ses paumes étaient transpercées par un gros clou, et aussi chaque pied.

Un frère lui indiqua d'autres planches qui flottaient plus loin. « Allez les chercher, fit-il, qu'on leur donne au moins une sépulture chrétienne. »

Frère Herbert s'était assis sur le sol, haletant, tandis que son ami aux pommettes incarnadines lui frictionnait le dos, bafouillant des paroles d'apaisement.

Le père abbé fit mettre à genoux son petit monde autour des morts, pour une courte prière. Ensuite les moines ramenèrent les cinq cadavres, cinq hommes nus, tous crucifiés à la manière du Christ, et les emportèrent sur les planches sans les détacher. C'était plus pratique pour le retour qui n'allait pas être facile.

Le jeune Herbert répétait : « Pourquoi ? Pourquoi tant de cruauté ? »

– Les Sarrasins, mon petit ! lui répondit le père abbé. C'est un coup des Sarrasins pour nous effrayer. Il faut prévenir la Domna.

Revenus au prieuré, tandis que le frère infirmier lavait les morts et les préparait pour la sépulture avec deux convers à l'estomac solide, un moine courut avertir la Domna qui vivait au Caylar, une force plantée au milieu des effroyables marais du Vistre, à deux ou trois lieues de là.

Elle arriva sans tarder sur un vieux cheval de Camargue qui paraissait aussi âgé qu'elle. Elle en descendit maladroitement et les frères se rassemblèrent autour des cadavres, tandis que la seigneuresse du Caylar s'avançait en tenant son cheval par la bride. Le cheval ne voulant pas s'approcher des cadavres, elle le laissa pour le principe à la garde d'un moine.

On disait qu'elle avait au moins quatre-vingts ans. Elle portait des bottes à chevaucher sur des chausses raides qui épaississaient ses jambes extraordinairement torses, au point qu'à chaque pas on s'attendait à ce que le genou s'affaisse sur le côté. Vêtue d'un haubergeon de mailles fines, renforcé de plaques de fer aux coudes et sur la poitrine, à l'endroit des mamelettes, elle portait sur la tête une calotte d'acier aux reflets sombres, bordée d'une longue natte blanche qui en faisait deux fois le tour.

– Ça sent le Sarrasin, déclara-t-elle après avoir observé les cadavres. Il y a eu des attaques dans la vallée du Rhône, ces temps derniers. Et aussi sur l'île de Maguelone, les chanoines ont été rançonnés. C'est une bande nombreuse, très nombreuse cette fois. Une petite armée. Ils viennent de Barbarie certainement, de l'autre côté de la Méditerranée. Tout droit du désert.

Sa voix était étonnamment haute et tendue. Une voix de petite fille.

– On va s'en occuper, mon père, ne vous faites pas de soucis.

– Pas de soucis... pas de soucis... répétait l'abbé.

– Nous allons les recevoir, insista-t-elle en tapotant la poignée d'une courte épée suspendue à une grosse ceinture de cuir. Si on les attrape, on leur fera passer l'envie de revenir.

Elle avait été mariée à seize ans à un chevalier d'Arles. À vingt ans elle était veuve. Elle avait refusé de se remarier et comme elle tenait la force du Caylar de son père, personne n'avait pu l'en chasser. Sans enfants, elle était devenue seigneuresse reconnue de la Petite Camargue, surveillant jalousement son minuscule royaume d'étangs et de roseaux. On l'avait vue en plusieurs occasions se jeter hardiment dans la mêlée, poussant des cris de donzelle effarouchée qui avaient troublé plus d'un soldadier aguerri, et lui avaient fait perdre la vie.

Sa taille était restée fine comme celle d'une jeune pucelle. Jetant un dernier regard aux cadavres elle remonta sur son vieux cheval aux énormes sabots noirs, qui lui permettaient de traverser sans danger les sols mouvants.

– C'est un coup des Sarrasins, répéta-t-elle en selle. Ils rôdent dans la vallée du Rhône et en Camargue, et jusqu'à Maguelone au moins. Je vais prévenir le comte de Montpellier, qu'il fasse des chevauchées avec Trencavel, et son beau-père le comte de Toulouse.

– Et pendant ce temps que faisons-nous ?

– Rien. S'ils arrivent vous vous enfermez dans l'église et vous sonnez les cloches. Faites aussi du feu en haut de la tour avec des roseaux. Je verrai la fumée et je viendrai vous délivrer.

L'abbé soupira, contempla la haute tour-clocher plantée au milieu de son église quelque peu fortifiée, et la regarda partir.

– Dieu vous protégera, lança-t-elle sans se retourner, je suis bien tranquille.

Les frères contemplèrent la danse grotesque des sabots noirs, presque silencieuse sur le sol sablonneux, jusqu'à ce qu'elle se soit évanouie derrière les roseaux.

Ils se sentirent abandonnés.

*

Quelques jours après, les moines virent venir sur le chemin de Saint-Gilles un important conroi de cavaliers.

– Ils sont déjà là, les chevaliers ? s'interrogèrent les frères, heureusement surpris. C'est un miracle !

L'un d'eux monta en haut de la tour-clocher pour mieux voir le groupe qui s'en venait et qui n'était encore qu'une masse mouvante sur l'horizon plat.

– Non, cria-il bientôt à l'adresse de ses compagnons, ils ne sont pas habillés pour la guerre. Ce serait plutôt une noce.

Quand ils furent proches les moines stupéfaits découvrirent un cortège en grand arroi. Au milieu de quelques chevaliers légèrement armés, vêtus de couleurs chatoyantes, venait une litière de cuir rouge portée par deux chevaux pommelés que des valets rougeauds, en nage, tenaient à la bride. Sous les rideaux relevés formant une bordure soyeuse d'un rose intense s'encadrait le visage clair de trois jeunes femmes. Deux étaient blondes, extrêmement belles. La troisième, brune aux sourcils marqués, au nez un peu fort, présentait une mine rechignée qui la rendait peu attirante.

Parmi les chevaliers qui entouraient la litière le père abbé crut reconnaître le comte Jeune de Toulouse, Raimon. Corpulent, vêtu avec une recherche tout à fait incongrue dans ces lieux, il accostait la litière à la hauteur de la fenêtre et n'avait d'yeux que pour les domnas.

Les moines attendirent patiemment que les voyageurs les abordent. L'abbaye n'avait pas de véritable clôture, sinon des brise-vent, et le chemin de Saint-Gilles à Mauguio passant le long des cabanes de roseaux, ils avaient l'habitude d'être soudainement envahis de pèlegrins. Les chevaliers du comte Jeune descendirent de cheval et demandèrent de l'eau fraîche pour désaltérer les voyageuses. Raimon de Toulouse s'arrêta devant l'abbé, jeta un coup d'œil circulaire à l'église, aux cabanes en roseaux, et aux longues constructions en bois qui partant de l'église formaient un grand carré approximatif, dessinant une sorte de cloître à moitié ouvert.

– C'est l'abbaye des roseaux ! s'exclama-t-il.

– Seigneur comte, répliqua l'abbé, c'est en tout cas l'abbaye la plus pauvre de tout notre Midi.

Le comte Raimon demanda sa bénédiction au père, sans descendre, et but en selle. Les femmes firent de même. Derrière eux une foule de chevaliers, domnas, valets et sergents suivaient sur des chevaux de toute espèce, sur des mules et pour finir dans d'étroites charrettes.

– Qui accompagnez-vous ? demanda un moine à l'un des chevaliers du comte.

– Jeanne de Sicile, la sœur de Richard Cœur de Lion, Bérengère de Navarre sa femme et Bourguigne, la fille du roi de Chypre.

– Mon Dieu ! Vous convoyez d'inestimables joyaux. Ce n'est pas sans danger. Et où les amenez-vous ?

– À Toulouse. Et depuis Toulouse jusqu'à la cour du roi d'Angleterre.

– Que Dieu les protège. Mais d'où viennent-elles ?

– De Palestine. Elles y accompagnaient Richard, parti en croisade.

– Dieu vous protège tous ! Méfiez-vous des Sarrasins, ils rôdent en ce moment dans le pays, ajouta-t-il.

– Ils ne se frotteront pas à nous, le rassura le jeune homme.

– Voire... Ils sont nombreux cette année.

– Alors ils le regretteront ! s'entêta le chevalier.

L'abbé bénit le cortège qui s'ébranlait dans une parade éblouissante. Il doutait fort de la capacité de ce conroi festif à résister à une attaque sarrasine. Se souvenant de la réputation du comte Raimon le Jeune, qu'on ne vit jamais les armes à la main, il marmonna : « Il serait bien capable de détaler comme un lapin à la première flèche. Pauvres domnas ! »

Les femmes n'avaient prêté aucune attention aux moines, et à peine avaient-elles bu l'eau fraîche d'un poron qu'elles avaient réclamé le départ du cortège, comme angoissées par le spectacle de ces pauvres moines prisonniers des roseaux.

Les frères de leur côté restèrent longtemps sous le charme de l'ambulante apparition, d'une perfection rare.

Non, rien de laid n'avait heurté leur vue.

X

Durant l'été mon frère Raimon apparut à Béziers conduisant des domnas de très haut lignage. Je les logeai avec moi dans le château Neuf. Il y avait là Jeanne, la sœur de Richard d'Angleterre, veuve à vingt ans du roi de Sicile Guillaume, et dont la beauté blonde, véritablement célestielle, émouvait les cœurs les plus endurcis. Elle entourait d'une tendre amitié sa belle-sœur Bérengère, fille du roi de Navarre Sanche, qui venait d'épouser son frère Richard dans le port de Limassol, sur l'île de Chypre qu'il venait de conquérir.

Après un long séjour très éprouvant en Palestine elles rentraient en Angleterre. Entre-temps Richard, que ses chevaliers appelaient désormais « Cœur de Lion » tant son courage au combat contre les Sarrasins avait frappé tous les esprits, avait donné l'île de Chypre à la famille des Lusignan. Une des filles du nouveau maître de l'île, Bourguigne, accompagnait Jeanne et Bérengère.

Les trois femmes avaient beaucoup de charme, d'attrait, mais on pouvait dire que Jeanne, la sœur de Richard « Cœur de Lion », surpassait ses compagnes sans discussion. Elle réunissait la beauté angélique des blondes, la carnation nacrée des rousses, le corps délié et sans poids des femmes de très haut lignage, un esprit perspicace et d'une grande finesse. Ses sentiments passaient sur son visage avec une telle force, une si grande sincérité que l'auditoire ne pouvait s'empêcher de prendre à cœur et de faire siennes toutes ses émotions.

Je compris au premier coup d'œil que mon frère Raimon, captivé par la dernière fille d'Aliénor d'Aquitaine, l'aurait suivie au bout du monde, du moins jusqu'à la cour du roi d'Angleterre s'il n'avait pas eu peur de son frère Richard, ennemi de notre famille.

Bérengère, fille du roi de Navarre, était une brune nerveuse aux sourcils barrés. Elle avait l'air austère, ou plutôt triste. Après quelques jours d'intimité à Limassol elle n'avait jamais revu son royal époux sans ses chevaliers et ses sergents d'armes. Un nouveau souci assombrissait encore son regard : Richard, obligé de rentrer rapidement en Angleterre pour mater la rébellion de son frère Jean et de ses vassaux avait, pour gagner du temps, traversé incognito le duché d'Autriche. Reconnu, emprisonné, vendu à l'empereur germanique qui exigeait une énorme rançon, il était détenu dans une mystérieuse forteresse allemande.

Bérengère se demandait si elle reverrait un jour son éphémère mari.

Bourguigne de Chypre, descendante des Lusignan, avait une certaine ressemblance aquitaine avec Jeanne, la même blondeur, la même carnation océanique. Leurs pères, les Plantagenêts, les Lusignan, deux voisins du royaume de France, n'avaient-ils pas traversé les siècles ensemble, un jour se battant, un jour s'alliant ? Leur histoire était commune.

Mais si Bourguigne pouvait aussi se féliciter de la finesse de ses traits, de la troublante clarté de son regard, il lui manquait dans le sang une ascendance véritablement royale. Elle n'avait pas le port de reine de Jeanne, sa détermination à imposer, par une volonté réfléchie et bénéfique, des décisions lourdes d'un devenir parfois lointain. Là où Jeanne, qui avait régné cinq ans en Sicile, aux côtés d'un grand prince, aurait pris une décision sage et courageuse, même difficile, et l'aurait défendue de tout son cœur, Bourguigne imposait ses caprices, ses désirs aussi impérieux que passagers. Quand il lui arrivait de regretter sa conduite elle en faisait le reproche à son entourage.

Elle compensait ce caractère léger et inconséquent par une perfection charnelle à laquelle il n'était pas possible de rester insensible. Son corps était parfait, sa poitrine somptueuse, et nul ne pouvait l'ignorer car son goût pour les soieries et les tissus légers, opportunément fendus sur les côtés, à la taille, partout, et aussi un talent réel à se laisser surprendre à moitié nue permettaient à son entourage de témoigner avec force de son incroyable beauté.

Raimon la dévorait des yeux. S'il portait sur Jeanne un regard ébloui, admiratif, presque enfantin, il portait sur Bourguigne un regard autrement vif et direct, jouisseur, un regard de chasseur. Je compris très vite que la princesse de Chypre serait de gré ou de force sa prochaine proie, et j'en fus très mécontente. Je lui demandai sans le moindre égard :

– Que devient ta femme, Béatrix, ma charmante belle-sœur ? Pourquoi n'est-elle pas avec toi ? Que fait-elle ?

Raimon s'était esclaffé, comme s'il trouvait le sujet incongru.

– Elle ne quitte plus Toulouse, me répondit-il ennuyé. Elle n'apprécie guère les fêtes et les voyages, et se confine dans les exercices de piété. Nous allons chacun notre chemin...

– Tu veux dire que vous vivez séparés ?

– Cela fait longtemps que nous ne couchons plus ensemble, si c'est ta question. Elle n'a plus de goût pour ces choses-là.

– Avec un mari qui saute sur toutes les femmes, comme un étalon en rut, je comprends qu'elle t'interdise son lit. Une femme exige un peu de respect avant de se donner.

Raimon jeta un coup d'œil rapide à Bourguigne, s'assura que l'attaque intempestive qu'il subissait de la part de sa sœur n'allait pas la mettre en fuite. Rassuré par le beau regard amoureux de Bourguigne, indifférente aux histoires de famille, il revint vers moi, contrarié.

– Oui, oui, je la comprends, fit-il en claquant la langue. Mais je crois que nous nous sommes mariés trop jeunes. Elle n'avait aucune expérience, et depuis n'a jamais désiré en acquérir. Elle est ennuyeuse, pour parler clair.

Il se tourna vers Bourguigne, se rengorgea les yeux lourds de convoitise :

– Quand je pense qu'il y a des domnas qui sont nées pour l'amour, pourquoi perdre son temps avec celles que l'amour ennuie. Laissons-les à leur triste sort, et conjouissons-nous avec celles que la nature a dotées généreusement, pour notre plus grande joie.

Je constatai qu'il avait encore grossi, et que l'espérance de nouvelles nuits de plaisir lui fouettait le sang. Ses joues rougirent et gonflèrent, ses lèvres luisantes s'avancèrent dans une succion anticipée, ses yeux brillèrent. Son regard caressait le corps de Bourguigne, le décolleté de sa robe, ses bras, son cou, ses lèvres toujours ouvertes.

Je trouvai pour la première fois mon frère détestable, obligée de constater que s'il avait reçu de son père, le seigneur comte, un penchant follement luxurieux, il n'avait pas hérité de sa grandeur.

Bourguigne lui jeta en retour un regard ardent. Leurs yeux parolèrent passionnément, se déshabillèrent dans de longs balayages langoureux. Je voyais deux créatures en pleine parade nuptiale, oubliant leur entourage avec une indécence d'adolescents au seuil de leur premier émoi. Mon frère, qui s'approchait tout de même de la quarantaine, me sourit, conquérant :

– Petite sœur, fit-il, je ne veux pas me disputer avec toi parce que je t'aime beaucoup. Alors changeons de sujet.

Bourguigne approuva avec conviction, et tapant dans ses mains :

– Changeons de sujet, approuva-t-elle. J'ai une bonne idée : je vais vous faire une de mes imitations des statues antiques qui m'ont rendue célèbre à Chypre, l'île de Vénus. Je suis certaine que la comtesse Adélaïs appréciera.

Elle se leva d'un bond et s'emparant de quelques voiles colorés elle s'en enveloppa avant d'enlever son bliaud. Se plaçant devant une fenêtre dans un pâle contre-jour, elle prit plusieurs attitudes. L'une agenouillée, les cheveux épars, représentait une Marie-Madeleine repentante, merveilleusement ; une autre, une délicieuse bacchante, le sein nu, la face joyeuse, enivrée de vin et de musique. Une autre, l'apparition de Vénus, presque nue, naissant de l'écume des vagues, puis Vénus agenouillée, provocante, moqueuse. Circé la magicienne, et beaucoup d'autres apparurent à sa suite. Elle termina ses attitudes, comme pour reposer nos sens, par une imitation de la Virgo Dolorosa au pied de la Croix.

Tour à tour à genoux, debout, couchée de tout son long, sérieuse, triste ou lutine, inquiète, puis sensuelle, provocante, menaçante, elle adaptait ses voiles à chacune de ses attitudes, ainsi que sa chevelure. Son habileté à se parer et la vérité de ses mimiques, son talent à prendre les traits de la plus grande joie, de la plus grande souffrance, de l'amour et de la colère, de l'ironie, étaient véritablement prodigieux.

Ensuite elle chanta. Une voix chaude, charnelle. Un bel animal, pensai-je, une belle femelle que Raimon meurt d'envie de cocher. Il la cochera sans aucun doute avant longtemps.

Il le fit la nuit même, sous mon toit, dans mon propre Oustal, profitant de la grande aisance du château Neuf qui permettait de se mettre facilement à l'abri de la curiosité des suivants comme des domestiques. Son regard triomphant et lointain, le lendemain, parlait pour lui. À cet instant je compris que mon frère ne m'apporterait jamais aucune aide, s'il m'advenait quelque revers de fortune.

Me revint en mémoire un vieux souvenir. J'étais dans la petite enfance. Mes frères et moi nous séjournions à Burlats avec notre mère, la reine Constance de France. Quand Raimon la quitta pour revenir à Toulouse, elle savait qu'elle ne le reverrait pas. Elle tenta de lui donner du courage. Mais elle se désespérait : « Je crains pour vous, lui dit-elle, car je ne vois pas dans votre caractère une nature suffisamment droite et obstinée. »

Depuis ce jour bien lointain le caractère de Raimon s'était encore gâté, frelaté. Je devais m'attendre au pire. Par une sorte de clairvoyance terrifiante j'eus le pressentiment qu'il ferait un jour le malheur de mon fils.

Les voyageuses restèrent trois jours et s'en allèrent. Je suppliai Raimon de reprendre Béatrix et de faire son bonheur, car elle le méritait. Son regard vague, embarrassé, valait une réponse, qu'il ne tarda pas à confirmer.

*

Avec le retour de Roger, qui était opportunément en Albigeois quand passa mon frère Raimon (les deux beaux-frères se détestant), nous reprîmes nos chevauchées dans la vicomté. Réunissant au chef de chaque châtellenie tous nos vassaux, nous leur imposions de jurer à belle et claire voix un serment de fidélité au vicomte Jeune, mon fils.

Chacun accomplissait cette obligation avec une joie visible, selon un modèle que faisait répéter notre chancelier Bernat de Canet, et qui se concluait par : « *Et dorénavant je m'en tiendrai fidèlement à ce serment envers toi et tes successeurs, et ton fils Raimon-Roger ici présent, par droite foi ; que Dieu m'y aide sur les sacro-saints Évangiles.* »

Ensuite l'homme de sa main droite prenait la main droite de Roger, puis celle de notre fils, ou prenant à chacun une main dans ses mains il répétait encore : *« Je te serai fidèle comme un homme doit l'être à son seigneur auquel il s'est confié par les mains. »*

Combien le trahiraient, ce serment, quand leur château serait menacé, leur vie, celle de leurs proches, ou simplement leur ambition ? Sans parler du goût du lucre, du poison de la jalousie, du dépit, de la vengeance, de quelque calcul diabolique. Je voulais croire qu'après ces continuelles cérémonies, à force fastidieuses, il ne viendrait parmi eux aucun traître, et qu'aucune pensée rebelle ne pourrait croître sur le terreau d'un tel serment.

Et pourtant quel peuple avait vécu une seule génération sans connaître la trahison ?

M'apparut dans sa brutalité la tâche immense qui allait peser un jour sur les épaules de mon fils. Notre lignage flamboyait dans le ciel, il était au plus haut. Ses adversaires seraient du même bois, ils vogueraient à la même hauteur, peut-être plus haut encore, armés de la même puissance. Il lui faudrait manœuvrer le gouvernail sans erreur.

Quelles tempêtes allait-il affronter, quels cataclysmes, quelles folies humaines ?

Je me désespérais par avance de ne plus être là quand les événements prédits à Montredon surviendraient. Je priais chaque soir : « Mon Dieu, faites que je sois encore sur terre quand la tourmente d'Apocalypse viendra survoler la tête de mon fils. »

Mais Dieu ne répondait pas, me laissant comme toujours dans l'angoisse.

En attendant nous étions reçus partout magnifiquement. Notre cortège chamarré et nombreux, annoncé par une fanfare d'aboiements (Trencavel aimait emmener ses chiens avec lui quand il allait visiter ses vassaux) faisait accourir des champs et des vignes une foule de culverts qui nous regardaient passer agenouillés. Les regards brillants me suivaient aussi loin qu'ils pouvaient, plus étonnés qu'au passage de la sainte Vierge.

À Minerve, pour nous permettre de contempler longuement la cité, immense vaisseau de pierre au milieu de deux rivières, des tentes avaient été montées sur un belvédère à l'ombre des pins, où se jurèrent les serments.

On me traitait comme une reine. Le peuple nous suivit jusqu'au château après avoir passé le ravin de la Cesse tous ensemble en agitant des rameaux fleuris. Dans la salle grande parée de draps d'écarlate je reçus des seigneurs du Minervois une couronne de corail montée sur un cintre d'or, qui représentait la couronne des anciens vicomtes du Minervois.

Peire de Minerve, âgé, perclus au point qu'on devait l'aider à monter à cheval, répétait qu'il pouvait mourir, il avait vu le nouveau César du Midi. Il parlait de mon fils, bien sûr, qui avait achevé ses huit ans. La gent ne se lassait pas de contempler son beau visage, franc et souriant, encore adouci des traits féminins de l'enfance et encadré d'une chevelure longue, claire et bouclée.

Certains y voyaient habilement les traits de Roger, d'autres plus sincères, ou plus courtois, ceux de sa mère, mais tous reconnaissaient qu'il inclinait spontanément vers l'amitié et même vers l'amour.

Il suivait Trencavel comme une ombre, l'imitant en tout, une petite épée au côté. Parfois au milieu des hommages vassaliques un compliment m'était adressé, rappelant que j'étais revenue à Carcassonne de ma propre volonté donner un enfant au vicomte, à son peuple.

À Minerve, comme partout ailleurs, ma vie était connue et racontée dans ses moindres détails. Elle se répétait de château en château, de village en village. J'étais la nouvelle fée Mélusine.

Peire de Minerve était un hérétique convaincu. Il avait un fils, Guilhem, qu'il avait élevé strictement dans la religion cathare. Le lendemain nous parcourûmes à pied la citadelle imprenable, coupée du monde par des ravins vertigineux, visitant les nombreux couvents de Parfaits et de Parfaites construits jusque sur le vide. On nous rafraîchissait à l'ombre des caves et des celliers qui s'ouvraient dans les falaises comme des mirandes.

Passant devant l'église et la trouvant fermée je demandai qu'on l'ouvre pour bien marquer où allait ma préférence religieuse. Cette incartade fit très mauvaise impression sur les seigneurs pariers de Minerve, très nombreux à se disputer quelques maigres redevances, et sur le vieux châtelain qui refusant d'entrer dans un monument voué au culte de la Babylone romaine revint m'attendre dans son château en bougonnant. Son fils Guilhem le suivit mais sans ardeur, tandis que l'épouse de celui-ci, Rixorende, une cousine de Raimon de Termes restée fidèle à l'antique foi, m'emboîtait le pas en manifestant sa joie de rencontrer enfin sur les terres hérétiquées de son mari un temple catholique ouvert. Elle me félicita.

Je priai à haute voix avec mon fils et son père qui m'avait accompagné, peut-être soucieux de ne pas apparaître soumis à une communauté de foi plutôt qu'à une autre. Toutes deux ne payaient-elles pas les mêmes redevances ? Mais mon incartade devant ses vassaux l'avait irrité. La mine renfrognée il restait muet, refusant de partager mon petit office improvisé.

Raimon-Roger nous observait l'un et puis l'autre, ne sachant trop que penser. J'affrontai mon mari :

– Roger, lui dis-je dans la pénombre de l'église, un jour vous me remercierez d'avoir rouvert cette église, où ne venait plus une âme, peut-être par crainte de représailles. Pour l'amour de notre fils, ici présent, dont le destin sera magnifique ou terrible, à la volonté de Dieu, il est vital de garder l'amitié de l'Église romaine. Car elle a le pouvoir de le combler d'honneurs comme de le détruire.

Roger haussa les épaules :

– C'est elle, comtesse, qui ne veut plus de notre amitié. Rome est comme une femme jalouse, elle ne veut rien partager. Il ne suffira pas aux vieillards de Rome que notre fils reste catholique, qu'il entende la messe, il faudra encore qu'il verse le sang autour de lui, qu'il détruise toute suspicion d'amitié cathare, tout signe d'un penchant hérétique, qu'il traite ses compagnons, ses amis, ses parents, son Oustal, comme s'ils étaient ses ennemis mortels. Ce qu'elle demandera à notre fils, l'Église de Rome, c'est de se séparer de ses membres, de sa tête s'il le faut, de se mutiler jusqu'à sa propre mort. Alors seulement il aura prouvé sa soumission. Et l'Église lui fera un bel enterrement.

Il me serra le bras :

– Qui pourrait accepter pareille convention ? Qui aurait le cœur de signer la mort de son voisin, d'un compagnon d'enfance, d'un frère, d'une sœur, de ses père et mère parce qu'il aurait entendu dire qu'ils ne croyaient plus à la présence réelle du Christ dans un morceau de pain ? Parce qu'ils ne mangent pas de viande ?

Revenue dans le château je sentis les Minervois moins chaleureux, moins avenants après mon recueillement dans l'église. Ils devaient se demander si je n'allais pas susciter quelque nouvelle inquisition de leur conscience, quelque trouble dans le sillage d'un nouveau légat.

Néanmoins les festivités se poursuivirent dans l'allégresse, le peuple gros et menu du pays minervois aimant plus que tout chansons et ripailles. Comment faisait-il pour concilier l'amour de la bonne chère, qui se manifestait à toute occasion, et l'attrait proclamé pour la pénitence hérétique ? Le goût pour les plaisirs amoureux et le mépris pour les œuvres de chair ?

Encore une question à laquelle je n'ai jamais pu répondre, pas plus dans le Minervois que dans les autres vicomtés de Trencavel, ni ailleurs dans notre Midi où jamais l'amour de la fête ne fut plus grand.

Au matin on libéra les chiens sur le plateau couvert de bois et de vignes. Garin Garrèl, que j'avais tiré des mines d'Ambialet et qui avait retrouvé ses jambes comme par miracle, commandait les limiers et les avait mis sur les traces des sangliers, nombreux dans cette région et assez aisés à suivre pour que les domnas puissent se joindre à la chasse, à cheval.

Raimon-Roger ne quitta pas Garin Garrèl qui lui apprenait à suivre les traces, et revint très satisfait avec quelques bêtes noires et un ours qui pour son malheur s'était trouvé devant eux au mauvais moment.

On passa beaucoup de temps à remettre à jour les chartes immémoriales qui unissaient l'ancienne vicomté de Minerve au comté de Carcassonne, dans l'ancien temps. De ces vieux parchemins, vrais ou faux, dépendaient encore aujourd'hui nombre de droits et de redevances, d'hommages, de conventions et de privilèges âprement disputés.

L'ennui de ces querelles sans fin pour un arpent de vigne ou une maille versée au passage d'un pont branlant m'avait amenée à commander une tâche immense devant laquelle tous les Trencavel avaient reculé jusque là, qui était la rédaction d'un grand cartulaire réunissant tous ensemble les actes qui consignaient fidélités, droits, fiefs et conventions conclus depuis la nuit des temps.

Qui avait autorité sur tel château, quels étaient nos droits sur telle terre, tel bois, tel guidage de chemin, comment se répartissaient les droits de justice, les redevances sur un pont, un péage, un marché ou telle église, voilà quelques-unes des questions auxquelles nous devions pouvoir répondre sur l'heure, et tout d'abord aux plaids de justice que tenait Roger et qui n'étaient qu'une longue litanie de réclamations s'appuyant sur des conventions sans preuves.

D'autres prétendument tenues de Charlemagne, rédigées sur un beau parchemin où l'encre était à peine sèche, devaient pouvoir être contredites sans peine, même provenant d'abbayes aussi insoupçonnables que celles de Lagrasse et de Fontfroide, de Valmagne, de Caunes, où de savants érudits aidés de copistes habiles étaient capables de rédiger en une nuit des actes signés de la main d'un empereur, d'un pape ou d'un roi défunt.

Deux diacres cathares survinrent le dernier soir au cours du souper, vêtus de bure sombre que la poussière des chemins avait blanchie avant l'heure. Ils burent une coupe de vin avant que le plus âgé ne prenne la parole, dans un silence attentif.

L'homme avait les cheveux blancs et bouclés, le regard bon, la bouche cachée sous une barbe grise, touffue. Il parlait avec des gestes lents qui semblaient faire descendre du Ciel, sur l'assemblée, une grâce bienfaisante. Sa voix était forte et atteignait la cour, en bas, où s'était rassemblé le peuple de Minerve, comme averti depuis longtemps de la venue des Bonshommes.

Celui qui parlait se nommait Guilhem Cavaillé. Il prêcha contre le mariage, prétendant : « Quand on dit dans l'Évangile "ils seront deux dans une même chair" on parle du mariage de l'âme et de l'Esprit-Saint, c'est-à-dire de choses spirituelles et non de chair comme le dit l'Église romaine. Dieu a fait ce mariage afin que les âmes tombées du Ciel, et qui sont dans ce monde, reviennent à la Vie par le mariage du Saint- Esprit, au moyen des bonnes œuvres et de l'abstention du péché. C'est ainsi que l'on doit comprendre "ils seront deux dans une même chair", non pas comme dans l'Église romaine la réunion corruptible de deux chairs séparées, mais la réunion spirituelle dans le même corps de l'âme et du saint Esprit... »

La luxure restait pour les Parfaits et les Parfaites le péché le plus abominable, dans le mariage comme hors du mariage. C'était le fruit défendu de la Genèse, la faute dans laquelle Ève avait poussé Adam. Reprenant une formule que j'avais souvent entendue dans les couvents cathares, Guilhem Cavaillé répéta d'une voix forte qui sonnait comme une menace : « Le péché de luxure est d'une puanteur qui s'élève jusqu'à la voûte du ciel et s'étend par le monde entier. »

Mes compagnes ricanaient et dans la salle y firent écho quelques chevaliers, que l'éloquence du Bonhomme subjuguait moins que le décolleté et la carnation de mes donzelles.

Décidée à marquer publiquement ma foi, une fois de plus, je quittai la salle grande. Des murmures s'élevèrent à la table haute et dans l'assemblée, ici et là, mais les Parfaits avec leur bienveillance coutumière ne firent aucune remarque. Guilhem Cavaillé n'interrompit même pas le cours de sa parole malgré quelques désordres dans les rangs des chevaliers voyant s'enfuir les beautés de mon Oustal, qui par devoir m'avaient suivie.

Dans notre chambre (Trencavel, évitant de partager mon lit à nouveau, depuis ma faute dans la mine d'Ambialet, me laissait volontiers avec mes compagnes) nous nous retrouvâmes unies dans une sorte de résistance passive mais résolue à l'emprise hérétique, à sa prohibition des plaisirs terrestres tout d'abord.

Une fois encore mon refuge se trouvait au milieu des femmes de mon Oustal, qui jamais ne me comptèrent leur aide.

Chacune voulut donner son opinion sur le sermon que nous venions d'entendre.

Longabruna, que j'avais pourtant tirée de la concupiscence d'un vieillard grabataire au castellas de Murat, se moqua de la répulsion des cathares pour la chair. Argentella, sa compagne de Murat, lui fit remarquer que sa « maigreur » la mettait à l'abri des luxurieux qui, on le sait, recherchent au contraire l'abondance, le débordement, le trop-plein de chair. « Chez toi on ne sait trop à quel *sein* se vouer ! » lança-t-elle en s'esclaffant.

Longabruna le prit assez mal et lui retourna le compliment, non sans quelque pertinence. Il y avait aussi avec nous Aude de Limoux, la gouvernante de Raimon-Roger, de plus en plus désœuvrée, qui fit remarquer que la répulsion pour les plaisirs charnels était aussi partagée par l'Église romaine. « Beaucoup de prêtres, dit-elle, prêchent l'abstinence. Regardez ! »

Elle alla chercher son livre d'heures et le feuilleta devant nous, commentant : « Avant d'être veuve, j'avais demandé à mon confesseur ce qui était permis dans le mariage. Il m'a marqué à l'encre violette les jours d'abstinence obligatoire. »

Il y avait des croix violettes à toutes les pages ou presque. Le Carême, les Quatre-Temps, l'Avent, la vigile des fêtes comme les fêtes, les messes d'anniversaire pour les défunts, les abstinences du mercredi au vendredi, les intentions pour les proches, les recommandations de l'évêque, du pape, tout était prétexte à détourner du plaisir, sans parler des trop grandes chaleurs, des trop grands froids qui pouvaient entraîner un malaise avec le bouillonnement du sang.

– Et ton mari acceptait ça ? s'étonnèrent mes filles, offusquées du manque de combativité de son homme.

Aude sourit.

– J'ai inversé le sens des croix... Je l'ai comblé, rêva-t-elle.

J'avais aussi avec moi Alazaïs la Brune, de Verfeil, Douce de Pétavit et Douceline de Digne, qui avaient partagé mon exil de Burlats et étaient revenues à mon service. Alazaïs la Brune avait épousé Isarn de Dourgne, peut-être trop gentil pour elle qui aimait tant l'affrontement des corps ; Douce de Pétavit avait de son côté quitté précipitamment Peire-Raimon de Hautpoul, mon geôlier de Burlats, parce qu'il bousculait trop brutalement son indolence naturelle. Douceline était toujours appareillée avec mon chevalier Guilhem de Trénis, un géant au grand cœur mais à l'écorce rugueuse. Peu d'hommes de Trencavel venaient s'y frotter.

Leïla, la jeune Sarrasine ramenée d'Aragon, complétait mon premier cercle, déclarant qu'elle était heureuse de partager ma vie. Elle ne voulait rien y changer.

Avec les autres femmes qui me compagnaient nous partagions peu de choses. C'étaient des domnas que Roger faisait venir à sa cour pour complaire à ses vassaux, en premier les filles de son châtelain de Béziers, Raimon de Vilar. La pulpeuse Séréna, qui avait eu de Roger un fils, Aton, était venue avec ses deux sœurs, Almodis et Agnès. Elles s'étaient mises sans joie à mon service.

J'avais encore la charge de quelques épouses de seigneurs, pressées de vivre dans l'illusion d'une cour brillante, ou de venir cacher à l'ombre de mon Oustal quelques amours clandestines, ou encore d'échapper à la grisaille d'une existence monotone auprès d'un vieux mari.

Parmi elles Azalaïs la Blonde, domna de Lombers, la jeune épouse de Bernat de Boissezon. Sous le masque de l'amitié elle m'avait suppliée de la prendre comme suivante, m'assurant qu'elle se chargerait volontiers de faire venir à notre cour les plus aimables troubadours et musiciens du Midi.

Chacune cherchait à me complaire, au moins pour mieux poursuivre ses inavouables desseins. J'avais l'impression grisante de régner sans partage sur les vicomtés de Trencavel, sinon sur Trencavel lui-même, adulée comme une souveraine, aimée et crainte comme la femme de Zeus, respectée comme ne l'avait jamais été à ce jour aucune comtesse de Toulouse, et de loin.

Avec mes compagnes de la première heure, celles qui m'avaient suivie à Carcassonne, puis à Burlats, et celles qui avaient partagé mon séjour en Aragon nous faisions revivre nos souvenirs, comme les anciens croisés au retour de Palestine. J'imaginais avec l'orgueil des vieux routiers qu'à trente-cinq ans j'avais tout connu, tout vécu de la vie à la mort, les plus grandes peines mêlées aux plus grandes joies.

J'étais loin de penser, contemplant d'une fenêtre du château l'immense radeau de pierre qui semblait flotter sur les ombres des ravins, que je n'avais pas encore épuisé tout le lot des peines que Dieu, dans sa sagesse ou dans sa négligence, m'avait gardé en réserve.

Des peines d'une grande cruauté.

XI

L'abbaye de Villemagne avait engendré un bourg important qui la cernait comme une armée de siège, au bord de la rivière Mare. On pouvait penser que l'apparition de cette cité bien remparée, au milieu d'un vallon hirsute ravagé par les eaux torrentueuses de l'hiver, était due à la présence d'un couvent qui aurait fertilisé le désert. Mais la prospérité de l'abbaye, de son bourg et de tout le pays ne venait pas du Ciel, elle venait de la terre, de sous la terre. Des argentières.

La raison de notre visite était justement de régler une vieille querelle entre Roger, l'abbé de Villemagne et la vicomtesse de Narbonne qui prétendait avoir sur les mines d'argent des droits plus importants que nous, et immémoriaux.

Observant les nombreux chevaux à l'attache ou broutant les alentours de la cité, et les hommes d'armes désœuvrés aux portes, Roger marmonna :

– Elle est déjà là la vieille folle, avec ses parchemins signés de Charlemagne et pourquoi pas de saint Pierre. L'abbé les lui aura faits dans la nuit... ils ont toujours marché ensemble contre moi, ces deux là.

L'alliance traditionnelle entre les vicomtes de Narbonne et les Trencavel avait toujours été empoisonnée par les conflits de frontière entre les deux principautés. Ermengarde, la vicomtesse qui avait hérité enfant de son père, avait défendu son héritage avec une grande férocité. Roger n'aimait pas (sans pouvoir s'empêcher de l'admirer) cette vieille femme autoritaire, familière des rois et des papes comme des meilleurs troubadours, et qui n'hésitait pas à se mettre à la tête de ses barons pour aller punir des rebelles, malgré son grand âge.

Le même âge qu'Aliénor d'Aquitaine, la même trempe. Aussi énergique, aussi jalouse de son autorité, aussi rouée. En cinquante ans de règne sur la vicomté de Narbonne elle n'avait jamais cédé la moindre coudée de terre, le moindre denier.

Le roi de France disait qu'elle gouvernait comme un homme.

Elle parlait de se démettre depuis des années au profit de son neveu Pierre de Lara. C'était pour Roger la promesse d'un soulagement, au moins d'un changement, comme l'espoir de temps nouveaux. Mais rien ne venait.

– Elle est toujours là... s'exaspéra Roger sur un ton qui me fit rire.

– Son neveu ne sera peut-être pas plus commode, remarquai-je. S'il est bien chapitré par le roi d'Aragon...

Le roi Alfonse d'Aragon, à qui Roger avait donné ses vicomtés pour les mettre à l'abri d'une confiscation de Rome, avait mal pris la venue au monde de mon fils, qui devenait le légitime successeur du vicomte. L'adoption d'un de ses fils par Roger, que le roi Alfonse lui avait imposée dans une sorte de geste désespéré, n'avait plus de valeur. Et les espoirs du marquis de Mataplana, à qui le roi avait promis les vicomtés de Trencavel à sa mort, et qu'il s'imaginait déjà pressurer jusqu'au dernier denier, ce rêve n'était plus qu'une chimère, toujours par ma faute.

Si l'on ajoutait au tableau l'indignation du roi quand il avait appris que la femme qu'il croyait tenir dans ses bras à la faveur de la nuit n'était pas la comtesse Adélaïs mais sa cousine Alis, on pouvait comprendre qu'il avait du ressentiment et qu'il pensait à quelque vengeance.

Le premier assaut n'avait pas tardé. Au moment de restituer en fief à mon mari tous les domaines que Roger avait mis dans ses mains, le roi avait « oublié » de lui restituer mon douaire, les deux villes industrieuses de Limoux et Quillan et les cent châteaux du Razès. Depuis il en conservait les revenus dans l'attente de ma repentance, espérant peut-être me voir arriver devant lui en chemise, pieds nus, résignée à m'offrir aux morsures vives de son fouet.

« Pauvre roi qui se venge, et qui s'en prend à une femme pour s'enrichir, il est bien piètre chevalier », voilà tout ce que j'étais disposée à lui dire à la première occasion.

Ermengarde de Narbonne était apparentée au roi d'Aragon par sa sœur qui avait épousé un parent du roi. Elle ne pouvait ignorer dans quel désastre nos relations avec la couronne d'Aragon étaient en train de sombrer. Elle ne pouvait manquer de se réjouir du dépit amoureux du comte-roi, ni de l'irritation de son ami le marquis de Mataplana, qui était aussi son plus puissant ennemi et dont il pouvait craindre une nouvelle incartade, une rébellion ou quelque inimaginable folie.

– Non, fis-je au terme de ces pensées maussades, nous n'aurons pas moins de fil à retordre avec Pierre de Lara, le neveu d'Ermengarde. Pensez, Roger, que si elle a fait épouser à sa sœur Mantique de Lara, un parent du roi d'Aragon, un homme qui compte à la cour, cette rusée a bien l'intention de s'en servir le moment venu.

– Je préfère un blanc-bec prétentieux à cette vieille bigote, rétorqua Roger. Sachez que cette bique n'a jamais voulu discuter avec les Trencavel sinon les armes à la main.

Il était vrai qu'elle avait toujours été intransigeante avec les Trencavel, qui étaient ses plus proches voisins et qui l'encerclaient dangereusement, entre les cités de Béziers et de Carcassonne. Les discussions qui se préparaient concernant les argentières de Villemagne allaient être tendues, sans nul doute.

Comme s'il venait d'avoir la même pensée Roger se détourna de la porte grande de la cité de Villemagne, par où disparaissait le chemin, et contournant les murailles sous le regard curieux des gens de la vicomtesse il poursuivit vers la montagne.

– Nous avons bien le temps de nous esbourrasser avec la vicomtesse, fit-il. Je veux avant tout vous montrer l'importance de l'enjeu. Sachez que là-bas au pied des monts d'Orb coule la source inépuisable de la puissance des Trencavel.

On monta le long de la rivière, jusqu'à un chemin qui nous en écarta après un pont. Bientôt se révéla un hameau entouré d'un campement étrange, avec des tentes, des cabanes en bois et surtout, envahissant tout, des monticules de roche verdâtre, brunâtre, qui semblaient vouloir recouvrir tout le campement.

Un homme vint en courant nous accueillir.

– Voilà le minatier, commenta Roger avec satisfaction.

L'homme était petit et trapu, sans cou. Une barbe et une chevelure fricheuses ne laissaient passer que ses yeux brillants et son nez relevé, recuit par le soleil. Il avait détaché ses chausses du braiel et les laissait tomber sur ses chevilles, exhibant des jambes couvertes de cicatrices. Il s'inclina, déclama : « Bienvenue au Pradal », débita un compliment à mon intention en prenant la bride de mon cheval pour me laisser descendre.

– Montre à la comtesse les richesses que tu tires des profondeurs souterraines, l'invita Roger.

Son ton était amical, presque joyeux. Roger était très fier du revenu de ses mines d'argent, dont il ne m'avait jamais parlé jusqu'à cette année où il semblait vouloir me laisser découvrir, enfin, les secrets les mieux gardés de sa famille et de son gouvernement.

L'autre prit la demande pour un ordre implacable et se mit à trottiner devant nous à travers le camp jusqu'à un abri de fortune où des brassiers, une dizaine d'hommes serrant un mortier entre les jambes, cassaient avec un gros marteau ou un gros caillou des morceaux de roche. Ils les choisissaient dans un tas derrière eux, qu'on rechargeait constamment. Au loin dans leur dos des hommes descendaient par une glissoire, tirant de petites auges en bois chargées de pierres mineuses, comme des traîneaux.

Il y avait aussi des ânes qui s'en venaient sur une sente étroite et des hommes qui portaient des hottes d'osier retenues par une large courroie sur le front. Chacun pénétrant dans le camp passait devant une cabane où son chargement était noté par un scribe sur un parchemin.

Le minatier expliqua :

– Les hommes de charge descendent la roche mineuse depuis les galeries que nous creusons dans la montagne, jusque dans le camp de concassage.

– Les galeries sont loin ? demandai-je aimablement.

– Certaines sont assez loin, d'autres tout près. Voulez-vous en visiter une, peut-être ?

– Non, non, la comtesse perd la tête dans les mines, persifla Roger.

Je ne relevai pas le sarcasme et le minatier poursuivit son enseignement.

– Dans les ateliers la roche est brisée en gros morceaux qui sont triés. Ceux qui ne portent aucune trace de plomb d'argent sont rejetés. Les autres sont broyés assez finement avant de passer sur les bancs de lavage, là-bas.

On voyait le long d'une rigole des bassins où travaillaient des hommes et des femmes à moitié nus, brassant des tamis de débourbage.

– Ensuite, commenta le minatier, le sable propre est répandu sur les tables que vous voyez plus bas, recouvertes de draps de chanvre. On envoie sur la table un fort courant d'eau qui trie la poudre : les paillettes contenant du plomb argenté sont plus lourdes et se prennent dans les fibres du drap. Quelquefois nous retrouvons des paillettes d'argent natif, pur. Malheureusement (il se tourna vers Roger) c'est trop rare. Mais ne nous plaignons pas, seigneur vicomte, le minerai ici est d'un bon rapport.

– Je ne me plains pas, le rassura Roger. Ces mines me rapportent plus que toutes les vignes...

– D'autant que le vin, nous le buvons presque tout, ajoutai-je.

Roger sourit :

– Vous n'êtes pas la dernière à le goûter... À force de traîner dans les monastères, vous avez pris les habitudes des moines.

– Je n'ai jamais caché que j'aimais le vin.

– Pourquoi faudrait-il se cacher ? demanda Longabruna qui l'aimait à la folie.

Roger s'impatienta :

– Continuons, fit-il.

On alla vers des installations sous un abri de lauzes. C'étaient des fours. Le minatier vint près de moi et me confia :

– Le minerai est placé dans le foyer, mélangé avec du charbon de bois. Un lit de roche mineuse, un lit de charbon de bois, chacun épais de quatre doigts. Quand la température est suffisante le plomb argenté fond et coule en bas dans un moule.

Il alla prendre un petit lingot de plomb sur une table, qui avait la forme d'une poire.

– Voilà ce que ça donne, fit-il en brandissant le lingot grisâtre, échiqueté de marbrures vertes et rouges. Maintenant nous allons retirer l'argent du lingot en le faisant fondre dans une coupelle de cendre, et sur le feu. Vous allez voir.

On se serra autour de lui, très excitées. Il prit le lingot, le frotta soigneusement à son devantier de cuir et alla le placer sur un feu dans un creuset d'aspect étrange, fait de cendre et d'os calcinés. Le lingot de plomb fondit lentement, imprégnant peu à peu la cuvette de cendre, tandis qu'à sa surface frémissait une sorte de peau grise, fragile, que le minatier enlevait délicatement avec la lame de son couteau au fur et à mesure qu'elle réapparaissait. « Ce n'est que du plomb », commenta-t-il sobrement.

Au bout d'un long moment, après avoir retiré par petites touches une grande quantité de plomb apparut au fond de la coupelle un bouton d'argent. C'était comme une magnifique perle de nacre naissant d'une huître grossière.

Saisissant adroitement le bouton resplendissant avec une pince le minatier le plongea dans de l'eau, et quand il fut tiède à sa joue il le fit rouler dans sa main, le frotta à son devantier et me l'offrit.

Je l'élevai au-dessus de moi, le faisant briller au soleil entre le pouce et l'index, cantillant : « Prenez et mangez. Ceci est mon corps qui va être sacrifié pour vous. Faites ceci en mémoire de moi... »

Le minatier se récria, horrifié :

– Domna, vous blasphémez !

– Rien ne l'arrête, commenta Roger sur un ton faussement réprobateur.

Je souris au minatier :

– Mais non, mestre des montagnes, je plaisante...

– Aninat, répliqua le mestre.

– Aninat ?

– Mon nom est Aninat, domna comtessa.

– Je plaisantais, mestre Aninat. En réalité je pensais aux évêques qui prêchent l'Évangile selon saint Marc et l'appliquent selon le saint marc... d'argent.

Je refis une élévation de la boule brillante, proclamant cette fois :

« Voyez dans la lumière du matin comme étincelle la puissance éternelle des Trencavel, voyez sa force rayonnante surgie des profondeurs de la terre. Que cette puissance forte et généreuse reste au service du Bien, et qu'entre les mains de notre fils Raimon-Roger elle devienne épée de justice, bouclier de notre peuple, et la tour de défense de notre Église catholique, apostolique et romaine, expurgée des simoniaques, des convoiteux, des cupides, des luxurieux et de tous les méchants qui s'y cachent. »

– Amen ! fit Aninat avec conviction.

– Il ne va pas rester grand monde ! remarqua Roger, faisant s'esclaffer mes compagnes que tout faisait rire.

On m'applaudit toutefois, et le mestre des montagnes plus que les autres. J'avais là peut-être un allié important pour la défense de la sainte Église, que je pensais encore capable de s'amender et de se réformer, en toute humilité.

On revint joyeusement vers la cité de Villemagne, admirant les vastes bâtiments de l'abbaye, surplombés un moment. La haute tour du logis abbatial dépassait de moitié les remparts d'ailleurs peu élevés, une grande partie des courtines étant construite en pisé.

Mais elle dépassait aussi les tours des clochers de Saint-Grégoire et de l'église abbatiale.

« Les abbés vivent aujourd'hui dans des donjons plus haut que leurs églises, commenta Roger, pensif. Ils rêvent de se faire un nom à la guerre... À moins qu'ils ne craignent les révoltes de ceux qui peinent pour eux ? »

Aucun prélat n'avait l'heur de plaire à mon mari.

*

Ignorant les gens d'armes de la vicomtesse, qui tenaient les portes, nos chevaliers nous avaient ouvert le chemin jusque dans la rue droite, la seule rue du bourg assez large pour y passer avec une charrette. Elle menait au monastère. Le reste n'était que venelles tortes et voûtes sombres s'ouvrant sous les maisons. Parfois cependant une courette illuminée d'un rayon de soleil laissait deviner une vie paisible et familiale, sous le feuillage d'un orme ou d'un tilleul.

On passa devant un bel oustal, l'oustal de la Mouneda, tout en pierre de taille et qui portait une façade magnifique percée de fenêtres jumelles tout le long du premier étage. Ces ouvertures étaient bordées d'une frise étoilée d'une rare finesse. Jaillissant des chapiteaux feuillus des colonnettes, les étoiles retombaient sur les appuis de fenêtre comme les gouttelettes scintillantes d'un jet d'eau.

À l'une de ces baies qui faisaient penser à des fontaines était un homme d'une cinquantaine d'années, à la barbe poivre et sel, qui nous regardait venir avec une mine avenante. Je reconnus le bayle de Villemagne, un homme à Trencavel qui avait la lourde tâche de superviser le travail dans les mines et de battre monnaie. De beaux deniers d'argent.

Arrivée devant lui il me salua et je lui rendis son salut. Nous étions à peu près à la même hauteur, moi à cheval, et en manière de plaisanterie il m'invita à entrer par la fenêtre.

Avec une légèreté qui ne m'a jamais totalement quittée je répliquai, amusée : « Pourquoi pas ? »

Je lui tendis les bras et il m'enlaça résolument pour m'aider à m'asseoir d'un trait sur le rebord de la baie. À ce moment un porc passa en courant dans la rue et mon cheval fit un écart. Je me retrouvai agrippée au bayle, les jambes dans le vide. L'homme embarrassé me saisit prestement à bras le corps et réussit tant bien que mal à me faire passer chez lui.

Si mes donzelles riaient à gorge déployée, et avec elles toute ma suite, il n'en fut pas de même de Roger, déjà tendu vers la bataille qui s'annonçait avec l'abbé et la vicomtesse de Narbonne.

– Que trouvez-vous dans ces pitreries de bateleur ? gronda-t-il. Vous me desservez devant mes ennemis. Quand saurez-vous tenir votre place d'épouse, comtesse ?

– Il n'y a pas grand mal, lui fis-je, pour une petite vicomtesse à passer par une fenêtre.

Comme le bayle riait dans sa barbe, Roger, qui l'estimait, changea de morale.

– Petite vicomtesse dites-vous... C'est peu d'être vicomtesse, croyez-vous ? Et pourtant vous qui avez du sang royal vous ne trouverez pas à la cour de France une princesse aussi riche que la vicomtesse de Béziers.

– Je ne demande qu'à vous croire.

– Suivez-moi !

On descendit au rez-de-chaussée, dans une pénombre humide (les deux grandes portes massives qui ouvraient sur la rue, dans un arc brisé hésitant, restaient soigneusement closes, barrées de fer). Je mis longtemps à comprendre ce que faisaient les ouvriers dans cette pièce, à la lumière chiche de deux fénestrons.

Ils découpaient de longues lames d'argent, qu'ils aplanissaient soigneusement avant de les recouper en petits carrés. D'autres coupaient les pointes des carrés et les plaçant dans une sorte de tenaille ils leur donnaient une forme ronde avant de les marteler sur une enclume, à petits coups. Quand toutes les lames furent transformées en rondelles, un scribe que je n'avais pas vu sortit de son coin d'ombre et s'emparant du corbeillon plein à ras bord il y ajouta les rognures et pesa le tout à une balance romaine. Il inscrivit le poids sur un registre de parchemin.

Il descendit ces rondelles en dessous dans une cave d'où nous parvenaient les bruits secs d'un martelage régulier et franc.

En bas deux hommes face à face, si attentifs à leur tâche qu'ils ne nous entendirent pas venir, se livraient à un travail que je connaissais par ouïe-dire, mais que je n'avais jamais eu l'occasion d'observer. Plaçant soigneusement une rondelle d'argent sur l'extrémité moulurée d'un poinçon planté dans un billot, ils posaient sur elle un coin à l'extrémité également ouvrée et donnaient sur le coin un bon coup de marteau, ou deux.

D'un geste vif et précis ils envoyaient le morceau de métal gris, devenu une image, tomber dans un corbeillon.

Cette transformation du métal, à qui le monnayeur donnait une âme, une vie d'un coup de marteau, comme d'un coup de baguette magique, était d'un merveilleux effet. Je ne pus m'empêcher de prendre des pièces blanches à pleines mains, les faisant sauter dans ma paume pour susciter des reflets nacrés.

– On y prend vite goût à l'argent, commenta Roger.

– J'aime les reflets de l'argent. Ce sont de belles petites lunes qui sautent dans ma main.

– Des lunes... mais leur valeur n'a rien de lunatique. Leur cours est très apprécié sur terre. Mes deniers valent ceux de Mauguio.

Il se tourna vers son bayle, qui commandait les monnayeurs :

– Quel est le titre de ces pièces ? lui demanda-t-il.

– Seigneur, nous taillons 230 deniers dans un marc d'argent. Soit trois cinquièmes de métal fin dans un denier.

Roger se rengorgea :

– Vous en connaissez beaucoup, Adélaïs, des deniers à trois cinquièmes de métal fin ? En tout cas pas à la cour de France !

– C'est magnifique, fis-je pour faire plaisir.

De fait je ne connaissais rien à la monnaie en général, qu'elle soit de cuivre, d'argent ou d'or, de France ou d'ailleurs. Roger poursuivit, tout à coup emporté dans une glorification jubilatoire de sa race :

– Sachez comtesse que le royaume des Trencavel est double : ils en ont conquis une moitié tournée vers le soleil, et une autre tournée vers les ténèbres des profondeurs. Et c'est le côté tourné vers la nuit qui est le plus riche.

– C'est aussi celui des puissances infernales, où règnent les forces du Mal. Craignez de les réveiller...

– Je saurai les contenir si elles se réveillent, répliqua-t-il, tout à coup fiérot.

– Je n'en suis pas si sûre...

Roger m'observa, piqué au vif. Nous avions tous deux à l'esprit la menace de la malédiction qui semblait venue du fond des âges, du fin fond de la terre justement, là où gisait la richesse des Trencavel. J'imaginais sans peine qu'elle était gardée par des forces maléfiques invisibles mais qui agissaient sans repos.

Nous avions cependant convenu de ne plus aborder ce sujet. Aussi le bayle fut-il bien inspiré de nous interrompre.

– Allons nous restaurer, proposa-t-il. Et préparons un plan de bataille contre la vicomtesse Ermengarde et son fieffé complice, l'abbé Bérenger.

– Quand voyons-nous nos ennemis ? demanda Roger revenu sur terre.

– À votre convenance, seigneur vicomte. Le seigneur abbé vous fait dire qu'il vous recevra quand vous voudrez. La vicomtesse de Narbonne est déjà dans la place, si je puis dire. L'abbé l'héberge comme de coutume, et la traite comme une reine.

– Je sais trop bien pourquoi : elle veut lui donner ma part des argentières.

– C'est impossible, rétorqua le bayle sur un ton d'évidence. Elle n'est qu'une parière de Villemagne, et c'est vous le seigneur éminent. Chassez-la une bonne fois pour toutes. Après tout nous sommes dans le Bédérès, pas dans le pays de Narbonne.

– Mes ancêtres à court d'argent lui ont vendu leurs droits sur les argentières, rappela Roger. Je le regrette mais elle s'en tient à cet acte, et elle a raison. Je ferais la même chose à sa place. Elle va d'ailleurs nous ressortir comme chaque an le parchemin qui porte l'acte de vente, signé par vingt chevaliers au moins et l'évêque de Narbonne.

– Ce qui n'empêche pas cette charte d'être un faux, nous le savons maintenant.

– C'est possible, mais il est bien connu que sa famille a réellement acheté à mon aïeul, partant à la première croisade, la moitié des droits sur les mines de Villemagne. Or elle n'en touche que le tiers, et moi la moitié. Le reste va au monastère. Si je lui laisse la moitié des revenus, comme elle le réclame, c'est moi qui vais avoir la part du monastère. Il n'est pas question de réduire ma part.

– Rappelez-lui qu'à l'époque de cette vente, il y aura bientôt cent ans, les argentières ne produisaient pas le quart de ce qu'elles donnent aujourd'hui. Et cela grâce à nous. Mais mangez, seigneur vicomte, nous irons voir cette vieille sorcière à l'heure de vêpres, pendant que l'abbé s'absentera pour l'office. Nous la menacerons de l'emprisonner et de la faire disparaître dans la prochaine crue de la Mare.

– Bonne idée. Mais pourquoi ne pas mettre au mur l'abbé par la même occasion ? Il est aussi mon ennemi.

– Mangez, seigneur Roger, et ne vous faites pas de souci. Nous allons les mettre d'accord tous les deux. L'une est si vieille qu'on entend ses os claqueter quand elle marche, et l'autre si gros qu'il arrive à peine à terminer le chemin de croix autour de l'église pendant la Semaine Sainte. On pourrait les abandonner au fond d'une mine... Aucun n'y survivrait.

– Bonne idée, mestre. De préférence une galerie sous l'eau tout l'hiver...

Le bayle s'esbaudit, et Roger aussi.

– L'abbé ne s'intéresse peut-être pas aux mines d'argent, fis-je prudemment, réticente à me joindre à ces propos insolents.

– Non, railla Roger, il est vrai qu'il ne s'intéresse pas au travail dans les mines. Il n'y a jamais mis les pieds. Il ne s'intéresse qu'à l'argent lui-même, de préférence sous la forme d'une petite lune comme vous les aimez, avec une image sur chaque face. C'est plus pratique. Je suis sûr que la vieille sorcière lui a promis la moitié de tout s'il arrivait à me faire lâcher prise.

– C'est lui qui va lâcher prise.

– Ne pourriez-vous pas faire un compromis, avançai-je, partager en trois, simplement. Personne ne pourrait se prévaloir d'avoir moins que les autres.

Roger répliqua :

– Vous ne connaissez pas la vieille chouette. Ce qu'elle veut, c'est me chasser de Villemagne, sous le prétexte qu'elle a acquis des droits sous le gros roi Philippe Ier, et qu'elle est la protectrice de l'Église romaine. Elle parle de moi comme d'un suppôt de Satan, infesté d'hérésie.

Roger se releva, tout à coup agité :

– Sous l'inusable reproche que je ne combats pas sérieusement la secte cathare, lâcha-t-il en regardant par une fenêtre, elle supplie l'abbé de m'excommunier. Pour confisquer mes droits sur les mines, bien entendu.

– Eh bien, la discussion va être chaude, pensai-je tout haut.

– Assez chaude pour mettre le feu à l'abbaye si l'abbé me menace, répondit Roger sans me regarder. Je l'ai déjà fait.

Il pensait à l'un de ses premiers exploits de jeunesse, quand il avait démoli et brûlé l'abbaye de Saint-Pons. Personne ne l'avait oublié, certainement.

– Sur ces bonnes paroles, plaisanta le bayle, nous pouvons y aller.

– Pourquoi aujourd'hui ? rétorqua Roger. Nous pouvons y aller aussi bien demain. Laissons la vieille mariner dans sa hargne.

– Ce n'est pas une mauvaise idée, consentit le bayle.

– Je suis sûr que ça va la contrarier, rajouta Roger. Elle en perdra le sommeil, et demain nous aurons un avantage sur nos ennemis.

Je m'inquiétai :

– En attendant, que va-t-on faire ?

– Soyez sans inquiétude, domna, fit le bayle. Nous ne manquons pas de ménétriers ni de chantadours, à la mine. Je vais demander à Aninat de nous préparer une soirée mémorable. Vous en garderez longtemps le souvenir.

– Oui, oui de la musique, approuva Roger, sous les fenêtres de la vicomtesse. Il faut l'empêcher de dormir.

XII

On attendit l'office de vêpres pour se rendre au logis abbatial cantonné d'une énorme tour carrée qui lui servait de défense. Roger envoya un chevalier prévenir la vicomtesse qui répondit qu'elle nous attendait. Nos chevaliers se postèrent dans la cour, défiant ceux de la vicomtesse de Narbonne qui avait conservé quelques gardes à portée de voix, et nous entrâmes, Roger, le bayle et moi-même.

Dans la salle grande l'abbé Bérenger nous attendait. Il avait boudé les vêpres. Il vint lui-même nous accueillir en ouvrant ses bras, le visage apprêté d'un air de chattemite, présentant son embonpoint comme un môle où nous devions nous amarrer. Négligeant de le saluer avec tous les honneurs dus à sa dignité Roger resta au large, se contentant de lui octroyer avec une désinvolture impertinente un : « Dieu vous garde, seigneur abbé ! » que l'autre, interrompu dans son élan, renvoya maladroitement en bafouillant : « Dieu vous garde, seigneur mon fils... » Ce qui fit rire Roger, et le bayle.

Sans s'attarder davantage mon mari alla d'un pas décidé vers Ermengarde de Narbonne assise dignement dans une cathèdre, tandis que je m'agenouillais devant l'abbé et baisai son anneau. Ermengarde regarda venir Trencavel d'un air détaché et royal. Immobile. On comprenait qu'après cinquante-cinq ans de gouvernement rien ne pouvait l'émouvoir.

– Seigneur vicomte, Dieu vous garde dans la vraie foi, commença-t-elle pour agacer mon mari.

– Dieu vous garde, domna, et vous pardonne vos fautes s'il le peut, ainsi que la Vierge Marie qui fut la meilleure des mères, et un exemple de douceur et de miséricorde parmi les femmes... déclama-t-il dans un sourire entendu.

La vicomtesse laissa perler un petit rire de gorge, doucement :

– Dieu n'a pas voulu que je sois mère, et désormais je n'y songe plus. Pour le reste, j'estime que douceur et miséricorde doivent se mériter, et qu'il serait de mauvais gouvernement d'en user trop facilement, surtout avec toi. Mais je vois que tu m'as amené ta femme...

Je crus voir, assise droitement dans son inconfortable cathèdre, la reine Constance, ma mère. Elle en avait l'attitude fière, indifférente au confort, le regard élevé, pénétrant, et cette attente ferme sans impatience, singulière ; comme si le temps n'avait plus de prise sur elle.

Je ressentis immédiatement une grande amitié pour cette vieille femme qui, à l'opposé du portrait qu'en avait fait Roger à table, avaricieuse et querelleuse, me parut au contraire bonne et juste.

Roger me prit la main avec une courtoisie qui me troubla par sa nouveauté (à moins qu'elle ne fût qu'une parodie, comme il aimait en jouer devant ses compagnons).

– Mon épouse, la comtesse Adélaïs de Toulouse, fit-il.

– Comtesse ? Elle a rang sur moi.

Faisant une révérence je lui baisai la main chargée de bagues à chaque doigt.

– Elle est bien apprise, ta femme, me félicita Ermengarde. Je suppose qu'elle n'a pas été élevée à Carcassonne ? On y élève les enfants comme des loups.

– Pourquoi poser cette question ? rétorqua Roger, vous savez tout sur elle.

– Il est vrai que sa renommée l'a précédée partout dans notre Midi. Mais dans tout ce qui se dit il faut en prendre et en laisser.

Elle fixa Roger, ironique :

– Trencavel, c'est la première fois que je te vois avec une femme. Te serais-tu affiné avec le temps ? Je pourrai enfin t'inviter dans mon palais.

– Domna, répondit mon mari sur le même ton, vous n'ignorez pas que j'ai un fils, qui défendra après moi sa chevance contre les convoitises de ses voisins, et de ses voisines... Je fais connaître à sa mère les dangers qui les guettent à tous deux, pour qu'elle lui apprenne à s'en méfier.

– Tu n'as rien à craindre de moi. Je serai morte avant qu'il ne commence à régner, ton fils, si Dieu veut bien m'épargner le tourment d'une vieillesse trop longue.

– Qui sait qui partira le premier...

– Qui le sait ! Bref, tu fais visiter tes terres à ton fils et à sa mère.

– Je veux que sa mère puisse le guider jusqu'à l'âge du commandement, s'il advenait que je meure avant elle, et si elle en est capable.

– Et pourquoi n'en serait-elle pas capable ? Parce qu'elle est une femme ?

– Je n'ai rien dit contre les femmes.

– Ni pour. Vous êtes tous les mêmes, les hommes, vous vous croyez supérieurs de naissance, par nature. Même le roi de France a cru me faire un compliment en m'écrivant un jour que je gouvernais comme un homme.

Elle me sourit malicieusement :

– Domna Adélaïs, nous allons vous solliciter tout de suite. Quel compromis proposez-vous pour nous mettre tous d'accord sur cette affaire des argentières de Villemagne ?

– Domna, si vous me le demandez je vous dirai qu'il serait juste que chacun ait un tiers des bénéfices des argentières.

– Un tiers pour moi, un tiers pour l'abbé, un tiers pour Trencavel. C'est bien ça ?

– Oui domna. Mais l'abbé sur sa part aura la charge de l'entretien des murailles de la cité, et des fortifications. Car c'est sa propre sûreté qu'il finance.

– C'est beaucoup de finance ! fit l'abbé qui était resté muet jusque-là.

– C'est le prix de votre tranquillité, commenta Roger qui finalement semblait adhérer à ma proposition.

– Nous avons déjà beaucoup de charges... rétorqua l'abbé. Beaucoup de pauvres à nourrir.

– Vous les ferez travailler à curer les fossés, et sur les remparts, suggéra Ermengarde ; et d'un mal ils en tireront un bien. Quant à moi, je devrais me plaindre. J'ai droit à la moitié des profits. C'est écrit en toutes lettres sur ce parchemin.

– C'est un faux, rétorqua Roger. Tout le monde le sait.

– Non, je ne le savais pas, fit Ermengarde un peu décontenancée.

Elle paraissait sincère.

– C'est moi qui ai le souci de l'exploitation des mines, ajouta Roger. J'affronte toutes les peines pour vous enrichir. Mon bayle des monnaies, ici présent, peut vous raconter le mal qu'il se donne pour frapper de bons deniers d'argent.

– Bien, bien, la proposition de la comtesse Adélaïs est adoptée. Par la sainte Vierge, ma fille, vos débuts sont prometteurs. Je me revois il y a... il y a...

– C'est tellement loin ! s'esclaffa Roger. Mais ne faites pas semblant d'avoir perdu la mémoire, vous savez bien qu'il y a cinquante-cinq ans que vous régnez sur la vicomté de Narbonne, le temps d'user trois générations de Trencavel. Il ne doit pas rester beaucoup de témoins de vos débuts...

– Personne. Ah ! comme j'aurais aimé avoir une fille telle que vous ! me dit-elle, le regard amoureux.

Je lui pris les mains, attirée vers cette femme dont la vie fut immense.

– Mère, lui dis-je sur un coup de folie, considérez-moi comme votre fille.

Elle me contempla un moment, ses yeux brillèrent et passant une main décharnée dans mes cheveux elle dit d'une voix voilée, rêveuse :

– Si vous aviez été ma fille, comme je vous aurais aimée. Nous aurions été deux amies, nous soutenant dans les peines, partageant nos joies, nos folies. Savez-vous que je n'ai jamais eu d'amie véritable ? Je veux dire comme une sœur ? Vous ne pouvez pas savoir ce que c'est triste le pouvoir... On ne peut le partager avec personne.

Elle se tourna avec vivacité vers mon mari et me confia à voix basse :

– J'espère que Trencavel et ses rustres ne vont pas vous saccager. S'ils le faisaient je leur déclarerais la guerre.

Roger s'impatientait :

– Seigneur abbé, lança-t-il d'une voix forte pour rompre les bavardages de la vicomtesse, ne nous faites pas attendre. Buvons à nos accords et à la maternité de domna Ermengarde, qui a attendu soixante-dix ans pour être mère.

La vicomtesse découvrit ses mauvaises dents et laissa venir un rire étonnamment jeune, en se levant. Elle m'emmena par la main jusqu'à la haute table de l'abbé, et me fit asseoir à côté d'elle. Elle parla toute la nuit, des hommes qu'elle avait connus, de son père mort à la bataille de Fraga ; elle avait dix ans quand on lui annonça la nouvelle, au réveil. Mon grand-père Alfonse-Jourdain, qu'elle appelait familièrement « Anfous », s'était mis sur les rangs des prétendants pour l'épouser.

« Je n'avais pas de frères et l'idée qu'il m'épousait pour s'emparer de Narbonne me révoltait, songea-t-elle. Je lui ai résisté dix ans, avec l'aide des Trencavel et du comte de Barcelone. »

Ces guerres qui couvaient depuis un demi-siècle n'étaient pas encore éteintes.

« Finalement, me confia Ermengarde, Trencavel, l'oncle de votre mari que vous n'avez pu connaître, mit dans mon lit un de ses compagnons, Bernat d'Anduze, que j'agréai parce qu'il n'était pas assez puissant pour me commander. Et comme il était bel homme je m'en trouvais bien. Mais le comte de Toulouse le prit mal et au lieu de venir me faire l'amour, comme il prétendait, il me fit la guerre. Trencavel réussit à le faire prisonnier. C'est donc à cause de moi que votre grand-père s'est battu contre les Trencavel, et qu'il a dû payer une énorme rançon pour se libérer.

– La haine que se portent les Trencavel et les comtes de Toulouse ne date pas d'hier !

– Non, elle date de mon mariage... Et « Anfous » a dû rendre Narbonne et jurer de ne plus jamais y remettre les pieds. Depuis j'ai toujours cherché à éviter la guerre avec l'un comme avec l'autre. Mais bien sûr je me méfie davantage de votre père, qui n'a peut-être pas renoncé à reprendre Narbonne, que des Trencavel qui n'ont pas d'autre dessein que de l'en empêcher.

– Ainsi serez-vous toujours une alliée fidèle de notre fils, Raimon-Roger ?

– Ma pauvre amie, mon âge me dicte aujourd'hui l'obligation d'engager ma succession. Comme je n'ai pas d'enfants, je compte donner ma vicomté à mon neveu Pierre de Lara, le fils de ma sœur, avant d'aller m'enfermer dans quelque couvent de la cité de Perpignan, sous la protection du roi d'Aragon.

– Le climat y est celui du paradis, dit-on.

– C'est possible. Mais ne vous faites pas de souci. Mon neveu restera l'ami des Trencavel. Notre alliance est éternelle, parce qu'elle nous a permis à tous deux de rester libres. Du moins jusqu'à aujourd'hui...

Elle jeta un coup d'œil d'une redoutable coquetterie vers Roger, me serra la main :

– Nous sommes deux fleurs sauvages, fit-elle, qui ne supportons pas la quiète sûreté des jardins.

Quand son regard se brisa de fatigue, je lui souhaitai une bonne nuit et nous nous embrassâmes comme mère et fille, avec chaleur et regrets. Peu de temps après elle quittait Narbonne et s'installait dans un couvent de Perpignan, dans l'antichambre du paradis.

*

De retour à Béziers deux mauvaises nouvelles nous y attendaient. La première, ahurissante, nous annonçait que mon frère Raimon avait répudié Béatrix, la sœur de Roger, pour prendre comme épouse Bourguigne de Chypre, cette beauté fatale que la sœur de Richard Cœur de Lion avait ramenée de la croisade, et qui imitait les statues antiques pour mieux faire admirer son corps.

Roger s'enfélonna et injuria ma famille jusqu'à trois générations. J'avais d'autant moins le cœur à lui répondre que je lui donnais raison.

– Qui se ressemble s'assemble, fis-je comme seul commentaire, parlant des deux écervelés.

Le seconde nouvelle était une sommation du comte de Montpellier qui appelait tous les seigneurs du littoral à lever une armée pour combattre et anéantir une bande de pillards sarrasins qui menaient impunément des razzias sur tous les bourgs de la côte, et même dans l'embouchure du Rhône. Ils étaient remontés, sans être importunés, jusqu'aux environs de Beaucaire.

Roger leva cent chevaliers avec leurs écuyers, valets d'armes, archers, leurs coursiers et bêtes de somme et partit rejoindre les troupes du comte de Montpellier en longeant la côte. Il espérait surprendre en premier les pilleurs avec ses propres forces, et se couvrir de gloire aux dépens du comte de Montpellier.

De mon côté j'envoyai un courrier à ma belle-sœur Béatrix pour l'assurer de mon amitié et la convaincre de venir me rejoindre sans plus attendre.

« Mon frère ne te mérite pas », lui avais-je écrit pour la consoler.

Elle arriva dans les jours suivants, pleura dans mes bras, me répétant qu'elle ne comprenait pas ce que lui reprochait mon frère.

Moi aussi je commençais à le haïr.

XIII

Frère Herbert, depuis qu'il avait découvert les crucifiés, n'arrivait plus à dormir. Dès qu'il fermait les yeux apparaissaient derrière ses paupières les corps boucanés, blanchis par les embruns, abominablement fixés à leur planche avec des clous de charpenterie. Il avait aussi très peur qu'en s'endormant il ne soit surpris par les pillards, et qu'il n'ait pas le temps de s'enfuir.

Le jeune moine avait refusé net de revenir aux salins, du moins tout seul. Le père abbé y avait mis du sien et l'avait autorisé à se faire accompagner de deux frères de son choix. Frère Herbert en avait profité pour désigner frère Damien, son ami au visage rose, aux yeux de colombe, avec qui il partageait exclusivement les rares moments où la parole était rendue aux moines, dans le cloître en fin de journée.

Les propos qu'ils échangeaient alors étaient assez brefs, frère Damien étant affligé d'un féroce bégaiement qu'il finissait par lui transmettre quand approchait l'heure de se séparer, dans la précipitation des derniers moments. Toutefois les quelques phrases hasardées suffisaient amplement à le convaincre qu'ils ressentaient tout pareillement. Leurs âmes étaient sœurs.

Cette reconnaissance, confirmée dans une joie un peu trouble jour après jour, était leur consolation dans le monde affreusement salé des lagunes et des sansouires. Emporté dans le *joy* d'un amour partagé, frère Herbert en était venu maintenant à redouter les idées noires qui empoignaient sournoisement son esprit, surtout le soir, le poussant à rêver au cœur de la nuit qu'il s'en allait, qu'il échappait aux sagnes immondes de la Petite Camargue pour aller vivre dans un pays sec, désertique, un pays blanc.

Il aimait désormais, et craignait plus que tout les effets délétères de sa mélancolie.

Frère Herbert avait choisi comme second compagnon un frère jeune encore, très avenant au premier abord bien qu'affligé d'une toux sèche et nerveuse, rebelle aux infusions du frère infirmier comme à ses plus amères décoctions. Il les essayait d'ailleurs sans y croire, pour faire plaisir.

D'un caractère doux et patient, il ne se connaissait pas d'ennemis. On le nommait affectueusement frère Tousseur.

Les trois moines partageaient hélas ! les mêmes craintes d'un retour des Sarrasins. Loin de renforcer leur courage leur union accroissait dangereusement les risques de panique, et chaque sortie hors du monastère devenait de plus en plus pénible. Elle était précédée d'une accumulation de précautions, à commencer par de ferventes prières dans l'église abbatiale.

Mais l'abbaye ne pouvait abandonner les salins à leur sort, car ils représentaient la moitié des revenus du monastère, au moins. Il fallait bien s'assurer de la présence journalière des saliniers, des saisonniers, de l'avancement des récoltes, de l'écopage des flaques d'eau ; il fallait compter les tas de sel récoltés sur chaque table avant leur mise en sac, qu'ils appelaient naïvement « les agneaux ». Ensuite il fallait recompter les sacs, surveiller la propreté du sel, *et caetera*.

Il fallait surtout s'assurer qu'il n'y avait pas du sel détourné, dérobé dans les cabanes pour être revendu en cachette. Seuls les moines de l'abbaye pouvaient garantir que la totalité de la récolte serait vendue au profit de la communauté.

« Dans deux semaines tout est fini ! » leur répétait de semaine en semaine l'abbé, faussement jovial. Il voulait les obliger à persévérer jusqu'à l'automne, si le temps restait beau. Ensuite les pluies délaveraient les tables saunantes, les nuages cacheraient le soleil, et le sel disparaîtrait dans les embruns, comme un esprit.

Les salins alors seraient fermés jusqu'au printemps suivant.

Frère Herbert imaginait chaque nuit que l'abbé leur annonçait qu'on allait fermer les salins. Il jeûnait en secret pour l'arrivée précoce des pluies. Il savait par frère Tousseur qu'à la première grande averse d'automne tout le monastère en habits sacerdotaux se rendrait en procession fredonnante jusqu'aux salins, pour bénir les bassins, les outils alignés, les ouvriers et leurs familles, le mestre salinier et toute sa famille, les hameaux de cabanes en roseaux où ils vivaient tous durant la saison, dans le golfe des Aygues Mortes.

Un office solennel résonnerait d'allégresse dans la petite église de Santa-Maria des Sablons, sous le plafond de bois peint, clôturant la belle journée. Herbert ne reviendrait sur le littoral qu'au printemps suivant, avec les beaux jours.

En attendant il fallait exposer sa vie chaque jour sur la lagune, sur les étangs, se montrer à l'improviste aux saliniers qui sans cela auraient vite fait d'enlever le sel dans leurs banastes d'osier et d'aller le revendre à Lunel ou ailleurs. Un soir qu'ils revenaient de leur inspection, et que la beauté sereine du crépuscule, tout d'argent et de nacre, incitait par contraste à la méfiance, frère Tousseur, animé d'une inspiration divine (ou d'une âpre bouffée d'angoisse, comme il en avait fréquemment) proclama au milieu de ses quintes :

– Ils attaquent... (il toussota) toujours quand on s'y attend (il toussota) le moins ! Comme ce soir dans la paix (il toussota) du monde harassé qui s'endort...

Chacun s'arrêta pour jeter un œil circonspect sur l'horizon.

– Regardez-dez ! bégaya frère Damien en braquant son index vers l'horizon, les-les voilà déjà-jà !

On voyait à l'horizon, sur la ligne sombre des roselières cernant les étangs dans le rose du couchant, des points noirs nombreux qui se déplaçaient à la queue leu leu. Comme personne ne le contestait il s'enhardit encore.

– Les Sarrasin-sins ! hurla-t-il, soulevant sa tunique pour s'enfuir à toutes jambes.

Frère Herbert fit de même et le rattrapa par le capuchon, criant : « Mais ce ne sont pas des Sarrasins ! »

– Ils vi-viennent vers nou-nous, hurla le moine.

La colonne au loin semblait en effet avoir changé de cap à leur vue. Prenant le talus embroussaillé d'une roubine elle venait droit sur eux.

– On va-va se faire cu-cu-cru-crucifier ! s'exclama le moine en reprenant sa course.

– Arrête, mon frère aimé ! lui intima frère Herbert d'une voix ferme mais chaude, presque tendre, avançant à grandes enjambées viriles. Ce ne sont pas nos ennemis, ce sont des taureaux.

Frère Damien s'arrêta, troublé par la double révélation d'être aimé en retour et de n'avoir à subir qu'une charge de taureaux, au fond assez stupides. Il voulut bien observer la troupe noire qui s'en venait vers eux, sans se presser d'ailleurs, et acceptant l'interprétation de son compagnon il demanda :

– Qua-qua...

Frère Herbert leva les yeux au ciel.

– Qua-qu'allons-nous faire s'ils nou-nous atta-ttaquent ?

Frère Herbert prit un air entendu :

– Ils viennent vers nous, soit ! Si nous poursuivons notre chemin nous allons leur couper la route. Ils voudront passer en force. Ce serait imprudent.

– Pa-pardine !

– J'ai une idée ! toussota l'autre frère. Éloignons-nous rapidement vers les salins, sans les regarder. Et... (il toussa) quand ils seront passés nous reviendrons sur le chemin.

Ils quittèrent la sente du talus et descendirent les chaussures à la main dans les étangs asséchés, les vasières couvertes de salicorne. Les roselières les cachèrent instantanément du troupeau et ils en furent rassérénés. Leurs pieds s'enfoncèrent dans le sol mou, provoquant de plaisantes giclées de matière onctueuse entre les orteils. Remonta aussitôt jusqu'à leurs narines une écœurante odeur de vase, de pourriture.

– Dieu nous préserve... (il toussota) de cet enfer, s'exclama frère Tousseur. Il faut savoir que les taureaux sauvages... (il prit une grande respiration pour contenir la toux) ne sont pas dangereux en groupe... (une toux déchirante l'interrompit).

– Sauf si on barre leur chemin... acheva frère Herbert sur un ton amical mais ferme.

– Certainement, reprit frère Tousseur, le souffle court. Il ne faut surtout pas séparer... (il toussa) un animal du troupeau.

– Ne cou-courez pas, supplia frère Damien, les joues rouges, le regard implorant.

Il se tournait fréquemment vers les taureaux. Montant sur une dunette il vit que les taureaux s'approchaient de la place qu'ils venaient d'abandonner.

– Ils pou-pourraient croire que nou-nous enfuyons...

Il attendit de voir ce que faisait le troupeau. Joignant ses mains il s'écria :

– Jésus-Mari-rie ! Ce n'est pas Dieu possi-ssible ! Ils viennent vers nou-nous !

Il fallut se rendre à l'évidence : le troupeau sauvage suivait les hommes comme des vaches revenant à l'étable. Les moines marchèrent d'un pas plus vif vers les Aygues Mortes, résolus à se réfugier dans la tour Matafère, ou encore dans Santa-Maria des Sablons, s'il le fallait.

– Le pi-pi... le pi-pire, précisa frère Damien, c'est que la nuit tombe !

Ils observèrent le soleil couchant enflammant des chevelures d'ange que le vent emportait très haut dans l'azur, incendiant les lagunes, les étangs, les ruisseaux des sansouires, révélant une multitude de pièces d'eau revêtues du masque brillant, nacré, du crépuscule.

On ne voyait partout que du ciel, dans les airs, sur la mer, sur la terre.

Tout à coup dans une large bande de bleu plus sombre, tendue comme une lice loin au-dessus de la ligne fauve du rivage, apparut une voile blanche, une voile latine, grande, double, tirant une nef colorée bordée de pavois. Puis une autre voile apparut dans la même bande bleu marine, puis dix, vingt, peut-être cent.

Les trois moines restèrent un moment immobiles, pétrifiés. C'est la toux sèche de frère Tousseur qui les tira de leur douloureuse contemplation. Frère Damien lui colla sa main sur la bouche, les yeux agrandis par la terreur.

– Chuuut ! souffla-t-il.

Comme l'autre se dégageait fermement il lui cria en silence, la bouche dilatée :

– Ils vont nous entendre !

– Restons où nous sommes, convint frère Herbert, nous ne pouvons plus retourner. Frère Damien sursauta et poussa un cri terrible.

– Chuuut ! lui retourna frère Tousseur.

Le moine montrait à ses pieds une forme noire, serpentine, qui disparut dans un trou d'eau.

– Une anguille, fit frère Herbert.

– Je veu-veux partir ! sanglota frère Damien.

Ils étaient au milieu d'un étang. Frère Damien cria de nouveau et leva précipitamment son pied, couvert de sangsues. Il grimaça, terrorisé comme un enfant, tandis que frère Tousseur souriait en tentant de le raisonner :

– Leur vertu médicinale est immense, affirma-t-il en crachotant.

– Vertu-tu mon cu-cul ! lui envoya frère Damien avec une méchanceté inimaginable, qui ne pouvait s'expliquer que par la violence de sa terreur.

Frère Tousseur en fut si bouleversé qu'il se tut. Sa toux aussi. Frère Herbert s'approcha, prit le pied verdâtre et nauséabond de son compagnon et enleva les sangsues l'une après l'autre, avec douceur. C'était comme un lavement des pieds dans la Semaine Sainte. La tâche méticuleuse leur fit oublier un instant les taureaux et les Sarrasins.

Frère Herbert prenant la main de son ami, qui la lui confia avec empressement, le dirigea vers une cabane de pêcheur qu'on distinguait à peine dans la nuit tombante. Il chuchota :

– Nous allons passer la nuit dans la cabane. Et dès les premiers rayons de l'aube nous retournerons au monastère avertir nos frères. Que Dieu nous garde.

– Que Dieu nous ga-garde !

– Et nous protège... (il mit le poing devant sa bouche en s'inclinant, toussa) des païens malfaisants.

– Amen !

Avec la nuit tomba une brume légère qui s'apesantit sur le rivage, rendant le côté de la mer comme vide, et erratiques les feux de camp sur les dunes. Mais quand un léger vent marin dégagea la vue du côté de la mer, après la mi-nuit, les feux réapparurent, nombreux. Les moines les observèrent longtemps, émerveillés et terrifiés. Frère Damien chercha la main de frère Herbert qui la lui donna chaleureusement et, pour finir, lui offrit sa poitrine comme oreiller.

Frère Tousseur toussait dans ses mains, se retenant le plus possible et finit par s'endormir. Ils se réveillèrent tous ensemble pour les laudes, comme la pointe du jour pâlissait insensiblement le ciel vers l'orient. Ils se levèrent en silence. Frère Tousseur s'agenouilla pour prier mais les deux autres le tirèrent brutalement par le capuchon, l'obligeant à se relever immédiatement.

– Tu priera-ras plus ta-tard ! lui chuchota frère Damien, exaspéré. Rentrons da-dare-da-dare.

Ils s'enfuirent sans bruit dans la direction du monastère.

– Et les tau-taureaux ? plaisanta méchamment frère Tousseur qui n'avait pas apprécié l'interruption intempestive de son dialogue avec Dieu.

Frère Damien lui jeta un regard noir et ne répondit pas. Frère Herbert sourit malgré lui et se perchant sur une montille il haussa les épaules :

– Dieu les a éloignés de notre chemin, pour que nous puissions alerter nos frères.

– Par le Chri-Christ notre Sauveur, railla encore frère Tousseur.

« Frère Tousseur manque de charité, pensa en silence frère Herbert, lui dont nous supportons patiemment la toux de vieux poitrinaire sans lui manifester le moindre agacement. La prochaine fois je le laisserai au couvent. »

Et, pour le punir, il prit la main de frère Damien et accéléra la marche. Bientôt frère Tousseur disparut à leurs yeux. Son souffle rauque et ses toussotements comprimés, qui les suivaient et leur parvenaient de loin en loin, faisaient penser au cri étrange d'un oiseau d'eau à l'époque des amours. Quand ils distinguèrent au loin la tour de l'église abbatiale, et puis l'église, les bâtiments couverts de roseaux, le couvent en entier perché sur une sorte de dune caillouteuse, leur cœur bondit de joie et ils eurent honte de leur méchanceté.

Un chantonnement derrière eux les fit se retourner. Agenouillé sur une montille, les bras en croix, l'abbaye tout entière dans le regard, frère Tousseur chantait le psaume *« Dieu m'a sauvé parce qu'Il m'aime. »* Encore ! pensa frère Herbert. Il hésita et se mit à genoux, imité par son compagnon qu'il tenait par la main. Ils reprirent ensemble :

Les flots de la mort m'entouraient,
Les torrents du Malin m'épouvantaient,
Les filets des enfers me cernaient,
Devant moi les pièges de la mort...

« Tu as gagné pour cette fois », ruminait frère Herbert tout en cantillant, agacé de devoir manifester malgré lui une ferveur aussi ostensible.

Leurs voix se mêlèrent de plus en plus fortes dans l'ivresse du retour à bon port, dans la joie qui les gagnait de s'être arrachés au danger. Ils se relevèrent d'un bond et se mirent à courir tous ensemble en gesticulant, criant à tout rompre que les Sarrasins arrivaient. L'abbé et les moines se précipitèrent hors de l'église et les accueillirent dans le cloître, les bras levés.

En un instant la communauté fut prise dans un tourbillon de ruche folle.

XIV

Roger respirait l'air marin avec un indicible bonheur. Aux odeurs fortes venues des vasières, des étangs chargés d'algues jaunes, des roubines encombrées de joncs, succédaient les senteurs chaudes des dunes piquetées de chardons et d'euphorbes. Jusqu'à l'horizon s'étendaient des marécages à demi secs couverts de salicorne, des paluds croûteux tachés de sel. Les levées de terre frangées de tamaris retenant l'eau des salines, au printemps, servaient de chemin pour se rapprocher de la bande bleue qu'on devinait au loin être la mer, entre deux lignes d'un bleu plus sombre, fines comme des traits de plume, séparant les eaux de la terre des eaux du ciel.

Roger se sentait heureux, caparaçonné dans sa tenue combattante. Il retrouvait l'ivresse de sa jeunesse quand il allait à ses premiers combats, puissamment alourdi d'un casque à masque d'acier, d'une cotte de mailles complète, d'un baudrier large et clouté d'argent, une épée au côté.

Cette épée, il la faisait chanter comme autrefois dans son fourreau de cuir rouge renforcé d'un fil d'argent, cerclé de frettes perlées, épiant le choc de la pointe contre la bouterolle. De nombreuses lanières tressées, savamment découpées, retenaient le tout au baudrier, l'asservissant souplement à la marche. Il avait encore un grand couteau au manche d'ivoire, une masse d'armes suspendue à l'épaule du cheval.

Le cheval était protégé de cuir et de quelques plaques de fer doré peu épaisses, plutôt décoratives.

De quelque côté qu'il se tournât le vicomte ne pouvait que se réjouir en contemplant ses guerriers, des chevaliers rutilants adoubés de pied en cap, des écuyers, des archers, des servants armés de piques ferrées, de haches, de crocs, tous protégés de cuir et d'acier. C'était comme un rêve, un de ces songes de toute-puissance qui le tourmentaient déjà enfant, où il allait devant un flot de combattants fervêtus qui détruisaient tout sur leur passage. Lui protégeait le corps de son père tué d'une flèche venue de nulle part.

Cette fois on allait à une vraie bataille, celle où l'on rencontre la mort. Mais vaincre ou mourir dans l'honneur peu importait, car mourir dans l'honneur c'était vivre encore dans la pensée des siens pour des siècles et des siècles, c'était revivre purifié, sans tâche, dans un orbe de gloire.

Surtout réussir sa mort, ne pas faillir, ne pas reculer, ne pas s'enfuir. Ne pas trahir bien sûr. Plutôt l'enfer.

Se détournant un instant du bord de mer, Roger prit le temps de parcourir des yeux les rangs de ses compagnons. Sa garde rapprochée, ses fidèles étaient tous là, venus au galop à la première semonce, et joyeusement comme s'ils n'attendaient que son appel pour tout quitter, se débarrasser du poids de leur château, de leur épouse, de leurs parents. Ils arrivaient accompagnés d'une grande bannière et de quelques hommes, deux douzaines pour les plus grands barons.

Renonçant faute de temps à lever des hommes dans l'Albigeois, déjà menacé par les routiers refoulés en Guyenne, le vicomte avait paré au plus pressé en envoyant des messagers en Carcassès, dans la Montagne Noire et autour de Béziers. Ceux qui étaient déjà sur place, comme les seigneurs du pays de Sault, les Niort, les Alaigne venus séjourner au palais des Trencavel à Béziers pour négocier quelques fiefs, quelques conventions, en fait pour prendre du bon temps, ceux-là n'avaient eu qu'à passer leur cotte de mailles et se mettre en selle, entourés de leurs chevaliers agités et fiers, excités comme de jeunes chiens.

Parmi les proches les frères Roquefort, Bernat et Guilhem, aussi fidèles au lignage des Trencavel qu'au pillage des abbayes, comme beaucoup d'autres, et l'énorme Frézoul de Montredon formaient une sorte de montagne en déplacement derrière laquelle le vicomte aurait pu en toute sûreté s'abriter. Les familiers du palais comtal de Carcassonne, des hommes qui pour tout l'or du monde n'auraient trouvé le courage de renoncer à cette chevauchée, trottaient dans les environs : Peire-Guilhem d'Hautpoul, débarrassé du gardiennage de la comtesse à Burlats, Isarn de Dourgne, Aimeri de Laurac, Bernat-Pons d'Aigues-Vives, Bernat de Canet, qui faisait office de chancelier, Sicard de Murviel, et d'autres.

Tous ces seigneurs venus du Carcassès, du Minervois, d'Olargue, du pays de Béziers (Roger énuméra à mi-voix, avec satisfaction, les seigneurs pariers de Faugères, de Lunas, de Castries, Raimon-Pons de Touroulle, Guilhem-Pons de Pézénas, Guilhem de Conas, Guilhem de Saint-Félix, Étienne de Servian et beaucoup d'autres, avec des jeunes) tous avaient accouru avec empressement pour en découdre au plus vite. Ils n'avaient qu'une crainte : qu'il n'y ait pas assez d'ennemis pour tout le monde !

C'est qu'il s'agissait pour une fois d'ennemis véritables, des ennemis de Dieu, des païens, des infidèles ; il n'y aurait pas à retenir les coups, à négocier la vie sauve, il n'y aurait pas l'intrusion d'un évêque chamarré d'or, d'un légat du pape, d'un moine pleurnicheur venu tiédir l'ardeur des combattants en les menaçant d'excommunication pour oser enlever la vie à des chrétiens.

Au contraire l'Église les pousserait au massacre, elle exalterait le sang versé, elle bénirait l'ardeur guerrière des chevaliers en leur promettant le paradis s'ils mouraient au combat contre les mahométans. Il n'y aurait pas de quartier.

Pour une fois tuer serait agréable à Dieu. Chacun se préparait à entrer en paradis, tout au moins au panthéon des héros sous les yeux de ses compagnons.

Tous des chevaliers de dure rencontre, pensa Roger à la fin de son inspection, satisfait.

Apercevant soudain une chevelure blonde, longue, encadrant un visage d'ange, le vicomte soupira. Cette vision charmante qui s'était glissée au milieu des cuirasses sombres et des éclats d'acier poli, des chevaux caparaçonnés, le fit revenir à contrecœur sur terre. « La péronnelle... » souffla-t-il comme on éjecte un noyau de fruit.

Il caressa pour se rasséréner la forte encolure de son cheval moreau, qui semblait partager le zèle des seigneurs et ne demandait qu'à presser le pas, ramena son regard vers la mer. Il aurait donné cher pour voir apparaître une voile sarrasine, une seule. Mais on ne surprenait sur les étangs aux reflets verts et jaunes, sur la mer d'un bleu soutenu, dense, que d'inoffensives barques de pêcheurs relevant les nasses.

Roger en était d'autant plus contrarié qu'il aurait dû rejoindre directement le seigneur de Montpellier au port de Lattes, l'attendre au château de la Palud. Mais il avait triché un peu en prenant le chemin du bord de mer après Agde, par les étangs qui se succédaient sans jamais se refermer, formant une sorte de mer intérieure : l'étang de Thau, celui de Frontignan, celui de Vic.

Il espérait ainsi, longeant la côte, surprendre les pillards avant le comte de Montpellier et se couvrir de gloire avec ses vassaux.

Il serait un autre Cid Campeador, en quelque sorte. Déclaré « le tueur de Maures », il deviendrait le protecteur des peuples du Midi contre le fléau de la mer, ces pillards qui parlaient toutes les langues de la Méditerranée – et pas seulement celles des royaumes de Barbarie, en face, comme le prétendaient les prêtres – des renégats qui n'avaient qu'un seul dieu : l'or, une seule religion : le sac des villages, des cités, des monastères, une seule liturgie : tuer, violer, emmener en esclavage.

Il ne put s'empêcher de se retourner encore une fois pour voir où était la péronnelle, Azalaïs la Blonde comme l'appelait la comtesse Adélaïs, la domna de Lombers, l'épouse de Bernat de Boissezon. Elle n'en démordait pas de se faire adouber « chevalière », et comptait bien gagner ses éperons dorés sur un champ de bataille. Elle avait abandonné le service de la comtesse, où elle était domna de compagnie quand elle y pensait (mais la comtesse qui ne l'aimait pas beaucoup n'exigeait rien d'elle) et quittant l'orbe contemplatif de quelques troubadours mélancoliques, de quelques jouglars facétieux elle avait rejoint la chevauchée secrètement, se mêlant habilement aux chariots, aux servants et aux servantes qui suivaient l'armée pour tenter de la ravitailler chaque soir, après avoir monté un camp de toile.

Elle chevauchait comme un homme un cheval gris pommelé, armée d'une lance légère ornée d'une petite enseigne. Son casque suspendu à la selle brillait d'un liseré doré. Sur son écu elle avait fait peindre une image de la Vierge Marie. Le hasard voulait que le jeune chevalier qui la côtoyait avait fait peindre sur le sien le corps nu de son amante, une rousse flamboyante à première vue. Les deux domnas semblaient se défier.

Roger trouva Azalaïs très belle dans la lumière du couchant, et comme à chaque fois qu'il désirait une femme au mauvais moment, il s'enfélonna contre elle. Il était d'autant plus furieux de la fugue de la belle qu'il appréciait fort son mari, Bernat de Boissezon, bête noire de l'évêque d'Albi qui plus est, et remarquable homme de guerre. Il avait su maintenir la paix dans l'Albigeois.

Nul doute que la présence incongrue, indécente de son épouse au milieu des guerriers allait susciter l'infâme jactance des malebouches, et faire rire dans les banquets. Roger se dit qu'il allait prendre la jeune femme sous sa protection, la consigner la nuit sous sa tente, le jour dans les chariots et tenter par tous les moyens d'escamoter sa présence dans l'armée. Il pouvait espérer, sans trop y croire, sauver l'honneur de son vassal estimé.

Ils allaient sur l'étang de Maguelone. Il flatta son cheval et, voyant revenir ses éclaireurs qui traversaient une sansouire en courant, il se mit au trot.

Les éclaireurs lui confirmèrent que les pillards avait investi l'île de Maguelone.

– J'en étais sûr ! déclara Roger joyeusement. Mais comment allons-nous faire ? Nous n'avons pas de bateaux pour prendre pied sur l'île.

– Nous passerons sur le pont qui relie l'île à Villeneuve, intervint Pèire de Mèze, familier des lieux. Le pont est solide, les piliers sont maçonnés. Les Sarrasins n'auront pas eu le temps de le détruire.

– Non mais s'ils s'enfuient par la mer, qui les empêchera ? Sans barque nous ne pourrons pas les poursuivre.

Un homme s'approcha, tenu par un éclaireur.

– Seigneur vicomte, je suis pêcheur à Maguelone, au service du chapitre.

– Le chapitre de l'évêché ?

– Parfaitement. Je suis au service de monseigneur Guillaume-Raimon, notre évêque, et de ses chanoines.

Roger hocha la tête :

– Quelle idée d'installer l'évêché de Montpellier dans une île !

– C'est une vieille histoire, seigneur vicomte.

– Je sais, mais ce n'est pas la première fois que vous êtes attaqués par des pillards venus de la mer. Vous les attirez, les pirates, comme un appât ! L'évêque ferait mieux d'aller vivre à Montpellier avec tous ses trésors, derrière des murailles comme ses confrères, au lieu d'attendre le martyre sur une île en contemplant la mer.

– Je ne suis qu'un pauvre pêcheur, seigneur vicomte. Je ne décide rien.

– Oui, oui, ce n'est pas à toi que je m'adresse, mais à ce fou d'évêque qui continue à bâtir dans l'île. Comme s'il devait y rester mille ans.

– Il nous a construit de belles cabanes, rien que pour nous.

– Que les Sarrasins vont brûler avant de repartir. Il a la jugeote d'une bourrique qui tourne autour d'un puits, ton évêque.

– Je ne sais pas, seigneur vicomte, si monseigneur Guillaume-Raimon a ou n'a pas de jugeote. Je ne suis pas assez intelligent pour l'estimer. Mais c'est bien pratique pour nous d'habiter l'île, quand on est pêcheur.

– Pêcheur de poissons, je le comprends. Mais un pêcheur d'âmes, il peut en attraper partout. En attendant nous ne pouvons rien faire sans bateaux... Comment veux-tu qu'on les rattrape, les pirates ? À la nage ?

– Seigneur vicomte j'ai ma petite idée...

– Je t'écoute.

– Les Sarrasins ont attaché leurs bateaux dans le port, derrière la cathédrale. Il suffirait d'y aller cette nuit et de les détruire.

– Pas facile.

– Quelques coups de hache bien placés et ils ne pourront pas reprendre la mer.

– Dis-moi ce que fait l'évêque, présentement.

– Il s'est réfugié dans l'enceinte canoniale, avec ses chanoines et tout son monde. Ceux qui étaient ailleurs, comme moi, à pêcher sur l'étang, nous nous sommes sauvés vers Villeneuve.

– Elle est sûre, l'enceinte canoniale ?

– Oui seigneur, on l'appelle l'enceinte des Portes de Fer. Elle est forte et bien construite pour soutenir un siège. De toute façon si le quartier canonial venait à être pris – Dieu nous en préserve – ils pourront toujours s'enfermer dans la cathédrale. C'est une vraie forteresse.

– Combien sont-ils, les écumeurs de mer ?

– Une quarantaine, je dirais.

– On n'en fera qu'une bouchée, proclama Pèire de Mèze, frétillant.

Il était sorti du rang et semblait pressé de se faire voir.

– Donc, reprit le vicomte, l'évêque et les siens se sont réfugiés dans l'enclos canonial, au pire dans la cathédrale, pendant que les pirates qui sont les maîtres du reste de l'île pillent et s'empiffrent en attendant la nuit.

– Certainement, seigneur vicomte. Ils attendent la nuit pour entrer dans l'enclos, par ruse et autre diablerie.

– Bon. Comment peut-on s'approcher du port sans être vu ? Tu as une idée ?

– Certainement, seigneur vicomte. Nous avons un peu de tramontane, qui chasse les eaux de l'étang vers la mer. Dans ces conditions quand on connaît les fonds comme moi je les connais, on peut aller à pied jusqu'au port, de l'eau jusqu'à la taille tout au plus.

– C'est bien, tu conduiras les hommes cette nuit jusqu'aux bateaux. Tu leur montreras ce qu'ils doivent faire pour couler un bateau en un tournemain.

Il chercha des yeux le visage de bellâtre, encadré d'une chevelure toujours soignée, de Pèire de Mèze et lui donna ses consignes :

– Pèire, choisis une trentaine d'hommes bien charpentés, armés d'une hache aiguisée. Le pêcheur va vous montrer comment crever rapidement une nef, et l'empêcher de naviguer. Dès la nuit tombée il vous guidera jusqu'au port où les Sarrasins ont leurs bateaux. Vous les crèverez tous, même ceux du chapitre, et vous attendrez que les pirates se replient vers vous. Nous vous les pousserons.

Pèire hocha la tête, ravi de ce commandement qui allait faire de lui à l'aube prochaine un nouveau héros. Après la victoire on ne l'appellerait plus que « le chevalier de Maguelone », « le fléau des Sarrasins », et l'évêque le récompenserait. On parlerait de lui à Rome.

Le comte de Montpellier serait furieux d'avoir été devancé sur ses propres terres, sur le domaine de son évêque, mais ce courroux ne ferait qu'ajouter à sa gloire. Tout le monde l'envierait et le fêterait.

Il était grand temps que la fortune lui sourît. Châtelain de Mèze, un *castrum* sans avenir sur l'étang de Thau, entouré de sansouires et de terres incultes gorgées d'eau, de paluds hantés par les fièvres, il devait encore partager sa seigneurie avec d'autres pariers, en premier les Trencavel qui possédaient la moitié de tout.

Autant dire qu'il n'était même pas chez lui, dans ce monde désertique où l'on croisait plus souvent une bande de taureaux sauvages qu'une paire de bœufs de labour.

Heureusement il y avait l'étang, l'étang de Thau grand comme une mer, riche en poissons, en anguilles dans les délaissés, en coquillages, source d'un commerce foisonnant sur lequel il prélevait sa part. Plus que sa part à l'occasion. Son rêve était que Trencavel, emporté par l'allégresse de la victoire, ivre de gloire et reconnaissant son action d'éclat à Maguelone lui donne toute la seigneurie de Mèze.

Il aurait alors pour lui seul tout le château, les redevances. Il serait le maître de l'étang. Il pourrait penser à se remarier avec une jeune héritière, augmenter sa chevance, entrer dans le cercle des premiers barons de Trencavel, ceux qui comptaient et qui accompagnaient le vicomte partout.

Tandis que le châtelain de Mèze choisissait ses hommes, Roger reprit sa marche vers Maguelone.

On ne distinguait pas encore sur l'horizon l'île de la côte, l'une et l'autre noyées dans une légère brume de chaleur qui mêlait la mer, la terre, l'eau des étangs dans une lumière bleutée.

Puis se distinguèrent les façades ocre de Villeuneuve-lès-Maguelone, éclairées par les puissants rayons du soleil couchant, le tracé noir du pont qui sortait de l'enceinte de la cité pour rejoindre par d'innombrables enjambements l'île de l'évêché de Montpellier.

Roger avançait lentement, soucieux de ne pas alerter trop tôt les Sarrasins. Ils pénétrèrent dans Villeneuve du côté des terres, à la nuit tombante.

Pèire de Mèze partit à pied avec trente hommes et le pêcheur quand ils eurent mangé. Ils étaient pieds nus, encordés à cause des trous d'eau que la mer déplaçait à chaque tempête, et qui pouvaient être mortels. Roger les suivit des yeux jusqu'à ce que la nuit les ait engloutis, sans bruit et sans lumière. Mais subsista longtemps l'éclat fugace des haches sur l'épaule.

Il attendit encore avant de lancer sa troupe sur le pont, jusqu'au retour des éclaireurs. Ils revinrent en disant que le pont était intact, et que les pirates s'étaient contentés de le barrer en prévision d'une attaque à cheval, certainement.

– Et que font-ils, ces enturbannés ?

– Il sont autour des feux, sur la place de l'Orme.

Satisfait Roger organisa l'attaque. Il avait choisi de ne pas emmener les chevaux sur le pont, parce que le crépitement des sabots sur le tablier en bois allait les signaler immédiatement à l'attention des ennemis, et peut-être paniquer les chevaux en trop grand nombre.

Il laissa les chevaliers s'armer légèrement, avec une épée et une javeline ou une courte lance, tandis que les archers passaient devant et s'engageaient les premiers, prêts à décocher à vue, sans sommation, sans bruit, sans tenter de faire des prisonniers. La piraterie était un péché mortel pour lequel il n'y avait ni rançon ni pardon.

Des chevaliers allèrent le long des plages pour harponner les fuyards, s'il en venait, tandis qu'une réserve d'hommes restait cantonnée dans la ville neuve, prête à se porter là où leur aide serait pressante.

S'étant assuré qu'Azalaïs, la femme de Boissezon, ne s'était pas mêlée à leur conroi Roger partit avec les chevaliers à pied, flanqué des frères Roquefort et de Frézoul de Montredon qui avaient tous juré, le mufle vermillonné par le flamboiement d'une coupe pleine d'un vin capiteux, qu'ils ne quitteraient pas le vicomte de plus de deux pas, quoi qu'il advienne. Roger avait ri.

– Vous allez courir ! leur avait-il promis, heureux de cette ambiance fraternelle avant la bataille.

Chacun conjurait le danger à sa façon.

Quand la troupe trop bruyante malgré les consignes butta contre les barricades qui fermaient le pont, Roger s'arrêta et demanda le silence. Le mot d'ordre circula à demi-voix jusqu'aux derniers chevaliers qui étaient loin, pris dans une discussion passionnée sur la sincérité des femmes dans le mariage.

Écoutant la nuit, le vicomte n'entendait aucun bruit sinon le murmure de la brise de mer passant sous la visière relevée de son casque, le clapotis des vaguelettes contre les piles du pont mêlé à quelques cris d'oiseaux.

– Ils devraient être au port maintenant, s'encoléra-t-il. Qu'est-ce qu'ils font !

Personne ne répondit. Personne ne savait. Roger s'avança et grimpa sur les barricades, un entassement de poutres, de sacs de sable, de pierres, de charrettes. Des piques ferrées, des faucharts et des lances hérissaient les tas, interdisant le passage des chevaux.

Le vicomte suivit ceux qui étaient devant lui, qui eux-mêmes s'en remettaient aux éclaireurs, des hommes jeunes vêtus de sombre, peu armés. Ils semblaient voir dans la nuit comme les chats. Longeant la première enceinte ils allèrent vers les feux, place de l'Orme. Les archers y étaient déjà, qui surveillaient les bivouacs, les corps assis ou couchés se découpant devant les flammes. Ils semblaient dormir.

Roger s'étonna de n'avoir encore rencontré âme qui vive.

À moins que les Sarrasins soient particulièrement confiants, ruminait-il, attitude plutôt rare chez les pirates, il fallait admettre qu'on les attirait dans un piège.

– Décochez ! ordonna Roger sans plus finasser.

Une volée de flèches bourdonna dans l'air tiède et s'éparpilla autour des feux. Les ombres ne bougèrent pas.

– Il n'y a personne, commenta Roger en courant, talonné par ses gardes du corps.

Arrivés sur les bivouacs, ils retournèrent du bout du pied des sacs de sable recouverts de flassades grossières, humides, incrustées de sel.

« Il n'y a personne ! » répéta Roger, immensément déçu.

Il saisit par le bras un éclaireur : « Mène-nous au port », commanda-t-il.

En chemin ils rencontrèrent les hommes de Pèire de Mèze, trempés, qui venaient à leur rencontre.

– Les barques n'y sont plus, déclara le seigneur de Mèze sur un ton lugubre.

– Les oiseaux se sont envolés, confirma un autre.

Roger pesta. Il espérait tellement les tenir.

Il songea qu'il aurait du mal, maintenant, à expliquer au comte de Montpellier qu'il ne pouvait pas l'attendre parce qu'il avait été attiré malgré lui sur le littoral par l'audace des pirates.

« Il va falloir revenir au port de Lattes et laisser ce gros prétentieux nous donner des ordres », résuma-t-il à ses compagnons en allant délivrer l'évêque et ses chanoines entourés de leurs domestiques. Ils n'avaient cessé de prier et semblaient sortir de l'office.

Revenus à Villeneuve fort dépités les chevaliers tinrent un conseil de guerre. À l'unanimité il décidèrent de continuer la poursuite, en suivant le cordon littoral par les cabanes de Carnon.

– Vous oubliez le comte de Montpellier, objecta mollement Roger, heureux de l'acharnement de ses vassaux.

– Nous l'oublions ! hurlèrent d'une seule voix les barons.

Une voix féminine, stridente, se distingua par-dessus. C'était la voix d'Azalaïs la Blonde. La jeune femme leva le poing, sous le regard ébahi des chevaliers, et cria de sa voix aiguë : « C'est celui qui a levé le gibier qui le traque. Et qui le tue ! »

Les chevaliers approuvèrent d'un rire sonore. Azalaïs, la mine frondeuse, leva encore le poing et éclata de rire, un rire sans retenue, amoureux.

Roger soupira. Dieu qu'elle était belle. Il conclut :

– Demain à l'aube nous reprendrons la traque. Seuls. J'enverrai un messager au comte de Montpellier pour qu'il nous rejoigne à l'abbaye de Psalmodi, quand il aura son ost au complet. L'abbaye de Psalmodi sera notre lieu de regroupement.

Il se tut un instant, et reprit :

– Après les cabanes de Carnon et l'étang de Mauguio nous irons en Petite Camargue. J'ai bon espoir de retrouver nos ennemis là-bas, du côté des Aygues Mortes. On les y a vus nombreux, dernièrement, dans les paluds. Je pense que nos fuyards sont allés les y rejoindre pour regrouper leurs forces.

Personne ne faisant de remarque Roger leva le camp. « Dormez bien ! lança-t-il pour ouvrir la nuit, c'est peut-être notre dernière nuit tranquille. »

Il ne put s'empêcher de jeter un coup d'œil à la jeune femme. Elle semblait hésiter à rejoindre sa couche. Roger l'aborda :

– Où dormez-vous ?

– Je ne sais pas. Peut-être dans un chariot.

– Venez avec moi.

Roger l'emmena devant un homme d'une soixantaine d'années, qui était consul de Villeneuve.

– Mestre, lui dit-il, pouvez-vous loger cette domna dans une chambre honnête ?

Le mestre s'inclina.

– Bien sûr, seigneur vicomte. Je lui laisserai mon lit, elle dormira avec ma femme.

Azalaïs fit la grimace.

– Elle ne ronfle pas, je le jure, précisa le mestre en rigolant.

– De toute façon vous n'avez pas le choix, rétorqua Roger. Je ne veux pas vous voir au milieu des hommes. Ou vous m'obéissez en tout, ou je vous renvoie chez vous à Lombers, attachée sur un cheval.

Azalaïs s'inclina :

– Je vous obéirai en tout, seigneur, fit-elle en imitant une petite fille.

Son sourire moqueur planta dans le cœur de Roger une flèche empoisonnée d'amour charnel.

Il pensa à sa rencontre avec Séréna, vingt ans plus tôt, à la veille de châtier la ville de Béziers qui avait fomenté le meurtre de son père. Il avait résisté longtemps aux charmes plantureux de la donzelle, et il avait succombé.

À la fois furieux et attendri, il enrageait de sentir venir sa défaite – encore une – devant les charmes étranges d'Azalaïs, un mélange de beauté angélique et de force animale qu'il imaginait d'une parfaite brutalité.

Il décida d'attendre la victoire pour entreprendre la jeune femme, répondre à son invite. Elle serait sa récompense. Il sourit. Et si le sort en décidait autrement ? S'il était tué, méshaigné, s'ils étaient décimés, obligés de fuir pour sauver leur vie ? À quarante-cinq ans il n'ignorait pas que les événements se déroulent rarement comme prévu. C'était bien ça le sel de la vie.

Dans le noir parvenaient jusqu'à sa tente les bruits marins venant de l'île de Maguelone. De l'autre côté y répondaient les voix fortes des hommes dans le campement, autour des feux, au milieu des chariots. Des rires de femmes, criards, désordonnés, jaillissaient en désordre.

« Les putanes sont déjà là », murmura-t-il rasséréné.

Elles annonçaient la vraie guerre. Il s'endormit, heureux.

XV

Ils défilèrent sur un étroit cordon de sable entre l'étang de Mauguio et la mer. Deux mers immenses, ou une seule peut-être qui s'ouvrait sous le pas des chevaux en déroulant devant eux un chemin de sable blond. Puis ils s'éloignèrent de la mer véritable et pénétrèrent dans les paluds, des marais salés qui se succédaient à perte de vue.

Le sol dur, craquelé, encombré de touffes vivaces, masquait sous la croûte cornée de véritables chausse-trapes, des pièges mortels.

« Restez sur les sentiers ! » répétaient les plus avertis, familiers de la contrée.

Il n'était pas aisé de s'y retrouver dans cet enchevêtrement de sentiers talutés, de petits chenaux bordés de tamaris, de broussailles, de roseaux. Ils s'empêtraient avec les chevaux dans des impasses que fermaient des cabanettes vides, désertées de leurs habitants. Les ustensiles abandonnés sur le sol, sur les tables, étaient de bon augure : les manants avaient fui dans une précipitation panique.

Les pirates n'étaient pas loin.

Dans un silence pesant les hommes scrutaient l'horizon, debout sur les étriers. Sur leur passage s'élevaient de lourds oiseaux blancs et noirs qui revenaient s'enfouir derrière eux dans les roselières, barbotant dans des flaques saumâtres. Une vaste étendue de sansouires roussies par l'automne leur laissa voir dans le lointain une saillie sombre à la surface des étangs, une ombre.

– L'abbaye de Psalmodi, là-bas au fond, dit quelqu'un.

À l'opposé, en tournant le regard vers la mer, une autre forme sombre plus proche indiquait sur le ciel un autre îlot d'humanité : la tour Matafère et Santa-Maria des Sablons.

Roger désigna la petite église :

– Allons par là et cherchons leurs bateaux le long de la mer.

Des sansouires, des joncasses hirsutes se succédèrent sous les pas prudents des chevaux jusqu'au hameau de pêcheurs. Il cernait de ses toitures en désordre, avec des enclos, des abris effondrés, la tour de Matafère où s'était réfugié Charlemagne, disait-on.

Sur un bord, faisant face à la mer, la chapelle de Santa-Maria des Sablons dressait courageusement ses pignons de bois et sa toiture en roseau vers le golfe des Aygues Mortes. Après les Sablons, des dunes et des cordons de sable enclavaient des étangs et formaient une résille continue qui menait jusqu'à la mer.

Parcourant le hameau des pêcheurs, visitant les cabanes de roseaux désertes, les hommes furent saisis d'une pénible impression de mort qui les excita tout à la fois, comme des chasseurs retrouvant des proies à demi dévorées, s'imaginant par avance la force du fauve qu'ils allaient abattre.

– Ils ne sont pas loin, répéta Roger. Cherchez les bateaux. Si nous trouvons leurs bateaux, nous les tenons.

Le vicomte était persuadé que les pirates passeraient tôt ou tard dans la baie des Aygues Mortes. Entre le Grand Rhône, qu'ils avaient remonté depuis peu de temps jusqu'aux premières villes, et l'île de Maguelone, régulièrement visitée par ailleurs, le golfe des Aygues Mortes était le meilleur endroit pour se rassembler, se cacher, lancer des incursions à l'intérieur des terres, et surtout s'enfuir en haute mer à la première menace sérieuse. La région était déserte, ruisselante d'eau, aisée aux barques, difficile aux chevaux.

– Visitez les roubines, à moins qu'ils aient tiré leurs barques sur le sable.

Là-bas au loin on surprenait le bleu de la mer, s'ourlant d'écume le long des plages.

Sur la grève lissée par les vagues il n'y avait pas l'ombre d'un bateau.

Comme les chevaliers ne s'éloignaient guère de l'église des Sablons, peu pressés d'aller se perdre dans les sansouires, les étangs, les chenaux encombrés de roseaux, de joncs, Roger décida de les diviser en plusieurs groupes. Il donna le commandement du premier groupe à Pèire de Mèze, le second à Peire-Raimon d'Hautpoul, un troisième au seigneur d'Olargue, un quatrième enfin à Bernat-Pons d'Aigues-Vives.

Il demanda à ce dernier de remonter le cours du Vidourle, jusqu'à Saint-Laurent d'Aigouze.

– Les pirates ont bien pu pénétrer dans le pays par cette rivière, l'avertit-il.

Il ordonna aux autres de suivre les robines et les nombreux ruisseaux venus du Rhône, jusqu'au bois de Psalmodi.

Pour finir il s'assura :

– Vous avez tous un cor ou une trompe ?

Chaque groupe exhiba des cors d'appel de toutes espèces, des olifants, des cors en cuivre, en bois, en corne, et des trompes.

– Bien, vous sonnez à vue, comme à la chasse au brocart.

Les chevaliers acquiescèrent en plaisantant et s'en allèrent, suivis par les archers, sergents d'armes et quelques valets d'écurie.

– Et moi ? l'interrogea Azalaïs de Lombers, goguenarde. Qu'ai-je à faire ?

Roger avait oublié Péronelle.

– Vous, répliqua-t-il avec impatience, vous allez prier pour nous tous dans l'église de la Santa-Maria des Sablons. Vous ne serez nulle part plus utile que là.

Il avait envie d'ajouter : et surtout moins embarrassante.

Azalaïs serra sa cape de cendal aux couleurs vives et partit à grands pas furieux, frappant le sol du talon. Sa cotte de mailles, d'une finesse toute féminine, laissait derrière elle un sillage musical, un bruissement argenté. Roger la suivit des yeux. Elle poussa la porte de l'église, la bouche boudeuse, et disparut dans le bâtiment. Elle en ressortit presque aussitôt, criant :

– Seigneur Roger, venez voir !

– Qu'est-ce qu'il y a ? demanda Roger, méfiant.

Azalaïs tapa du pied :

– Venez voir, hurla-t-elle, elles sont là !

– Là ?

Roger arriva en courant, et tous ceux qui étaient restés avec lui. Il entra, découvrit une nef ténébreuse, des masses sombres qui encombraient tout le volume de la nef et interdisaient d'y pénétrer. Il s'approcha, passa sa main sur des parois de bois lisse, courbées comme des hanches de femmes.

– Des tartanes, des barques latines, s'exclama-t-il. Elle sont là, les nefs des pirates, cachées dans l'église.

Il se faufila entre les monstres échoués, dont il distinguait maintenant les couleurs. Avec huit rameurs elles pouvaient transporter une bonne vingtaine d'hommes armés, des vivres en conséquence et traverser la mer, s'il le fallait. Les mâts avaient été démontés et couchés le long des plats-bords, avec tout leur gréement.

– Il faut les détruire, dit quelqu'un d'une voie irritée.

Roger se posait justement la question. S'ils taillaient à la hache dans les bordages, rendant impossible la fuite des pirates par la mer, ils se privaient du même coup de tout moyen de les poursuivre si, comme il le pensait, d'autres groupes disposant de naves agissaient ailleurs.

– Nous allons garder l'église, finit-il par décider. De toute façon nous camperons ici ce soir. S'ils reviennent nous serons prêts à les recevoir.

Ils visitèrent la tour Matafère, en mauvais état. Avec ses murs lézardés les voûtes des étages menaçaient de s'écrouler. La porte d'entrée avait été enlevée.

– On y mettra nos prisonniers, plaisanta Roger.

Dans l'après-midi leur parvint la plainte longue et soutenue d'un cor, ténue dans le lointain. Roger releva la tête, frappa dans ses mains et sortit précipitamment de l'église pour monter en selle.

– Aimeri, hurla-t-il à Aimeri de Laurac, un ami fidèle, prends le commandement du campement. Garde vingt chevaliers avec toi, des archers, des valets d'armes. Les chariots vont arriver, s'ils ne se sont pas perdus, ni enlisés.

Le cor poursuivait son appel, régulier. Roger reprit sa lance, se leva sur les étriers pour tenter de voir quelque chose au bout de l'immense plaine encombrée d'une végétation rêche, renonça et lançant le bras il cria :

– Les autres avec moi. Les trottiers, courez devant !

La troupe décampa en faisant trembler le sol. Derrière les chevaux les péons armés d'arcs, d'arbalètes, de piques ferrées, de fauchards ou de crocs, de masses d'armes, s'en furent en trottinant. Un chevalier fermait le chemin en serrant de près les retardataires. Il ne devait pas manquer un seul homme à la bataille, si elle advenait.

*

Se guidant sur l'appel qui ne cessait plus, Roger avait dû ralentir l'allure des chevaux à cause des paluds. Il avait même ordonné à ses chevaliers de se disposer en file, à la queue leu leu, quand il avait vu un cheval fougueux passer les autres en coupant à travers un marais. Il s'était enlisé sous son énorme poids et personne ne pouvait plus rien pour lui.

Roger aperçut à la faveur d'une montille l'abbaye de Psalmodi, du moins sa tour carrée accolée à l'église ; puis il vit les bâtiments serrés sur le long îlot de cailloux au milieu des roseaux, comme un crâne de moine saillant au-dessus de la tonsure. On racontait que l'abbaye devenait une île certains jours d'hiver, quand le Rhône grondait et que la mer, poussée par la tempête, remontait jusqu'à elle.

Alors les moines psalmodiaient sans répit jour et nuit, n'ayant rien d'autre à faire que d'implorer Dieu de calmer la tempête, d'apaiser les vents, de commander aux eaux de la mer de se retirer, aux eaux de la terre de se retenir. À force de lamentations la terre réapparaissait autour de l'abbaye et les moines en sortaient un peu ivres, avec la même joie que connut Noé quittant son arche après quarante jours de pluie.

Ils découvraient alors un paysage bouleversé, totalement inconnu. Il leur fallait des semaines pour apprendre à se déplacer dans ce nouveau pays.

– Qu'est-ce qu'ils font ici, ces emburés ! s'exclama Roger avec irritation, en ralentissant encore son allure, serpentant au milieu des sagnes, des roseaux. Qu'est-ce qu'ils y trouvent aux paluds, aux sansouires, aux joncasses, sinon des fièvres et des nuages de moustiques ?

– Le salut éternel, suggéra un chevalier.

– S'il faut se faire percer la peau par les moustiques pour aller au Ciel, répliqua le vicomte, et vivre les pieds dans l'eau je préfère me passer du Ciel et de tout ce qui va avec !

Les chevaliers les plus proches rirent. Dans une trouée l'abbaye apparut entièrement. Roger vit de loin ses hommes disposés tout autour des bâtiments, accroupis derrière les roselières, le long des clôtures, derrière les pavois des archers. D'autres avaient déniché de grandes corbeilles en osier, des banastes des salins en éclisses de châtaignier, des fagots de roseaux. Tout était bon pour se protéger des flèches.

Au centre, retranchés derrière quelques murs de clôture, à l'abri des bâtiments, des hommes la plupart enturbannés les tenaient à distance.

Certains étaient passés à travers les toits de roseaux et brandissaient des arcs bandés, des javelots, menaçant qui s'approchait.

Roger désigna un de ses trottiers, un péon vêtu légèrement qu'il envoya en éclaireur.

– Va trouver le seigneur de Mèze et ramène-le.

Le trottier disparut derrière les roselières en courant dans son allure habituelle, comme s'il n'en connaissait pas d'autre. Roger attendit. Son cheval grattait le sol du bout du pied ; il le fit marcher un peu, retourna, repartit en avant, s'impatienta et prit le parti de se montrer et de rejoindre les siens rapidement.

L'apparition d'un nouveau conroi de chevaliers bien armés jaillissant des roselières eut un effet visible sur les pirates. Les turbans s'agitèrent un moment le long des faîtages, disparaissant et réapparaissant ailleurs le long des murs et des palissades inachevées qui enclosaient vaguement l'abbaye. Pèire de Mèze vint lui-même résumer la situation :

– Nous avons encerclé les Sarrasins pendant qu'ils assiégeaient l'église. L'abbé et ses moines sont toujours à l'intérieur.

Il lui montra du doigt le sommet de la tour qui épaulait l'église abbatiale, d'où s'échappaient par les ouvertures cintrées des chants virils succédant à des complaintes et des lamentations aux intonations bibliques.

– Ils se sont enfermés dans la tour-clocher.

– Combien sont-ils ?

– Les moines ? Une trentaine peut-être.

La tête du père abbé apparut tout en haut du parapet.

– Dieu a guidé vos pas jusqu'à nous, seigneur vicomte ! lui lança le père abbé avec allégresse, les mains en porte-voix.

Roger ne se donna pas la peine de répondre. Il pensait qu'il fallait bien toute la clairvoyance de Dieu pour retrouver l'abbaye dans cet immense labyrinthe.

Il surveillait les Sarrasins, notant leurs allées et venues, leur armement. Un assaut sans préparation provoquerait un carnage, pensa-t-il. Les Sarrasins totalement encerclés allaient réagir comme des fauves acculés.

Un groupe tentait encore de briser une porte qui donnait dans l'église. Ils n'avaient pas perdu espoir de mettre la main sur les moines, et ainsi de sauver leur vie en échange de leurs saints otages.

– Il ne faut pas qu'ils entrent dans l'église, s'exclama Roger.

– Ils n'ont pas de bélier à première vue, le rassura le châtelain de Mèze. De toute façon la tour est isolée de l'église par une porte, à ce qu'il paraît. S'ils entrent dans l'église, nous les attaquerons avant qu'ils ne pénètrent dans la tour.

Un homme intriguait fort le vicomte, et ses compagnons. Il portait un turban comme les Sarrasins mais un pan revenait sur son visage, de telle sorte qu'on ne pouvait distinguer ses traits. Les pirates venaient souvent lui parler, le saluant avec respect, et lui-même allait d'un groupe à l'autre et commandait. Il envoya des hommes tenter de casser la porte de la tour qui ouvrait sur l'extérieur, au premier étage. On y accédait malaisément par un bâtiment qui devait être le dortoir des moines.

– Il a l'air de connaître les lieux, l'homme voilé, fit Roger.

– Peut-être pas. Il doit penser que deux fers au feu valent mieux qu'un.

– Tu as vu son armement ?

– Pas très sarrasin...

L'homme habillé à la manière maure portait suspendue à la ceinture d'un baudrier richement décoré une épée franque à deux mains. Les autres pirates exhibaient tous la lame nue d'un grand sabre courbe. Certains avaient encore passé dans la ceinture le grand poignard incurvé, au manche scintillant, des mahométans d'Arabie.

« La première attaque va être sanglante », répéta Roger en comptant les puissants arcs turc à double courbure, les lances, les faisceaux de javelots légers, courts, ferrés, que les étrangers brandissaient.

– Je n'ai pas vu d'arbalète, fit-il à Pèire de Mèze qui tripotait sa lance, pressé d'en découdre.

– Moi non plus. Ce sont des engins trop lourds, trop lents à tirer pour des pillards. Ce n'est pas leur façon de faire.

– J'imagine qu'aucun ne parle la langue notre ?

– Je ne sais pas. Je ne leur ai pas demandé.

– Parle-leur, ordonna Roger, toi qui as une belle voix.

Pèire se tourna vers lui, fit l'étonné, se rengorgea et s'éclaircit la voix. Il prit du souffle et ouvrit la bouche, mais rien ne sortit. Se tournant de nouveau vers Roger, la mine tracassée, il demanda à mi-voix :

– Mais qu'est-ce que je vais leur dire ? Je ne les connais pas ces mascarés !

– Tu leur demandes de se rendre, par exemple, suggéra le vicomte.

Mettant ses mains en porte-voix le châtelain de Mèze finit par se lancer, les sourcils froncés :

– Si vous vous soumettez sans combattre nous vous laisserons la vie sauve...

L'homme masqué s'était figé, attentif, mais il ne réagit pas davantage.

Le silence étant seul à répondre, Pèire de Mèze recommença :

– Si vous jetez vos armes, et vous soumettez à notre volonté, sans méshaigner quiconque, vous aurez tous la vie sauve, et vous pourrez repartir chez vous.

L'homme voilé s'approcha tout en restant à l'abri derrière une murette en galets, et répondit aisément en langue d'oc :

– Quelles garanties ?

– Celui-là est un renégat qui vient de chez nous, commenta Pèire de Mèze.

– Notre parole ! répondit Roger à l'homme masqué, et celle de l'abbé.

Le faux Sarrasin répliqua sur le ton de la dérision :

– *Verba volant*... Il nous faut des otages.

– C'est nous qui avons des otages.

– Qui ?

– Les barques cachées dans l'église des Sablons. Vous ne pouvez plus vous enfuir. Rendez vos armes ou nous vous exterminerons.

– Nous sommes assez nombreux pour vous faire beaucoup de mal... À quoi serviraient tous ces morts, dans les deux camps ? Laissez-nous nous en aller avec nos armes, et nous disparaîtrons pour toujours.

Roger répliqua, sarcastique :

– Il n'y aura de morts que dans votre camp, car vont arriver les armées du comte de Montpellier, du vicomte d'Agde, du comte de Toulouse, et d'autres. Dès qu'ils seront là nous vous attaquerons. À un contre dix, aucun d'entre vous ne pourra en réchapper.

– *Allahou akbarr !* lança une voix puissante, depuis les toits.

– *Allahou akbarr !* répétèrent les Sarrasins d'une seule voix.

L'homme masqué était resté impassible.

– Que disent-ils ? lui demanda Roger.

– Que Dieu est le plus grand, répondit l'homme mystérieux.

– Toi tu n'as rien dit ! Le Dieu des mahométans n'est pas le tien ?

– Allah, Yavhé, Dieu, le Tout-Puissant, le Très-Haut, le Père Éternel, seule change l'appellation.

– Pas si sûr. C'est toi qui commandes la troupe ?

– Oui, sur cette côte.

Roger pensa une fois de plus reconnaître la voix. Il ne pouvait y croire.

– Enlève ton voile, finit-il par lui dire.

L'autre ne répondit pas. Avait-il entendu ? Roger poursuivit :

– Le comte de Montpellier va nous rejoindre d'un moment à l'autre. Si vous vous rendez à moi maintenant, vous aurez la vie sauve. Sinon il n'y aura pas de quartier et aucun d'entre vous ne réchappera de la bataille. Je le jure !

– On jure maintenant dans le pays des Bonshommes ? persifla l'homme masqué.

– Tu es bien renseigné sur notre pays pour un Sarrasin. Tu serais donc un traître, un renégat ? Moi je n'aime pas les traîtres. Ici personne ne les aime. Je te le dis pour la dernière fois : si tu ne te soumets pas immédiatement je te tuerai de mes propres mains.

L'homme rit outrancièrement, comme s'il venait d'entendre une énormité invraisemblable.

– Dieu ne permettra jamais une telle infamie, vicomte de mon cœur, dit-il. À moins qu'il veuille à toute force t'envoyer en enfer, sans possible rémission...

– Et pourquoi donc ?

En réponse l'homme s'avança, l'épée à la ceinture. Tout en marchant il enleva son voile qu'il rejeta derrière l'épaule, et pour finir tout le turban. Roger resta pétrifié.

Les chevaliers étaient aussi médusés. Ils ne savaient que faire, et aucun n'eut l'idée de tirer l'épée, de pointer sa lance ou de tendre son arc. Car tout le monde reconnaissait l'homme qui commandait les pillards sarrasins et qui se campa devant Roger, arrogant et fier.

– Je suis ton frère.

Il lui tendit son épée.

– Je suis ton prisonnier, déclara-t-il. À toi maintenant de protéger mes hommes !

– Mon frère Raimon... murmura Roger, incapable de se reprendre.

Pèire de Mèze tenta de plaisanter :

– Touchantes retrouvailles !

Et se saisissant du prisonnier il lui mit son grand couteau sous la gorge.

– Dis à tes hommes de jeter leurs armes !

Raimon Trencavel parla à ses hommes longuement, dans une langue qui faisait penser au catalan autant qu'à l'arabe, au sicilien aussi. Les hommes jetèrent leurs armes sans conviction, l'un après l'autre, réticents.

Ils vinrent se placer derrière leur chef. Frézoul de Montredon se moqua d'eux, joignant les mains :

– Ce sont des enfants de chœur...

– J'ai ta parole que nous resterons en vie, insista Raimon Trencavel en fixant son frère dans les yeux.

– Je n'ai qu'une parole, par Dieu notre juge.

Roger fit aligner les Sarrasins, commanda de leur attacher les mains dans le dos et de les entraver. Puis il les fit encorder, dix par dix (il put ainsi les compter, ils étaient un peu plus de quarante) et commanda le départ vers le hameau des Sablons.

Les moines étaient encore perchés dans leur tour, les observant de loin. Ils n'étaient pas pressés de redescendre. L'un d'eux tendit le cou à l'une des baies cintrées et lança d'une voix de tête :

– Que-que le Dieu tout pui-pui-tout pui-puissant vous bénisse et qui-qu'il les habi-bille de la lè-lèpre, les Sarrasin-sins.

– Ainsi-si soit-it-il ! répondit Frézoul, en se signant largement.

Au milieu de la rigolade Roger apostropha le chef du couvent qui suivait avec intérêt les opérations, sans quitter son perchoir.

– L'abbé, nous partons pour les Sablons, annonça-t-il. Vous pouvez redescendre, sans attendre l'archange Gabriel. Si vous voyez venir des renforts, ne vous enfuyez pas et envoyez-les-nous là-bas, au campement.

– Oui mon fils, avec nos prières.

– Si vous voulez, mais les renforts en premier.

XVI

Ils n'avaient pas fait la moitié du chemin que l'appel poignant de plusieurs trompes, venant des Sablons, les inquiéta et leur fit presser le pas.

Les prisonniers s'exclamèrent et se réjouirent dans leur langue.

– Quel est cet *algarabia* qu'ils parlent ? demanda Roger à son frère, agacé de ne rien comprendre.

– Ils parlent la langue des pirates. Il n'y a que les pirates qui la comprennent, bien sûr. Elle emprunte à toutes les langues de la Méditerranée. Il y a des mots en Génois, en Vénitien, en Sicilien, en Crétois, en Catalan, et un peu de toutes les langues arabes et berbères.

– Pas de latin ? demanda Pèire de Mèze, l'air averti.

– Non, rien de Rome, sourit Raimon Trencavel. Il n'y a pas de chapelain chez nous...

– D'où venez-vous ? lui demanda son frère.

– Des Baléares. Nous sommes les protégés des émirs.

Les prisonniers, entravés, ne pouvaient accélérer le pas, et prenaient même un malin plaisir à trébucher.

Roger se rapprocha de Pèire de Mèze et lui parla à voix basse :

– On ne peut attendre les prisonniers. C'est le reste de la bande qui a dû leur tomber dessus, aux Sablons. Ils ont besoin de nous vitement.

Peire toisa l'étendue des marais.
– Que faire, soupira-t-il.
– Il ne faut pas garder les prisonniers.
– Ah ? Vous avez donné votre parole, seigneur Roger...
– Je la reprends ! Je m'en arrangerai avec le Ciel, plus tard. De toute façon nous aurons besoin de tout le monde là-bas. Il n'est pas question d'enlever des combattants pour garder les prisonniers, d'autant qu'à la première occasion ces bastards de truie vont filer pour aller renforcer les leurs. On ne peut pas prendre ce risque.
– C'est vrai qu'on n'a pas le choix. Il faut être raisonnable.
– Je ne te le fais pas dire.
Roger apostropha un chevalier :
– Francon, laisse ton cheval à mon frère.
On hissa le prisonnier sur le cheval, les mains derrière le dos, sans étriers.
– Prends la bride, poursuivit Roger, et emmène-le jusqu'au camp. Tu en réponds sur ta tête.
Roger amena de nouveau son cheval contre celui de Pèire de Mèze, pour pouvoir lui parler en confidence.
– Tu vas mener les Sarrasins vers le couchant, le long d'un étang assez profond, et quand ils seront tous bien alignés sur le bord vous les pousserez dans l'eau, tous ensemble. Ils se noyeront.
– Bon, acquiesça le vassal sans enthousiasme.
– De toute façon si j'avais respecté ma parole, ils auraient été jugés et condamnés à mort. Disons que la sentence précède le jugement. On gagne du temps.
– Sûr que c'est plus rapide.
– Et infaillible.
Roger fit approcher le capitaine des trottiers et se baissant sur l'encolure de son cheval il lui expliqua la manœuvre en quelques mots, à mi-voix. Le capitaine acquiesça sans manifester la moindre humeur et alla rejoindre le groupe.
Pèire de Mèze prit la tête de la colonne sur son cheval, ouvrant la marche au-dessus des roselières. Les bavardages des prisonniers s'éteignirent peu à peu. Certains, soupçonnant un changement dans leur sort, commençaient à traîner des pieds et à s'agiter. Quelques coups de javelot dans les côtes les persuadèrent que les trottiers qui les encadraient n'étaient pas gent patiente. Ils reprirent le chemin vers l'éternité.

Roger perçut bientôt la rumeur des combats du côté des Sablons. Il prit le galop. À l'approche du hameau le ciel apparut noir d'oiseaux. Un épouvantable vacarme les tenait à distance. Aux cris des combattants se mêlaient le bruit des armes, l'appel des cors et des trompes, les cris d'une femme aussi et une assourdissante sonnerie de timbales.

« Ils donnent l'assaut, cria Roger, vite ! » Débouchant derrière les huttes il vit dans la baie des Aygues Mortes, sous le ciel encore lumineux, quatre grosses naves à l'ancre, chacune armée de deux ou trois mâts, les voiles enverguées sur de longues antennes déjà affalées, dégorgeant des hommes qui s'entassaient dans des barques pour s'approcher du rivage. « Ils sont tous là ! » s'émerveilla Roger.

Deux galères rouges et bleues étaient engravées sur la plage. Leurs occupants s'étaient éparpillés sur les dunes, dans les marais, sur les bordures des étangs, dans les roselières, bataillant durement contre les compagnons d'Aimeri de Laurac.

Celui-ci avec quelques archers gardait la porte de l'église, et l'accès aux tartanes. Lui seul appelait maintenant, soufflant dans un grand cor en ivoire cerclé d'argent, un instrument qu'un de ses ancêtres avait ramené d'Espagne après la reconquête de Tolède. Cet olifant sarrasin, Aimeri de Laurac le considérait comme un talisman, une lampe d'Aladin aux vertus magiques.

Aussi ne fut-il pas surpris de voir surgir Roger et ses hommes, comme des archanges. Roger hurla en passant, freinant son cheval :

– Enferme mon frère dans la sacristie.

Il relança sa monture. Une rage folle l'emportait, et aussi une exaltation, une joie qu'il n'avait pas connue depuis longtemps. Depuis sa jeunesse. Derrière lui les chevaliers chargeaient à son exemple, la lance arrêtée ou l'épée tourbillonnant au bout du bras levé, des épées en acier inlassablement fourbi, brillantes au soleil, moirées d'un éclat annonciateur de mort.

Les Sarrasins qui avaient débarqué étaient trop dispersés et trop occupés à se battre pour s'apercevoir de l'intrusion de nouveaux combattants. Ceux des naves, par contre, et ceux qui accostaient dans les barques chargées à ras bord les virent et se précipitèrent en hurlant sur le rivage. Ils s'agglutinèrent sur la grève caillouteuse d'une montille couverte de chardons bleus, la hampe de la lance plantée dans le sol, le fer tourné vers la cavalerie lourde qui se précipitait sur eux au galop.

Les chevaux passèrent, transperçant des corps à peine visibles, indistincts dans la masse chamarrée qui s'aplatissait à leur passage, s'écoulant ensuite vers la mer dans un mouvement instinctif. Ceux qui s'en sortirent à peu près indemnes allèrent se regrouper avec les nouveaux arrivants sur la grève, des archers qui lancèrent posément dans le ciel une nuée de flèches blanches. Une pluie drue et mortelle retomba derrière le front de bataille, touchant quelques chevaux, quelques hommes.

Profitant du répit ils avancèrent tous ensemble. En face les archers du vicomte se mettaient hâtivement en place, envoyant à leur tour un nuage mortel de flèches blanches.

Roger était allé droit dans une sansouire d'où provenaient des cris de femme. Sautant par-dessus une roselière il tomba sur trois pirates qui s'étaient emparés d'Azalaïs de Lombers, non sans mal à en juger par les saignements qui les ondoyaient tous les trois. Sans se préoccuper de leurs blessures ils s'appliquaient à lui faire subir le sort réservé aux femmes.

Roger rugit et transperça de sa lance le plus exposé qui avait dénoué son braïel et tombé ses braies. Azalaïs, tenue par ses deux comparses, dénudée depuis la taille, se débattait comme une diablesse, comme une vouivre dans la vase et la boue. Son corps parfait attira un instant l'attention de Roger, que le serpentement des cuisses sombres, luisantes d'une moire verdâtre, et le ventre encore blanc, ombré de rose, fascinait par son contraste sans exemple dans la nature.

Après le coup de lance, qui avait mis le débragueté sur le cul, mort assis en empoignant à deux mains la lance qui lui calait le dos, Roger avait sauté de cheval et tiré son épée dans un geste vif et naturel. Le second Sarrasin, qui avait plutôt une tête d'aventurier italien, trépassa avant d'avoir eu le temps de se relever. Le troisième s'enfuit à quatre pattes dans les roseaux, clapotant comme un sanglier et Roger renonça à le poursuivre.

Azalaïs pleurait assise dans la lise, les jambes ouvertes. Elle se reprit rapidement en surprenant le regard de Roger, se releva maladroitement sur le sol mou et tenta vainement de remonter ses chausses boueuses jusqu'à « la ligne des fleurs » ; cherchant en vain dans la vase ses braies d'homme qu'elle portait sous sa tunique et sa cotte de mailles, elle finit par ramasser sa cape et s'y enveloppa jusqu'aux chevilles, puis à pas retenus vint se blottir contre Roger qui la serra contre lui, sans lâcher son épée.

Elle blottit en tremblant son museau fin et mouillé dans son cou. Roger sentit son corps chaud, son ventre qui pressait le sien dans une espèce de compulsion animale. Il eut envie de la serrer très fort dans ses bras.

Son abondante chevelure blonde, défaite, massée en mèches terreuses, retenait des odeurs fortes de vase, de sueur, de femme offensée. Il y enfouit son nez un instant, s'enivrant des senteurs féminines.

– C'est fini, fit-il, renonçant à s'encolérer.

– Je ne te quitterai plus... promit-elle comme si elle venait de retrouver le chemin de la raison.

Elle l'enlaça à la taille et le serra comme une épouse. Roger se défit en voyant apparaître au-dessus des roseaux trois turbans jaunes. Il repoussa violemment la jeune femme derrière lui, évitant de justesse un javelot. Les trois hommes sautèrent ensemble par-dessus les roseaux et retombèrent sans un bruit dans la sansouire. Ils avaient tous les trois une barbe drue et rougeoyante, teinte au henné, et des boucles d'or aux oreilles.

Ignorant Azalaïs ils cernèrent Roger qui para les coups de sabre comme il put. Derrière eux Azalaïs ramassa son épée dans les roseaux, la saisit à deux mains et marcha sur eux en levant l'épée dans un geste vif. Sa cape glissa des épaules comme l'épée retombait sur le cou musculeux d'un des hommes, tranchant son épaisse chevelure débordante. Roger vit apparaître à nouveau dans un éclair le ventre nacré de la jeune femme, accompagnant le coup de taille d'une brève contraction du berceau des hanches, d'une saillie des cuisses, le ventre porté en avant dans un geste naturel, comme un simulacre d'accouplement.

L'homme tomba comme une masse. Son compagnon le plus proche se tourna un instant vers la jeune femme, un instant qui lui coûta la vie. Roger dans un mouvement tournant de tout le corps fit siffler sa lame et sans barguigner lui coupa la tête. Un flot de sang dégorgea du corps, pétrifiant Azalaïs qui resta là, nue, éclaboussée, campée sur ses jambes, attendant hébétée le tarissement de la source sanglante.

Le troisième homme rompit le combat et s'enfuit à travers la sansouire tachée de traits de sel sinueux. Contournant les vasières et les massifs de salicornes, les embâcles de bois enchevêtrés laissés par la dernière crue du Petit Rhône, il incurva d'instinct sa course vers la mer. Roger se mit seul à sa poursuite, à pied.

Il arriva sur un bord de la sansouire, le soleil bas dans les yeux. Sur la berge de grands tamaris formaient un enchevêtrement de fins traits noirs sur l'astre du jour rougeoyant de mille feux. Les étangs avaient pris l'éclat argenté du ciel.

Sous les tamaris Roger intrigué voyait une silhouette noire, une femme âgée qui le regardait venir en ricanant. Il reconnut la femme de Béziers, la « sorcière » qui l'avait maudit, lui et sa descendance. Que faisait-elle là ? Il l'avait tuée à Béziers l'année de la naissance de son fils, voilà plus de huit ans.

Mais avant que son esprit ait fini de raisonner il courait déjà vers elle, l'épée vibrante, tisonné par son désir de vengeance. Arrivé sur place, la vieille avait disparu, comme infusée dans l'ombre des arbustes. À sa place un serpent noir luisant d'un éclat sombre était lové sur les brindilles. Roger leva l'épée pour le couper en deux, persuadé de quelque tour de sorcellerie ; mais le serpent de jais se déroula avec une fausse lenteur et disparut dans les broussailles comme un mirage.

Roger resta là, exténué, hagard, rageur. Un cri d'Azalaïs le fit retourner, juste à temps pour voir derrière lui le Sarrasin qui s'était enfui levant son sabre. Roger fit un bond sur le côté, parant comme il pouvait avec l'épée, et dans un ahan désespéré il éloigna son agresseur. Mais la lame courbe avait au passage déchiré les mailles sur son épaule.

Azalaïs accourut l'épée à la main, toujours nue, et l'homme disparut à nouveau.

– Vous lui avez fait peur ! plaisanta Roger en désignant son ventre blond fuyant entre ses cuisses jointes.

Elle ne répondit pas et chercha à voir la blessure de son épaule, écartant sans précaution les mailles rompues, teintes de sang frais. Peu après des trottiers arrivèrent qui cherchaient le vicomte, et Roger plaça la jeune femme derrière lui pour la protéger des regards. Il était furieux à l'idée qu'on apercevait sa nudité.

Azalaïs reprit sa cape, s'en drapa. Roger la confia à quelques trottiers pour qu'ils la ramènent dans l'église de Santa-Maria.

– Tu es blessé ! cria-t-elle. Viens, je vais te soigner.

Il lui fit un visage doux.

– Plus tard ! répliqua-t-il, reprenant son cheval, il faut avant tout rejeter les enturbannés à la mer.

Il revint vers la baie. La nuit tombait mais la bataille faisait rage. Les Sarrasins étaient nombreux, et Roger commença à douter de la victoire. Si le comte de Montpellier pouvait survenir là, à cet instant, la surprise serait totale et les pirates abandonneraient la partie.

Mais l'obscurité se prenait déjà aux broussailles, le soleil vacillait derrière les roselières et l'espoir d'un renfort s'amenuisait. Pèire de Mèze vint le retrouver.

– Si on arrivait à leur faire comprendre qu'il n'y a plus de prisonniers à libérer, ils ne resteraient pas une heure de plus, dit-il. De toute façon avec la nuit ils vont repartir...

Roger fit sonner la retraite. Les hommes revinrent lentement, sans se laisser déborder, en bon ordre. Les derniers à rompre furent les frères Roquefort, et Frézoul de Montredon.

Le vicomte fit tirer hors de l'église les grandes barques, et les disposa comme un rempart. Il fit occuper par les archers le haut de la tour Matefère, malgré le danger d'écroulement, car elle dominait superbement tout le hameau. On y distinguait les feux des bivouacs sur la plage, et jusqu'aux lumignons dansants des naves.

Les écuyers, les valets d'armes ramenaient les blessés, les morts, les chevaux sans maître. Les Sarrasins n'ayant pas de chevaux la chevalerie du vicomte avait pu résister et maintenir l'équilibre entre les forces, un équilibre fragile qui ne résisterait pas à une autre journée de combat, avec des morts et des blessés.

Oui mais demain, pensa Roger, le gros comte de Montpellier finira bien par arriver. Avec ses chevaliers bien montés, ses péons tout frais, ses archers, nous reprendrons l'avantage sans peine.

Une ombre de dépit passa devant ses yeux : « C'est lui qui se glorifiera d'avoir rejeté les Sarrasins à la mer ! » maugréa-t-il.

Roger n'aimait pas du tout le comte de Montpellier, ce grand baron orgueilleux, vantard, gros mangeur et piètre chevalier. Et bigot par-dessus le marché.

Il n'aimait pas non plus ses amis, les protections dont il se vantait : le pape qui était le protecteur de la ville de Montpellier, l'évêque de Maguelone à qui il rendait volontiers hommage chaque année, comme un petit enfant, ainsi qu'au comte de Toulouse.

En attendant il fallait passer la nuit. Roger pensa tout à coup que les Sablons étaient inaccessibles aux chariots, et qu'ils n'auraient pas de campement ni de ravitaillement avant demain. Peut-être quelques mules, espéra-t-il, parviendraient jusqu'à eux.

Il fit disposer les blessés sur la terre battue de l'église, sur d'épaisses couches de roseaux et d'herbes des dunes. Les morts seraient transportés demain jusqu'à l'abbaye, afin d'être enterrés dans une terre sainte.

– Ça fera plaisir à leurs familles, commenta-t-il à Aimeri de Laurac, de les enterrer chez les moines, et de savoir qu'ils ont perdu la vie en défendant une abbaye. Ils seront plus près du Ciel. Comme disait souvent mon père : « D'un mal peut toujours sortir un bien. »

Aimeri grommela.

Il aurait aimé rappeler au vicomte qu'il était d'une famille tout entière acquise à la nouvelle foi, et que pour elle d'un mal comme la guerre, le pillage, ne pouvait sortir un bien. Comme l'avait répété le Christ, on ne pouvait espérer le moindre bénéfice en mourant l'épée à la main. Sans parler d'ensevelir les morts dans une abbaye, une succursale de Rome !

Autant aller dormir chez Satan.

Il pensa que si par malheur il était enterré dans le sol gorgé d'eau de l'abbaye de Psalmodi sa famille pousserait des cris d'horreur. Mais comme il était pressé d'aller reprendre des forces il ne répliqua pas.

Et de toutes les façons ces discussions l'ennuyaient.

XVII

Roger occupait la belle salle de la tour de Matefère, au premier étage. Dans cette pièce la voûte de pierre paraissait solide, encore, soutenue par des ogives grossières qui retombaient sur des pierres antiques étrangement sculptées, placées là pour servir bon gré mal gré de culots. La grande fente qui ouvrait la tour de haut en bas était visible dans la traversée de la chambre, mais sans créer plus de désordre.

Roger avait fait aménager la petite salle pour la nuit, sommairement, pendant qu'il partageait le repas de ses chevaliers devant l'église, face au rivage. D'autres s'entassaient dans les huttes.

Vers la grève bivouaquaient les archers, et après eux une ligne de sentinelles mordait sur les premières dunes, abritées derrière les pavois sans quitter des yeux les feux des Maures qui au loin grimaçaient sous le vent marin.

Dans l'église où ses hommes méshaignés gisaient, assistés de leurs écuyers, de leurs valets qui tentaient maladroitement de les soulager, le vicomte avait rencontré la blonde Azalaïs. Elle semblait s'être réfugiée là par crainte d'être importunée, attirée par la lumière. Elle ne soignait pas et ne songeait même pas à soulager les blessés de la soif en leur portant un gobelet d'eau.

Personne d'ailleurs n'espérait quelque chose d'elle. Vêtue d'une tunique pourpre en soie d'Inde glissée sur la peau, étroite et moulante, ajourée à la taille pour laisser échapper à la lueur des torches de petits éclats de peau nacrée, on voyait bien qu'elle n'était pas venue pour refermer des blessures sanguinolentes, masser les chairs meurtries, encore moins laver les sanies des mourants.

Les blessés attentifs cependant à ses mouvements interrompaient facilement leurs prières pour suivre des yeux sa chevelure blonde tressée de fils d'argent, roulant sur ses reins à chaque pas quand elle se faufilait entre les feux dont la fumée importune était censée éloigner les moustiques. Ils partageaient de tout leur cœur son attente à la porte, s'en préoccupaient silencieusement, l'accompagnant amicalement dans son désir.

Ils la remerciaient secrètement d'être si belle. Sans s'en douter elle renforçait leur foi dans la vie.

Quand arrivèrent de l'abbaye des moines ayant quelque science médicinale Roger s'en était allé et Azalaïs l'avait suivi. Elle était venue jusqu'à la tour. Les compagnons du vicomte, le voyant en si belle compagnie, s'étaient éloignés, daubant par avance sur le sort de Bernat de Boissezon, seigneur de Lombers et autres lieux, qui s'éreintait à maintenir la paix dans l'Albigeois pendant que son suzerain contait fleurette à sa femme.

Roger n'avait rien dit et Azalaïs en haut de l'escalier l'avait remercié d'un sourire.

En entrant elle avait versé dans le brasero quelques morceaux de balsamier et s'était allongée toute habillée sur la couche du vicomte, respirant les senteurs salines de la lavande de mer répandue sur le dallage. Les écuyers y avaient mêlé quelques iris tardifs aux senteurs délicates, que chaque pas du vicomte faisait crisser.

Il observait la jeune femme en passant devant sa couche. Elle caressait de ses mains ouvertes la toile épaisse qui servait de drap, soupirait. Elle s'étira de tout son long, lui sourit :

– Ici je me sens en sûreté. Presque... rajouta-t-elle en observant la lézarde.

Quelques lampes à huile sur le sol éclairaient faiblement la pièce, et du brasero monta une fumée odorante, précieuse au milieu des paluds.

Roger se déshabilla. Il ôta son hauqueton, son vieux hauqueton vermiculé par les lourdes cottes de mailles, ses chausses. Il garda sa chemise et se mit à la meurtrière tournée vers la mer. Les feux des Maures, très loin dans une sorte de clarté sombre, argentée, avaient baissé d'intensité. Et ils paraissaient moins nombreux.

Il souhaita ne pas les revoir le lendemain. Il se sentait las.

Il entendit Azalaïs se relever, avancer jusqu'à lui en écrasant les jonchées. Elle écarta délicatement la déchirure de la chemise à l'épaule, examina la plaie brunie par un onguent au tannin, fit la moue, posa ses lèvres à côté de la plaie et s'exclama d'une voix vibrante : « C'est pour moi que tu as donné ton sang ! »

Roger s'esclaffa, respira un grand coup l'air marin pour se donner une contenance comme elle passait ses mains sous la chemise, remontant les pans jusqu'aux épaules. Elle passa la blessure dans l'emmanchure sans lui faire lever le bras, avec une habileté de domna hospitalière.

Embrassant son torse d'homme de toute la longueur de ses bras et des épaules elle laissa ses doigts courir dans la toison fricheuse qui recouvrait sa poitrine, courte et drue. Elle revint à la plaie qu'elle cercla de gestes magiques et doux, interrompant un instant la brûlante douleur.

Puis elle reprit son enlacement, les mains fourrageant dans les poils qui commençait à s'argenter, avant d'entamer une descente lente mais décidée.

Roger était en caleçon, un petit linge qui descendait à mi-cuisse.

Les mains d'Azalaïs glissèrent sur le tissu léger.

– C'est doux, dit-elle.

– C'est du coton.

– Je n'en avais jamais touché.

– Il vient d'Espagne.

Ses doigts jouèrent avec le lacet du caleçon. Comme effarouchées par leur propre audace ses mains remontèrent, reprirent leur ronde, pinçant les muscles charnus du vicomte de façon compulsive. « Je suis un serpent du Nil... » plaisanta-t-elle. Et puis : « Tu es dur comme du bois. Ta force doit être terrible. »

Il sentit la fraîcheur de sa chevelure couvrir son dos. Ses épaules lui pesaient comme un pont de pierre.

– Moi aussi je me suis bien battue, fit-elle.

– Pas assez pour te sauver.

– Mais je suis une femme ! Je n'ai pas assez de force contre les hommes. Et de toute façon je suis une proie pour tous les hommes, je ne suis qu'une proie, mon corps reste une proie, jour et nuit, pour mon camp comme pour l'autre. Moi je ne connais pas de trêve. Tous les hommes sont mes ennemis.

Elle se tut et conclut :
– C'est ça qui me fait maronner.
– Personne ne demande aux femmes d'aller batailler ! Rien ne t'obligeait à quitter ta chambre.
– Quelque chose me pousse à sortir de ma chambre, et je ne sais pas quoi, répliqua-t-elle exaspérée.
Elle passa une main sur la nuque du vicomte, dans ses cheveux bouclés et s'appuyant de nouveau sur lui elle poursuivit sa pensée :
– On devrait pouvoir choisir à la naissance d'être un homme ou une femme, d'aller batailler ou de porter des enfants.
– C'est Dieu qui décide...
– Dieu n'est pas tout.
Roger siffla, fit claquer sa langue :
– Foutre, quelle audace de langage ! Chercherais-tu le bûcher ?
La jeune femme se campa dans une attitude insolente. Roger sentit son ventre s'appuyer sur ses hanches, le pousser. Une masse chaude et dense, vivante, le plaqua contre le mur. La situation devenait absurde, mais la curiosité le retenait encore de l'interrompre. C'était comme un jeu d'une étrange sensualité.
– Je veux vivre sous le commandement de ma seule volonté, proclama-t-elle.
– Tu es frondeuse ! Tu demandes trop pour une femme. Quel âge as-tu ?
– Vingt-deux ans. Je pourrais te servir d'écuyère ou te faire de beaux poupards.
– Qui seraient de beaux bâtards...
– Sauf si la comtesse Adélaïs...
– Tu es venue pour me parler de la comtesse ?
– Non, non, pas du tout. Je suis venue pour que tu me protèges.
– Je te protégerai.
– Et aussi pour te demander quelque chose.
Il avait toujours le regard tourné vers la mer, vers les feux sur la plage.
– Quelque chose de ta volonté d'homme ? demanda-t-il sur un ton ironique.
Il sentit la jeune femme se détacher de lui. Mais ses mains l'emprisonnaient encore. Elles se crispèrent.
– Oui, cria-t-elle, je veux que tu m'armes chevalière !
Roger éclata de rire.

– T'armer chevalière ? Mais comment ?

– Comme ça !

Et d'un geste vif elle baissa son caleçon. S'appuyant contre lui de tout son poids, elle saisit son membre et cria : « Je veux que tu m'adoubes avec ton épée charnelle ! »

Roger se retourna, décontenancé, et s'apercevant qu'il était nu alors que la jeune femme était entièrement habillée il alla se glisser sous les draps, tout à coup furieux et humilié d'être ainsi dominé par une femelle. Azalaïs restait debout, fièrement campée, les jambes impatientes révélées dans la faible clarté des lampes.

« Dieu qu'elle est belle ! » pensa Roger malgré lui.

Elle marcha dans la salle nerveusement, battant sa chevelure d'or et d'argent d'un geste vif et gracieux. À chacun de ses pas une longue fente dans sa tunique dévoilait une jambe fine et musclée.

Tout à coup elle vint sur lui, rejeta le drap qui le couvrait, et retroussant sa robe jusqu'en haut des cuisses elle l'enfourcha en s'agenouillant sur la couche.

– Je t'ai choisi pour être mon parrain de chevalerie, rit-elle. Beaucoup voudraient être à ta place.

Roger sourit, le regard attiré par son ventre blond, sa toison drue qui cachait le vallonnement de son intimité, ses cuisses rondes et musclées saillant sans effort dans le mouvement qu'elle imposa à ses hanches pour repousser loin les draps.

Comme Roger s'emparait d'elle, elle se raidit.

– Je suis vierge ! avertit-elle.

– Quoi ?

– Mon mari ne m'a jamais touchée. Je m'y suis toujours refusée. Quand il m'a épousée je n'avais pas quatorze ans, et lui avait déjà la cinquantaine. Il m'a épargnée dans les premiers temps, et après je n'ai plus voulu du tout de lui. Il s'y était fait, il n'a pas trop insisté. Il préfère ses chevaux, charger à plein galop dans une prairie, fesser des moines...

Roger se sentit tout à coup intimidé. Cette femme d'une extraordinaire beauté, personne ne l'avait encore possédée, personne n'y avait laissé sa marque.

Personne ne l'avait réellement soumise.

Elle était comme une pouliche. Non, il se reprit, chassa l'image facile, grossière, contemplant son visage rosi par l'émotion et l'audace de ses gestes, elle était une rose nouvelle qu'il était le premier à cueillir, le seul à respirer.

Elle l'avait choisi pour passer d'un âge à un autre, devenir papillon.

– Une rose papillon, murmura-t-il en caressant sa joue.

Le mot la fit sourire.

Comme il remontait sa main le long de ses cuisses elle se cambra sous la caresse trop crue et ce faisant elle se recula, dégageant son membre. Elle s'en empara vivement à deux mains, comme d'une épée, et avançant à nouveau ses hanches elle lui adressa un pauvre sourire. Elle s'empala sans un gémissement, les lèvres serrées.

« Ça brûle », souffla-t-elle, concentrée sur ses sensations intérieures. Roger lui prit les hanches qu'elle contractait pour les engager dans un doux balancement, une houle berçante sur laquelle elle finit par aligner son souffle, en se tordant les mains.

Sa respiration devint haletante et son mouvement de plus en plus rapide. Roger l'encourageait par des grondements de plaisir ; il attira à lui son visage, baisa ses joues en feu, embrassa sa bouche. Elle s'échappa pour lui mordiller les mamelons, poussant des gémissements de petit chien. Ses lèvres remontèrent jusqu'à sa barbe, sa lèvre inférieure, charnue. Elle entra et lui mordit la langue de ses petites dents. Elle ne la lâcha plus.

Roger retenu douloureusement par la langue constata que son plaisir en était accru. Quand ils se séparèrent, rapidement, il garda un goût de sang dans la bouche.

– Je ne veux pas connaître d'autre homme que toi, fit-elle en s'allongeant sur le dos, les mains sous les fesses.

– Comment peux-tu renoncer par avance à ce que tu ne connais pas ? sourit-il. Attends d'avoir un peu plus d'expérience...

– Je n'accepterai jamais de me soumettre à un autre homme. C'est moi qui choisis. Je t'ai choisi, c'est fait !

Elle éclata de rire, le pinça :

– C'est moi qui t'ai conquis !

– Si tu veux...

Roger sentait une énorme lassitude l'écraser tout à coup, et il ne tarda pas à s'endormir, ignorant les menaces d'Azalaïs de s'enfuir chez les Maures s'il ne restait pas éveillé toute la nuit. Leur première nuit d'amour.

*

Au matin dès qu'une clarté laiteuse s'infiltra dans la pièce Roger alla à la meurtrière observer la plage. Il s'irrita de ses jambes floches, qui lui donnaient une démarche lourde, ursine. Dehors on ne voyait pas grand-chose sur la mer brumeuse. L'air était gluant de sel.

Le ciel cailla et la mer apparut d'un coup. Il ne distingua sur l'eau blanche aucune nave, aucune barque. Aucune navigation de la terre à la mer, ni sur les étangs.

– Ils sont partis ! finit-il par conclure, sans vouloir reconnaître qu'il en était soulagé.

La grande fatigue de la veille était toujours là, pesante comme un manteau gorgé de pluie. Il se recoucha.

– Il ne reste que mon frère.

– Je ne savais pas que tu avais un frère ! Personne n'en parle.

– Moi aussi je l'avais oublié.

Roger vit revenir avec inquiétude des images pénibles, poignantes, irritantes aussi. Dès qu'il avait appris le meurtre de son père à Béziers, son frère cadet était venu le trouver et avait réclamé la moitié de l'héritage. Il avait même choisi par avance la part qu'il voulait pour lui, celle de son oncle. C'était beaucoup : Albi, Carcassonne, le Razès, tout ce que son père avait accaparé à la mort précoce de l'oncle.

Devant les hésitations de Roger son frère Raimon lui avait rappelé que dans le Midi tous les fils se partagent la chevance de leur père, toute la chevance en parts égales. C'est ainsi qu'avait fait leur grand-père avec ses deux fils.

Roger ne voulait à aucun prix partager de nouveau ce magnifique ensemble, six vicomtés miraculeusement réunies. Ce n'était pas le moment de se diviser et de s'affaiblir face aux manœuvres sournoises du comte de Toulouse, celles non moins sourdes du comte de Montpellier, celles de l'Église de Rome, et les manigances de tous les petits barons du Midi qui passaient allégrement d'un camp dans l'autre, comme par jeu, prenant plaisir à signer des conventions avec ses ennemis pour l'inciter à payer grassement le retour de leur fidélité, toujours douteuse.

« Aucun grand baron aujourd'hui ne partage sa chevance entre tous ses fils, avait répliqué Roger. Partout prédomine désormais le droit de l'aîné, à l'exemple du roi de France. C'est aussi ce que je choisis de faire : il n'y aura pas de partage. »

– Tu n'es pas roi ! avait hurlé Raimon.

Azalaïs, qu'impatientait son silence songeur, le pressa :

– Mais que s'est-il passé ?

Roger haussa les épaules comme pour se dégager de l'emprise de son frère.

– À la mort de mon père, répondit-il, je n'ai pas voulu partager notre principauté avec mon frère Raimon. Comme il n'y avait pas de testament j'en avais le droit.

Azalaïs hocha la tête.

– Je suppose qu'il l'a mal pris.

Allongée sur le ventre, elle le caressait et l'agaçait.

Roger revoyait l'expression furieuse de son frère après qu'il lui eut répliqué qu'il n'y aurait pas de partage. Comme il tentait de le prendre affectueusement dans ses bras en l'assurant qu'il ne manquerait de rien, et qu'il l'entretiendrait comme le premier de ses barons, son frère s'était échappé de ses bras et, saisissant son couteau suspendu à la ceinture il l'avait frappé avec une haine incommensurable. Roger avait esquivé le coup, maîtrisé son frère avec ses amis et, sans lui laisser le temps de récidiver, ni d'ébruiter l'incident, il l'avait exilé en Aragon.

Raimon s'en était échappé ; il avait visité tous ses grands vassaux, les Roquefort, les Saissac, les Lautrec, les Laurac, les Alaigne, les Minerve, les Saint-Félix, il avait sillonné toutes les vicomtés pour inciter les seigneurs à la révolte.

Roger avait patienté. Mais quand il avait appris qu'il était allé proposer ses services au comte de Toulouse, dont il savait pertinemment qu'il avait fomenté et payé le meurtre de leur père, Roger avait perdu patience et commandé la capture de son jeune frère.

– Il a fomenté une révolte, poursuivit Roger, répondant tardivement à la question d'Azalaïs. Il est allé voir tous mes vassaux pour les monter contre moi. Il est même allé chez le comte de Toulouse, qui avait payé le meurtre de notre père dans une église de Béziers. C'était trop, il dépassait les bornes.

– Tu l'aimes ton frère ? l'interrompit Azalaïs.

– Je l'aimais, oui, et j'ai supporté beaucoup plus qu'un père ne supporterait de la part de son fils. Mais là c'était trop. S'allier avec le meurtrier de notre père !

– Que voulait-il faire ?

– Sans aucun doute préparer mon propre meurtre. Débarrassé de moi avec l'aide du comte de Toulouse, il aurait pris ma place.

Le comte de Toulouse n'aurait pas eu de mal ensuite à l'éliminer. Et reprendre toute notre chevance...

– Que vas-tu en faire de ton frère Raimon, maintenant que ses compagnons sont partis ? Le faire disparaître dans les étangs ?

– Non, il n'est pas dangereux. Il ne peut plus rien contre moi.

– Il pourrait essayer de se venger, de te tuer simplement.

– Il serait jugé et pendu. Petite vengeance. Il n'ignore pas qu'il ne pourra plus régner maintenant que j'ai un fils. Son intérêt est de se faire oublier.

– Il ne sera pas jugé pour s'être allié avec des pirates sarrasins ?

– Il ne sera pas jugé.

– Peut-être se fera-t-il moine...

– Chanoine plutôt, c'est moins dur. Mais je ne sens pas chez lui de vocation religieuse.

À midi, après avoir assisté au départ des grands blessés et des morts pour l'abbaye de Psalmodi, Roger ordonnait la fin de la chevauchée et le retour de chacun dans son château, auprès de son épouse. Il avait décidé d'éviter au final le comte Guilhem de Montpellier et de repartir par le même chemin qu'à l'aller, en longeant les étangs. S'ils rencontraient de nouveau leurs ennemis, il serait toujours temps d'envoyer des messagers au comte Guilhem, le gros Guilhem qui mangeait comme un porc, buvait comme un sonneur de cloches et chantait faux.

C'est du moins ce que racontait méchamment sa première épouse Eudoxia, celle qu'il avait répudiée.

Roger se sentait las. Il avait immobilisé son bras pour soulager son épaule blessée. Tout à coup il revit l'apparition de la vieille sous le tamaris. « Je suis pris ! » répéta-t-il plusieurs fois, et même le beau sourire d'Azalaïs, qui ne le quittait plus, ne parvenait pas à chasser cette idée de son esprit.

XVIII

Ma belle-sœur Béatrix était déjà arrivée à Béziers quand Roger et sa troupe revinrent de leur chevauchée armée sur la côte. Azalaïs la Blonde se montrait empressée avec mon époux, insolente avec moi, et au fond de tout inquiète pour la santé de Roger qui était revenu très fatigué.

Mon mari était accosté de son frère Raimon, à la surprise générale. Je fis connaissance avec le renégat ce jour-là. Il portait une cape alourdie de fer et de plomb qui lui donnait une démarche lourde et instable, comme un homme ivre. Sous la cape on ne voyait pas qu'il avait les mains liées dans le dos.

La rencontre entre Raimon Trencavel et Béatrix, sa jeune sœur, fut très émouvante. Béatrix pleura, après que Roger lui eut montré l'homme qui l'accompagnait, de la main, en disant : « Ton frère Raimon ! » Elle l'avait peu connu.

À part sa blessure à l'épaule, soignée comme de coutume avec un onguent tannique et des compresses, Roger ne portait aucune marque particulière d'une maladie, sinon une grande pâleur et un abattement singulier qu'il expliquait par le sortilège dont il avait été le témoin et la victime, une vision diabolique de la vieille de Béziers à l'ombre d'un tamaris, dans les étangs. Il pensait qu'elle était venue raviver le sort qu'elle lui avait jeté autrefois, et qui devait s'user avec le temps.

– Comment vous, Roger, lui rétorquais-je, vous que rien ne fait trembler, aucun ennemi, ni pape ni roi, pouvez-vous croire qu'une vieille femme morte depuis dix ans...

– Huit ans, l'âge de notre fils, huit ans...

– Même morte depuis huit ans, comment pourrait-elle vous nuire ?

– Je me souviens parfaitement, *bela amiga*, vous avoir entendue vous exclamer à Béziers, devant le cadavre de la vieille femme, et en vous enfuyant : « Je la crains davantage morte que vive. » Vous ne raisonniez pas autrement que moi, à l'époque.

– J'avais peur et j'avais tort. Mais si cela doit vous aider à recouvrer la santé, je vous trouverai quelqu'un d'assez fort pour barrer le sort de la « sorcière » de Béziers. Il n'en manque pas dans nos campagnes, dans nos couvents et jusqu'à la cour apostolique de Rome, de ces hommes qui sont capables de lever les sorts et de les détourner sur quelque animal du voisinage. Jésus l'a bien fait.

– Jésus n'était pas n'importe qui. Et souvenez-vous que celui qui peut faire le bien peut aussi faire le mal. Vous devrez être sûre de votre homme.

– Je pense au prieur d'Ambialet. Il avait dans sa cellule de quoi exterminer une armée de démons. Si vous êtes trop las, je pourrais lui demander de venir.

Roger secoua la tête :

– Pas lui. Je le crois fou.

– C'est souvent dans les fous que Dieu se manifeste.

– Dieu est certes imprévisible, mais il n'est pas sot. Ce moine est sot, sans aucun doute.

– Et pourquoi pas notre chapelain ? Dans son regard brûle une telle foi ardente...

– Archivenin ? C'est la méchanceté qui flambe dans ses yeux, les tourments de l'enfer sur terre. De toute façon avec un nom pareil je ne lui confierais pas un garçon d'écurie. C'est ainsi que Dieu nous avertit à coup sûr de nous méfier de lui.

Je dus sourire car le visage de Roger reprit un peu d'animation, comme une consolation qui adoucit ses traits marqués par la fatigue. Son visage était ravagé de rides. Je pensai à Béatrix, qui occupait mes pensées davantage que mon mari. Il fallait lui donner une résidence, des revenus. Je m'en ouvris à Roger sans attendre.

– Roger, pensez à installer votre sœur, sans plus attendre que mon frère la reprenne.

– Il ne la reprendra pas.

– J'en ai bien peur. Il faut donc lui trouver une résidence digne de son lignage, et les revenus qui vont avec.

– J'y ai beaucoup pensé, figurez-vous. Je vais l'installer au château de Mèze.

– Mais ce château est occupé.

– Tous mes châteaux sont occupés, et de toute façon une femme seule ne peut pas tenir une forteresse. Or si j'ai pensé au château de Mèze, c'est justement parce que j'en possède la moitié, et la moitié de tous les revenus de la seigneurie. Même un peu plus avec les salins.

– Et que va dire Pèire, le châtelain ?

– Notre vassal Pèire de Mèze occupe indûment tout le château. Il s'est accaparé peu à peu la plupart des redevances de la châtellenie sans mon accord. Je l'ai souffert jusqu'à ce jour parce qu'il est un vassal fidèle, prompt à servir, et qu'étant seul à Mèze il y fait naturellement ce qu'il veut. Mais aujourd'hui je donne à ma sœur la part du château qui est mienne, ainsi que tous les revenus qui appartiennent à cet honneur. Pèire devra s'y plier. Et s'il veut tout garder, il n'a qu'à épouser ma sœur. J'y consens.

Je pouffai de rire.

– Est-il bel homme au moins ?

– C'est un bellâtre tout en muscles, fier et téméraire. Il s'enflamme et s'éteint avec un rien. Il aime beaucoup les femmes. Il sera le jouet de Béatrix si elle veut bien l'épouser. Elle lui prendra tout et il en sera content.

– Quand y allons-nous ?

– Dans quelques jours, quand j'aurai retrouvé mes jambes. Cette course me guérira peut-être, avec l'aide de Dieu. Sait-on jamais ?

– Dieu est imprévisible. Il lui arrive de châtier les meilleurs d'entre nous, pourquoi ne récompenserait-il pas les moins dignes...

Roger sourit malgré lui.

– C'est la vérité qu'on ne comprend pas grand-chose ce qu'Il fait ici-bas. Tous les Bonshommes vous le diront.

– Les Bonshommes n'en savent pas plus que nous, quoi qu'ils disent. Où l'auraient-ils appris ? Nous lisons les mêmes Écritures saintes !

– Nous lisons les mêmes saintes Écritures, certes, mais nous ne les comprenons pas pareillement. Dieu parle mieux aux cœurs innocents, à ceux qui se sont éloignés du monde et vivent sans arrière-pensée.

– Tiens voilà le chapelain !

– Archivenin ? Ce nom me fera toujours rire. S'il n'en change pas il ne pourra jamais me convertir.

*

La santé de Roger ne s'améliorait pas. Il entra dans l'hiver en proie à des poussées de fièvres tierces de plus en plus fréquentes, des maux de tête, des vomissements, des états de fatigue extrême. Parfois il était si pâle que je l'imaginais mort. Nous ne pouvions même plus quitter Béziers.

Toutes mes compagnes m'avaient rejointe à Béziers. Il y avait aussi Ava, l'épouse de Bertrand de Saissac, qui m'avait en amitié.

Elle me confia qu'elle fuyait son mari de plus en plus acariâtre avec l'âge, querelleur et par-dessus le marché avaricieux. Il répugnait à donner plus qu'une aumône aux troubadours, aux jouglars, aux compagnies chanteuresses qui s'arrêtaient au château, trouvant suffisant de les nourrir et de les loger. Aussi ne voyait-elle plus personne.

Elle s'ennuyait à mourir derrière les murs de la forteresse qui ne recevait que des débutants dans l'art du *trobar* ou du *joglar*, d'ailleurs vite importunés par les hérétiques qui hantaient nombreux le château.

Aude de Limoux, la gouvernante de Raimon-Roger, ne s'en occupait plus guère et ne quittait pas ma compagnie. Des filles et des épouses de nos vassaux s'ajoutaient chaque jour à ce conroi de donzelles et de domnas, dans un bruissement permanent de bavardages et de rires au milieu duquel je trônais.

Mon fils avait comme compagnon inséparable Aton, le fils de Séréna. Il était devenu son ami et son confident. Déjà demi-frère par le sang il était son frère de jeu à temps plein. Se sachant voué au service du vicomte Jeune il ne s'en plaignait pas et trouvait sa tâche naturelle. Bien qu'il ait deux années de plus que mon fils, et que sa corpulence, sa stature, lui en donnât deux autres, il supportait sans rage les persécutions de son demi-frère et suzerain qui lui cherchait facilement querelle.

Aton le traitait comme un enfant, avec sagesse et patience.

Les deux donzels d'ailleurs ne se ressemblaient en rien. Raimon-Roger avait toujours un air très volontaire, un caractère ombrageux et impulsif qui le portait à agir avant de réfléchir.

Aton était tout le contraire malgré sa force physique déjà considérable. Son air lunatique, ses pensées d'un autre monde, son goût pour la musique et la beauté des choses, le respect qu'il manifestait de toute vie, tous ces traits me rappelaient avec une insistance heureuse et douloureuse à la fois la façon de penser et de vivre d'Aimeric de Castelnau.

Il n'en était pas moins assidu à l'apprentissage de la guerre, et déjà fort bon cavalier. Des chevaliers aguerris se plaisaient à le défier de leur lance, sachant qu'il viendrait au combat sans réticence, bride abattue, lance arrêtée et casque en avant, subitement transfiguré en un projectile vivant prêt à ravager la lice.

Cette capacité qu'il avait de se donner entièrement à ce qu'il faisait, sans souci de lui-même, lui attirait beaucoup d'amitiés.

Ce fut l'époque la plus publique de mon existence. J'entends par là que Roger et moi – Roger malgré son état, sa lassitude, ses fièvres – n'avions aucun moment en privé, aucun répit, aucune possibilité de nous échapper du monde.

À Béziers le château Neuf était toujours plein, du matin au soir, et même la nuit où des torches veillaient dans la cour jusqu'à l'aube, éclairant les portes et les galeries au-dessus de la cour haute. Il m'incombait d'administrer cette foule déférente à mon égard, mais qui en échange de son profond respect attendait tout de moi, en retour. Je devais aussi la nourrir, surtout la nourrir (manger à la table de Trencavel, même en l'absence du vicomte, était le plus grand honneur que l'on pouvait faire à nos vassaux), la vêtir au besoin, accueillir nos barons avec leur famille, leurs enfants, réjouir nos alliés, les hommes d'Église, écouter les requêtes, les querelles, distribuer des richesses et les laisser retourner satisfaits, repus, tout cela pour avoir simplement la paix, sans parler de surveiller les chantiers d'entretien des remparts, le curage des fossés (tâches qui incombaient aux consuls et qu'ils ne faisaient pas), suivre les comptes de nos revenus, rendre la justice et de difficiles arbitrages, favoriser les mariages, les alliances, le négoce, et mille autres choses qui concernaient l'administration de Béziers, de nos villes, et la défense de nos vicomtés.

Fort heureusement l'intendant du château Neuf, Moché Benbassa, qui était juif et parent de l'intendant du palais de Carcassonne, Moïse Caravitès, était d'un dévouement extrême.

Je voyais aussi souvent, sans plaisir, le viguier du Bédérès, Lupo, un homme arrogant et cupide, franc comme trois ânes qui reculent, perdu de vices. Malgré les nombreuses humiliations que je lui faisais subir, et comme excité par l'attention malveillante que je lui portais, il m'importunait à n'importe quelle heure du jour et de la nuit, se présentant inopinément quand j'étais au bain, nue dans le cuveau, ou encore dans mon lit, pour des décisions à prendre qui n'avaient d'urgentes que sa jouissance à me surprendre.

Je le soupçonnais d'avoir connu charnellement Séréna, la mère d'Aton, et cela dans le seul but de se rapprocher de Trencavel et de marcher dans ses pas, si je puis dire, pour en recueillir quelque pouvoir ou quelque nouvel office, à moins que ce soit mon mari qui lui ait demandé ce service pour se débarrasser d'une amoureuse encombrante. Il était de ces hommes à qui on pouvait tout demander, pourvu qu'il y trouve son profit.

J'avais à soutenir plus durement encore les attaques perfides de Bertran de Saissac, le compagnon intime de Roger, le presque frère, un des rares hommes armés à qui Roger aurait confié sa gorge.

Libre de son ouvrage, Bertran séjournait longuement au château Neuf d'autant que son épouse, la délicieuse Ava, vivait en ma compagnie.

La santé de mon époux déclinant, Bertran finit par s'installer à demeure à Béziers, se comportant comme un second vicomte. Pour donner davantage encore l'illusion d'être le double de son suzerain il fit aménager sa chambre à côté de celle de Roger, afin qu'aucune visite ne lui soit cachée.

S'il n'était pas question pour moi de lui obéir, je ne pouvais plus voir mon mari en toute liberté, ni refuser son aide intéressée. Cependant nous nous connaissions assez pour pressentir tout le mal que nous pourrions nous faire dans une guerre ouverte ; aussi chacun prenait-il soin d'éviter encore tout risque d'affrontement.

Du moins jouissions-nous d'un confort inconnu dans les autres forteresses de Trencavel. Des cheminées à tous les étages nous permettaient, à mes compagnes comme à moi-même, de voir venir l'hiver sans appréhension. Il y avait aussi, comble de raffinement, des conduites d'eau courante dans la cour et au premier étage, ainsi que des latrines closes dans chaque grand appartement.

À ces commodités nouvelles s'ajoutait le bien-être qu'apportaient, dans les étages hauts, des baies à colonnettes assez vastes pour distinguer la nuit, de mon lit, les étoiles filantes dans le ciel ; le jour le regard se vidait dans le vaste panorama de la campagne environnante, par-dessus les remparts qui réunissaient le château Neuf à la ville, la dominant superbement.

Des jardins et des vignes cernaient le pied de Béziers du côté de ma chambre. C'était un damier de couleurs chatoyantes, changeantes avec les saisons, qui s'étendait jusqu'à l'abbaye Saint-Jacques où nous allions souvent entendre la messe, le matin, à cheval ou à pied.

Cet enchantement se poursuivait le soir par des soupers chantés, auxquels Roger assistait parfois quand il se sentait mieux.

*

Frézoul de Montredon, qui était reparti sur ses terres avec les frères Roquefort et le vicomte de Lautrec, et d'autres, nous tira brutalement de notre paisible agitation en réapparaissant avec des nouvelles extraordinaires. Nous rappelant que nous avions laissé le mage de Labessonnié dans une profonde léthargie, cet été, après qu'il nous eut révélé le destin de mon fils, il nous apprit que le vieillard abandonné dans son lit-cercueil n'avait pas encore repris connaissance, ce qui était un moindre mal, mais qu'il n'était pas non plus tout à fait mort parce que sa chevelure et sa barbe continuaient de pousser. Il me supplia de venir le voir car s'il n'était pas mort il fallait qu'il vive. Il n'y avait pas d'autre choix.

– Domna comtessa, m'expliqua-t-il, mes vassaux m'accusent de commercer avec le diable, et les culverts s'en vont se mettre sous la protection des seigneurs voisins, de peur de ce qui pourrait advenir. Il faut sortir le mage de son sommeil, qui n'est pas naturel, sinon ma seigneurie va devenir un désert.

– Mais que puis-je faire, moi ? Je n'en sais pas plus que vous.

– Domna, ce que vous avez fait, vous avez naturellement le pouvoir de le défaire.

Me prenait-il pour une sorcière ? Une désensorceleuse ?

– Demandez à votre curé.

– Il n'est pas assez fort.

– À l'exorciste épiscopal, à un moine...

Frézoul secoua sa grosse tête. « Il faut que ce soit vous ! » me répondit-il avec douceur et fermeté.

Nous partîmes un matin sous un ciel froid et pluvieux. Raimon-Roger m'accompagnait, ainsi qu'Aton et quelques chevaliers d'escorte pour le retour. Aucune de mes compagnes n'avait voulu venir. Roger, quant à lui, était trop mal pour chevaucher.

Mon fils et Aton montaient de petits chevaux anglais offerts par Richard Cœur de Lion, des chevaux bourrus, d'une grande robustesse et au caractère aimable. Tous à cheval nous étions au pied de la tour du mage trois jours après.

Arrivés dans l'après-midi nous surprîmes une foule nombreuse qui encerclait la tour, accompagnant et encourageant un nouveau prêtre exorciseur venu de loin pour batailler contre les démons. Je l'arrêtai et lui demandai d'attendre, de retourner au village pour ne pas nous gêner.

Il était pâle comme un mort et s'en alla à grandes enjambées, visiblement soulagé.

J'entrai la première, montai au premier étage, au second. J'eus du mal à ouvrir la porte, elle résistait à tous mes efforts. Les forces du mal ? J'imaginai un instant « le prince de la grimace » arc-bouté derrière la porte, les dents serrées, nous empêchant d'entrer.

Frézoul déterminé à en finir coûte que coûte poussa de tout son poids, qui était considérable et réussit à entrouvrir le battant. Je m'y glissai. Je mis un moment à comprendre.

Nous étions dans le petit *studium* du mage. Le sol dallé de pierres tombales avait disparu sous une énorme masse pâle et soyeuse provenant du cercueil dans lequel le vieil homme reposait. Il semblait porté sur la vague de sa chevelure blanche, qui déployait ses rouleaux en désordre contre le mur rond de la tour. Quant à sa barbe, qu'il avait l'habitude de porter invisible, soigneusement glissée dans le col de sa tunique, elle avait poussé au point de ressortir par le bas et, enjambant les bords du cercueil, emplissait aussi la pièce, butant contre la muraille et retournant vers le lit-cercueil comme un ressac.

Raimon-Roger et Aton qui s'étaient faufilés en silence dans la masse de poils ne paraissaient pas du tout impressionnés par le spectacle, tandis que Frézoul hochait la tête avec incrédulité, incapable de sortir un mot. Le visage du mage m'attira. Il avait la bouche entrouverte, et des petits serpentins de poils blancs ondulaient autour de ses lèvres et de son menton, se déployant en vrilles qui remontaient sur les joues avant de se mêler aux sourcils.

Le spectre semblait dormir.

Je cherchai sa main d'ivoire enfouie sous la barbe, la pris dans la mienne. Elle était glacée, mais les doigts restaient souples. Dans un geste naturel j'enlaçai les épaules de Raimon-Roger qui s'approchait. L'homme ouvrit les yeux, se redressa, le regard halluciné, et s'assit dans son cercueil. Empoignant sa chevelure et sa barbe mêlées il balbutia :

Perdu, trouvé, caché de si longs siècles
Sera vicomte, demi-dieu honoré
Avant que lune achève son grand cycle
par autres clercs trompé, emprisonné.

Il répétait les derniers mots de sa prophétie, déclamés plusieurs semaines auparavant et qui s'étaient incrustés dans mon cerveau de façon indélébile. Il poursuivit :

Prince captif et seigneurs mis au mur
Le peuple tourmenté par l'ire ecclésiastique
Le prince jeune jambes et bras liés
Mort promptement dans un retrait obscur.
Gent étrangère se riant aux fenêtres
Quand dans la terre notre, ensanglantée
Le chef de France viendra planter son sceptre.

Tout était dit. Les paroles du mage ne faisaient que confirmer ce que je savais déjà. Le vieillard encore hébété agitait ses membres gourds.

Les larmes aux yeux je m'enfuis en criant à Frézoul, que la résurrection du mage réjouissait :

– Je m'en vais, c'est un mauvais lieu.

J'entendis Frézoul recommander à l'oiseau de malheur : « Ne bouge pas, je reviens avec des ciseaux à tondre. »

Raimon-Roger m'avait suivie et surprenant mon visage bouleversé il me questionna. Je me gardai bien de lui révéler ce que j'avais entendu et compris à livre ouvert. Mais quel crédit accorder à ces paroles ? Des faux prophètes, il en passait chaque jour sur les places de village, dans nos châteaux, qui prédisaient les événements les plus fous, les catastrophes les plus extrêmes sous prétexte de nous faire expier nos péchés. Et jamais rien ne s'était réalisé de ce qu'ils avaient dit.

Je ne voulais pas douter de la miséricorde divine. Je ne voulais pas m'opposer à Dieu, l'irriter, le pousser par vengeance à réaliser ce qui était écrit. « Dieu ne se venge pas ! » répétaient les Bonshommes. Je voulais les croire. J'étais prête pour cela à embrasser la nouvelle foi.

Mais n'était-ce pas des hérétiques que Dieu allait se venger ? Je ne savais plus.

XIX

Nous restâmes peu de temps chez Frézoul, dans la forteresse de Montredon. Diafrosine ne manqua pas de me serrer affectueusement sur son sein, me broyant les os, et malgré ses supplications, malgré la neige qui commençait à tomber sous un ciel noir, je repartis pour Béziers le lendemain.

Je ne voulais pas laisser Roger seul trop longtemps, ni aider Bertran de Saissac à renforcer son autorité en mon absence. Je voulais surtout quitter ce pays maudit où j'avais entendu raconter la fin de mon propre fils, de ma propre chair. J'étais prête à échanger toute la gloire qui lui était promise contre quelques années de plus sur cette terre, et même j'aurais donné ma vie pour lui épargner le sacrifice suprême.

Mais je ne savais rien au fond des événements entrevus, ni surtout quand, dans combien d'années, ces événements adviendraient. Roger les verrait-il ? Et moi-même, aurais-je disparu au moment de la cruelle épreuve ? Comme je comprenais en ce moment la sagesse de Dieu qui ne voulait pas que les hommes connaissent l'heure de leur mort ! Comme je regrettais ma curiosité folle, qui m'avait poussée à entrer dans la tour du mage !

Pour retourner plus vite encore à Béziers je demandai à mes chevaliers de couper à travers la montagne, droit sur l'abbaye de

Saint-Pons qui était à moitié chemin. C'est là que je voulais passer la première nuit.

Nous nous perdîmes dans les brumes. Tout l'après-midi des gouttelettes froides tombant des arbres et des ronciers nous glacèrent le visage et le cou.

Le soir dans les monts de Lacaune les combes s'emplirent des hurlements des loups, se répondant en écho de meute à meute. L'une d'elles particulièrement inspirée semblait proche, toute proche. Guilhem de Trénis, qui commandait l'escorte, décida de s'arrêter au bourg de Brassac, sur la rivière Agoût. Je dus reconnaître que c'était une sage décision, car nous n'aurions jamais le temps d'atteindre l'abbaye de Saint-Pons avant la nuit.

Plusieurs châteaux défendaient la grande seigneurie de Brassac. Le plus ancien, le Castel Sarrazi, bâti dans les gorges vertigineuses de l'Agoût, datait du temps de Charlemagne. Un vieux fou l'habitait encore, qui régnait sur les torrents et les forêts impénétrables des monts d'Anglès. Un autre protégeait la rive gauche du bourg de Brassac, partagé par la rivière, tandis qu'un troisième, tout neuf, gardait la rive droite.

Un pont en construction devait relier les deux rives, les deux châteaux, les deux communautés qui se tournaient le dos. Aton insista pour que nous allions coucher au Castel Sarrazi, la forteresse la plus isolée, la moins sûre, la plus inconfortable aussi. Je ne sais pourquoi je l'approuvai, contre tout bon sens.

Remontant la rivière Agoût jusqu'à son premier coude, nous allâmes frapper à la porte rongée de mousse du Castel Sarrazi.

L'accueil au château fut très froid. Le châtelain n'étant point là, parti dans les bois, les quelques domestiques (trois hommes dont un très âgé, et deux femmes d'âge mûr) rechignèrent à nous recevoir car ils craignaient que leur seigneur dans sa folie ne les oblige à lui rembourser le peu qu'ils allaient nous offrir.

Je leur dis qui j'étais, ce qui redoubla leurs lamentations. Je dus leur montrer ma bourse, les assurer que nous payerions tout jusqu'au dernier denier pour qu'ils consentent à nous recevoir.

À l'intérieur du donjon les murs étaient sombres, couverts de peaux de loups dont on avait conservé les têtes, gueules ouvertes.

Comme je me couchais toute habillée sur une paillasse à même le plancher, dans la chambre glaciale du seigneur que rien ne distinguait des autres pièces sinon une forte odeur sauvage, Raimon-Roger vint me voir, inquiet, pour m'annoncer qu'Aton avait disparu.

Le considérant comme mon fils je ne voulus pas m'endormir sans l'avoir retrouvé.

Le château était entouré, investi par la forêt. Je fis relever tout le monde, bon gré mal gré. On scruta la nuit froide et humide, du haut de la tour. Nos appels dans le grondement lointain du torrent n'eurent aucun effet et je résolus de ressortir avec mes chevaliers et un homme du lieu connaissant la forêt.

J'étais d'autant plus inquiète qu'Aton agissait en tout raisonnablement, de coutume, et beaucoup plus que la plupart des hommes d'âge mûr.

Qu'est-ce qui a pu le pousser à sortir, me disais-je, quelle diablerie l'a obligé à quitter le château pour aller se perdre dans la forêt, dans cette nuit sans lune ?

On entendit à nouveau, assez proche pour nous faire tressaillir, le chant plaintif, amoureux, superbe des loups. C'était comme un chant d'hommage, un chant de communion où chacun montrait par sa virtuosité sa joie, sa foi dans la meute, passant au-dessus des autres dans un jaillissement somptueux et comme exacerbé.

Le souvenir d'Aimeric s'imposa avec une force qui me laissa pantoise, le cœur poigné. Dominant mon effroi j'allai droit sur la meute. Quand les chevaux commencèrent à piaffer, et devinrent comme fous, je mis pied à terre. Arrachant une lampe à l'un des hommes je pris mon fils par la main et m'enfonçai seule dans les ténèbres par un sentier ouvert dans les broussailles.

Au fur et à mesure qu'on avançait le chorus embellissait, et aussi mon angoisse. J'allais retourner quand je crus apercevoir à la faible lueur de la lampe la silhouette déliée d'un jeune homme. C'était Aton.

Ma lampe révéla peu à peu un spectacle incroyable qui me ramena des années en arrière, dans un temps qui me parut être celui du roi Arthur et de ses chevaliers de la Table ronde.

Ainsi Aton avait reçu le don ; il était aussi un mainadier, un meneur de loups ; il avait lui aussi l'intelligence de la nature et de ses créatures qui le reconnaissaient comme un maître, un père peut-être, ou un frère. Un des leurs ?

Je murmurai : « Tu es meneur de loups ? »

– Qu'est-ce que j'en sais ? me répondit-il avec une certaine brusquerie. Ce sont des amis, un point c'est tout.

Raimon-Roger se serra entre nous deux, les yeux agrandis par la peur et par un désir glouton de ne rien perdre du spectacle.

Les loups étaient assis en demi-cercle devant Aton, lançant leur plainte à tour de rôle entre leurs lèvres noires. Ma venue sembla les pousser à se surpasser. La mâchoire tremblante de trémolos, la tête levée vers le léger halo de lumière qui pulsait dans le ciel bas, quand la lune sortait d'un épais nuage, ils fermaient leurs yeux de plaisir, comme pour un benoît recueillement, et les rouvraient vivement en jetant des reflets d'or fondu sur chacun de nos gestes.

– Oh ! les oreilles... murmura Raimon-Roger.

Velues, épaisses, blanchoyant au-dedans, elles étaient tantôt pointées, tantôt aplaties dans une sorte d'hommage, la gueule ouverte. Ensuite ils soupiraient.

Raimon-Roger imita avec ses mains leur battement au rythme des glapissements. Je voyais une dizaine de têtes.

– Ils sont tous beaux, conclut Aton. Je leur donnerai à chacun un nom, une autre fois, quand je serai seul...

Je me défendis :

– Nous t'avons cherché parce que nous ne savions pas où tu étais. Et nous étions inquiets.

– Domna, pourquoi me cherchiez-vous ? Ne connaissez-vous pas ma maison ?

Un grand loup gris aux yeux jaune d'or bordés d'un épais trait noir sortit de derrière des rameaux feuillus et s'en alla sans se presser, à pas comptés, la truffe inspectant le sol. Une femelle gracieuse, blanche sur les flancs, le suivit en fouettant de la queue.

Elle avait deux taches blanches au-dessus des yeux, comme un fard. Les autres loups se levèrent.

– Vous avez vu le chef ? demanda Aton, souriant d'excitation. Je l'appellerais...

– Arthur, fis-je amusée, comme le roi gallois.

– C'est tout à fait le nom que j'avais à l'esprit, répliqua Aton. Comment avez-vous deviné, Domna ?

– Moi aussi je devine beaucoup de choses, à mon âge.

Les loups disparus on revint aux chevaux. Raimon-Roger regardait son ami avec des yeux admiratifs. À l'attache des chevaux personne n'osa poser de question. Il était bien connu que je vivais dans un monde étrange.

Le lendemain ce fut plus étrange encore. Le matin sur le chemin, Aton déclara après avoir observé le ciel en plissant les yeux qu'une forte bande de routiers s'en venait vers nous, et que nous la croiserions peu après midi. Ce qui arriva.

Nous venions de passer Saint-Pons, sans nous arrêter, et sur le chemin qui menait à Montpellier survint une centaine de routiers qui guerroyaient pour le comte de Toulouse. Ils ne nous importunèrent pas.

Je demandai à Aton comment il « voyait ». Il me répondit :

– C'est comme des ombres qui se reflètent sur le ciel.

Nous atteignîmes Béziers en pleine nuit. J'étais en miettes. En allant se coucher mon fils me demanda :

– Mère, dites-moi si Aton est un sorcier ou un saint.

– Ni l'un ni l'autre. J'ai déjà connu un homme qui était l'ami des loups. Les loups lui reconnaissaient une autorité naturelle.

– Parce qu'il avait été loup autrefois ?

– Que veux-tu dire ? Tu parles des loups-garous ?

– Non pas. Les cathares disent qu'à notre mort l'âme va dans un autre corps, quelquefois dans un animal. Peut-être qu'Aton a été loup dans une autre vie ? Avant de revenir dans un homme.

– Tu es bien savant sur la religion des cathares. Qui te l'a appris ?

– Frère Boson.

– De mieux en mieux ! Eh bien ! Sache que tout cela est faux. L'Église catholique, apostolique et romaine nous apprend que l'âme ne se réincarne pas, mais qu'elle sera jugée à la fin des temps. Selon les péchés commis sur terre, notre âme sera reçue au Ciel, en Enfer ou au Purgatoire en pénitence. Voilà tout.

– Vous mère, vous avez beaucoup péché ?

Prise de court je me forçai à rire.

– Sachez mon fils qu'on ne doit avouer ses péchés qu'à son confesseur...

Il réfléchit et lança en me quittant :

– J'aurais préféré être un loup plutôt que d'aller m'ennuyer au Ciel...

– Que sais-tu du Ciel, mon petit ?

Raimon-Roger prit sa respiration et commença, l'air savant :

– Frère Boson m'a dit qu'au Ciel il ne se passe jamais rien. On n'a pas le droit de se battre, ni de rire, ni de jouer... Il n'y a même pas de chevaux !

Il haussa les épaules de désespoir, pour me montrer à quel point le Ciel était vide.

– Qu'en sait-il frère Boson, du Ciel ? Il y est allé ?

– Oui, il y est allé. Il m'a dit qu'il n'y avait que de vieux moines, des éclopés et des manchots. Il préfère aller en enfer où vont les beaux chevaliers et les belles domnas, les beaux troubadours et les joueurs de harpe. Et on peut aussi y jouer aux dés.

– Boson... fis-je, en voilà un qui joue un drôle de jeu.

Le lendemain Béatrix vint m'avertir que Roger lui avait fait donation du château de Mèze, du moins de la partie qu'il possédait, qui était grande, avec les droits, redevances et tout ce qui dans le *castrum* de Mèze lui appartenait en propre. Il y avait aussi les salins, qui rapportaient beaucoup, et des droits de pêche sur l'étang de Thau.

Elle était impatiente d'y aller. On alla à Mèze.

XX

Roger sentait ses forces diminuer, s'enfuir inexorablement. Suspectant Dieu de ne pas vouloir lui laisser connaître un autre printemps il avait voulu dans un esprit de révolte monter à cheval, sous le prétexte d'aller châtier un vassal rebelle. Mais il dut y renoncer.

Des médecins de Montpellier avaient reconnu dans les fièvres le mal des paluds. Ils lui donnaient à boire des liquides de toutes les couleurs. Mais après chaque période de mieux-être les fièvres s'aggravaient. La douleur aussi.

Il lui arrivait de perdre conscience pendant un temps plus ou moins long, et au réveil il pensait avoir frôlé la mort.

Son intendant du palais, mestre Moché Benbassa, se désespérait de le voir quitter ce monde. Il avait alerté la communauté juive de Lunel, qui comptait des médecins fameux. Deux hommes se présentèrent un matin au chevet du vicomte, encadrant la silhouette trapue et rondelette de Moché Benbassa. Ils portaient un chapeau de feutre noir couvert de poussière. Roger ce jour-là allait mieux. Il les accueillit avec bonhomie et se laissa examiner sans impatience. Ils observèrent longuement ses urines dans une grosse ampoule de verre qu'ils tenaient à contre-jour.

L'un des médecins, après avoir consulté son confrère à voix basse, vint lui parler.

– Seigneur vicomte, lui dit-il d'une voix douce, nous confirmons que la fièvre qui vous tourmente vient du mal des paluds. On m'a dit que vous aviez séjourné quelques jours dans les étangs du littoral.

– Oui mestre, le long des étangs et au pays des Aygues Mortes, plusieurs nuits. Vous connaissez cet endroit ?

– Si je le connais ! C'est le pays du mauvais air. On y meurt plus vite qu'à la bataille. Rien d'étonnant si vous avez des fièvres tierces et quartes. Mais il y a plus grave encore.

– Ah ?

– Votre blessure à l'épaule a été mal soignée.

Il cerna du doigt la blessure, les plaques bleuâtres qui descendaient le long du bras, pinça la peau jaune et parcheminée par endroits.

– L'infection s'est installée sous la peau, commenta-t-il, et maintenant pour vous sauver il faudrait vous couper le bras.

Roger ne répondit pas. Il avait si souvent imaginé de perdre un membre à la bataille, comme tant de ses compagnons qui se traînaient dans les châteaux, enragés de la pitié qu'ils suscitaient, qu'il reçut la proposition sans grand émoi.

– Cela me sauvera-t-il sans faute ?

– Non, il est certainement trop tard. Sous la blessure refermée l'infection continue et corrompt tout le corps. C'est pourquoi vous ne pouvez guérir des fièvres. Les deux maux s'entretiennent et se relancent, comme deux chiens qui courent.

– Alors à quoi bon perdre un bras.

Il chercha des yeux Moché Benbassa, l'appela de la main.

– Venez mestre. Vous irez chercher mon notaire, Bernardus, et Peire Saquet, l'ancien. Qu'ils viennent entendre mes dernières volontés.

Les médecins approuvèrent du chef.

– C'est la décision la plus sage, seigneur vicomte, dit l'un d'eux avec une certaine emphase, tandis que l'autre l'appuyait d'une moue compatissante.

Les deux hommes s'inclinèrent et repartirent comme ils étaient venus derrière Moché Benbassa.

Roger tenta de mettre de l'ordre dans ses idées, malgré la souffrance qui ne le quittait plus. Si la nouvelle de sa condamnation ne l'avait pas touché au premier abord, par habitude du danger, il commençait maintenant à comprendre qu'il allait disparaître tout de bon. Il entrevoyait les difficultés qui allaient surgir après sa disparition.

Une vague de désespoir le submergea tout à coup, une désespérance qui semblait monter du fond de son être. Le monde lui parut ignoble, naturellement dégoûtant et il se sentit avec des nerfs d'enfant. Des larmes de rage, de dépit, lui vinrent aux yeux.

Il se reprit rapidement et demanda qu'on enlève de la grande chambre qu'il occupait tout ce qui l'encombrait, en premier les closets qui formaient de nombreux alvéoles où pouvaient s'allonger dans un repos attentif ses domestiques, ses chevaliers de garde, ses apothicaires et ses meilleurs compagnons.

Il y avait aussi un logement pour son chapelain, Archivenin, qui malgré les nombreuses rebuffades qu'il essuyait quotidiennement s'obstinait à vouloir l'amener à une fin profondément chrétienne et catholique, faite d'humilité et d'expiation. Archivenin ambitionnait de faire du vicomte, de sa mort, un exemple pour les orgueilleux, les raisonneurs, les incrédules, et avant tous les autres pour les hérétiques.

Bien chapitré et relancé régulièrement par l'évêque il jetait toutes ses forces dans la bataille, harcelant Roger jour et nuit. L'évêque rêvait d'entendre le vicomte au seuil de la mort rejeter publiquement, avec une ostentation pompeuse, les articles de la nouvelle foi. « Ce serait porter un coup mortel à la perversion cathare », lui répétait monseigneur Gaufred.

Il évoquait l'archange Michel combattant les anges rebelles, saint Georges, patron des chevaliers, terrassant le terrible dragon. Ces images plaisaient beaucoup à Archivenin.

Faute de sentir chez le vicomte le moindre intérêt pour ses paroles, et tant qu'il le tenait sous la main le chapelain l'interpellait aussi sur le thème de la charité, la nécessité de faire des dons aux églises de Béziers et d'ailleurs, aux abbayes, aux hospices, à l'évêché. Il en faisait une condition nécessaire pour aller au Ciel.

« Donnez à nos saintes institutions, seigneur vicomte, ce sera toujours ça ! marchandait-il avec un air de conspirateur. Si vous donnez à notre sainte mère l'Église vous ne serez pas les mains vides. Vous aurez au moins une bonne action à présenter. Au moins une. »

Roger ne se pressait pas de lui répondre, le laissant se découvrir et s'avancer de plus en plus loin dans les réclamations. Un soir, comme il le harcelait durement il lui annonça qu'il ne s'engagerait sur rien d'autre que sur ce qui serait dans son testament. Il n'avait qu'à attendre de le lire.

Chacun savait bien sûr que le chapelain était là d'abord pour interdire aux hérétiques, aux Parfaits qui pullulaient dans la cité et dans les bourgs environnants d'approcher le vicomte, de pénétrer dans sa chambre pour lui administrer en cachette le *consolamentum* des mourants, le consolament de bonne fin, la clef du vrai paradis.

L'empêcher d'être consolé comme le voulait impérieusement Bertran de Saissac, c'était déjà la moitié de la victoire.

Roger fit venir au milieu de la pièce un grand lit à colonnes et demanda des luminaires nombreux pour faciliter la lecture et l'écriture. Son notaire Bernardus arriva avec son matériel et une table qui le précédait, portée par un valet. Roger lui demanda d'attendre le docte Peire Saquet, car il ne voulait rien faire sans son conseil.

Il demanda aussi qu'on tienne son fils éloigné. Il ne devait connaître ses volontés qu'à la toute fin, quand tout serait dit. Roger pensait ainsi le garder hors de portée des griffes de la malédiction, dont il ne doutait pas qu'elle était la cause de son pourrissement. Mais il préférait donner d'autres explications.

– Mon fils ne doit pas voir avec quelle lie tu vas écrire mes volontés, plaisantait-il avec Bernardus, sans sourire. Ni combien de faux-traîtres vont se parjurer devant moi en lui jurant fidélité. Il ne faut pas qu'il voie la cupidité, la jalousie, l'orgueil, la fourberie qui vont s'étaler sans gêne autour de mon lit.

Bernardus levait les bras en signe de dénégation.

– Vous exagérez, seigneur. La gent du Midi n'est pas aussi mauvaise.

Roger poursuivait :

– Je veux laisser encore quelques illusions à mon fils, avant son règne. Le peuple aime les seigneurs aimables, et aimable il l'est. Qu'il le reste. Il a bien le temps de devenir hargneux et méfiant comme son père.

Très pâle, le vicomte parlait d'un voix déformée par la souffrance, la fièvre, l'insomnie. Surtout ses mots étaient retenus, soupesés jusqu'au dernier moment, livrés avec prudence. Comme si chaque parole engageait ses vicomtés, la terre entière, l'éternité.

Quand Saquet arriva il l'accueillit avec satisfaction en le saluant comme il avait coutume : « Voilà notre puits de science ! » ce à quoi Saquet répondait, selon le même rituel : « Un puits bientôt à sec, seigneur Roger, par l'épuisement des sources. »

Le vicomte lui demanda de coucher sur un parchemin, en forme de brouillon, tout ce qui concernerait le tutorat de son fils ; ensuite d'énumérer tous les droits de succession, tous les biens, tous les pouvoirs qu'il allait transmettre au nouveau vicomte, par le droit de lignage.

Il se réjouit avec le vieux notaire de n'avoir qu'un fils légitime, qui régnerait sans partage, sans contestation sur toutes les vicomtés que son propre père lui avait laissées.

– Quand je pense que l'héritage de mon père n'aura pas perdu une émine de terre entre mes mains, conclut-il avec une fierté pitoyable, presque enfantine au milieu de sa faiblesse.

Saquet approuva d'un hochement de tête.

– Tu prévoiras des legs en faveur des abbayes de Villelongue, de Caunes, de Saint-Hilaire, de Valmagne, de Cassan bien sûr, et de toutes celles dont les Trencavel se sont toujours occupés.

Saquet acquiesça, salua l'arrivée de l'archidiacre du diocèse qu'Archivenin avait fait prévenir pour qu'il vienne peser sur la rédaction du testament, et sur la composition du conseil de tutelle du vicomte Jeune. Si jeune qu'il pouvait être emporté en un rien de temps par le vent mauvais de l'hérésie.

– Tu énuméreras le douaire de la comtesse Adélaïs, poursuivit Roger sans faire cas du nouvel arrivant. Tu rappelleras ses droits, ses prérogatives. Elle partagera l'éducation de mon fils avec Bertran de Saissac.

– Vous attelez le chien et le chat, sourit Saquet.

– Ils s'y feront.

– Vous ne pouvez écarter l'évêque de Béziers, rappela le vieux notaire avant que l'archidiacre ne s'en mêle.

– Mets-le dans l'attelage.

– Il va ruer s'il rencontre Saissac !

– Tu leur donneras du fouet à tous deux.

Roger sourit. Une grimace, comme un coup de lame, creusa profondément ses joues.

– N'oublie rien ni personne. Pense à mon frère Raimon, le renégat. Je veux qu'il soit libéré à ma mort et entretenu à la cour de son neveu avec la considération que mérite son rang. Je lui lègue en outre la seigneurie de Cesseras. Tu convoqueras mes trente-cinq grands barons, ceux qui commandent les plus riches châtellenies, et d'autres si tu veux. Jusqu'à cent. Mais au moins les trente-cinq barons de mon premier rang. Qu'ils soient tous là dans trois jours, et qu'il n'en manque pas un. Ils viendront parapher mon testament et jurer fidélité devant moi à mon fils Raimon-Roger. Dans trois jours, si Dieu le veut.

Saquet s'inclina :

– Il le voudra. Il ne vous refuse rien. Reposez-vous...

– Pas encore. Envoie quelqu'un chercher la comtesse.

– Elle est partie à Mèze avec votre sœur Béatrix.

– Elle a bien fait. Mais qu'elle soit là dans trois jours elle aussi. Maintenant appelle Bertran.

Bertran de Saissac arriva dans l'instant, silencieux. Il ne quittait plus la chambre voisine, épiant toutes les conversations. Son regard noir, voilé par une lourde mèche en aile de corbeau qu'il remontait sans cesse derrière l'oreille, dans un geste vif et nerveux, machinal, embrassa d'un œil de braise le visage pâle de son ami le vicomte. La mort qu'il voyait apparaître dans les orbites cavées, dans le pincement des narines, l'effacement de la bouche, le teint de cire blanche, tous ces signes de l'approche de la dernière heure n'avaient pas d'autre effet sur lui que d'aviver son désir de commandement. Il était impatient de mener les vicomtés de Trencavel, bientôt orphelines, vers un nouveau destin.

Bertran voyait cet événement inattendu comme une intervention exceptionnelle du Dieu bon, le Dieu des Bonshommes, qui tendait la main aux hommes prisonniers de la terre du diable. Il ne doutait pas un instant que son rôle, sa vocation à la tête des principautés de Trencavel était d'accélérer le retour des âmes au bercail, au Ciel vrai. Roger lui prit la main.

– Bertran, fit-il, je te nomme régent de toutes mes vicomtés jusqu'à la majorité de mon fils, Raimon-Roger. Tu les administreras avec les mêmes pouvoirs que ceux que Dieu m'a donnés, et tu les remettras à mon fils le jour de sa majorité, à quatorze années accomplies, comme le veut notre coutume.

Bertran approuva.

– D'autre part tu feras partie du conseil de tutelle de mon fils, que dirigera l'évêque de Béziers, monseigneur Gausfred. La comtesse y sera aussi. Essayez de vous entendre...

Saissac secoua la tête :

– Ne laisse pas entrer la comtesse au conseil ! Si tu la laisses agir nos vicomtés seront vite perdues, avalées par le comte de Toulouse !

Roger leva la main et fit un geste d'apaisement.

– J'y ai pensé. C'est pourquoi je vais désigner un collège de tuteurs, assez nombreux pour que personne, de sa propre volonté, ne puisse agir et bouleverser l'ordre des choses.

– Qui y aura-t-il dans ce conseil ?

– La comtesse Adélaïs, toi, l'évêque de Béziers...

– La comtesse va s'allier avec l'évêque contre moi !

– J'y ai pensé. Je nommerai aussi au conseil deux ou trois barons sages et sans ambition. D'une fidélité sans tache.

– Qui ?

– J'ai pensé à Étienne de Servian...

– Il est des nôtres !

On entendit se rapprocher les pas sonores du chapelain, qui faisait les cent pas dans la salle comme une sentinelle.

– Elzéar de Castries et Déodat de Boussagues.

Bertran émit un petit rire sarcastique :

– Ils sont de la nouvelle foi, souffla-t-il.

Il repoussa du regard Archivenin, qui tendait le cou et l'oreille. Le chapelain prit un air absent en levant les yeux au plafond, comme aspiré par une pensée divine, et retourna.

– Disons qu'ils ont un pied dans chaque camp, précisa Roger. Ils ménagent la chèvre et le chou, comme on dit.

Il se reposa et reprit :

– Ainsi mon fils sera-t-il instruit dans les deux religions, l'ancienne et la nouvelle. Il ne se retournera pas contre son peuple, quoi qu'il arrive, et les Bonshommes ne seront pas persécutés quand j'aurais tourné le dos à cette vie. Mais promets-moi une chose.

– Quoi ?

– Ne laisse pas l'Église cathare prendre le pas sur l'Église romaine.

– Je ne comprends pas.

– Tu as bien compris. Tu sais mieux qu'aucun de mes compagnons que j'ai toujours maintenu la balance égale entre les deux Églises. Ainsi se paralysent-elles, à notre avantage. Et chacune faisant des efforts pour séduire le peuple plus que l'autre, elles s'améliorent mutuellement. Ce qui est un bien pour le pays.

– Mais mon désir est de détruire Rome, la nouvelle Sodome, le temple de Satan, et son Église sanguinaire qui se nourrit du sang du peuple ! Tu le sais ça !

Il ne se contenait plus, secouant la tête, les yeux enflammés. Le chapelain s'était rapproché sur la pointe des pieds, décidé à surprendre quelques bribes des imprécations de Saissac bien qu'il connût parfaitement ses sentiments envers l'Église romaine. Celui-ci se retourna d'un bloc, sourcilleux, et le fit reculer d'un signe de tête.

Le chapelain pesta contre ses gros souliers de cuir raide qui résonnaient sur le carrelage.

– Bertran, continua Roger, tu ne vas pas m'apprendre la méchanceté de l'Église romaine. Mais tu veux aller trop vite. Laisse faire le temps. À trop se presser, à vouloir trop gagner on risque de tout perdre. Pense que si une Église prend le pas sur l'autre, l'équilibre sera rompu et la plus forte exterminera la plus faible sûrement, dans un bain de sang. Tu entends ? Dans un bain de sang. Et celle qui aura vaincu deviendra à son tour acharnée et cupide. Car les hommes sont les hommes.

Il s'interrompit pour reprendre du souffle. Bertran sourit durement, avec dans les yeux la détermination de celui qui est prêt à tout pour arriver à ses fins.

– Il ne faut pas, reprit Roger, il ne faut pas que l'Église nouvelle chasse l'autre. Aussi tu vas me promettre de brider fermement l'Église cathare comme j'ai bridé fermement celle de Rome.

– Je te le promets, fit Bertran. Mais en retour enlève la comtesse Adélaïs du conseil de tutelle de ton fils, s'il te plaît. Elle est déjà sa mère, c'est bien assez. Sinon elle va s'allier à l'évêque contre moi et ils vont l'emporter. Souviens-toi du siège de Lavaur...

Sans bruit s'était approchée Azalaïs la Blonde, la domna de Lombers. Bertran lui lança un œil furibond pour la chasser, mais la jeune femme n'en eut cure et s'agenouillant sur ses talons au chevet du lit, les genoux sur un coussin, elle prit la main de Roger et la posa sur sa joue.

Roger lança à Bertran décontenancé :

– Tu peux me laisser, je suis en de bonnes mains.

– Tout n'est pas réglé.

– Plus tard...

– Roger, fit Azalaïs sans se préoccuper du seigneur de Saissac, j'ai rêvé que vous alliez guérir et repartir avec moi en chevauchée.

Roger lui caressa la joue du bout des doigts. Il remarqua ses yeux rougis, gonflés.

– Tout ce que je demande, ma mie, c'est que les anges aient votre visage. Je ne me lasserai pas de les contempler...

– On dit qu'ils n'ont pas de sexe, intervint Bertran qui tentait de se maintenir.

Roger reprit à l'adresse d'Azalaïs :

– *Amiga cara*, j'ai demandé à votre époux d'être ici dans trois jours. Vous repartirez avec lui, quoi qu'il arrive. Vous avez l'âge de fréquenter des donzels plutôt que des mourants.

– Et vous leur serez plus utile... compléta Bertran en lorgnant sa croupe arrondie.

Azalaïs ne releva pas. Elle posa sa joue sur la main de Roger et resta là en chantonnant. Roger ferma les yeux et Bertran finit par s'en aller, à contre-cœur.

Il se dirigea droit sur Archivenin qui déviant sa marche méditative tenta vainement de l'éviter. Bertran n'avait pas de meilleur déduit dans la vie, pour passer sa hargne, que de s'en prendre à Archivenin.

Azalaïs sourit. « Quelle glu cet homme ! murmura-t-elle en suivant la silhouette du châtelain de Saissac. On sent bien qu'il aimerait régner à votre place.

– Il gardera la place pour mon fils.

– Espérons qu'il n'oubliera pas de la rendre.

– Mon baronnage le lui rappellerait vite fait, en tête Bernat de Boissezon, votre époux.

Azalaïs la Blonde soupira :

– Quel malheur d'être mariée...

– Ne vous plaignez pas. Vous auriez pu tomber encore plus mal.

– Je ne connaîtrai pas d'autre homme que vous, s'exclama-t-elle.

– Tu es trop jeune pour dire : « Fontaine je ne boirai plus de ton eau. »

– Trop jeune ? Je suis une vieille. J'ai vu des rides dans mon miroir ce matin.

– Le miroir a de meilleurs yeux que moi. Je n'en vois pas.

Comme elle se soulevait Roger lui murmura :

– Reste, tu me fais du bien.

Il s'endormit. Peu à peu la chambre se remplit d'une foule bruyante qui vint sans gêne tourner autour du lit, contemplant la jeune femme blonde, sa chevelure d'or épandue sur le torse nu du moribond. Roger avait sa main sur son cou. Son visage apaisé, immobile comme un masque de cire, semblait par ce simple geste maintenu hors du temps.

Le calme avant la tempête, pensa Saquet qui, tout proche, travaillait à la rédaction du testament.

*

Dans la nuit, en l'absence d'Archivenin (envoyé auprès d'un malade pour plus de sûreté), deux Parfaits enveloppés dans des capes sombres usées jusqu'à la corde se glissèrent silencieusement dans la chambre de Roger, sous la conduite de Bertran de Saissac. Des chevaliers armés les entouraient, retenant avec leurs mains le cliquetis léger de leur harnachement.

Les Bonshommes se glissèrent jusqu'au lit du vicomte, qui ne dormait pas. Bertran ralluma quelques chandelles, redonnant vie aux soieries, aux fils d'or. Un des Parfaits repoussa son capuchon tout en extirpant de sous son manteau un évangéliaire.

– Guiraud Mercier ! s'exclama Roger, reconnaissant l'évêque cathare de Carcassonne sous sa grande barbe blanche. Vous vous êtes dérangé pour moi...

Le vieillard sourit et lui prit la main. « Mon ami... » fit-il.

L'autre Parfait se décoiffa à son tour. Il était grand, charpenté, encore jeune. Il avait un nez immense et quelques cheveux gris.

– Raimon Bernardi est diacre à Laurac. Tu ne le connais peut-être pas...

– Non, je ne pense pas.

L'autre s'inclina.

– Commencez ! leur intima Bertran de Saissac, quelqu'un peut survenir à tout moment.

Les chevaliers s'étaient postés aux deux entrées de la pièce.

Guiraud Mercier brandit le livre sacré et commença la cérémonie.

– Roger, fils du vicomte Raimon et de la comtesse Saura, que le Père saint ait pitié de toi et te reçoive dans sa paix et sa concorde par l'avènement de son fils Jésus-Christ. Veux-tu recevoir la sainte Oraison que le seigneur Christ a donnée à ses disciples, de telle sorte que tes oraisons et tes prières soient exaucées par notre saint Père ?

Le second Parfait, installé à la tête du lit, murmurait les réponses que le vicomte devait prononcer.

– Je le veux, souffla-t-il.
– Je le veux, répondit Roger.
– Mon ami, si tu veux être des nôtres, il faut que tu renonces à la foi de l'Église romaine.
– J'y renonce.
– Maintenant repends-toi de tes péchés et pardonne à tous les hommes.
– De tous les péchés que j'ai commis en parole, en pensée, en œuvre, je viens demander pardon à Dieu, et à l'Église, et à vous tous...
– Que le Père saint, juste et vrai et miséricordieux, qui a le pouvoir de remettre les péchés dans le ciel et sur la terre, te remette tous tes péchés en ce siècle et t'en fasse miséricorde dans l'autre.
– Amen ! Qu'il soit fait Seigneur selon ta parole.
– Que le bon Seigneur te donne la force de recevoir l'Oraison fermement, et te maintienne en dehors du péché.
– Je m'y engage.
– Récite avec moi l'Oraison : *Pater noster qui es in coelis, sanctificetur nomen tuum... et ne nos inducas in tentationem sed libera nos a malo. Amen*[1]. Nous te livrons cette sainte oraison pour que tu la reçoives de Dieu et de nous, et de l'Église, et que tu aies pouvoir de la dire tout le temps de ta vie, de jour et de nuit, seul et en compagnie, et que tu ne boives ni ne manges jamais sans dire cette oraison d'abord.
– Je la reçois de Dieu, de vous et de l'Église, répéta Roger à la suite du diacre.

Puis il prononça par trois fois : « *Benedicite !* » Et termina par : « Que Dieu vous accorde bonne récompense du Bien que vous m'avez fait pour l'amour de Dieu. »

Ensuite débuta la cérémonie du Consolament, qui devait infuser l'Esprit-Saint dans l'âme de Roger et lui montrer la voie du vrai Dieu.

Le Parfait demanda : « Désires-tu recevoir le baptême ? »
– J'en ai la volonté, répondit Roger, priez Dieu pour moi qu'il m'en donne la force.

1. Notre Père qui est aux Cieux, que ton nom soit sanctifié... et ne nous induis pas en tentation mais délivre-nous du mal. Ainsi soit-il.

– *Parcite nobis*[1], supplia le diacre, s'adressant à son évêque. Bon Chrétien, nous vous prions pour l'amour de Dieu de donner de ce Bien que Dieu vous a donné à notre ami que voici.

– Je le veux aussi, répéta Roger.

L'évêque cathare posa le livre saint sur la tête du vicomte, prononça des bénédictions et plaça sa main droite sur le livre. Son compagnon fit de même. L'évêque de la nouvelle foi proclama : « Père saint, reçois ton serviteur dans ta justice et envoie sur lui Ta grâce et Ton saint Esprit. » Et il lui souffla sept fois au visage.

Les célébrants récitèrent encore des Pater, des *Adoremus*, multipliant les génuflexions, puis le compagnon de l'évêque lut un passage de l'Évangile de Jean.

Ensuite Guiraud Mercier fit à Roger les traditionnelles recommandations :

– Mon ami, vous devez entendre qu'il vous faut désormais aimer Dieu avec vérité, douceur, humilité, miséricorde, avec chasteté et toutes les autres bonnes vertus. Vous devez être fidèle et loyal dans les choses temporelles comme spirituelles. Ne mangez jamais sciemment du fromage, du lait, de l'œuf, ni de la viande, ni graisse à part l'huile et les poissons. Vous ne mentirez ni ne jurerez ni ne vous livrerez plus aux plaisirs charnels...

On entendit derrière une des portes le bruit d'une échauffourée. La voix d'Archivenin résonna : « À l'arme ! Le diable est dans la maison ! » Il poussa un gros soupir et se tut. Le bruit d'un corps tombant comme une masse clôtura l'incident.

Bertran de Saissac maugréa :

– Il est déjà revenu ? Il a dû se douter de quelque chose...

Un chevalier entra, rassura Bertran de Saissac : « Ce n'est rien, dit-il. Il dort. »

Guiraud Mercier en avait fini avec ses recommandations. Il échangea le baiser de paix avec Roger et avec son diacre, qui fit de même avec Roger.

Ils disparurent dans la nuit, remplacés aussitôt par Azalaïs la Blonde qui attendait derrière une portière son tour. Elle vint s'agenouiller au pied du lit, à côté de Roger, lui racontant qu'elle avait trébuché sur Archivenin qui dormait derrière la porte.

– Il a prié jusqu'à l'épuisement, commenta Roger.

---

1. Épargne-nous !

Elle lui prit la main et il la lui laissa.

Tant de forces contraires qui s'affrontent autour de moi, pensa-t-il.

Et en moi.

Il envia les Parfaits qui avaient eu le courage de choisir une fois pour toutes leur chemin, et de s'y tenir. Un chemin âpre pourtant, et sans retour. Mais Roger ne croyait pas que la terre était vouée au diable, et que tout ce qui y vivait était mauvais, pas plus qu'il ne croyait aux menaces fielleuses des évêques.

Et s'il ne doutait pas d'avoir été la victime d'une malédiction, dont la volonté destructrice ne pouvait être mise en œuvre que par des forces diaboliques, pour autant il ne voulait pas croire que tout était perdu sur terre, encore moins l'enseigner.

Il était vrai qu'il laissait un fils derrière lui, une partie de lui-même. Il ne pouvait le condamner au malheur.

Il caressa les cheveux d'Azalaïs, qui faisaient une flaque dorée sur la courtepointe. Il imagina que son fils épousait la jeune femme, et que de leur union venaient des enfants magnifiques. Mais cela ne se pourrait pas. Les fils ne vont jamais dans les pas de leur père.

Il pensa qu'il n'avait jamais aimé beaucoup les enfants. Il les avait tenus pour des êtres insondables, secrets, rétifs, dotés d'une autre nature que la sienne. Par exception il eut envie de voir son fils, une dernière fois. Son fils n'était pas un enfant comme les autres, il n'était pas une sorte d'étranger dont il fallait se méfier. Au contraire son fils était une part de lui-même, sa part en devenir.

Mais il eut peur de trop s'appesantir sur les mises en garde, les dangers qu'il allait affronter ; n'allait-il pas le rendre pusillanime, couard ? Voyant ses bras souffrants couverts de taches sombres, il gémit et y renonça. Il avait honte de son corps corrompu.

Le meilleur service qu'il pouvait rendre à son fils était encore de lui laisser comme viatique, comme relique sainte, l'image d'un père éternel, éternellement conquérant, fondant sur l'ennemi comme l'aigle du ciel sur sa proie.

XXI

Quand je pénétrai avec Béatrix dans la grande chambre de Roger, bruissante d'une foule curieuse et bavarde, je fus saisie par une odeur suffocante de suri et de pourriture. Le cœur me manqua. Je me frayai néanmoins un chemin jusqu'au lit de mon mari, qu'on voyait de loin car c'était un grand lit massif à baldaquin qui avait remplacé la couche austère où je l'avais laissé en partant. Des rideaux de soie rouge, brodés d'or et d'argent, formaient dans les encoignures de beaux drapés. Le même tissu se retrouvait sur la courtepointe, frappée aux armes de Trencavel, rouge et or.

Des carreaux de soie éparpillés tout autour permettaient aux visiteurs de s'arrêter un instant pour parler au vicomte, en s'agenouillant au bord du lit.

Roger reposait au milieu de cet apparat à demi assis, la tête calée par un grand oreiller, les paupières baissées. Son visage était celui d'un vieillard cadavérique.

Le cou tendu, il semblait vouloir tenir la tête hors de la corruption qui avait envahi tout son corps.

Je donnais la main à Béatrix. Nous mêlâmes nos bras, nous soutenant l'une l'autre. Arrivée à son chevet, j'appelai :

– Roger, mon époux, nous venons d'arriver avec votre sœur. Elle est là, à côté de moi.

Roger garda un temps les yeux fermés, mais un murmure m'avertit qu'il m'avait entendue. Il sembla rassembler ses forces dans une inspiration douloureuse et ouvrit les yeux.

– Adélaïs, me répondit-il lentement, vous avez bien fait de revenir. J'ai préservé votre douaire, assuré votre entretien, vos droits et privilèges. Personne ne pourra dire que je vous ai fait du tort après ma mort.

Je ne pus m'empêcher de rétorquer :

– Vous souvenez-vous que le roi d'Aragon garde mon douaire, par vengeance ? Et qu'il a juré de ne pas me le rendre si je ne lui fais pas réparation de je ne sais quelles tromperies ?

– Je n'ai pas oublié. C'est tout le mal qu'il a pu vous faire, pour l'avoir trompé en ne vous donnant pas à lui.

Le visage de Roger se tordit dans une grimace indescriptible. Ses yeux pétillaient de joie. Le souvenir du tour que j'avais joué au roi d'Aragon, en envoyant la nuit ma cousine Alis le conjouir à ma place, lui était une source inépuisable de gaieté. Émue, je pris sa main. Il me la laissa volontiers, peut-être par faiblesse. Il continua, le regard vague :

– J'ai demandé à notre ami Saissac...

– Votre ami...

– ... mon ami Saissac, si vous voulez, je lui ai demandé de harceler le roi d'Aragon jusqu'à ce qu'il vous rende votre douaire. Ce sera plus aisé après ma mort, car il vous reviendra de droit et sans délai. Personne ne pourra dire le contraire. Si le roi d'Aragon ne respectait pas ce droit, nous le menacerions de revenir dans la souveraineté pleine et entière du roi de France. Nous irions même jusqu'à demander au comte de Toulouse, votre père, de nous prêter main forte.

– Et croyez-vous qu'il s'en effrayera ?

– Oui. Vous le connaissez, la crainte de ne plus pouvoir venir chanter ses *canços* en langue notre de ce côté des Pyrénées le fera renoncer à sa vengeance. Croyez-moi.

Roger se tut, épuisé. Il voulut poursuivre à toute force :

– Et aussi la vergogne. Beaucoup de ses compagnons le blâment déjà. L'un d'eux a écrit une bien méchante *canço* sur lui, à ce sujet...

Il parlait les yeux fermés, comme s'il rassemblait une dernière fois ses idées.

– C'est moi qui détiens les clefs des Pyrénées, désormais, ajouta-t-il, et bientôt mon fils. Il ne faudrait pas l'oublier.

Il rouvrit les yeux et me fixa de son regard marqué par la torture de la maladie. Ses yeux s'allumèrent d'un sauvage feu noir :

– Veillez sur le petit vicomte, notre fils, jusqu'à votre dernier souffle. Que rien ne lui arrive de mal... Déjà notre peuple l'aime.

– Et quels pouvoirs m'avez-vous donnés pour que je le protège ?

J'avais entendu dire en arrivant que Saissac s'était opposé à ma présence dans le conseil de tutelle, et qu'il avait réussi à m'écarter.

– Vous avez le pouvoir irremplaçable d'être sa mère. Il n'y en a pas de plus grand. Et je vous connais assez pour savoir qu'il vous suffira.

– Dieu vous entende.

Semblant s'apercevoir que je tenais sa main, il serra la mienne à son tour.

– Adélaïs, murmura-t-il, j'aurais pu vous aimer à la folie, en d'autres circonstances.

– Dieu ne l'a pas voulu.

– Ni moi. Souvenez-vous, j'étais en guerre contre votre père... Mais quittons-nous bons amis. Je vous pardonne vos fautes, et n'en garde aucune rancœur. Pardonnez les miennes... Je sais que je vous ai souvent maltraitée.

Sa main me serra avec une force désespérée, celle d'un homme qui se noie. J'en étais si chavirée que je caressai son visage, sa joue, et tenant sa nuque je lui murmurai :

– Je vous pardonne, Roger, tout le mal que vous m'avez fait. Je vous pardonne bien volontiers...

– Et moi de même.

Il lâcha ma main satisfait, apaisé, et se tut. Je m'écartai pour laisser approcher Béatrix. Elle pleurait. Elle se pencha vers son frère, tandis qu'il l'observait du coin de l'œil sans bouger la tête, figé dans sa souffrance. La scène s'éternisa. Les yeux de mon mari scintillèrent et Béatrix lui essuya les larmes qui roulaient, dans un geste tendre d'une interminable lenteur.

La masse des domnas, des barons, des chevaliers qui s'étaient écartés peu à peu sur notre passage se refermait et venait battre à nouveau contre le lit. Roger appela Saquet qui lui répondit que tout était prêt. Bernardus, le notaire de la cour, d'une voix claire demanda plusieurs fois le silence. Aussitôt apparut devant moi Bertran de Saissac qui s'approcha du lit et me salua sans chaleur.

Mon fils n'était pas présent, bien qu'il soit le premier concerné. Mais Roger ne voulait pas qu'il le voie à l'agonie, se débattant contre la mort. Il ne devait venir, et pour quelques brefs instants, qu'après son trépas pour saluer son cadavre, constater qu'il n'existait plus et qu'il devait prendre sa suite. Roger voulait que son fils garde de son père l'image d'un chevalier éternellement glorieux, étincelant de vie et de bravoure, un demi-dieu de justice et de châtiment. Omniprésent.

Bernardus allait commencer quand on lui signala l'absence de l'évêque de Béziers, monseigneur Gaufred. Comme il devait diriger le conseil de tutelle, sa présence était indispensable. Quelqu'un alla l'attendre et il arriva peu après, en habits sacerdotaux de couleur violette, la crosse à la main, l'air important, entouré de prêtres en surplis de lin blanc. Il bénit tout le monde en respirant bruyamment à cause de l'escalier, donna sa bague épiscopale à baiser à la ronde, subit les assauts d'Archivenin qui, abusant des courbettes, réclama une bénédiction particulière avant de lui ouvrir le chemin du lit.

– Monseigneur, il est temps de lui administrer le dernier sacrement, il est si mal notre vicomte... dit-il d'une voix faussement compatissante.

La main sur son embonpoint qu'il avançait comme une arme l'évêque dévisagea Roger sans aménité, le scrutant de ses petits yeux ronds, perçants sous de gros sourcils chenilleux.

– Mon fils, lui dit-il en lui prenant la main, la tournant et la retournant, il est temps pour vous de vous préparer à rencontrer le Christ. Dieu vous invite à le rejoindre, et à le contempler éternellement dans une vision béatifique de la Trinité. Mais sans viatique, comment pourriez-vous traverser le passage semé d'embûches qui mène à la vraie Vie ? Êtes-vous confessé ?

– Je le suis.

– C'est bien, car un péché mortel non avoué conduit en enfer. Avez-vous communié ?

– Oui, mentit encore Roger.

Archivenin fit signe à l'évêque qu'il n'en était rien mais celui-ci n'en tint pas compte.

– Fort bien, vous êtes donc des nôtres, du bon côté de la rive. Du moins le prétendez-vous... Il ne vous manque plus que l'onction des malades qui éloignera définitivement Satan et sauvera votre âme de l'enfer. La voulez-vous ?

– Je la veux.

– Auparavant, avez-vous pensé à léguer quelque richesse à l'évêché de Béziers, pour le repos de votre âme ?

– Vous le saurez en écoutant la lecture de mon testament.

L'évêque secoua la tête, peiné :

– Allons, allons ! Seigneur vicomte, je vous parle en ami.

Il joignit les mains de Roger sur sa poitrine, lui donnant la posture d'un homme qui prie. Archivenin crut utile de s'emparer d'une croix des processions et de brandir le Christ au pied du lit. L'évêque poursuivit :

– Mes chanoines ont décidé cette nuit de dire une messe par jour pour le repos de votre âme, pendant trente ans ! Cela mérite bien une gratification.

– Trente jours suffiront.

– Que vous dites ! rétorqua l'évêque exaspéré.

Mais changeant brusquement de tactique il se composa un air amical :

– Et la charge d'éduquer votre fils, qui me revient, vaut bien quelques émoluments supplémentaires.

– Bertran de Saissac vous dédommagera, si vos dépenses sont avérées.

Monseigneur Gaufred sourcilla du côté de Saissac, prit un air chagrin :

– Sachez vicomte que Dieu aime les hommes charitables, qui donnent facilement. Vous devriez y penser dans l'état où vous êtes, au seuil de la mort. Voulez-vous emporter vos richesses dans la tombe ?

Roger se tut, épuisé.

L'évêque soupira, comme affligé, et demanda l'eau bénite, un rameau. Archivenin avait tout préparé. « Paix à cette maison et à tous ceux qui l'habitent », gronda monseigneur Gaufred d'une voix sourde. Puis : « Que le seigneur soit avec vous. »

Roger leva la main, parla lentement :

– Je ne partage mes richesses qu'avec ceux qui en ont besoin. Vous êtes trop riche pour réclamer.

L'évêque se raidit, et faisant comme s'il n'avait pas entendu il prit un rameau d'olivier qu'il agita furieusement dans le bol. Il bénit Roger, déclamant : *« Asperges me, Domine, hyssopo et mundabor*[1]*... »*

– Je ne comprends rien à ce que vous dites, l'interrompit Roger. Vous pourriez m'hérétiquer sans que je m'en aperçoive...

L'évêque prit mal la plaisanterie, répliqua :

– Qui me dit que vous ne l'êtes pas déjà ?

1. Aspergez-moi, Seigneur, et je serai purifié...

– Ce n'est pas impossible. On ne prend jamais trop de précautions avec le Ciel.

Monseigneur Gaufred faillit répondre, s'abstint et poursuivit la cérémonie d'une voix froide. Archivenin faisait les répons, haussant le ton : « *Miserere mei, Deus, secundum magnam misericordiam tuam*[1]... »

Les deux hommes conversèrent un moment en latin.

Le prélat appliqua les huiles saintes sur la poitrine, entre les épaules, sur le sommet du crâne et sur les pieds du malade. Avec une répugnance visible Archivenin dénudait chaque partie du corps de Roger au fur et à mesure, découvrant des chairs corrompues, tachées, d'une abominable couleur verdâtre, un corps effroyablement amaigri.

Après une dernière prière l'évêque alla s'asseoir sur une chaire, renfrogné, le visage luisant. Bernardus se campa en face de lui et commença à lire le testament que Roger avait fini par arrêter, après moult interventions des uns et des autres.

Tout à coup l'évêque interrompit la lecture monotone du testament et se levant d'un bond il désigna Bertrand de Saissac.

– Jure, clama-t-il, que tu n'es pas un adepte de la secte cathare !

Surpris, Bertran de Saissac hésita, avança d'un pas, jura.

– Jure, reprit monseigneur Gaufred, que tu pourchasseras tous les disciples de cette pernicieuse hérésie, et que tu ne laisseras circuler ni pénétrer aucun hérétique dans notre cité de Béziers, dans mon diocèse, et que tu les dénonceras si tu en rencontres, et que tu remettras à ma justice ceux dont tu pourras t'emparer, et que tu seras fidèle à l'Église catholique, apostolique et romaine, et que...

L'évêque était fou furieux. Il se rendait compte qu'il n'avait aucune prise sur l'entourage du vicomte qu'il savait dévoué à la nouvelle Église.

– Et que et que ? s'amusa Bertran de Saissac.

– Jure ! lui intima l'évêque.

Le châtelain de Saissac jura, tandis que sa figure démentait son engagement.

L'évêque fulminait, mais sans preuves il ne pouvait aller plus loin. Il revint s'asseoir et fit signe à Bernardus de poursuivre sa

1. Pitié pour moi, Seigneur, en ta grande miséricorde...

lecture. Celle-ci achevée il vint le premier parapher le parchemin, et après lui les trente-cinq grands barons. Ceux qui ne savaient pas écrire leur nom dessinaient une croix dans un grincement de plume. Puis vinrent signer d'autres barons, moi-même, les notaires, les viguiers des vicomtés, et aussi Raimon, le frère de Roger qui restait à l'écart.

Je quittai aussitôt après l'assemblée et allai à la recherche de mon fils. Je montai jusqu'au *studium* où Raimon-Roger se rendait souvent, tout en haut du faux donjon. Il y apprenait la lecture et l'écriture avec frère Boson, qui supervisait également le travail malhabile de jeunes clercs voués aux écritures.

Le moine y était, chantonnant tout en recopiant des chartes. Il aurait bientôt la grave tâche de recopier le testament de Roger en de nombreux exemplaires. Je lui demandai où était mon fils. Frère Boson gonfla ses joues en levant les bras, comme si ma question était insensée.

Je redescendis à mon étage où m'attendaient mes compagnes, la mine sombre. Je leur parlai :

– Roger va mourir. L'ombre de la mort est déjà sur son visage. Mon fils n'a que neuf ans ; il lui en manque cinq pour atteindre sa majorité et commencer à régner. Il lui en faudra cinq de plus, peut-être dix, pour être un homme et un parfait chevalier, sage et réfléchi, mesuré dans ses décisions. Prudent et juste, s'il doit l'être jamais. En attendant c'est Bertran de Saissac qui régira toutes les vicomtés.

– Et vous domna, vous dirigerez votre fils. Il n'aura pas de meilleur guide.

– Attendez ! Vous ne savez pas tout. Saissac m'a fait écarter du conseil de tutelle, au dernier moment. Je ne suis plus rien !

– Oh la pute race ! s'écria Longabruna.

– Dis donc ! la reprit Ava, l'épouse de Saissac, garde tes injures pour tes cochons. Même si je n'approuve pas mon mari, je ne t'autorise pas pour autant à lui manquer de respect.

Longabruna resta interdite, puis alla embrasser Ava et lui demanda pardon. Ava pardonna et déclara que ce que Saissac avait défait, Roger encore vivant pouvait le refaire.

Je dus la décevoir :

– En fait tous les hommes pensent qu'un donzel d'une dizaine d'années n'a plus rien à faire avec les femmes, et que la tutelle d'un futur chevalier ne peut revenir qu'à un homme. Toute contestation est donc perdue d'avance, elle n'aura l'oreille de personne. Mais je suis sa mère. Mon influence restera. Du moins je l'espère.

– Surtout si elle est invisible, rajouta Longabruna. Elle sera plus dangereuse pour ce bastard de Saissac qu'une autorité au grand jour.

– Oh ! fit Ava.

– Espérons-le, dis-je pour conclure. Et savez-vous où il est présentement, mon fils ?

– Nous l'avons vu remonter la rivière Aude, après les cabanes des chenils, avec Garin Garrèl.

Raimon-Roger passait son temps avec Garin Garrèl, qui avait repris son travail dans les magnifiques chenils du vicomte avec le titre de louvetier. Il initiait Raimon-Roger à la chasse, au travail des chiens. Il lui apprenait à reconnaître les traces des animaux, à faire des brisées. Le chant des oiseaux, la confection minutieuse des appeaux, tout cela passionnait mon fils beaucoup plus que la lecture et l'écriture dans le *scriptorium* de frère Boson.

Je le voyais quitter le monde des femmes pour celui des hommes. Il n'y avait personne pour s'en plaindre, ni pour y trouver à redire. Sinon moi.

*

Roger mourut trois jours après avoir publié son testament, dans la soirée du vingt mars de l'an mille cent quatre-vingt-quatorze de la nativité de Notre-Seigneur. Ce n'était une surprise pour personne. Béatrix au dernier moment lui avait glissé dans la main une chandelle allumée, qu'elle maintint bien droite jusqu'à son dernier souffle. D'une extrême faiblesse il perdit connaissance plusieurs fois. Un chevalier le réveillait avec de l'eau de rose jusqu'au moment où ses yeux se noyèrent dans les ténèbres de la mort. Sa mâchoire tomba et sa bouche resta ouverte. On lui mit un coussin sous la nuque pour appuyer le menton sur la poitrine.

Béatrix restait là, tenant dans ses mains la main de Roger qui serrait la chandelle, comme si son âme continuait à vivre dans la petite flamme. Il est vrai qu'elle avait trois jours pour s'échapper, et pour la décider à partir Béatrix répandit quelques gouttes de cire sur le visage de son frère.

L'âme, craignant le feu, devait s'enfuir vers le paradis.

Des femmes se mirent à pleurer bruyamment.

Une foule énorme, qui se tenait prête jour et nuit dans la cour du château, se forma en un immense cortège le lundi matin, emmené par des pleureuses vagissantes, et tout devant des crieurs armés de clochettes. La foule alla jusqu'au prieuré de Cassan, à cinq lieues de Béziers, enterrer son suzerain sous une dalle du cloître.

C'est dans ce monastère de chanoines qu'avait été enseveli son père.

Roger avait confié à Béatrix, dans un murmure à peine audible, que là où il allait être enterré, il m'y attendrait. C'était plus convenable pour se présenter devant Dieu.

Elle ne me le révéla qu'au retour de l'inhumation, quand elle vint me relater en quelques mots la cérémonie. Car la coutume voulant que l'épouse du défunt, écrasée de chagrin, ne puisse assister à cette cérémonie funèbre, je n'avais pas quitté ma chambre.

*

À la fin du mois d'avril mourut la vicomtesse de Narbonne, Ermengarde. Elle avait peut-être deux fois l'âge de Roger, et lui avait survécu. Je pensai à notre rencontre à Villemagne, où elle avait évoqué, souhaité sa disparition rapide avant les affres de la vieillesse. « Qui sait qui partira le premier ? » s'était interrogé Roger.

Il était parti le premier.

J'avais le sentiment qu'avec la disparition de la vicomtesse Ermengarde se tournait une grande page, une époque, un siècle. De mon côté je perdais comme une suzeraine, une suzeraine de l'esprit et du cœur.

Je l'avais à peine aperçue, et je savais que je ne l'oublierais jamais. Elle allait rester dans mon esprit comme un exemple à suivre, maintenant que ma situation se rapprochait de la sienne. Elle avait administré seule, sans se décourager jamais, sa vicomté d'une main ferme et juste pendant plus de cinquante ans.

XXII

Comme s'il voulait m'éprouver dans ma foi Dieu m'envoya encore une épreuve : il rappela dans la même année le comte de Toulouse mon père. J'en fus avertie par un messager qui me pressa d'aller le voir sur son lit de mort, à Nîmes où il était, revenant d'un pèlerinage. Il me réclamait.

J'y allai sur l'heure en tout petit équipage, sans mon fils. Réunir le conseil de tutelle pour être autorisée à emmener Raimon-Roger à Nîmes aurait pris trop de temps. Quand j'arrivai dans la cité de Nîmes, des crieurs des morts parcouraient déjà les rues pour annoncer le décès du comte, invitant le peuple à réciter des *Pater noster* pour le repos de son âme qui venait de le quitter.

Mon père avait exigé un délai de cinq jours avant d'être enseveli, dans la crainte d'être enterré vivant, ayant souvent entendu dire que cela arrivait, qu'un mort se réveille dans sa tombe.

Il fallait aussi attendre que ses vassaux et ses amis toulousains viennent lui rendre un dernier salut dans son château bâti face aux arènes antiques.

Mon père avait une immense peur de l'enfer, qui lui paraissait de plus en plus probable avec l'âge en raison de son passé luxurieux. Il n'oubliait pas que ma mère, la reine Constance, s'était enfuie pour échapper à ses humiliations, parce qu'il vivait perpétuellement dans l'adultère, et qu'il l'avait traitée comme une servante, la laissant sans ressources.

Il craignait qu'elle ne se soit arrangée avec la Vierge Marie, entre femmes, pour le lui faire payer très cher à sa mort.

L'enfer le terrorisait avec raison mais il craignait presque autant le purgatoire, pressentant que s'il y entrait, dans le meilleur des cas, il n'était pas près d'en ressortir. Aussi les prêtres qui l'avaient entouré en grand nombre pendant son agonie n'eurent-ils aucun mal à obtenir des legs importants pour leurs églises, leurs collégiales, les abbayes, les hospices. Il accepta encore de payer dix mille messes et prières afférentes, dites pour le salut de son âme et le raccourcissement de sa peine.

Il avait aussi récompensé des pauvres pour pèlegriner à sa place et aller à Compostelle prier sur le tombeau de monseigneur saint Jacques, et d'autres qui devaient faire pénitence toute une année comme il aurait dû faire lui-même s'il était resté en vie.

Le cinquième jour après sa mort on alla l'ensevelir dans la cathédrale Nostra-Domna de Nîmes. La ville entière était sur le passage, alertée par les lourdes campanes des églises. Devant ouvraient la marche les clocheurs des morts, en robe rouge et noire, agitant de petites sonnailles, et des musiciens qui rajoutaient encore du bruit au vacarme sans pour autant aller plus vite dans l'énorme presse.

Derrière les clocheurs un conroi de pleureuses hurlantes s'arrachaient les cheveux, se frappaient la poitrine, se griffaient le visage, criant à pleins poumons parce qu'elles étaient payées à la hauteur de leurs cris. Puis venaient les chevaliers du comte, ses amis, le troubadour Peire Vidal, son presque frère avec qui il se disputait sans cesse pour des femmes. Le visage couvert de plaies, le crâne rasé, il marchait en déchirant ses riches habits de soie et d'hermine. Il avait (disait-on) fait couper les oreilles et la queue de ses chevaux en signe de deuil.

Suivaient d'innombrables compagnons de Toulouse et de Provence, la mesnie comtale menée par mon frère Raimon, moi à son bras, le vicomte de Nîmes derrière nous, puis le cercueil posé sur un chariot tiré par deux grands chevaux noirs. Une sorte de petite chapelle de bois protégeait le cercueil sous un poêle rouge et noir brodé de fils d'or aux armes des Saint-Gilles.

Des chanoines psalmodiaient tout autour, portant des cierges et derrière suivait tout le clergé avec des croix et des bénitiers. Des prêtres en surplis blanc bénissaient le défunt et la foule à grands coups d'aspergès.

Ensuite venaient les consuls de Nîmes à la tête du peuple bavard et assez joyeux, et deux mille quatre cents pauvres fermaient la marche au milieu des chiens, invités par mon père sur son lit de mort. Contre une part de banquet et un sou ils avaient juré de prier pour son salut.

Sur le parvis de l'église la capelette de bois fut empoignée par des chevaliers nombreux qui pénétrèrent dans la nef, la tunique retroussée et passée dans la ceinture comme Joseph le charpentier. Ils déposèrent leur fardeau sur une estrade au milieu du chœur, entre quatre gros cierges représentant les quatre évangélistes, cinq plus petits pour les cinq plaies du Christ, et douze autour de la tête pour les douze apôtres. Les chanoines restèrent tout autour, psalmodiant et chantant.

La foule s'épandit bruyamment dans la nef obscure. Des petites flammes dansaient çà et là, éclairant aux premiers rangs des visages sévères. Après la messe le corps de mon père fut enlevé du cercueil, extrait d'un amas de fleurs odorantes, pour être mis dans un sarcophage antique placé sous une dalle que je vis se refermer comme une porte qui allait nous séparer pour toujours. Je ne pus retenir mes larmes.

Mon frère Raimon était effaré par l'immensité de la foule, la grandeur du spectacle. « Il a acheté son salut à prix d'or ! » s'emportait-il. Quand j'évoquai le coût pharaonique de ces obsèques, où des milliers de gens étaient généreusement gratifiés, clercs, prêtres, moines et chanoines, pauvres, sergents, et tous les artisans qui avaient œuvré pour que cet enterrement attire infailliblement le regard de Dieu sur le défunt, il s'exclama : « Il ne va rien me rester ! »

– Ne te plains pas, lui dis-je, la mort de notre père a été inattendue. Elle a surpris tout le monde. Imagine un instant qu'il ait eu le temps de la préparer : il donnait à l'Église tous ses châteaux, son or et son argent. Il te ruinait totalement...

Raimon secouait la tête.

– Ça m'écœure, cette conduite de pharisien. Tout ça pour faire oublier ses turpitudes et gagner quelques parts de salut. Il n'a toujours pensé qu'à lui !

Il jetait des regards furibonds sur la foule de prêtres, chanoines, clercs, moines, clergeons, chantres, et j'en passe, qui allaient et venaient en tous sens, dans une agitation permanente que le grand nombre rendait vaine.

– Vivement que les hérétiques chassent toute cette engeance du diable, et qu'ils les remettent au travail. Au moins préserverons-nous pour nos enfants notre chevance.

– Tu parles comme Saissac. Te souviens-tu que tu fais partie du conseil de tutelle de mon fils, et que tu dois l'élever dans le respect de la religion catholique, apostolique et romaine ?

– Je l'élèverai dans la plus grande méfiance de l'Église romaine, et de la gent cléricale qui ne pense qu'à nous dépouiller, nous les nobles. C'est une race inutile et même nuisible.

– Bertran de Saissac se charge déjà de les contenir.

– Ils sont beaucoup trop nombreux, insista encore mon frère.

– Je te rappelle que tu es l'oncle de mon fils. Je compte sur toi pour en faire un parfait chevalier, craignant Dieu et le péché plus que tout.

– À mon tour je compte sur toi pour qu'il revienne d'abord dans la soumission du comte de Toulouse, c'est-à-dire qu'il me rende hommage et fidélité, et qu'il restitue toutes les vicomtés que son père a données au roi d'Aragon, sans en avoir le droit. Souviens-toi qu'elles sont sous la souveraineté du comte de Toulouse depuis des temps immémoriaux, et qu'en droit je peux les lui enlever et les lui rendre à ma volonté. Ainsi est le droit de chevalerie.

– Tu veux qu'il te rende hommage pour toutes ses vicomtés, c'est ça ?

– Hommage et possession. Il faut qu'il les restitue, car il m'appartient de les distribuer aux plus méritants. Peut-être à lui, peut-être à un autre. Tu es sa mère, tu es une Saint-Gilles, comme moi. Père t'a envoyée à Carcassonne pour rapporter à Toulouse les vicomtés des Trencavel qu'ils usurpent depuis un siècle. Tu dois me les remettre. Après nous verrons...

– Tu voudrais que je t'aide à dépouiller mon fils ? Mais tu es fou !

– C'est mon droit ! Les vicomtés de Trencavel sont à nous, aux Saint-Gilles, comme est à nous la ville de Nîmes, où notre père a élu sa dernière demeure. Sais-tu qui est le vicomte de Nîmes ?

– Une branche cadette des Trencavel.

– Exactement. Ces Trencavel, c'est nous qui les avons faits, qui avons assuré leur fortune. Nous leur avons attribué des fiefs, nous leur avons accordé notre confiance, généreusement, et un jour ils nous ont tourné le dos et ont tout gardé. Qu'ils rendent d'abord ce qu'ils ont pris, et dont ils usent et abusent indûment. Nous verrons après quel arrangement nous pouvons accepter avec cette engeance.

– Mais mon fils Raimon-Roger, il est ton neveu ! Il n'est pas ton ennemi ! Il est la chair de ta sœur, il est de ta race !

– Écoute petite sœur ! Évitons de nous disputer, surtout dans une église. Ça pourrait nous porter malheur. Mais pense que nous n'aurons pas deux fois pareille occasion de réunir enfin tout le Midi sous le seul pouvoir de Toulouse, des Saint-Gilles. Ce que notre père s'est escrimé à faire pendant cinquante ans, sans y réussir, nous l'avons à portée de la main sans lever une épée. Qui serait assez fou pour ne pas en profiter ?

– Profiter de mon fils ? Tu ne sais plus ce que tu dis !

– Allons, petite sœur ! Réfléchis un instant ! Ton fils est ta chair, c'est entendu. Je vous prendrai tous les deux à Toulouse, à ma cour. Vous ne manquerez de rien. Il aura à sa disposition les plus belles femmes de la terre...

– Il n'a que dix ans...

– Je le couvrirai d'honneurs. J'en ferai un grand chevalier, un grand capitaine. Avec moi il aura une vie de prince.

– Et s'il ne veut pas venir dans la prison dorée de son oncle, s'il préfère sa liberté ?

– C'est à toi de le convaincre, de lui montrer où est son intérêt. Amène-le à Toulouse, nous l'y retiendrons. Tout ce que je lui demanderai, c'est de me rendre hommage, de remettre à ma disposition ses vicomtés, et d'être mon allié.

– Et si ce n'est pas possible ?

– Je lui ferai la guerre jusqu'à ce qu'il se rende ! Et tout m'appartiendra.

– Mais tu ne vas pas faire la guerre à ton neveu, tout de même. Il n'a pas dix ans !

– Justement, il faut agir tant qu'il est tout jeune... Si tu m'aides, tout se passera très bien, sans effusion de sang. Nous pourrons enfin aller de Toulouse à Beaucaire sans quitter nos terres.

Nous serons les plus grands seigneurs du Midi, aussi puissants que le roi d'Angleterre à l'occident, le roi de France au septentrion, l'empereur à l'orient.

– Tu es fou !

– Souviens-toi ! Quand nous étions jeunes, au château Narbonnais, ton rêve le plus cher était de rester vivre avec moi et de régner sur nos nuits à la tête d'une armée de jouglars, de ménestriers, de troubadours. Tu as oublié ?

– Oui, j'ai oublié, et tu n'enlèveras pas à mon fils un arpent de son héritage ! Sache-le !

La cérémonie s'acheva et après avoir pris congé de l'évêque de Nîmes, de ses chanoines, leur avoir recommandé la dépouille de mon père et la sauveté de son âme je retournai au palais de Carcassonne sans plus attendre.

J'étais ulcérée par les propos de mon frère, et bien décidée à le contrarier de toutes mes forces. Il avait étalé ses intentions avec une indécence si complaisante que j'en étais indignée. Comment avait-il pu imaginer un instant que j'allais être la complice de son crime, que j'allais l'aider à dépouiller mon fils de ses droits, de ses titres, de ses domaines, de son destin glorieux dans la justice de Dieu ? Il fallait qu'il ait déjà le cœur bien corrompu pour penser que j'allais trahir mon fils, ma nouvelle lignée, mon César. Mon roi Arthur. Mon Alexandre.

XXIII

À Carcassonne une autre surprise m'attendait. Une mauvaise surprise, encore. Franchissant avec mes chevaliers la porte de Narbonne nous remontâmes des rues vides et désertes jusqu'au palais où toute la cité semblait s'être rassemblée, serrée autour du château dans une écoute recueillie.

La foule s'écarta à mesure pour nous laisser passer. À l'entrée de la cour de l'orme la presse était telle que les chevaux ne purent avancer. La cour était pleine d'une sorte d'assemblée d'hommes vêtus pour la plupart d'une cape sombre, barbus, chevelus. Certains restaient coiffés, comme par une vieille habitude, du capuchon.

Quel ne fut pas mon étonnement de distinguer au milieu de cet étrange rassemblement mon fils Raimon-Roger, sous l'orme, debout sur le banc de pierre qui cernait l'énorme tronc comme un collier.

Tout de blanc vêtu, les cheveux pris dans un chapel de laine blanche sans broderie, mon fils était tenu par-derrière par Bertran de Saissac en personne. Devant lui « l'évêque » cathare Guiraud Mercier, quelque peu voûté, soutenu par son associé le diacre Bernat de Simorre, imposait ses mains sur son front pardessus un livre saint.

J'entendis l'évêque cathare proclamer d'une voix forte et solennelle, dans un silence pesant :

– Père saint, reçois ton serviteur ici présent, Raimon-Roger Trencavel, fils du vicomte Roger Trencavel, rappelé à Dieu et parvenu à bonne fin, et de la comtesse Adélaïs de Toulouse, et envoie sur lui Ta grâce et Ton Esprit-Saint.

– Ainsi soit-il ! répondit d'une énorme voix la foule.

L'évêque lui souffla sept fois à la figure, puis commença la récitation du *Pater noster*. Le peuple obscur suivit, s'agenouillant plusieurs fois en engendrant une houle sombre, enchaîna par des *Adoremus*, reprit les *Pater noster* jusqu'à ce que Guiraud Mercier, levant le bras, impose à nouveau le silence.

Il présenta mon fils à la foule, aidé par son *socius* Bernat de Simorre, chacun le tenant par un bras. Mon fils souriait. Quelque peu intimidé, ému, il se tourna vers la foule en rougissant.

– VOICI L'AGNEAU CATHARE ! cria le vieillard. Il a voué sa vie à notre Église, et la défendra jusqu'à sa mort. Il sera notre tour et notre bouclier, notre conduit au milieu des embûches, notre protecteur contre la rapacité de Babylone, qui possède et qui écorche, qui ment et qui tue pour se sauver. Ô Dieu du Ciel insuffle à cet enfant les trésors de l'entendement du bien et le courage des martyrs, afin que par son sacrifice consenti notre Église soit reconnue et sanctifiée. Et donne-lui le pouvoir de répandre la vraie foi sur la terre entière ! Et qu'au jour où tu le rappelleras à Toi tu le reçoives dans les plis de ta Lumière.

– Amen !

J'étais abasourdie. Raimon-Roger venait de recevoir le consolament de baptême, le baptême en Esprit comme disaient les Bonshommes. Désigné comme le rempart des Bons Croyants contre les expéditions punitives de Rome, je pensai immédiatement qu'il serait excommunié et ses biens confisqués à la première dénonciation venue. Or la cérémonie était publique, incroyablement provocatrice. Je m'insurgeai :

– Non, non ! Je ne veux pas que mon fils soit hérétiqué ! Ce n'est ni sa volonté ni la mienne !

Personne ne réagit. En fait personne ne m'avait entendue, car de tout son ventre le peuple criait, ovationnant le futur sauveur de la jeune Église. Puis d'une seule voix il repartit sur une nouvelle prière. Seul Bertran de Saissac, qui m'avait aperçue au-dessus de la foule, sur mon cheval, se détourna de la cérémonie et quittant sa murette il vint vers moi. Je l'interpellai la première :

– Seigneur Bertran, que faites-vous ? Je ne vous ai pas autorisé à hérétiquer mon fils ! Ni monseigneur Gaufred, que je sache !

Un mauvais sourire étira sa bouche :

– Domna, répliqua-t-il, ça ne peut pas lui faire de mal. Vous l'avez bien baptisé avec de l'eau et du sel, qui ne servent à rien, moi je l'ai fait avec l'Esprit-Saint. Si mal il y a, il n'est pas de mon côté.

– Je sais que vous êtes de la nouvelle foi, et que vous allez attirer sur lui l'ire de l'Église romaine. Je ne veux pas ! Son père a assez souffert des persécutions des légats, des inquisitions, des excommunications, et des menaces de confiscation. Souvenez-vous du siège de Lavaur. Je ne veux pas que ces menaces passent sur la tête de mon fils. Je ne le veux pas !

– Domna, n'ayez crainte, nous sommes aujourd'hui les plus forts. Babylone n'osera pas nous envoyer ses loups sous l'habit du mouton.

– Seigneur Bertran, je n'en suis pas si sûre. Le pape fulmine de concile en concile contre l'hydre hérétique, aggravant les peines et les châtiments. Et le jour où il mettra une armée en branle est peut-être proche de son aurore. Que gagnerons-nous dans une guerre ?

Bertran soupira :

– Le Ciel, domna comtessa, nous gagnerons le Ciel, ou plutôt nous regagnerons le Ciel qui est notre vraie demeure. Prenez-vous-en plutôt à Rome, qui tente par tous les moyens de nous le cacher.

– Et dans quel but nous cacherait-elle cela ?

– Parce qu'elle est avide de richesses, et qu'elle veut voir tous les hommes travailler à son enrichissement. Alors que l'Église cathare...

– Voulez-vous que je vous dise, seigneur Bertran : je vois bien que l'Église cathare sera la malédiction de mon fils, comme elle a été celle de son père, sans qu'il l'ait compris. J'en suis convaincue maintenant. Aussi comptez-moi désormais parmi les ennemis de votre Église !

La cérémonie étant achevée les hommes en vêture sombre quittaient peu à peu la cour du château, s'écoulant vers la ville par la grande porte. Après les fossés enjambés sur un pont de bois on traversait une barbacane de gros pals avant d'entrer dans la ville. C'est là que la foule les attendait, recueillie, se passant de bouche à oreille les paroles entendues dans la cour.

Elle espérait Guiraud Mercier pour exiger sa bénédiction.

L'évêque quitta l'orme parmi les derniers, flanqué de son associé, et comme les deux hommes sortaient de la barbacane le peuple s'empara d'eux et les mena sur le plan devant le château. On jucha l'évêque cathare sur une comporte renversée, non sans mal car il était vieux.

Des supplications fusèrent :

– Parlez-nous, monseigneur Guiraud, enseignez-nous !

– Bénissez-nous !

– Dites ce que nous devons faire pour aller au Ciel sans traîner, et nous le ferons.

Guiraud Mercier se racla la gorge, but quelques gorgées d'eau pure à la cruche d'un marchand d'eau et commença : « Comment gagner le Ciel, demandez-vous ? Comment retrouver la place où se nichait notre âme, parcelle divine, avant la chute ? Eh bien ! je vais vous le dire comment on va droit au Ciel ! Vous devez comme les lépreux mourir au monde ! Rien de moins, rien de plus. Que la mort soit pour vous l'interruption d'une peine, non sa continuation. Que la mort soit pour vous la déposition d'un fardeau, non un fléau. Qu'elle soit une potion salutaire, non un poison... »

Les hommes se grattaient la tête, les femmes rajustaient leur guimpe, leur fichu, se frottaient les mains au devantier. La potion était amère. Pour les aider à l'avaler l'évêque précisa, souriant à tant d'évidence : « La richesse, frères croyants, ne se mesure pas aux choses qu'on possède mais à celles dont on sait se passer... »

Je revins dans mes appartements du palais avec Raimon-Roger. Saissac passant près de nous lui glissa : « Seigneur vicomte, je viendrai vous prendre demain pour aller à Saissac, où des chevaliers commenceront à vous apprendre à manier les armes. Il est grand temps ! » fit-il à mon adresse.

Je compris que Bertran de Saissac avait entrepris d'éloigner mon fils de sa mère. C'était une seconde étape après celle de l'hérétication. Mais que pouvais-je dire ? Il ne m'appartenait pas d'exercer Raimon-Roger au maniement des armes. J'eus la présence d'esprit de répondre :

– Je voudrais que Garin Garrèl l'accompagne. Il lui enseigne fort bien l'art de la chasse et les beautés de la nature. Et mon fils l'aime beaucoup. Au moins qu'il ait là-bas un ami désintéressé... ajoutai-je méchamment.

Bertran riota, l'œil narquois. Je poursuivis :

– De toute façon il serait dommage de séparer un tel maître de son élève. Y voyez-vous un obstacle ?

– Aucun ! me répondit Saissac, dubitatif.

Ainsi aurais-je auprès de mon fils un homme fidèle, qui me rapporterait régulièrement les événements survenus à la cour du château de Saissac, et qui n'hésiterait pas à m'alerter au besoin.

Je passai une nuit blanche à imaginer comment rendre impossible le départ de mon fils dans le nid d'hérétiques qu'était le grand bourg fortifié de Saissac. Au matin je n'avais trouvé que le moyen de me rassurer un peu. Je demandai à Mondine et à son fiancé, l'écuyer Cornus, d'accompagner mon fils chez « le roi de la Montagne Noire », comme on appelait Bertran de Saissac, et d'y rester à son service aussi longtemps que possible.

Oui, je le savais maintenant, il m'apparaissait clairement que la malédiction qui devait frapper le glorieux lignage des Trencavel passait par le truchement de l'Église cathare. C'est elle qui en répandant sa doctrine, diabolique aux yeux de Rome, allait causer la mort de ses adeptes, justes et injustes, purs et impurs, tous également châtiés comme frappe une implacable épidémie décimant un peuple.

Une nouvelle bataille se préparait. Encore une. Je sentais mes forces s'épuiser, mon sang refroidir, mon cœur se révolter à l'idée de repartir en bataille. Mais puisqu'il le fallait je me battrai pour mon fils, mon César, mon roi Arthur. Mon Alexandre.

XXIV

Bertran de Saissac observait le visage d'Arnaud de Moure, le neveu de l'ancien archidiacre de Carcassonne. Autant le visage rubicond et satisfait du chanoine suscitait une suspicion de sottise, qu'il confirmait volontiers par ses bravades ridicules et ses vaines gesticulations contre l'hérésie, autant le visage de son neveu Arnaud respirait le calme jusqu'à la froideur, une volonté déterminée, peut-être cynique.

« Efficace, rien ne le rebute », lui confiait souvent le vicomte Roger, dont il avait été le secrétaire.

Bertran contempla encore un instant ses yeux noirs, ses sourcils bien dessinés, légèrement barrés, qui donnaient à son beau regard une impression d'intense attention. Ses cheveux bruns et courts étaient à peine marqués par une tonsure complaisante, si discrète qu'elle se confondait avec un début de calvitie, et sa bouche bien ourlée était celle d'un donzel bien nourri, à l'abri de la peine et des mortifications.

Bertran ne pouvait s'empêcher de penser à la réputation scandaleuse de cet homme d'apparence jeune encore, de taille moyenne, élégant dans sa tunique sombre qui le mincissait malgré sa démarche un peu lourde trahissant un corps enveloppé, un début d'embonpoint que ne connaissaient pas les chevaliers de son âge.

Une constitution de jouisseur, répugnant à la dépense du corps, conclut le baron de Saissac, amusé. Il évite de se disperser dans de vaines charges honorifiques, et met toutes ses forces dans des manigances dont il espère des profits mirifiques. C'est l'éducation qu'il a reçue dans l'Église qui l'a rendu aussi rusé. Rien à voir avec nos chevaliers de même lignage qui sont restés au château. Mal dégrossis, ce sont de braves bêtes prêtes à mourir pour le sourire d'une domna, pour le compliment d'un baron, pour le regard émerveillé d'une foule de culverts.

– Tu es, Arnaud, lui répondit-il dans un sourire amical, un enfant de l'Église romaine. Jusqu'au bout des ongles, que tu as roses et bien soignés.

– Que dois-je entendre par là ? demanda Arnaud les sourcils froncés. Il cachait ses mains.

– Que tu as été à bonne école, à l'évêché, et que ton âme est aussi noire que la vieille tunique de tous les jours d'un sacristain.

– Je suis loyal avec vous, rétorqua le clerc.

Arnaud de Moure venait de lui proposer ses services de commissionnaire, l'assurant de sa fidélité à l'Église cathare, et lui révélant qu'il détenait d'importantes sommes qu'il devait conserver pour les besoins de la nouvelle Église.

Il résistait difficilement au plaisir de révéler au seigneur de Saissac que le trésor était chez son oncle, le pourfendeur d'hérétiques, ce qui l'aurait fait rire, certainement. Mais il ne fallait pas que le seigneur de Saissac puisse jamais mettre la main sur le magot, en connaître le montant total. Il était bien décidé à ne laisser personne s'approcher du trésor, se félicitant d'avoir appris du vicomte Roger qu'un secret partagé n'en est plus un.

– Tu es loyal... ou très malin ? poursuivit Bertran de Saissac.

– Que voulez-vous dire ?

– Je veux dire que de toute façon je savais qu'on te confiait des bourses ici et là, et que tu ne pouvais pas faire autrement que de m'en parler. Mais j'apprécie d'autant plus ton allégeance que ta famille pataugeant jusqu'au cou dans les turpitudes de la religion romaine, tu es fort bien placé pour nous renseigner sur ce qui se trame à Rome.

Arnaud tressauta, agacé.

– C'est que mon oncle n'est plus rien au chapitre, il est tenu en dehors du cercle des familiers de l'évêque.

– Oui mais les chanoines sont bavards comme des pies. Les

journées sont longues dans le cloître, il faut bien s'occuper quand on n'a rien à faire. Il apprendra vite ce qui se trame, ton oncle. Qu'il me le fasse savoir aussitôt.

– Je le lui demanderai.

– Et en contrepartie je vous laisse exercer en toute tranquillité votre nouveau métier de banquier, à tous deux.

– Mon oncle n'a rien à voir avec ce...

– Ce trafic, disons ce commerce. Bien sûr que si ! C'est chez lui que tu entreposes l'argent...

Le rire dévastateur de Saissac irrita doublement Arnaud.

Cet homme est le diable, pensa-t-il, il sait tout. Je n'aurais pas dû venir...

– Ne me prends pas pour un idiot, continua Bertran de Saissac d'une voix amicale, et tout ira bien. C'est d'autant plus important que je souhaite notre association.

– Ah ? fit Arnaud qui ne savait plus sur quel pied danser.

Il aurait voulu s'asseoir mais ils étaient dans une pièce sombre sans meubles. La voûte en berceau étant trop basse pour y suspendre des luminaires il y régnait une obscurité d'église. Le jour ne venait que des baies jumelles, de la largeur d'une meurtrière, qui s'ouvraient au midi.

Au sol traînaient des paillasses, un broc d'eau ; un haubert de mailles fines, d'une taille réduite, était passé dans une perche et se plaquait contre le mur en donnant une impression d'onde qui court sur les pierres.

– Oui, nous allons nous associer. Tu sais qu'étant le tuteur du jeune Trencavel, à ce titre je gère ses biens jusqu'à sa majorité. À la demande de son père.

– Oui, je le sais. J'étais son secrétaire...

– Bien sûr. En attendant l'âge de sa majorité que vont devenir ses revenus ?

– Je ne sais pas. On peut les conserver et les lui rendre le moment venu.

– Oui, on pourrait. Mais je peux aussi les mettre de côté pour la guerre.

– La guerre ?

– La guerre qui éclatera un jour entre notre Église, l'Église de Dieu, et celle de Rome, l'Église de Satan.

Arnaud ne répondit pas. Le terrain était glissant. Il était hors de question de prendre des risques pour un autre.

– Sinon tout le monde va se servir, poursuivit le baron de Saissac, la comtesse en premier. Et le jour de la révolte contre l'abjecte tyrannie de Babylone, c'est-à-dire de Rome, précisa-t-il, nous nous battrons avec des bâtons !

– Je comprends.

– Tu comprends qu'il nous faudra des armes, des chevaux, des soldadiers ; il nous faudra acheter des complicités, des châtelains, des évêques même ! Heureusement beaucoup sont à vendre, qui ont payé leur élection et croulent sous les dettes.

Arnaud acquiesça en soupirant.

– Il nous faudra payer la neutralité bienveillante du roi de France, peut-être, poursuivit Saissac, le convaincre de rester chez lui à surveiller les Anglais, les Germaniques. Avec quelques sommiers chargés de deniers d'argent les choses sont plus faciles, les discussions prennent vite un tour amical. On arrive à s'entendre.

– Je l'ai remarqué.

– Mais en attendant il ne faut pas éveiller les soupçons. Je ne peux pas demander à mes hommes de collecter les taxes, droits et profits des mines, des moulins et autres – tout ce qui revenait directement dans les coffres du vicomte Roger – sans qu'on m'accuse d'accaparer les revenus du vicomte Jeune.

– Possible.

– Certain ! Aussi c'est toi qui collecteras tout ça. Comme tu es clerc, et que tu connais très bien les possessions des Trencavel, tu es le mieux placé pour ce service. Je demanderai bien sûr au conseil de tutelle son accord. Je dirai que je t'ai choisi parce que tu étais un proche ministre du feu vicomte, et que tu n'es pas intéressé dans cette affaire. Je leur expliquerai que c'est pour le vicomte Jeune que tu collectes, pour le lui rendre à sa majorité. Et tu le mettras avec le reste. Quand je te le demanderai tu me l'apporteras. Tu as compris ?

– J'ai compris. Mais s'il y a des contrôles ?

– Tout le monde sera trop occupé pour venir contrôler ce que tu fais. De toute façon tu tiendras les comptes sur un parchemin, mais tu n'inscriras que la moitié des sommes. Le reste, ce sera pour la guerre.

– Et moi, qu'est-ce que je gagnerai ?

– J'y viens. Tu toucheras une part sur tout ce que tu collecteras, prélevée sur les réserves du vicomte Jeune, bien entendu.

Arnaud hocha la tête. Il ne pouvait guère qu'approuver le nouveau jeu même s'il n'en était pas le maître. Il pensa dans un éclair que de toute façon, avec autant d'argent qui circulait, sa fortune était faite.

On entendit une galopade et entra en trombe Raimon-Roger, suivi de Garin Garrèl. Arnaud comprit alors que Saissac le recevait dans leur chambre.

– Voici notre jeune vicomte, l'accueillit Bertran sans sourire, et son Nemrod.

Raimon-Roger était déjà puissamment bâti pour ses dix ans. Sa corpulence était celle de Bertran, qui était resté petit et malingre. Cette observation amusa Arnaud.

L'homme qui l'accompagnait portait une pie embrochée par une flèche. Il la montra.

– C'est le seigneur Trencavel qui l'a tuée, dit-il avec une joie sincère.

Bertran salua l'exploit d'une moue admirative.

– Bien bien, dit-il distraitement. Laisse-nous maintenant.

Garin Garrèl s'en retourna tandis que le seigneur de Saissac prenait Raimon-Roger par l'épaule et l'amenait devant le clerc.

– Voilà ton nouveau maître, dit-il à Arnaud de Moure, embarrassé par le regard attentif de l'enfant. Tu lui seras fidèle en tout et tu géreras ses biens avec autant de soin et d'honnêteté que tu en avais pour son père.

Le clerc acquiesça, se risquant à sourire au jeune vicomte. Il s'étonna de ses cheveux plus clairs que ceux de son père, de son visage fin, mobile, de son regard toujours en éveil. À part le front, têtu, du vicomte Roger, il était le portrait de sa mère, la comtesse Adélaïs.

Bertran ramena l'enfant devant une fenêtre.

– Raimon-Roger, lui dit-il, à partir de demain tu chevaucheras tous les matins avec le chevalier Rainès. C'est le meilleur chevalier du monde. Il t'apprendra à porter les coups à cheval. Ensuite après les exercices, jusqu'à midi tu resteras en compagnie de mon diacre Barthélemy Delpech. C'est l'homme le plus doux et le plus saint du monde. Il t'apprendra les saintes Écritures, et la vraie foi.

– Et l'après-midi, j'irai entraîner les chiens avec Garin Garrèl, conclut l'enfant sur un ton déterminé.

Bertran n'eut pas le temps de répondre. Entraient Mondine et

Cornus qui venaient récupérer le jeune prince pour le plonger dans un grand baquet d'eau tiède, à la cuisine.

Mondine salua à peine et sans s'arrêter s'empara de Raimon-Roger qui cherchait à lui échapper. Elle le tira vers la porte. L'enfant fit semblant de résister en faisant de grands pas raides. Mondine le gronda et il partit en courant, tirant sa femme de corps et la faisant courir à son tour. On entendit le rire frais de la jeune femme, tandis que Cornus lui promettait de le fouetter nu avec des orties.

Arnaud remarqua les taches de sang sur le sol en terre battue. Il était surpris de trouver aussi peu de pièces dallées ou carrelées dans le château, ou simplement parquetées de grosses essentes. Seuls les passages destinés à la défense étaient bâtis de briques sur chant. Pour le reste, le « roi de la Montagne Noire » considérait que toute dépense non nécessaire à la défense était à rejeter dans les gaspillages somptuaires.

De nouveau seuls, Bertran se rapprocha d'Arnaud, le prenant dans son regard de braise qui couvait dans l'ombre de l'épaisse mèche noire. Il la repoussa d'un geste machinal, découvrant un front blanc et volontaire, têtu, marqué par un auvent proéminent au-dessus des orbites.

Il prit le clerc par le bras et levant la tête il lui parla sous le nez, à mi-voix :

– Tu as bien compris ? Tu mets à part la moitié des revenus du jeune Trencavel, qui n'en a que faire. Tu les laisses bien au chaud dans la maison de ton oncle, et tu me les apporteras à la première réquisition. Bien entendu, personne ne doit le savoir. Méfie-toi de la comtesse Adélaïs, elle a des fidèles partout.

– Je me méfierai. De toute façon elle me hait.

– C'est une bonne chose ! Mais ce n'est pas tout. Ce qui me plairait encore plus, c'est que tu détournes les revenus du chapitre de Carcassonne, qui engraissent l'Église du diable. Ce n'est d'ailleurs que justice : toutes ces dîmes, ces redevances extorquées ici et là, c'est l'argent de ceux qui travaillent qu'ils volent !

Arnaud se récria :

– Mais comment voulez-vous que je mette la main sur cet argent ? C'est de la folie !

– Sais-tu comment sont gérées les menses canoniales ?

– Chaque chanoine gère ses propres biens, et les revenus de l'évêché sont administrés par un prévôt qui ne rend compte qu'à l'évêque.

– Bien bien ! Tu connais le prévôt, bien sûr...

– Il se sert déjà lui-même, à ce qu'on dit. Ça m'étonnerait qu'il veuille partager...

– Il partagera. Demande à ton oncle où il cache ses réserves, le prévôt, comment on peut s'en approcher, pénétrer chez lui, et tout ce qu'il faut savoir pour redistribuer aux pauvres les richesses des plus riches.

– Vous n'y arriverez pas.

– Moi non, mais toi oui ! Tu as tes entrées au quartier canonial par la porte de Rome, en plein jour. Personne ne se soucie de toi là-bas. Il te suffira de te laisser enfermer une nuit, et d'aller chez le prévôt quand il est à l'office, par exemple.

– Il n'est pas très pieux.

– Il est chanoine, il faut bien qu'il s'emploie à son métier de temps en temps. Mais j'ai entendu dire qu'il avait du goût pour les beaux donzels, à l'occasion. Là, tu es à ton affaire. Tu t'en feras un ami, et plus si l'attirance est réciproque, et quand tu seras chez lui comme chez toi tu nous ouvriras la porte...

– J'ai cessé de pécher. J'en ai pris la résolution il y a peu.

– Pour la nouvelle Église ce n'est pas pécher. Elle n'a que faire des plaisirs tirés de la chair, qui pour elle n'importent pas plus que de manger une prune.

– Je vais voir ce que je peux faire pour vous. Mais il me faut du temps.

– Du temps... Le jeune Trencavel a dix ans, comme tu sais. Dans quatre ans il sera majeur et prendra les rênes de ses États. Du moins aura-t-il le droit de choisir ses conseillers. Que fera-t-il ? Nul ne peut le prédire. Nous avons donc quatre années au plus pour constituer un grand trésor de guerre pour la nouvelle Église, celle des Bons Croyants, qui honore Dieu et ne le confond pas avec Satan, le prince de la grimace.

– Je comprends, seigneur Bertran.

On entendit un bruit derrière la porte à demi ouverte. Bertran recula sans bruit jusqu'à l'ouverture. Il s'exclama, furieux :

– Cornus ! Il écoute aux portes maintenant !

– C'est l'écuyer de la comtesse ? demanda Arnaud.

– Oui. Il a toutes les audaces. Il injurie les Parfaits qui lui adressent la parole. Il ne les supporte pas. À table il leur met la viande sous le nez. Et en plus il m'espionne ! Il ne va pas faire de vieux os au château de Saissac, celui-là.

– Que peut-il chercher ?

– Il renseigne la comtesse. Elle n'a pas accepté d'avoir été écartée de l'éducation de son fils. Si elle peut prouver que Raimon-Roger est instruit dans la vraie foi, et qu'il a connaissance du dogme cathare, elle alertera l'évêque de Béziers qui exigera le retour de l'enfant. Comme j'ai juré à l'évêque de Béziers que je combattrai les hérétiques – ou plutôt les soi-disant hérétiques, car rappelle-toi que c'est nous qui sommes dans le vrai – elle démontrera que je me suis parjuré. Je risque alors le bûcher, au mieux une grosse rançon qui ira engraisser nos ennemis.

Le seigneur de Saissac se moqua de l'écuyer :

– C'est pour préparer mon procès en hérésie que Cornus écoute aux portes sans vergogne.

– Qu'allez-vous faire ?

– Ce que j'ai toujours fait : nous renforcer, nous armer, gagner des disciples, des fidèles. Mettre en provision beaucoup de finance. Mais souviens-toi de ceci : nous sommes à peu d'années de la fin du siècle. Sache que le siècle prochain ne passera pas sans voir la victoire de l'Église nouvelle sur celle de Babylone, la prostituée. Souviens-toi de mes paroles.

Arnaud acquiesça. Il repartit pour Carcassonne en pensant que finalement, avec un pied bien planté dans chaque camp, son sort restait enviable. Il se félicita de son intuition, et força sa conscience à reconnaître qu'il était encore une fois le meilleur.

XXV

J'avais accompagné ma belle-sœur à Mèze, dont elle détenait désormais la moitié de la seigneurie. Nous nous étions installées au mieux avec mes compagnes, dans un joyeux désordre. Pèire de Mèze, le parier de Trencavel, occupait encore toute la forteresse.

Fort de son office militaire, qui lui restait en entier, et de la mort de Trencavel qui n'était plus là pour le contraindre, le châtelain n'avait rien fait pour nous laisser de la place. Il nous avait reçu courtoisement certes, mais depuis il nous fuyait.

J'allai le trouver un matin accompagnée de Béatrix sur la grève de la lagune, où il faisait ses exercices avec des compagnons. À notre vue il fut prit d'une rage de bataille, se jeta sur ses compagnons ahuris et les renversa tous les uns après les autres, avec de grands ahans.

Il nous reçut au milieu de ses victimes terrassées, les bras ouverts, le sourire éclatant. Son torse nu, herculéen, luisait au soleil.

– Il fait le beau, commenta Béatrix amusée.

– C'est le moment de le séduire, ma belle, il est tout chaud.

– Il me fait peur ! pouffa Béatrix. Tu ne trouves pas qu'il a l'air un peu... bécassou ?

– Tu le gouverneras plus facilement.

On se salua. J'engageai la conversation sans finasser :

– Seigneur Pèire, il faut que nous parlions de notre installation au château. Vous savez que la moitié revient à ma belle-sœur Béatrix, ici présente. Laquelle partie lui donnez-vous ?

Pèire fronça les sourcils, sourit cependant à Béatrix d'un air entendu, fit quelques pas pour s'écarter du groupe et nous ramena vers le château.

J'insistai :

– Nous devons régler cela aujourd'hui même.

– Rien ne presse, répliqua-t-il, moqueur. Qui sait combien de temps vous allez rester ? Un jour ? Un an ?

– Une vie ! répliqua Béatrix.

Pèire haussa les épaules :

– Souvent femme varie, comme dit le proverbe.

– Seigneur Pèire, il ne s'agit pas de proverbe, mais d'exécuter une charte du vicomte Trencavel, mon époux qui vous ordonne de donner la moitié de tout à sa sœur Béatrix, ici présente. Nous entendons que vous exécutiez les vœux de mon mari à bref délai.

Un arbre échoué sur la plage formait une espèce de squelette blanc. Le seigneur Pèire s'en approcha, indécis, comme en proie à de pesantes pensées. « La poule ne doit pas chanter devant le coq... » murmura-t-il. Puis il se saisit brusquement des branches de l'arbre comme des brancards d'une charrette et commença à l'ébranler.

Arc-bouté, il faisait rouler ses bras, son torse, d'une houle puissante.

– Touchez ! intima-t-il à Béatrix.

Un instant interdite, ma belle-sœur risqua un doigt timide, et finalement le pétrit avec un acharnement jubilatoire.

– Magnifique ! s'exclama-t-elle.

Le seigneur Pèire se redressa, gifla l'arbre, lui arrachant quelque écorce ; se jetant sur une grosse pierre il la lança comme un olympien antique.

– Vous êtes un colosse ! s'enflamma Béatrix.

Pèire de Mèze, touché par le sourire admiratif de Béatrix, la pruine hâlée de son minois tacheté de rousseurs, et sa beauté éclatante de femme dans la trentaine, accepta tout ce qu'on voulut.

On s'empara du plus beau quartier du château, et du logis du côté de la mer qui s'enfonçait dans les eaux comme une proue de navire. Des fenêtres de ma chambre la vue de tous côtés sur l'étang, qu'on appelait la mer tant il était vaste, était magnifique.

Mes compagnes Longabruna, Argentella, Leïla qui ne me quittaient jamais, quoi qu'il arrive, comme des vestales vouées à ma personne, s'installèrent auprès de moi tandis que Béatrix avec ses femmes occupait un autre étage.

Nous nous retrouvions aux fenêtres de ma chambre, assises des heures sur les bancs de pierre dans les embrasures, le regard empli des eaux changeantes de la lagune. Elle paraissait tantôt ridée, tantôt aussi plane qu'une mare de cire, tantôt de la couleur du ciel, de la mer, l'après-midi jaspée par la rage du soleil ; le soir elle brasillait au passage des torches, sous les pots à feux des remparts.

Les cheveux déliés, dénudées comme des sirènes nous chantions en suivant au loin les changements rapides de la montagne qui nous barrait la vue sur la mer véritable. Les pêcheurs l'appelaient la montagne de Sète.

Béatrix me confiait par bribes le calvaire qu'elle avait supporté avec mon frère Raimon. Je ne pouvais éviter de penser à la mauvaise conduite de mon père à l'égard de ma mère. Les Saint-Gilles étaient-ils voués à rendre les femmes malheureuses ?

Pour autant Béatrix ne se laissait pas abattre. Renforcée par ma présence tendre et amicale, avec une minutie de marchande d'épingles elle recensait tous les droits, péages, taxes, redevances qui constituaient l'essentiel de son revenu et qu'elle avait l'intention d'arracher à la molle réticence du châtelain.

Elle avait compris que son sourire ouvrait d'énormes brèches dans la défense du seigneur Pèire, car il était veuf et supportait mal la solitude de son cœur.

Toutefois il refusait encore de donner à la situation nouvelle une forme définitive, clairement formulée sur un beau parchemin.

Béatrix souriait, confiante dans ses charmes, dans son étoile.

Le plus dur restait de mettre la main sur les salins, dont le profit était considérable, et que Pèire refusait obstinément d'entrouvrir à notre curiosité, arguant que les salins étaient son bien propre. Ce qui était faux, car la vérité était qu'il n'avait aucun droit sur ces revenus qui appartenaient au vicomte Trencavel, et à lui seul.

*

Nous allâmes discrètement prendre la mesure de la récolte salinière.

Des marais salants existaient depuis des temps immémoriaux dans les vastes paluds sauvages qui bordaient l'étang de Thau, de Mèze à Marseillan. Là étaient ceux de Trencavel, et de la seigneurie de Mèze. D'autres s'étendaient plus loin encore, immenses, jusqu'à la cité d'Agde. Ils appartenaient à l'évêque.

Nous étions en plein été, sur la tête un soleil à faire fondre le plomb. De grands bassins tout en longueur, couleur du ciel, remplis d'eau de mer s'écoulaient les uns dans les autres par des rigoles, les plus grands dans de plus petits où l'eau prenait en avançant une teinte violette, puis rosâtre. Le mestre salinier qui nous accompagnait, vivant à Mèze, les désignait comme « les tables saunantes » au fond desquelles le sel, comme dégorgé par l'eau, se déposait en croûte blanche.

Dans les derniers bassins, sur les bordures, fleurissaient des cristaux légers qui flottaient en recouvrant peu à peu la surface de l'eau d'une taie blanche. Un homme l'enlevait avec une pelle en bois, la déposant délicatement sur le drap d'une panière d'osier.

– C'est la fleur de sel, nous expliqua le mestre salinier. Elle n'apparaît qu'avec les grandes chaleurs, le matin et le soir en eau calme, dans les endroits abrités du vent. C'est un sel qui a un goût de violette. Il est très recherché.

Il pinçait ses doigts dans un geste délicat de cuisinier.

– Il est réservé au seigneur Pèire, nous confia-t-il.

– À partir d'aujourd'hui vous m'en donnerez la moitié ! intervint Béatrix avec autorité.

Le mestre salinier nous jeta un regard étonné, et se tut, méfiant. Il commençait à comprendre que notre envie soudaine de visiter les salins n'était pas tout à fait innocente.

Nous pénétrâmes par le lacis des levées de terre jusqu'aux tables saunantes les plus avancées, qui avaient perdu toute leur eau. Des hommes et des femmes avec de longs râteaux raclaient la croûte blanche, l'émiettaient pour la mettre en tas qui s'alignaient au milieu des tables.

– Voyez ces beaux troupeaux « d'agneaux », lança le mestre, voyez comme ils sont blancs !

Les « agneaux » restaient là à sécher plusieurs jours avant d'être enlevés.

La levée avait déjà commencé aux premières tables : sauniers et saunières remplissaient avec une pelle creuse des banastes en éclisses que d'autres transportaient jusqu'à des cabanes où le sel était engrangé à l'abri des intempéries.

Des hommes en chemise ou même en blanchet, torse et cuisses nus, portaient les lourdes charges sur la nuque, à moitié sur l'épaule. Les femmes portaient des banastes plus petites, sur leur tête couronnée de bourrelets, la jupe relevée et passée dans la ceinture.

Ils étaient tous blancs de sel, de la tête aux pieds, comme des meuniers. Mais à la différence des meuniers la sueur formait des rides grotesques sur leur visage, leur cou et leurs bras, car leur peau dessous était noire, boucanée par le sel et recuite par le soleil.

La chaleur était insupportable. Nous étions pourtant à moitié nues, le visage à l'ombre d'un voile. Mais le voile était trop fin pour la chaleur qui régnait dans ce monde blanc, dans la lumière aveuglante.

On nous donna des chapeaux de paille. Béatrix virevoltait, le visage picoté de lumière, faisant semblant de compter les gerbes de sel qui s'égrenaient sur les tables. Elle s'exerçait à son nouvel état.

Nous revînmes au château en nage, le visage rouge, malgré la brise marine qui ne faiblissait pas. Le châtelain nous croisa et nous proposa un bain pour nous rafraîchir, dans un lieu secret de toute beauté. J'acceptai à la condition d'emmener mes compagnes. Je n'avais aucune confiance dans le seigneur Pèire, qui avait le regard convoiteux.

Mes filles battirent des mains en apprenant que nous partions pour une destination mystérieuse. Nos aventures passées nous donnaient l'illusion d'être indestructibles, toutes ensemble.

Quittant à pied la cité par la porte de Loupian, avec le châtelain accompagné de ses deux fils qui avaient une vingtaine d'années, nous prîmes le chemin de l'étang, dont la grève était éloignée des remparts suffisamment pour y coucher de nombreuses barques. Pèire appela des marins qui tirèrent une grande barque jusqu'à l'eau. Ils nous aidèrent à embarquer.

Nous nous éloignâmes à la force des avirons, droit sur la montagne de Sète. Elle paraissait si loin sur l'autre rive, comme déteinte dans les brumes de chaleur.

Au milieu de la lagune je me retournai pour contempler le *castrum* de Mèze, le village entassé derrière son château et ses remparts, le clocher-tour de Saint-Hilaire. Au pied des murailles se distinguaient encore les couleurs vives d'une flottille de barques catalanes renversées sur la plage. Tout autour les hommes de la mer commençaient à se rassembler. Le soleil déclinant, approchait l'heure de la pêche.

La montagne de Sète se révéla avec force comme le soleil bas la frappait de face. Sa haute façade portait des chapelles, des cabanes, des bergeries, des constructions frustes insoupçonnables de l'autre rive.

– Mais la montagne est habitée ? demandai-je au seigneur Pèire, que notre étonnement amusait.

– Davantage la nuit que le jour, domnas, répondit-il en faisant rigoler l'équipage.

– Expliquez-vous.

– Le jour on y voit des bergers, quelques bûcherons, quelques pêcheurs qui y passent la belle saison. Personne n'habite l'île toute l'année. Mais la nuit y viennent tous ceux qui ont quelque chose à faire en cachette.

– Quoi par exemple ?

– Butiner la femme de son voisin... une putane. Des maquerelles y tiennent leur office en toute confiance. On y fait aussi de bonnes affaires, dans l'ancien port abandonné. Sans parler des bannis des cités d'Agde, de Pézénas, de Montpellier qui y attendent la visite de leur famille. Et les criminels condamnés par contumace, qui s'y cachent...

– Dieu du Ciel, mais vous nous emmenez dans un coupe-gorge !

Le seigneur Pèire ricana :

– Point ! Point ! Le jour vous ne courez aucun risque. De toute façon je suis là...

Il n'était même pas armé. La barque accosta dans une anse. Un cordon de sable se prolongeait vers la montagne de la Gardiole, vite interrompu par un grau, un vaste passage qui donnait dans la mer véritable, séparant la montagne de Sète de la terre ferme.

Le seigneur Pèire demanda aux marins de l'attendre. Ils tirèrent la barque et se couchèrent sur la grève.

On voyait maintenant sur les versants les murs de pierres sèches qui enclosaient des garrigues, des pâtures, des bosquets, prenant dans leur course une cabane, une capitelle, ou enfermant une masure qui devait abriter un berger et son troupeau, un paysan et sa famille. Au moins à la belle saison.

Quittant la plage, après quelques pas dans les roseaux nous entrâmes dans un vaste jardin cerné par un palenc, et planté de pins, d'yeuses, d'oliviers.

– C'est le jardin de l'évêque, précisa Pèire. L'évêque d'Agde.

– C'est lui qui possède l'île de Sète ? demanda Béatrix qui voulait cerner son territoire.

Pèire hocha la tête, la voix de velours :

– Il a bien essayé de tout s'approprier, mais les gens se sont révoltés. Il n'a plus en propre que ce grand jardin, entretenu par des serviteurs. Lui n'y vient jamais.

On passa sous des amandiers.

– Et la forêt, à qui est-elle ?

– Aux seigneuries riveraines. Elle nous rapporte le bois, la cire des abeilles et surtout le vermillon.

– Le vermillon ?

– Dans toute la garrigue le chêne est infesté de kermès. C'est un petit insecte qui vit sous l'écorce, et qui pond des œufs minuscules qui font la plus belle couleur rouge du monde : le vermillon. On en teint les draps royaux les plus précieux, les samits de soie, les écarlates de laine.

– Ce doit être d'un bon rapport, s'émerveilla Béatrix.

– Une charge de bois rapporte douze deniers de Melgueil, et le vermillon mille fois plus.

– Et vous avez votre part ? demanda Béatrix sournoisement.

– Tous les seigneurs autour de l'étang ont leur part.

– Donc j'en ai la moitié, jubila-t-elle en claquant ses mains.

Le seigneur de Mèze soupira.

– Elle va tout vous prendre, plaisantai-je.

– Il faudrait avant qu'elle me passe sur le corps ! rumina le seigneur Pèire, qui ne riait plus.

– S'il le faut... murmura Béatrix pour moi seule.

Elle contempla d'un œil complaisant la belle carcasse du seigneur de Mèze, son torse puissant moulé dans une cotte courte sans manches, soyeuse, ses jambes fortes et musclées prises dans des braies courtes qui laissaient nue la jambe sous le genou. Il portait des sandales de chanvre.

Son visage de bellâtre satisfait respirait l'énergie, une énergie dont le regard clair n'indiquait aucun but et qui se suffisait à elle-même, dans une agitation intempestive, une gesticulation qui n'avait d'autre raison que de s'enorgueillir, à chaque instant, d'une admirable santé.

Ses cheveux étaient noirs malgré son teint clair, blanchis aux tempes. Il les rejetait en arrière, sur les épaules, ceints d'une bande de taffetas rayé. Des médailles de la Vierge du Puy qui avait parlé à un charpentier, d'autres saints et une main de Fatima y dansaient la gigue sans fin, jusqu'à l'agacement.

J'imaginai Béatrix dans ses bras, elle si menue, dansant sur cette mer de muscles. Ce n'était pas impossible après tout. Elle entretenait déjà avec lui des relations amicales, suscitant volontiers des confidences dont elle comptait bien tirer parti, un jour.

Elle m'avait appris qu'il était pieux jusqu'à la superstition, et qu'il ne quittait jamais son château sans avoir prononcé des formules secrètes et s'être réservé à la chapelle la protection de plusieurs saints. Le cordon de cuir qu'il avait toujours passé autour du cou retenait sur sa poitrine, sous la cotte, un talisman inestimable en cristal de roche, représentant l'invisible, sur lequel était gravé un soleil, les astres qui avaient présidé à sa naissance et une formule en hébreu.

Il appelait cet objet son « bouclier magique ».

Les deux fils du seigneur Pèire ne lui ressemblaient en rien. Ils étaient minces et élancés, et n'étaient pas bavards. Je remarquai qu'ils restaient toujours dans le voisinage de mes compagnes, Longabruna, Argentella et Leïla qui en étaient flattées et leur souriaient chaudement.

On arriva à travers un verger jusqu'à une ruine étendue, portée par des colonnes, qui rappelait les palais romains de l'Antiquité. Cette ancienne villa avait été construite jusqu'au rivage, à l'époque, et le niveau de l'eau ayant monté depuis elle s'achevait dans la mer de Thau. Un champ de colonnes de marbre rouge se dressaient assez loin dans l'étang.

Le seigneur Pèire nous mena par un dédale de pièces au sol couvert de mosaïques et de couloirs jonchés de coquillages jusqu'à des bassins que l'on entendait de loin se déverser les uns dans les autres. Une source les alimentait, jaillissant de la bouche d'un lion. Le dernier bassin, elliptique, était cerné d'une murette en forme de banc.

Un figuier l'ombrageait.

– Voilà les piscines antiques qui vous attendaient depuis la nuit des temps, belles domnas. Elles sont à votre disposition. L'eau y est douce, agréable à boire, et rafraîchissante.

Des grappes de capillaires ruisselantes se répandaient sur les murs rugueux en somptueuses draperies vertes. Des massifs de passe-roses, des buissons ardents nous isolaient des alentours, comme dans une enceinte impénétrable au regard.

Nous attendions que les hommes se retirent, mais ils s'assirent sur des tambours de colonnes cannelées qui jonchaient le sol, espérant sans impatience la suite.

– Allez-vous-en avec vos fils, seigneur de Mèze, lui lançai-je, pendant que nous nous baignons. Vous ne devez pas voir notre nature intime.

Le seigneur Pèire haussa les épaules, souffla :

– Vous en faites des manières ! Ici hommes et femmes se baignent ensemble dans l'étang, sans penser à mal.

– On n'est pas de la dernière pluie ! rétorqua Longabruna. Les hommes sont les mêmes partout.

– Mais que craignez-vous ?

– Pour vous le péché de convoitise. Il est mortel.

On attendit qu'ils s'éloignent pour nous déshabiller et nous plonger dans l'eau fraîche avec délices. Béatrix très excitée lançait des poignées d'eau qui dans la lumière vacillante derrière les arbres se transformaient en poussière brillante. Sa peau très blanche paraissait nacrée dans l'ombre, lumineuse, donnant à son corps mince une rondeur inattendue.

Leïla découvrit une mare d'argile verte, vers la plage, s'y roula, s'en peignit le visage et la chevelure et revint sans bruit nous effrayer. On alla toutes se couvrir d'argile, dans un massage collectif et chatouilleux qui nous faisait hurler de rire.

Les hommes en profitèrent pour réapparaître (on se doutait qu'ils n'étaient pas allés bien loin et qu'ils nous épiaient), nous pensant en danger. On les laissa nous contempler tout leur saoul pendant que nous nous plongions dans les bassins pour enlever notre peau verdâtre.

Le seigneur Pèire attardait son regard sur Béatrix, sa parière ; ses fils comparaient les charmes de mes compagnes. N'y tenant plus le châtelain arracha sa vêture et plongea avec nous dans le grand bassin. Il avait gardé son blanchet de lin qui, une fois mouillé, ne cachait rien de sa virilité, lui donnant au contraire une sorte de distinction. Mais au moins notre honneur était sauf.

Il tenta de nous impressionner en nageant avec force, maladroitement, escaladant les ruines couvertes de fleurs violettes et sautant dans l'eau en provoquant d'énormes vagues. Impuissantes à lutter contre un tel acharnement à saccager notre plaisir, nous sortîmes de l'eau pour nous rhabiller en vitesse.

On retourna. L'eau s'était beaucoup assombrie avec la chute du soleil, s'imprégnant d'une teinte bleu de nuit, striée encore de longues rides claires mouvantes qui accrochaient le jour finissant. Au milieu de l'étang une chaude brise de terre nous happa, faisant frémir l'eau et nous laissant l'impression de traverser une rivière vivante.

Tandis que les fils du seigneur Pèire renforçaient l'équipage contre le vent, le châtelain de Mèze s'était assis d'autorité à côté de ma belle-sœur, et à la faveur de l'entassement à l'avant de la barque il avait passé son bras autour de ses épaules.

Béatrix me lançait des regards suppliants mais je ne pouvais rien faire, à moins de nous jeter toutes à l'eau. Elle tenta vainement d'échapper au bras de plus en plus possessif de son parier, y renonça en tournant son regard vers la terre qui se rapprochait lentement, le visage offert à la brise bienfaisante.

Je pensais que je devrais bientôt revenir à Carcassonne pour surveiller l'administration de mes vicomtés, les vicomtés de mon fils, tenir les comptes de ses revenus car il était facile de les détourner. Je voulais aussi contrarier autant que je le pourrais les efforts de Bertran de Saissac pour hérétiquer d'une façon définitive, indélébile, son futur suzerain.

J'appréhendais le moment où je devrais annoncer mon départ à Béatrix. Peut-être allait-elle s'affoler, s'enfuir avec moi ? Ou, armée d'un grand courage, parler d'affronter le châtelain de Mèze avec patience et détermination, jusqu'à verser son sang (ce qui, dans son cas, aurait pris plus certainement la tournure redoutable d'un enfermement dans un couvent, ou quelque forteresse perdue, sort qu'avait connu la première femme de mon frère Raimon).

Il n'y avait plus qu'à espérer que Béatrix, sensible au miroitement de beaux revenus, à la beauté de la « mer » de Thau, à ses aubes étincelantes, à ses crépuscules d'argent, accepte de partager aussi le lit avec son parier.

Si Dieu le voulait et le seigneur Pèire, qui ne semblait pas un mauvais homme, au fond, elle régnerait sur son petit royaume entourée de plus de respect et d'autorité qu'elle n'en avait jamais eu dans sa chambre du château Narbonnais, à Toulouse.

Les troubadours la prendraient en affection, en admiration, et la nommeraient dans leurs *canços* amoureuses la mystérieuse « domna de la mer ».

XXVI

Raimon-Roger avait posé sa main sur une fourmilière. Les lèvres serrées, il observait les insectes rouges grimpant sur ses doigts et le long de son bras. Garin Garrèl émit un sifflement d'agacement. Il lui retira la main de force, la battit pour faire tomber les insectes.

– Je n'ai pas peur ! s'offusqua Raimon-Roger.

Garin le sermonna :

– Pourquoi faites-vous ça, seigneur Raimon (il oubliait souvent le second prénom, surtout quand il était contrarié). Les fourmis rouges piquent cruellement.

L'enfant gratta sa peau enflammée, ravi.

– Je suis insensible à la douleur... répliqua-t-il.

– Et au péché. Dieu ne vous demande pas de souffrir par orgueil. Venez !

Raimon-Roger se leva et le suivit, traînant après lui son arc débandé et un carquois de flèches courtes. À l'orée du bois ils s'arrêtèrent pour contempler en contrebas le bourg de Saissac s'épandant le long du versant jusqu'à l'arrêt de la chapelle castrale, une petite église voûtée qui s'agrippait de justesse au bord vertigineux du ravin.

Solitaire, la forteresse presque aveugle des seigneurs de Saissac affrontait le vide de toutes parts, voguant entre ciel et terre. Une étape vers le vrai Dieu, en somme.

Garin Garrèl cracha.

– La secte, grogna-t-il. La secte des ennemis du genre humain...

L'enfant ouvrait grand les yeux pour saisir ce qui enfélonnait le valet de chiens de son père.

– Je ne vois rien ! dit-il.

– Vous êtes trop jeune, seigneur Raimon, pour voir le mal. Allons !

Raimon-Roger suivit docilement le valet dans la forêt qui avait pris une teinte flamboyante de vieil or. Il se baissa sans s'arrêter pour ramasser des glands. Garin les lui prit des mains et dégageant les cupules il les porta l'une après l'autre à ses lèvres, soufflant de toutes ses forces pour provoquer un sifflement aigu, qui advenait brièvement, par intermittence.

Il ramassa un noyau de prune, le tourna et le retourna, le frotta vivement sur un rocher, des deux côtés. Le mettant à ses lèvres il en tira un sifflement modulé, flûté, harmonieux. Il le donna à l'enfant, le menant jusqu'à un vieux verger de pommiers étouffant sous le gui. Autour des grappes de fruits lunaires il avait disposé le long des branches des amas de glu. Mais aucun oiseau ne s'y était encore pris.

Il pesta. Raimon-Roger le railla :

– Elles t'ont vu, elles t'ont vu poser la glu des oiseleurs ! Elles ne sont pas folles...

Garin haussa les épaules et poursuivit le chemin. Il s'arrêta soudain devant un frêne, sortit son couteau et découpa autour d'une branche un ruban d'écorce qui s'enroula de lui-même. Il le maintint en forme de trompe par une épine de prunellier. Présentant l'instrument à ses lèvres il émit un son long et fort, comme un brame. Il donna la trompe au jeune vicomte :

– Seigneur Raimon, fit-il, à vous de corner à la vue du loup.

Raimon-Roger emboucha la trompe et aucun son ne s'entendit. Garin avait mis ses mains en entonnoir sur ses grandes oreilles décollées pour manifester son impatience. Secouant la tête, il encouragea l'enfant : « Seigneur Raimon, faites comme moi... » Il fit vibrer ses lèvres. Raimon-Roger s'y essaya et fit entendre un bruit de tonneau qui se vide. Le valet éclata de rire. Vexé l'enfant l'apostropha :

– Tes oreilles sont rouges comme des crêtes de coq, se moqua-t-il. Tu portes les oreilles de Lucifer !

Le valet le gronda :

– Ne soyez pas si orgueilleux seigneur Raimon. Vous cornez comme un âne qui pète.

Raimon-Roger sourcilla et le menaça :

– Garin, si tu te moques de moi je dirai au seigneur Bertran que tu m'as battu !

– Seigneur Raimon, répliqua le valet, vous savez bien que votre tuteur ne m'aime pas. Si vous lui dites quelque chose qui lui déplaise, il va me renvoyer auprès de la comtesse votre mère, et vous resterez seul, tout le jour dans votre chambre.

– Je lui dirai de te fouetter, et de te garder.

– Si vous me faites fouetter, je le dirai à votre mère, et c'est elle qui vous fouettera.

– Ma mère est loin.

– Nous irons la voir tantôt.

– Ça m'étonnerait !

– Et pourquoi donc ?

– Parce que le seigneur Bertran dit que c'est une sorcière, une putane, et qu'elle n'a plus le droit de me voir.

Garin Garrèl en resta médusé. Balayant du regard l'enfant de la tête aux pieds, comme s'il ne savait par quel bout le prendre, il s'approcha, s'accroupit et demanda d'une voix sourde, que la colère retenue voilait :

– Qu'avez-vous dit ? Que votre mère est une sorcière ?

– Et une putane.

– Et quoi encore ?

– Qu'elle vole tout ce qu'elle peut.

– Et vous croyez toutes ces méchancetés ?

– Qu'est-ce que ça veut dire « putane » ?

– C'est un mot qu'il ne faut jamais prononcer pour aucune femme. C'est un mot grossier.

– Le seigneur Bertran le répète du matin au soir.

– Parce qu'il est un homme grossier, à demi païen, hérétique jusqu'à l'os, perverti de méchanceté. Il ne faut pas croire ce qu'il dit sur votre mère. Ce sont des mensonges.

– Dom Barthélemy, mon recteur, a dit qu'elle était une grande pécheresse.

– Il a dit ça ?

– Et dom Carlipa, qui était au château la semaine dernière, a dit qu'on devait aimer sa mère pécheresse mais refuser de la revoir car si elle est trop pécheresse elle va souiller mon âme.

– Et vous avez cru ces diacres de mes fesses ?

– Je ne sais pas. Mais où allons-nous ?

– Nous allons rendre visite à de petites amies qui travaillent pour moi. Oubliez bien fort tout ce qu'on a raconté sur votre mère. Ce ne sont que de faux mensonges.

Ils arrivèrent en lisière d'une forêt. Cinq ou six tronçons de châtaignier coiffés d'une large lauze s'alignaient dans la bruyère, entourés d'un nuage d'insectes vrombissant.

– Elles sortent avec ce beau temps, commenta Garin en retenant le jeune vicomte.

– Des mouches à miel ?

– Ce sont mes petites compagnes. Elles travaillent à faire des provisions avant l'hiver, pour se mettre au chaud et ne plus avoir à sortir.

– J'aime le miel !

– Nous le récolterons en été.

– Et pourquoi pas maintenant ?

– Pensez que si vous leur enlevez les réserves pour passer l'hiver, vous n'aurez plus d'ouvrières pour faire du miel l'année prochaine.

Garin s'approcha lentement, souleva une dalle qu'il eut du mal à décoller. La ruche se mit à ronfler, de plus en plus fort. Le valet se pencha au-dessus du tronc évidé. Raimon-Roger s'éloigna comme son ami s'enfonçait dans l'ombre d'un essaim tourbillonnant.

Garin passa à une autre ruche sans perdre son nuage noir.

Il revint satisfait.

– L'apier est solide, dit-il. Elles passeront bien l'hiver, mes petites reines.

Contemplant une dernière fois la colonie il se réjouit :

– Je les ai mises à la bonne place.

Elles étaient exposées au midi, dans un endroit un peu ombreux mais qui restait sec.

– Voyez, seigneur Raimon comme...

– Raimon-Roger, tel est mon nom !

– Voyez comme elles travaillent bien toutes ensemble. Elles sont comme dans un couvent.

– Elles ont une religion ?

– L'amour de leur reine. Et une seule règle : le travail. Elles ne perdent pas de temps à discutailler, elles, comme nous faisons. Elles se moquent bien du voyage des âmes.

Il poussa devant lui le jeune vicomte pressé de s'en aller.

– Nous reviendrons en hiver, quand elles dormiront, fit-il en le protégeant de son bras sur l'épaule.

*

Cornus s'approcha à pas silencieux de la porte et écouta le rassemblement de Parfaits qui bavardaient à voix basse. Il comprit qu'ils parlaient du vicomte Jeune. L'un d'eux exposait un incident. Il reconnut la voix de crécelle du diacre Carlipa, qui était revenu de Carcassonne. Il avait repris en main l'éducation du vicomte Jeune, ne laissant à dom Barthélemy Delpech, qu'il trouvait trop faible, trop rêveur, que le rôle de répétiteur des textes sacrés. L'enfant sous sa bienveillante direction les apprenait par cœur.

Cornus comprit que Carlipa s'offusquait de ce que le jeune vicomte lui avait rétorqué quand il lui avait rappelé (comme il le faisait chaque jour, à toute occasion) la flétrissure qui entachait la réputation de sa mère, la comtesse Adélaïs. L'enfant avait réagi vivement. « Mensonges ! avait-il crié. Vous mentez et vous irez en enfer ! »

Carlipa en était resté sidéré et n'avait même pas songé à expliquer à l'enfant que l'enfer n'existait pas.

– Mais je n'ai pas pu lui faire avouer qui lui avait dit cela.

– Il est si jeune, s'attendrit un Bonhomme.

Carlipa le coupa d'une voix sifflante, rappelant que leur première tâche était d'arracher du cœur de l'enfant tout amour pour sa mère terrestre, toute estime, et même si possible tout souvenir !

– Les femmes luxurieuses ont en général un pouvoir redoutable sur l'esprit des hommes, rappela-t-il, parce qu'il est insidieux, mêlé aux plaisirs et à la passion. Elles savent masquer par des paroles de miel leur dessein, et c'est ainsi que les hommes trop crédules s'enfoncent dans la dépravation. Souvenez-vous qu'elle est devenue la meilleure alliée de Rome, nous le savons maintenant. À Minerve elle a fait rouvrir une église, et partout où elle passe elle prend parti pour Rome, ses clercs, ses gras prélats ; elle les entoure de démonstrations d'amitié éhontées. Elle nous a déclaré la guerre !

– Mon frère, répliqua un autre Parfait, il ne sied pas à notre Église de prêcher la guerre, la haine. Nous devons parler à la comtesse Adélaïs, avec patience et charité. C'est par une parole sage que nous la convertirons, et que nous l'amènerons à défendre notre Église.

Cornus entendit des pas qui s'approchaient. Il s'éclipsa, alla se glisser derrière une tenture dont un anneau se décrocha. Occupé à arrêter le mouvement du drap il ne put voir qui entrait. Il écouta attentivement et reconnut la voix de Bertran de Saissac saluant les Bonshommes avec insistance, selon le rituel hérétique, auquel les pères répondirent en chœur par les bénédictions habituelles.

Il pressentit qu'il était tombé au beau milieu d'une importante réunion de l'Église cathare, et se réjouit à l'idée d'aller rendre compte à la comtesse Adélaïs de révélations inestimables, dont elle le récompenserait, et après elle le vicomte Jeune. Il rêva qu'il s'installait confortablement au palais de Carcassonne, avec Mondine enfin épousée.

Une ombre passa devant ses yeux : depuis quelque temps Mondine s'écartait de lui, évitant les tête-à-tête. Elle ne parlait plus de se marier et se plaisait davantage dans la compagnie du jeune vicomte, ce qui se comprenait pour une femme sans enfants, mais aussi de Garin Garrèl.

Son attention revint dans la salle grande où le ton des conversations était monté. Cornus s'en voulut de s'être laissé distraire par l'image de Mondine riant avec Raimon-Roger et Garin Garrèl, les servant tous deux avec beaucoup d'allant, les entourant de gestes gracieux et enjoués, tandis que lui devait tout se faire lui-même.

Les femmes sont toutes des putanelles, pensa-t-il pour se libérer de ses pensées pénibles. Il revit le corps de Mondine, nu, plein, qui s'abandonnait entre ses mains sans manière, prenant son plaisir avec une émouvante conviction. « Elle ne donnait pas sa part aux chiens, au début », murmura-t-il. Depuis, avec le temps, les bons moments se faisaient rares. Chaque fois qu'il la prenait par la taille, le regard allumé, elle s'écartait en déclarant qu'elle avait du travail, ou qu'elle était fatiguée. Ou qu'on risquait de les surprendre.

Ce n'était jamais le moment. Putanelle, murmura-t-il.

Il hésitait à se rapprocher. Les voix étaient assez fortes pour qu'il suive le débat depuis sa cachette, sans risque. Le diacre Carlipa avait repris la parole sur un ton martial, emporté, que personne ne critiquait maintenant que le seigneur de Saissac était là, dont on connaissait le caractère ombrageux.

– Mes frères, discourait Carlipa, il n'est plus temps de prêcher les suppôts de l'Église du diable pour les ramener à la vraie foi. Le temps des disputes doctrinales est passé. Nous devons chasser l'Église de Rome des terres du Midi, où elle se vautre comme une truie dans sa bauge, s'engraissant de l'or de l'injustice, s'amollissant dans les superfluités de la table, les parfums émollients des courtisanes, s'abandonnant à la boue de la luxure...

– Il faut que ça cesse ! conclut Bertran de Saissac en coupant la parole à Carlipa, dont il se méfiait parce que ses paroxysmes de haine pouvaient impressionner les nouveaux adeptes. Nous devons redoubler de charité envers le peuple, d'attention à ses misères, afin qu'il se tourne vers nous. Nous devons instruire les enfants le plus tôt possible dans la vraie foi, inciter les mères à placer leurs fils et leurs filles dans nos couvents...

– À ce sujet seigneur Bertran, le coupa à son tour Carlipa, nos efforts pour éduquer le jeune vicomte semblent contrecarrés ouvertement par son entourage, celui que la comtesse vous a imposé...

– La comtesse ne m'a rien imposé, rétorqua Bertran la bouche mauvaise, elle n'est pas de taille à m'imposer quoi que ce soit. C'est moi qui ai voulu qu'il garde auprès de lui sa femme de corps, son écuyer et son valet. Raimon-Roger n'est pas notre prisonnier ; il est ici pour recevoir la meilleure éducation possible de son tuteur. Avec le consentement de tout le conseil de tutelle.

– Et s'il veut repartir ? répliqua Carlipa l'air rusé. Si sa mère remuant ciel et terre...

– Plutôt la terre que le ciel, le coupa Bertran de Saissac, amenant sur les visages émaciés qui l'entouraient le rayon d'un imperceptible sourire.

– Si sa mère remuant ciel et terre obtient du conseil de tutelle, présidé par l'évêque de Béziers, je le rappelle, que le jeune vicomte soit rendu à sa mère, que ferez-vous ?

– Dans cas, répondit Saissac en claquant dans ses mains, je le retiendrai de force.

Les Bonshommes murmurèrent tous ensemble.

– Que dites-vous ? s'enquit le seigneur de Saissac.

– Seigneur, nous pensons qu'il faut tout faire pour éviter d'en arriver à cette extrémité.

– Mais se pose alors la défiance qu'il convient de garder à l'esprit à l'encontre de l'entourage du vicomte Jeune, tout dévoué à la comtesse.

– Nous ne pouvons les renvoyer sans mécontenter grandement la comtesse, qui va alerter l'évêque de Béziers, s'interposa un homme jeune, barbu et presque chauve. En résumé nous ne pouvons ni leur faire confiance, ni les renvoyer.

– Alors qu'en faire ? lança Carlipa à la communauté entière, comme on jette en pâture un corps aux lions.

Bertran de Saissac leva les bras et fit taire l'assemblée :

– Doms, dit-il, je me charge de l'entourage du vicomte Jeune. Ne vous en préoccupez pas. J'en fais mon affaire.

– Tout de même il faut que ça cesse. Qu'allez-vous faire, seigneur Bertran ? demanda Carlipa la bouche ouverte.

Son visage bistre, décharné, avait pris le profil d'un vautour. Il semblait défier le châtelain. Saissac joignit ses mains, les observa, répondit d'une voix calme :

– Vous n'entendrez plus parler d'eux... Un point c'est tout.

Il claqua dans ses mains.

– Maintenant passons à des sujets plus importants, pour lesquels je vous ai demandé de venir. Et pour commencer la mise en défense des châteaux. Ah ! Il ne s'agit pas, pas encore, de nous préparer à la guerre contre Rome, la Babylone, la synagogue de Satan. Il s'agit de préparer des réserves dans tous les châteaux amis, des réserves d'or et de matières précieuses, de livres saints, et d'armes. Vous devez conserver une partie des aumônes pour l'accumulation de ces réserves, dont on n'usera que le plus tard possible, peut-être dans dix ans, ou quinze ans.

– Ou jamais... s'impatienta Carlipa.

Bertran de Saissac profita de la remarque pour exposer ses idées, crûment.

– Non non ! Soyez assurés qu'elles serviront un jour ! Et peut-être plus tôt que prévu. C'est inévitable, quand on sait que l'Église de Satan ne moissonne les âmes que pour les voler. Quand nous aurons barré le fleuve de richesses qu'elle a détourné vers ses palais, et que la source de ses exactions se tarira, elle nous fera la guerre ! Une guerre sans merci, sans pitié.

Il déroula un parchemin :

– Voici la liste des châteaux qui sont totalement acquis à la nouvelle foi. C'est là que vous devez constituer des réserves, pour commencer. Vous choisirez sur cette liste le château le plus proche de votre terre de mission.

Un Parfait à la barbe blanche et lisse, qui s'était emparé du parchemin, nota :

– Seigneur Bertran, tous ces châteaux ou à peu près sont sous votre autorité. Qu'en est-il des châteaux du vicomte ?

– J'y viens. Je suis en train de m'en occuper. Je les visiterai tous, les uns après les autres. Ceux qui ne voudront pas être des nôtres ne seront pas sur la liste.

– Voilà tout ?

– Non. Je remplacerai le châtelain rétif par un homme qui partage notre foi, à la première occasion. Un parent si possible, un de ses fils, sinon un homme à moi. Mais ça prendra un peu de temps.

– Et ensuite ?

– Et ensuite je mettrai le château sur cette liste et vous y serez reçus comme chez vous.

– Dieu vous entende, et vous bénisse, seigneur Bertran !

Cornus qui n'avait rien perdu de la conversation pensa qu'il en avait assez entendu pour éclairer la comtesse. Il ne voulait pas être vu, surtout. Les menaces proférées par Saissac n'étaient pas à prendre à la légère.

Il s'éclipsa et alla à la recherche des autres pour leur raconter ce qu'il avait surpris : les préparatifs pour une rébellion contre l'ordre établi, contre les plus saintes institutions, contre Dieu Lui-même.

XXVII

Un chevalier catalan que je connaissais vint m'annoncer que le roi Alfonse d'Aragon était mort à Perpignan, le vingt-cinq du mois d'avril, et que son fils et successeur, Pedre le Second, souhaitait me voir aux obsèques de son père.

J'y allai en petit équipage, presque en secret pour ne pas laisser le champ libre à mes ennemis. Arrivée dans le palais du roi à Perpignan j'appris que le roi Alfonse était inhumé selon ses vœux dans le monastère de Poblet, en pays catalan. Toute la cour était en chemin, accompagnant le corps du roi jusqu'à sa dernière demeure.

Un conroi de chevaliers nous attendait pour nous y emmener. Je refusai d'aller au monastère de Poblet, parce qu'il était après Barcelone, à plus d'une semaine de chevauchée. Il était évident que nous arriverions après l'inhumation.

Je renvoyai les chevaliers auprès du roi, en lui faisant connaître que je l'attendrais tout un mois à Perpignan, dans son palais, s'il voulait bien venir jusqu'à moi.

En compagnie de Leïla, de Longabruna et d'Argentella, mes fidèles suivantes, je hantais les bains du palais, ses salles de massage habitées par de colossales esclaves noires. Parmi ce peuple de la pénombre parfumée la noire Zaida m'accueillit nonchalamment de son étincelant sourire, gâté depuis notre dernière rencontre par quelques trous noirs. Il est vrai que près de quinze ans avaient passé.

Sans marchander, par jeu, je lui abandonnai pour la seconde fois ma toison.

Nous allions rêver après le bain dans le Jardin de Paradis, qui dominait le palais et toute la cité, retrouvant avec la nostalgie du temps qui passe le souvenir d'Arnau de Mols, le chevalier catalan qui était allé au devant de la mort pour sauver notre vie.

Le roi Pedre réapparut à Perpignan deux semaines plus tard. Une avant-garde arriva à la nuit qui contenait quelques suivantes royales, et parmi elles j'eus l'immense joie de retrouver Alis, ma cousine.

Après la naissance de mon fils elle nous avait quittés pour revenir à la cour du roi Alfonse. Elle avait partagé de loin en loin la couche du roi, pendant quelques années, avant d'être vaincue par les forces conjuguées de la reine Sancha, qui la poursuivait toujours de sa rancune, de Mataplana et de favorites plus jeunes, plus intrépides. Sans parler de l'état physique du roi qui s'était rapidement dégradé avant l'âge, réduisant à presque rien la tâche des favorites.

Elle vivait de la convivialité de la cour, de la vénération des troubadours à qui elle racontait nos aventures, à elle et à moi, en langue d'oc, la langue notre qui valait de l'or à la cour du roi d'Aragon. Elle avait aussi l'amitié de quelques *Ricomes,* flattés de recevoir une Toulousaine, et profitait de la passion qu'un chevalier lui portait depuis toujours. Un chevalier qui n'avait qu'un défaut : c'était un homme à Mataplana !

Nous bavardâmes toute la nuit. Alis pleura en évoquant son royal amant.

– Je l'aimais, me confia-t-elle. Il était bon et tendre avec moi.

Et plus tard :

– Je me sens perdue, je suis comme une veuve.

– Moi aussi...

– Je ne sais plus que devenir.

Je l'embrassai :

– Nous ne nous quitterons plus.

On s'endormit sur le matin, jusqu'à midi, jusqu'à l'arrivée du nouveau roi qui se disait impatient de me voir.

– Comment est-il ? demandais-je sans cesse à Alis.

Elle riait.

– Bien pire que tout ce que tu peux imaginer.

– Et tu me laisses me jeter dans la gueule du loup ?

– Tu n'as rien à craindre, il est fou des femmes. Et puis... c'est un enfant ! Il n'a pas vingt ans. Tu en feras ce que tu voudras.

Elle me contempla avidement, caressa mes cheveux, mon visage :

– Tu es toujours aussi belle, fit-elle dans un sourire de blessée.

Je lui pris la taille et l'embrassai.

– Tu ne peux pas savoir le plaisir que j'ai de te revoir. Je retrouve une sœur.

Notre marche était heurtée et je desserrai mon étreinte. Alis se sépara de moi. Elle claudiquait depuis notre descente désespérée du rio Cinca, et avec l'âge cette gêne légère qui pouvait passer pour une coquetterie était devenue une véritable infirmité. De plus son visage, déjà marqué par sa chute dans le rio Cinca, s'était abîmé.

Mais ces quelques disgrâces n'avaient pas gâté son charme premier, qui venait de sa douceur langoureuse.

– Je veux que tu reviennes à Carcassonne avec moi, insistai-je en prenant ses épaules.

Elle ne répondit pas. Ses yeux brillèrent. Quelques larmes roulèrent à force sur ses joues.

Arrivant chez le comte-roi la main dans la main, Alis me laissa avant de passer la porte. Pedre d'Aragon se leva pour me recevoir. Il était grand, immense, une force de la nature. Je reconnus tout de suite les traits du roi Alfonse, sa grande taille. Mais son fils était plus beau, mieux bâti, avec une poitrine éclatée, des épaules larges, un cou puissant. Il était bien campé sur ses jambes, la taille prise dans une ceinture fine en écailles d'argent.

Il avait dix-neuf ans.

Il lut mon trouble sur mon visage, s'attarda sur mes joues en feu, et ses yeux prirent une teinte amoureuse qu'ils ne quittèrent plus jamais en ma présence. J'avais conquis le cœur du roi au premier regard, comme son père à ma première révérence, vingt ans plus tôt. J'en profitai pour lui parler de mon douaire, que le roi Alfonse n'avait pas voulu me rendre, malgré les demandes réitérées de l'Église, du comte de Montpellier, et d'autres qui étaient intervenus pour moi.

Le roi Pedre m'assura que mes biens me seraient rendus, qu'il n'était pas dans ses habitudes de dépouiller les veuves.

– Surtout aussi belles que vous êtes, domna Adélaïs. Sans vouloir trouver de bonnes raisons à mon père, je comprends mieux son entêtement à vous poursuivre de sa vengeance. Il ne fallait pas parler de vous devant lui, tellement votre souvenir le faisait souffrir. Il n'a pas supporté votre trahison.

– Je ne lui avais rien promis...

– Il l'a cru, c'est ce qui compte. Mais tout ça est de l'histoire ancienne, tournons la page. Savez-vous que j'attends la venue de votre frère, le comte Raimon de Toulouse ? Nous avons décidé de mettre fin à nos querelles ancestrales.

– Ah ?

Le visage du roi Pedre exprima un grand contentement, non sans ironie :

– Oui, nous ne ferons plus qu'une grande famille, vous, votre fils et votre frère.

Son sourire était moqueur. Je remarquai l'élégance de sa vêture, ses colliers, ses gros joyaux à chaque doigt. On disait qu'il était très dispendieux, donnant sans compter, amoureux du faste, mais instruit par ailleurs et bon chevalier. On le pressentait de dure rencontre sur le champ de bataille. Il brûlait de se faire un nom, et voulait passer pour la réincarnation de son aïeul Alfonso le Batailleur, la terreur des Sarrasins, qui avait gagné vingt-neuf batailles.

Comme pour mieux servir son ambition les Sarrasins revenaient en force s'attaquer aux royaumes chrétiens. Ils reprenaient même l'initiative sur toute la ligne de front depuis leur écrasante victoire d'Alarcos, l'année précédente, où ils avaient décimé une armée de moines-chevaliers. Leur présence de plus en plus audacieuse aux portes de la Catalogne et du royaume d'Aragon se ressentait jusqu'à la cour du roi. Toutes les conversations y faisaient allusion, à un moment ou à un autre, comme pendant un siège.

Il va se faire une belle réputation, pensai-je, s'il arrive à desserrer l'étau mahométan.

Lui n'en doutait pas. Il ne doutait d'ailleurs de rien, ni de sa beauté virile qu'une voix mâle confortait, ni de sa force militaire, ni de son érudition qui lui faisait apprécier le *trobar* en langue notre comme la poésie latine ou les saintes Écritures, malgré son jeune âge. Il était persuadé de l'universalité de son destin, parlant couramment l'aragonais et le catalan, bien sûr, le castillan de sa mère comme la langue d'oc chérie par son père, le latin et un peu le grec, grâce à un excellent précepteur imposé par la reine Sancha.

Avec d'aussi innombrables talents et l'aiguillon de la jeunesse il ne doutait pas davantage de son pouvoir de séduction, assuré qu'en posant la main sur l'épaule d'une femme il lui apportait la plus grande considération, et à son Oustal le plus grand honneur.

Dominateur, instruit, brillant, quelquefois amusant, courageux, mais aussi fat, mordant, sans scrupules, d'un orgueil démesuré, avide de tout ce qui brillait, facilement emporté, sa force physique exceptionnelle était curieusement tempérée par d'incroyables attitudes enfantines et une soumission totale à sa mère.

Tout chez lui était émouvant, ses gestes, ses paroles. Même ses maladresses étaient touchantes.

En un mot je fus séduite à mon tour par le nouveau roi rêvant d'espaces aventureux à découvrir, à conquérir, si loin des eaux tièdes que sillonnait prudemment son père.

Il me prit le bras et m'emmena visiter ses courtisans, dont beaucoup me reconnaissaient et ne manquaient pas de m'envoyer au passage des compliments empoisonnés.

Arrivée devant le marquis Ponç de Mataplana, devenu un vieillard déplumé et égrottant qui m'observait d'un œil rond d'oiseau, je passai sans un mot.

– Vous connaissez votre beau-frère, je suppose, commenta le roi Pedre devant le suivant.

Je considérai l'homme barbu, au crâne rasé comme les guerriers mahométans, qui accostait Mataplana. C'était Raimon, le frère de Roger !

– Vous êtes là ? fis-je déconcertée.

– Je vais où l'on m'accueille fraternellement.

Sa présence à vrai dire n'était guère appréciée sur les terres de Trencavel.

– Au moins pourrez-vous conseiller le roi Pedre quand il s'attaquera aux armées mahométanes ; vous les connaissez si bien...

Raimon but du fiel mais ne répondit pas devant le souverain.

Je racontai un peu plus tard au roi comment le frère de Roger Trencavel était réapparu à la tête d'une bande de pirates sarrasins. Je lui conseillai de le surveiller.

– Je le surveille, me répondit-il aimablement, mais autant pour vous que pour moi.

La nouvelle me surprit.

– Sachez domna Adélaïs, ajouta-t-il, que votre beau-frère s'est acoquiné avec Ponç de Mataplana, que mon père considérait comme le diable en personne.

– Et dans quel dessein cette alliance ?

– C'est ce que nous essayons de savoir. Vous savez bien sûr que mon père avait imprudemment promis les vicomtés de Trencavel au marquis de Mataplana, si votre mari mourrait sans enfant. Ce qui n'a pas été.

– Et alors ? C'est du passé.

– Et alors il est possible que le marquis ait proposé à votre beau-frère d'éliminer votre fils, par vengeance, et de lui laisser la place de son frère. Ou plus vraisemblablement de se partager les vicomtés. Dans ce cas Raimon reprendrait la partie de l'héritage dont il fut, estime-t-il, injustement privé.

– Mataplana partagerait ? Ça ne lui ressemble pas...

– Mataplana a pu accepter d'attendre courtoisement la mort de votre beau-frère Raimon avant d'appliquer l'acte de donation signé par mon père.

– Mais Mataplana est vieux maintenant, il risque fort de ne pas profiter longtemps des terres de Trencavel.

– Il peut accélérer les événements... Mais voyez votre mari ! Qui aurait dit qu'il n'irait pas au bout de ses jours ? Imaginez le dépit de Mataplana : son souhait le plus cher, le trépas de votre mari, se réalise et il ne peut pas en profiter. C'est à devenir fou.

Je faillis dire que mon mari n'était pas mort de mort naturelle, qu'il avait été victime d'une malédiction, que son cas était particulier. Je me retins juste à temps et m'injuriai d'avoir ces pensées folles. Je craignais tant de transmettre ainsi la malédiction à mon fils, par une sorte de contagion mentale.

Se méprenant sur ma mine sombre, tout à coup, le roi Pedre me prit le bras :

– De toute façon il ne profitera de rien, Mataplana, car je n'ai pas renouvelé l'accord signé par mon père. C'était la meilleure façon de me débarrasser de lui. Mais le dessein de votre beau-frère est plus solide. Si votre fils disparaissait, il serait le plus proche parent. Ses droits seraient incontestables. Toutes les vicomtés lui reviendraient par droit de lignage.

– Dans ce cas, seigneur roi, gardez-le sans faute à votre cour. Qu'il ne vienne pas faire du mal à mon fils.

– J'y penserai, *bèla domna*. Je le gratifierai de quelque château pour vous être agréable, et le garder sous les yeux.

Il me sourit.

– Ne suis-je pas votre suzerain ? fit-il d'un air fiérot.

– Peut-être, mais nous en avons beaucoup aujourd'hui, répliquai-je avec légèreté.

Je pensais à mon père vers qui Roger s'était à nouveau tourné, avant leur mort à tous deux, au comte de Montpellier devenu le vassal du comte de Toulouse et à ce titre chargé de contenir les Trencavel, au roi de France, notre suzerain suprême qui n'avait jamais renoncé au Midi, et même au roi d'Angleterre, Richard Cœur de Lion, à qui le comte de Toulouse rendait hommage et payait un tribut pour avoir la paix.

Le roi Pedre n'était dans mon esprit qu'un suzerain parmi d'autres. Certainement le moins légitime.

Pour me rattraper je lui fis une petite révérence et débitai un compliment :

– Si vous vouliez bien garder mon beau-frère Raimon, seigneur roi, et surveiller ses agissements jusqu'à la majorité de mon fils, je serais votre humble servante jusqu'à la fin de mes jours.

Le roi n'en attendait pas tant et me prenant les mains il me déclara que la vie de mon fils, à partir de ce jour, lui importait autant que la sienne propre.

– Elle sera aussi bien protégée que le Saint-Graal dans le monastère de la Peña, assura-t-il.

– Ce n'est pas peu dire... fis-je, pensant à la visite du monastère au bras du roi Alfonse, son père.

*

Aussi incroyable que cela paraisse, le roi m'avait donné sa propre chambre dans le palais de Perpignan, m'assurant qu'il préférait dormir dans une austère cellule, avec ses compagnons, car il était encore habité du souvenir de son père et tout attristé.

Quand elle l'apprit Alis pouffa de rire.

– C'est un malin, me prévint-elle. Il prépare ses conquêtes féminines avec autant de soin que ses batailles contre les Sarrasins. Il craint les échecs par-dessus tout, et d'ailleurs il n'en a jamais reconnu.

– Je serai donc la première à lui résister...

Alis m'observa du coin de l'œil, la bouche tordue dans une moue moqueuse.

– Il ne faut jamais dire avec lui : Fontaine je ne boirai pas de ton eau !

Je n'attendais plus d'être importunée par le roi quand un soir du mois de mai, alors que j'étais à la fenêtre, respirant avec délices dans la nuit close l'air capiteux et tiède au-dessus du jardin de Paradis, le roi Pedre se glissa sans bruit jusqu'à moi.

Je n'en ressentis aucune frayeur, l'ayant reconnu sans peine à sa haute stature que découpait la clarté blanche de la lune. Paré d'habits de soie et de joyaux étincelants, ceint d'un chapel de fils d'argent, d'une ceinture de cuir rouge à boucle d'argent, cloutée d'argent, de colliers, de bracelets, il brillait dans la nuit comme un cierge pascal.

Tout en m'irritant de le comparer à son père, je constatai avec plaisir qu'il ne se travestissait pas pour venir me voir.

– Domna Adélaïs, murmura-t-il, n'ayez pas peur.

– Je n'ai pas peur.

Il s'approcha, respira bruyamment.

– Ces senteurs enivrantes, ces fragrances florales, cet air tiède et doux, le jardin sous les rayons de lune, tout nous invite à l'amour ce soir...

– C'est pour ça, seigneur roi, que vous m'avez laissé votre chambre ? Pour qu'enivrée par les parfums de votre jardin je devienne la proie de vos désirs ?

– Je constate que votre réputation n'est pas usurpée. Vous parlez franc.

– Sachez que je m'attendais à vous voir apparaître chaque soir...

– Vous m'attendiez...

– Vous m'avez laissé votre chambre...

– Quelle étrange clairvoyance. Savez-vous que j'ai pensé à vous sans cesse ?

– Une femme sait quand elle plaît à un homme, elle sait s'il viendra, s'il osera... Alors dites ce que vous me voulez.

Ne me répondit d'abord que le silence, le chant léger de quelques oiseaux dans le jardin, le gazouillis d'une eau vive. Puis :

– Ce que je veux ? murmura-t-il lentement, je veux...

– Oui ?

– Ôter votre chemise, couvrir votre corps de baisers et vous aimer jusqu'à l'aube. Sans repos.

Nous restâmes là dans le noir, un long moment, tous nos sens en éveil. Comme le roi se figeait dans une attente patiente, soumise, je pris sa main et le menai vers le lit. J'enlevai ma chemise et m'assis nue, les cheveux défaits, mon corps blanc rayonnant dans la pénombre.

Le roi hésita un instant, tendit la main, prit délicatement mon menton et se penchant en avant but à mes lèvres. Quand il se redressa un sourire triomphant découvrait ses dents parfaites.

Il commença à me caresser.

– Je n'arrive pas à le croire... murmura-t-il. Vous êtes à moi, à ma volonté...

– Sans avoir à livrer bataille...

Il se déshabilla et laissant tout sur le sol il me rejoignit dans le lit qui gémit sous son poids. Il chassa drap et courtepointe pour mieux me deviner dans la nuit, et me recouvrit bientôt de son grand corps comme une grande vague océanique.

Il était chaud, très exalté.

Dans la nuit, quand la houle royale se fut un peu calmée, je lui donnai la clef de son succès inattendu :

– Si vous ne m'aviez pas répondu franchement, seigneur roi, je vous aurais mis à la porte.

XXVIII

Cornus tournait en rond dans la chambre de Raimon-Roger, désœuvré, rêvant de se venger des prêcheurs cathares, de Saissac, de Mondine, de Garin, du monde entier, quand il vit depuis une fenêtre Arnaud de Moure traverser la cour du château. Il imagina que le clerc venait voir Bertran de Saissac et se tint coi près de la porte, dans une attente patiente et bienfaisante qui le libérait de ses pensées fielleuses.

Seul un couloir le séparait de la chambre de Saissac. À l'idée qu'il allait pouvoir écouter aux portes et surprendre encore quelque secret une intense jubilation l'envahit, qui se mêla à un élan de gratitude envers le Ciel pour l'avoir placé là au bon moment.

Il entendit le clerc monter l'escalier et se pressa contre le mur. Arnaud de Moure passa à côté de lui et entra chez Saissac.

– J'ai une bonne nouvelle pour vous, seigneur de Saissac, s'annonça-t-il.

– Ton oncle s'est converti à la vraie foi ?

– Pas encore, mais il s'en rapproche de jour en jour. L'évêque Othon vient de lui reprendre sa mense et son logis d'archidiacre pour tout donner à son neveu. Mon oncle ne décolère pas.

– Bien, bien. L'Église du diable travaille pour nous.

– Ce que je voulais vous annoncer, seigneur Bertran, c'est que j'ai découvert où le prévôt de monseigneur Othon cache les finances de son patron.

– Ah ?

– C'est mon oncle qui me l'a dit.

– Où ?

– Dans son lit.

– Comment est-ce possible ?

– Son lit est comme un grand coffre, fermé de haut en bas. Il dort dessus.

– Tu as vérifié ?

– Pas encore.

– Il le faut. Le prévôt apprécie les donzels, fais-toi inviter...

La bouche d'Arnaud dessina une moue mauvaise.

– J'ai fini avec ça. Je ne veux plus en entendre parler. Je vous l'ai déjà dit.

– Même pour une bonne cause ?

– Non. Je vous ai dit où était l'argent de l'évêché, à vous d'aller le chercher.

– Avec toi.

– Je ne veux pas m'en mêler. Si j'étais pris, j'aurais les mains coupées et puis je serais traîné jusqu'au bûcher sur la place de la cathédrale, devant toute la gent de Carcassonne. Je ne courrais pas ce risque pour tout l'or du monde.

– Alors demande à ton oncle s'il est prêt à nous aider. À part ça quoi de nouveau à Carcassonne ?

– La comtesse est rentrée.

– Où était-elle ?

– À Perpignan, aux obsèques d'Alfonse d'Aragon.

– Mais c'était il y a plus de deux mois !

– Elle s'est attardée à la cour du roi Pedre, son fils. On dit qu'ils s'entendent bien.

– Bien joué de sa part.

– On dit même qu'elle a égayé ses nuits avec beaucoup de zèle, et qu'il en est fou.

– Comme son père ? Elle a pourtant deux fois son âge.

Il tourna dans la pièce, les mains dans le dos.

– Elle est très forte, ajouta-t-il. Et très dangereuse. J'espère qu'il ne va pas l'épouser ! Quoi encore ?

– L'évêque de Béziers monseigneur Gaufred vous fait savoir

qu'il souhaite que vous lui envoyiez le vicomte Jeune pour quelques semaines, pour parfaire son éducation religieuse.

– C'est non tant qu'il ne viendra pas lui-même le chercher.

– Mais monseigneur Gaufred ne peut pas venir lui-même ! s'exclama Arnaud.

Saissac fit entendre son rire dévastateur. Il haussa les épaules.

– Alors tant pis pour lui. C'est non. Quoi d'autre ?

– Monseigneur Gaufred vous mande encore à Béziers pour expurger la ville de tous les hérétiques qu'il y rencontre quotidiennement et qui l'injurient. Il vous rappelle que vous avez juré de le faire à la mort du vicomte Roger.

– J'irai plus tard, quand l'Église nouvelle aura pris le pas sur celle de monseigneur Gaufred. Et c'est lui que je chasserai de la cité de Béziers. Quoi encore ?

– Le comte Raimon de Toulouse, le frère de la comtesse Adélaïs, a été excommunié pour avoir détruit plusieurs églises et plusieurs domaines de l'abbaye de Saint-Gilles. Et pour avoir construit une forteresse à côté sans l'autorisation de l'abbé.

– Les fils sont moins bêtes que les pères, dit-on. Nous en avons la preuve. Je crois qu'on pourra s'entendre avec le comte de Toulouse. Quoi encore ?

– Le concile de Montpellier a publié vingt canons. L'un confirme l'excommunication du comte de Toulouse, un autre excommunie tous les hérétiques, ceux qui les aident ou commercent avec eux, même pour un morceau de pain, et les seigneurs qui ne les châtient pas. Ils ont dû penser à vous, seigneur Bertran...

Bertran de Saissac secoua la tête :

– Tu diras à ton évêque que nous avons brûlé tous nos hérétiques. Nous n'avons rien à nous reprocher.

– Un autre canon excommunie les soldadiers, routiers et autres hommes de guerre qui se battent pour de l'argent, « et ceux qui les emploient ». Cette fois encore vous êtes visé.

– Même réponse : nous avons renvoyé tous les soldadiers.

– Un canon rappelle qu'il est interdit d'employer des Juifs dans les charges publiques.

– Nous l'avons toujours fait et ce n'est pas le pape qui changera nos coutumes. Quoi encore ?

– Je vous ai dit l'essentiel, seigneur Bertran.

– Que des méchantes nouvelles ! résuma le baron de Saissac.

Cornus qui n'avait pas perdu une miette de la discussion était maintenant très embarrassé. Alors qu'il lui était interdit de paraître dans le donjon, dans la salle grande, il venait de saisir à la porte du seigneur de Saissac une conversation secrète de la plus haute importance, qui impliquait la comtesse et son fils.

Il aurait bien voulu s'en aller. Il aurait même préféré n'être jamais venu dans la chambre de Raimon-Roger, dans l'antre du roi de la Montagne Noire comme l'appelaient ses amis et ses ennemis dans une commune crainte.

Connu comme l'espie de la comtesse Adélaïs il savait qu'il irait sans procès croupir dans quelque cul-de-basse-fosse, s'il était vu, et pour le restant de ses jours. Du moins de ceux du seigneur de Saissac. Mais rester dans la chambre de Raimon-Roger était le plus sûr moyen de se faire prendre.

N'y tenant plus il sortit en tremblant et sans bruit gagna l'escalier. Un carreau descellé tinta dans un court silence. Cornus dévala l'escalier comme un fou.

Arnaud sortit et tenta de voir qui s'enfuyait. Bertran le rappela :

– Ne cherche pas, lui lança-t-il, c'est Cornus. Il a toujours son nez dans mes affaires. J'ai eu beau l'avertir... Mais c'est la dernière fois qu'il est venu me renifler. Ses jours sont comptés. Il ne passera pas l'été.

– Pourquoi me le dites-vous ? se plaignit le clerc d'une voix qui pâlissait.

– Pour que tu comprennes bien l'importance du silence. Le bavardage, chez moi, est une trahison. Penses-y.

*

Cornus était allé trouver Garin qui préparait des pièges avec Aton et Raimon-Roger, puis Mondine qui lavait du linge. À chacun il avait en quelques mots répété ce qu'il avait entendu, et annoncé qu'il se sauvait pour en rendre compte à la comtesse.

Il avait confié à Mondine qu'il ne reviendrait plus à Saissac et exigé d'elle une réponse claire à sa demande en mariage, qu'elle différait de mois en mois. Elle s'était encore dérobée en lui rétorquant que dans les circonstances présentes il y avait plus pressant. Comme il la poussait dans ses retranchements elle lui avait avoué, excédée, qu'elle ne se voyait pas passer toute une vie avec lui parce que son caractère se gâtait plus vite que son âge.

Cornus l'avait giflée. Tandis qu'elle se protégeait de son battoir il l'avait traitée de putanelle, l'accusant de tourner autour de Garin depuis longtemps, et de varier sans cesse dans ses décisions. Puis il avait tourné les talons.

Renonçant à passer aux cuisines prendre du pain, pour ne pas se faire voir, il était parti immédiatement vers Carcassonne, à pied, la rage au cœur, un bâton à la main. Il comptait y être sans faute dans l'après-midi.

Bertran de Saissac réunit quelques hommes d'armes et les lança sur les traces du fuyard.

*

Arnaud de Moure était allé voir son oncle aussitôt revenu à Carcassonne. Il s'était rendu par distraction jusqu'à la porte de la belle construction (la plus belle de l'enclos canonial) que son oncle occupait quand il était archidiacre. Il s'était souvenu de justesse que la grande maison aux beaux pans de bois sculptés, aux grandes fenêtres, était occupée désormais par le neveu de l'évêque.

S'en retournant sans bruit il s'était dirigé vers un oustalet délabré à la toiture en désordre. Son oncle occupait l'étage, luttant les jours de pluie contre l'eau des gouttières qui criblaient la toiture et qu'il récupérait dans des seilles de bois, des cruches ébréchées, des bassines. Et une lèche-frite.

Cette situation était d'autant plus cocasse que l'ancien archidiacre avait dans ses coffres de quoi payer une toiture neuve, et même un très bel oustal. Mais il ne connaissait pas la destination de cet argent. L'aurait-il souhaité qu'Arnaud n'aurait pu le lui dire.

L'humilité ne peut que lui faire du bien, se raisonnait-il en approchant de la masure, ruminant sur le naufrage de son oncle.

Il le trouva très abattu, parlant seul dans un murmure inaudible.

– Vous êtes bien triste, mon oncle ! lança-t-il pour le saluer.

L'autre ne manifesta aucun signe amical à son approche. Il se plaignit :

– Quand je pense à ce que j'ai été, et ce que je suis...

– Les premiers seront les derniers, a dit le Christ. Et les derniers passeront premiers, forcément.

– Je me le demande ! À l'allure où je descends...

– Pensez comme les hérétiques : le vrai Dieu n'est pas de ce monde.

Il hocha vigoureusement la tête :

– Je vais finir par le croire !

– Ils disent aussi que l'Église de Rome n'est qu'une prostituée avide de l'argent des autres.

L'ancien archidiacre se figea dans une attente pensive. Il gémit :

– Quand je pense qu'elle m'a tout pris, qu'elle m'a humilié, déshonoré, découragé...

– Qui ?

– La prostituée de Rome.

Arnaud ricana :

– Vous parlez comme ça, maintenant ?

– Mes yeux se dessillent. Ah ! S'il n'y avait pas l'amour indéfectible que je porte à la Vierge Marie, si bonne, si miséricordieuse, je passerais le pas, je crois. Quoiqu'elle n'ait pas fait grand cas de moi, jusqu'à ce jour.

– Vous en voulez à tout le monde ! Ne me dites pas que vous rejoindriez la secte hérétique ?

– Je le ferais. Peut-être ont-ils raison, après tout, ces « cathares ». Nous sommes les témoins, que dis-je, les victimes de tant de scandales qu'ils dénoncent avec pertinence... Je me demande si nous n'arrivons pas à la fin du monde. Tu ne sens pas cet air putride qui annonce la fin du monde ?

– Mon oncle, c'est la tristesse et l'abattement qui vous font voir venir des temps d'Apocalypse. Nous connaissons des bouleversements, sans doute, peut-être verrons-nous bientôt dominer une nouvelle Église chrétienne, plus charitable, plus rigoureuse aussi. Le seigneur Bertran y croit.

– Tu crois qu'elle voudra se venger, la nouvelle Église ?

– Se venger de qui ?

– De moi, pardine, de tout le mal que je lui ai fait.

– Je ne sais pas si vous lui avez fait grand mal, mais de toute façon vous avez le temps encore de rejoindre ses rangs et de vous faire pardonner.

Raimon de Moure passa ses mains dans ses manches larges et laissant venir un petit rire strident il répondit :

– J'y ai déjà pensé, figure-toi. Mais je ne sais comment m'y prendre. Je n'ai pas l'habitude de frayer avec des hérétiques, tu le comprends.

– Ce sera très facile pour vous. Montez un coup de main contre un des arrogants prélats qui nous administrent, et vous serez chéri de tous les Bons Chrétiens.

– Un coup de main ? Je ne suis pas un soldadier, moi, je n'ai pas embrassé la carrière des armes. Étude, jeûnes et prières, macérations, travail, charité, voilà quel était mon lot quotidien. Et un coup de main contre qui ? Contre le pape ?

– N'allons pas si loin. Vous connaissez le prévôt de monseigneur Othon...

– Si je le connais ? C'est lui qui m'a dépouillé de tout !

– Parfait ! Vous irez lui reprendre ce qu'il vous doit.

– Bonne idée, qui a tout mon soutien. Mais comment ?

– Vous m'avez dit un jour que le prévôt de l'évêque gardait l'argent des redevances épiscopales dans son lit, qui était en fait un coffre fermé.

– C'est la vérité. Il dort sur son argent, comme le riche de la parabole.

– Trouvez le moyen d'introduire deux ou trois hommes que je vous donnerai dans la maison du prévôt, et vous aurez accompli un exploit qui fera de vous un héros de la nouvelle foi.

– Dans notre état, mon neveu, nous sommes plutôt voués au martyre qu'à l'héroïsme.

– C'est que les temps changent.

– Bien sûr. Je vais réfléchir à tout cela. Peut-être me laisserai-je tenter. On m'a fait tant de mal...

– Ils n'auront que ce qu'ils méritent, mon oncle.

XXIX

Bertran de Saissac vit d'une fenêtre du donjon Garin Garrèl et Mondine quitter le château, passer devant l'église et contourner le bourg par un chemin de chèvre qui bordait l'à-pic, à travers de pauvres masures. Ils disparurent dans la forêt.

Bertran appela un de ses mainadiers, un homme rustaud attaché aux basses œuvres. Il lui désigna Garin et Mondine, l'endroit par où ils avaient disparu.

– Ils ne doivent jamais revenir au château, lui dit-il d'un ton dur, comme on parle à une bête. Il faut qu'ils disparaissent comme par enchantement. Pas de trace. Tu as bien compris ?

Le soldadier approuva. Il avait commandé souvent les trottiers du vicomte, des hommes d'une redoutable sauvagerie, et faire disparaître des êtres sans défense ne valait pas la peine qu'on s'attarde sur un plan d'attaque. Il partit regrouper quelques cavaliers, leur dit de le suivre, qu'ils allaient courre des manants rebelles.

Saissac ne bouda pas sa satisfaction. Il allait enfin « tenir » le petit vicomte. Personne ne se risquerait à venir le réclamer chez lui, dans sa forteresse sombre comme un tombeau, au cœur de la Montagne Noire, sans beaucoup d'audace. Le seul à geindre d'ailleurs au conseil de tutelle était l'évêque de Béziers. Mais il était aussi impuissant qu'un castrat sans l'aide des seigneurs, et aucun chevalier n'aiderait l'évêque sans son autorisation.

Il avait la main sur toute la chevalerie et, désormais, sur leur futur chef : le vicomte Jeune.

Garin avait décidé d'aller relever sans plus tarder le miel de ses chères petites compagnes. Il voulait profiter du beau temps mais surtout de l'absence des enfants, partis chevaucher avec des chevaliers du château. Il ne voulait pas les voir rôder autour de l'apier pendant cet exercice difficile, qui n'était pas sans danger.

Mondine avait insisté pour l'accompagner. Comme il tentait de la dissuader pour les mêmes raisons elle l'avait poursuivi jusqu'à ce qu'il comprenne qu'il ne pourrait pas se débarrasser d'elle. À toutes ses objections elle répondait que ça lui était égal, la chaleur, les charges, la fumée, les piqûres douloureuses. Sans se départir de sa mine gracieuse (c'est ce qui le rendait rogneux, parce qu'il se sentait coupable de la rabrouer) elle l'invitait à réfléchir qu'il ne pourrait pas l'empêcher d'aller où elle voudrait.

Pour finir de lui clouer le bec elle s'était emparée d'une partie de sa charge.

Ils marchèrent dans l'ombre fraîche, dans un chemin à peine dessiné sous les fougères. Une clairière ensoleillée s'ouvrit devant eux et leur regard se vida dans une vue grandiose de la plaine, jusqu'à Carcassonne.

Mondine gémit de plaisir en distinguant au loin la cité. « C'est magnifique... » murmura-t-elle.

Elle chercha Garin et aperçut les ruches qui s'alignaient sur le versant, tournées vers le soleil, vers la beauté du monde. Elle s'extasia en les montrant du doigt.

Une grande lauze placée devant chaque ruche permettait aux butineuses de se poser et de s'envoler sans effort.

– C'est bien, chez elles, commenta la jeune femme. C'est comme un petit oustalet.

Les troncs largement évidés étaient coiffés d'une pierre plate. En bas la colonie allait et venait. Ils contemplèrent un moment les allées et venues, qui ne s'interrompaient jamais. Les abeilles étaient si affairées qu'elles ne portaient aucune attention aux visiteurs.

Mondine enleva son bliaud et resta en chemise, les joues rouges. Ses jambes étaient nues. Garin la détailla d'un regard attentif, flatté et troublé que la compagne de Cornus, dès qu'il eut tourné le dos, le suive aussi fidèlement. Il en était irrité, aussi, vaguement.

La putanelle, pensait-il pour sortir du piège dans lequel il se sentait agréablement attiré, elle s'est fatiguée d'un homme et veut en essayer un autre. Mais moi je ne suis pas du bois dont on fait les bâtons, qu'on jette quand on n'en a plus besoin. Non ma petite, moi si j'emménage c'est pour la vie.

Mondine s'assit dans l'ombre des arbres, sur une bande herbeuse d'une délicate fraîcheur, piquetée de violettes dont elle fit un petit bouquet, pensant à la comtesse Adélaïs. Elle se demanda si Cornus avait pu la prévenir des noirs desseins que tramait le seigneur de Saissac.

Garin était allé découper sur le tronc d'un vieil hêtre un champignon en forme de sabot de cheval. Il le posa sur une pierre plate, le battit avec un gros bâton, le coupa en plusieurs morceaux qu'il mit en plein soleil.

– C'est de l'amadou, c'est bon pour faire le feu, expliqua-t-il à Mondine qui, silencieuse, suivait avec délectation chacun de ses gestes, net et précis.

Elle lui sourit et il lui rendit son sourire, sans y penser. Enhardie la jeune femme vint s'asseoir à côté de lui, lui prit la main. Il la regarda d'un œil noir sous sa longue tignasse qui revenait en bandeaux épais de chaque côté du visage, au point qu'il était parfois obligé de les écarter avec les mains pour voir devant. Comme s'il était menacé il se leva, mais lentement, sans brusquerie et alla vers les ruches.

Il s'immobilisa, montrant un des tronçons de hêtre sous lequel jaillissait un fleuve sombre qui s'évaporait dans le ciel en un tourbillon.

– La reine va sortir ! lança Garin.

Mondine se rapprocha en glissant sur les fesses, sans quitter des yeux le tourbillon qui montait et descendait au-dessus de la ruche. Garin lui montra la pierre d'envol. Venait d'apparaître une abeille plus longue et plus grosse que les autres, le corps frangé d'or. Elle marchait à pas fragiles.

– C'est la nouvelle reine, fit-il, elle est toute jeune.

Elle se projeta au cœur de la spirale tourbillonnante qui s'élargit et se transforma en un vaste cercle autour d'elle, une couronne, un rempart.

– C'est merveilleux ! s'exclama Mondine en joignant les mains.

La reine se distinguait sans peine au milieu de sa cour. Elle allait et venait, se rapprochant de la ruche, s'éloignant dans un sifflement à peine audible mais qui se distinguait du vrombissement rustique de ses compagnes.

Mondine cria, fourragea dans sa chemise, partit en courant. Garin la rattrapa.

– Là ! Là ! Tu la vois ? J'ai une abeille dans la chemise, deux, trois ! S'il te plaît enlève-les ou je vais mourir de peur.

Elle ouvrait grand l'encolure échancrée. Garin le visage fendu plongea les yeux dans l'ouverture, vit deux jolies mamelettes toutes pointues, rosées, une peau blanche, un ventre rond. Il en oublia les abeilles.

Mondine recula, enleva sa chemise par le haut et la lui lança.

– Enlève-les, il y en a plein ! cria-t-elle d'une voix haute, paniquée.

Garin délivra les butineuses qui vrombissaient avec fureur, les pattes prises dans les fibres de lin. Il s'approcha de Mondine, la regarda avec délectation, sa jolie poitrine, ses épaules rondes, son ventre, ses cuisses qu'elle serrait et qui étaient plus fortes qu'elles ne paraissaient sous la vêture.

La jeune femme tendit une main pour reprendre sa chemise, l'autre masquant son intimité dans un geste doux et caressant.

Garin se sentit la gorge sèche et, tout à coup décidé, il lâcha la chemise et enlaça la jeune femme. Elle protesta mollement.

– Si quelqu'un vient... fit-elle d'une voix émue.

Garin la serra contre lui, lui caressa délicatement le dos, les reins, de ses mains rugueuses. Les bras de Mondine montèrent faire un collier odorant autour de son cou et, se faisant lourde, elle l'entraîna au sol. Il s'agenouilla, enleva la sienne chemise. Mondine déficela habilement son braïel qui descendit sur ses genoux. Il s'assit pour l'enlever, posément, revint vers elle.

Elle avait fermé les yeux, suivant derrière ses paupières le cheminement des grandes mains du valet sur sa poitrine, son ventre, ses cuisses qu'elle tenait encore serrées, comme pour retenir l'envie.

Puis les mains de Garin s'envolèrent et elle l'entendit se lever. Elle rouvrit les yeux. Le valet revenait à la ruche, tout nu, suivant des yeux la folle danse de la reine. Quand elle se posa, enfin, il la captura entre ses doigts et revint la lui offrir :

– C'est une vierge folle, une donzelle. Elle n'a pas encore été au bal nuptial.

– Quelle est belle.

Garin s'agenouilla devant Mondine, nicha la reine enroulée dans son nombril et se coucha sur elle.

– Il ne faut pas qu'elle s'échappe, sourit-il.

Mondine était au bord de l'évanouissement. Le bienfaisant écrasement du corps musculeux de Garin l'exaltait mais le frétillement exaspéré de la reine dans son nombril, qui rajoutait une étrange caresse, menaçante, aux doigts doux de son compagnon courant sur son corps, légers, puis se refermant sur une palpation avide, bouleversante, et puis l'odeur de miel, de fleurs, d'herbe foulée, d'homme en transe, tout se conjuguait pour la chavirer dans une sorte de débordement des sens, un état critique où chaque odeur, chaque effleurement, chaque baiser s'amplifiait dans une résonance sans fin, une sorte de mouvement perpétuel et toujours débordant.

Elle ouvrit ses jambes, ramena ses pieds sous ses fesses, soulevant son compagnon dans le berceau de ses hanches. Elle sentit le torse musculeux et dur du valet glisser lentement sur ses courbes, sur leur peau luisante ; son visage sembla s'éloigner et revint vers elle d'un coup. Elle poussa un petit cri, frissonna. Il venait d'entrer en elle.

Une houle les prit et les emporta dans l'azur du ciel.

Derrière leur souffle bruyant, précipité, Mondine percevait un bourdonnement insistant, une rumeur de plus en plus forte, de plus en plus proche. Un nuage noir apparut au-dessus d'elle, puis les éclaireuses vinrent bourdonner autour de leur tête, comme des petits soleils. Mondine se recroquevilla, enfouissant son visage dans le creux de l'épaule de Garin, gémissant de peur et de plaisir.

Garin sans se presser prit la chemise de Mondine et y enfouit sa chevelure, rabattant un pan sur son visage.

Il fit de même pour lui, s'enturbannant.

– Tu es leur berger, murmura Mondine d'une voix paniquée, j'espère qu'elles t'écoutent, tes petites reines...

– N'aie pas peur, ce sont mes amies, et moi je suis leur ami. Elles le savent.

– On dirait qu'elles quittent la ruche...

– Elles viennent s'occuper de leur reine. N'aie crainte, elles savent ce qu'elles font.

– Je ne demande qu'à te croire...

Garin se contorsionna pour observer le nuage au-dessus de leur tête.

– Continue, ne t'arrête pas, s'impatienta Mondine. C'est si bon...

Le nuage tourbillonnant s'épaissit et peu à peu descendit du ciel se poser sur le corps allongé de Garin. Mondine sentit les petites pattes rêches courir le long de ses hanches, de ses côtes, picotant la peau. Elles cherchaient un passage.

Sous elle le sol vibra, puis elle perçut le bruit d'une galopade. La jeune femme s'affola :

– On vient ! dit-elle.

– Ne bouge pas.

Les cavaliers arrivèrent au galop sur le plan de l'apier, s'arrêtèrent devant les ruches. Ils ne virent pas tout de suite les deux corps dont la nudité était dissimulée sous une cape dorée, vivante. Étrangement bruissante.

Le bourdonnement attira le regard de l'un d'eux. Il cria :

– Qu'est-ce que c'est ça ?

Ils découvrirent ensemble les formes humaines allongées dans l'herbe un peu plus loin sous les arbres, les têtes enturbannées, la cape luisante aux reflets cuivrés, dorés, aux plis mouvants.

Les chevaux s'énervaient, reculaient pour s'éloigner des ruches, du bourdonnement.

Les hommes tirèrent les épées, criant, s'agitant.

Garin se souleva, libérant la reine. Elle s'éleva dans l'air en faisant un drôle de sifflement, alla droit sur les cavaliers, les chevaux. L'épaisse cape dorée sembla se défaire. Elle se déroula en un nuage noir qui tourna autour de la bande et se plaqua d'un coup sur les hommes et leurs montures.

Les chevaux se levèrent, partirent au galop sur les versants. Les hommes tombaient, hurlant sous les milliers de piqûres avant de perdre connaissance.

Mondine se souleva, prit son élan pour retourner Garin sur le dos. Assise sur son ventre elle jeta un coup d'œil vers la prairie où les cavaliers avaient disparu. Un peu rassurée elle se pencha vers son compagnon, sanglota : « Je t'aime Garin, j'aime tout de toi ! » et roulant des hanches, les mains pétrissant sa poitrine elle l'amena d'un trait au comble du plaisir.

Lourde de fatigue et d'émotions nouvelles la jeune femme s'allongea contre lui jusqu'à ce que son compagnon la fasse rouler dans l'herbe, lui claquant les fesses. « Rentrons ! » dit-il.

– Et le miel ?

– Tu en veux ?

Elle le défia, moqueuse :

– Ne l'ai-je point gagné ?

Le valet alla jusqu'à la ruche désertée, souleva la lauze, rompit un gâteau de cire et le présenta à sa bouche. Elle mordit à pleines dents dans le rayon et par la blessure le miel dégoulina sur sa poitrine. Garin le lécha. Mondine riait aux éclats. Prenant le gâteau à pleine main, Garin le passa sur le corps de la jeune femme, lentement. Il ondoya ses mamelettes, son ventre, ses cuisses. Comme Mondine riait en protestant il remonta sa main et couvrit d'une coulure de lumière son sillon. Elle cria, lui arracha le rayon, le dévora.

Garin à genoux s'était mis en peine de lécher les taches ambrées qui couvraient le corps de son amie, masquant sous le jeu de la gourmandise une avide contemplation. La jeune femme se laissait déguster, muette, gémissante. Elle rompit le silence pour demander dans un soupir :

– Et le miel des autres ruches, que va-t-on en faire ?

– Il restera à celles qui l'ont fait. Nous partons ce soir.

– Pour aller où ?

– Chez la comtesse Adélaïs, avec les enfants. Cornus avait raison. Le seigneur de Saissac veut supprimer tout l'entourage du vicomte Jeune pour mieux l'hérétiquer et le contraindre. Notre devoir est de le rendre à sa mère.

Il se tut, pensif, surveillant un moment les abords qui bruissaient de vie naturelle.

Il ne restait rien du passage des soldadiers, aucun bruit, aucune plainte.

– Nous reviendrons au château à la nuit, quand il restera un pétale de rose au couchant. Nous prendrons les enfants et nous nous enfuirons.

– Et si le seigneur Bertran nous rattrape ?

– Nous partirons par le ravin. J'ai déjà repéré des passages pour y descendre.

– En pleine nuit ?

– Si nous faisons vite nous aurons encore un brin de lumière... Suffisamment.

Mondine poussa un long gémissement.

– Qu'est-ce que tu fais ? se plaignit-elle, saisissant sa tignasse.

– Ne rien laisser perdre, telle a toujours été ma règle.

XXX

J'avais vu apparaître si soudainement Mondine et Garin Garrèl dans ma chambre, au petit matin, accompagnés de mon fils et d'Aton, que j'en étais restée muette de saisissement. Mes filles, pressentant un grand malheur, n'osaient exprimer le moindre sentiment, ni de joie ni de peine.

Garin nous demanda en premier si nous avions vu Cornus. Je lui appris, et à Mondine que je pris dans mes bras, qu'il avait été retrouvé mort dans un taillis, entre Saissac et Carcassonne, criblé de flèches.

– Des routiers, certainement...

– Mais non, domna, sur ma tête ! s'exclama Garin, il a été tué sur l'ordre du seigneur de Saissac, parce qu'il l'épiait. Cornus avait surpris une conversation importante entre lui et Arnaud de Moure. Le seigneur Bertran mettait quiconque au défi de lui reprendre votre fils.

Il fit une pause. J'étais trop abasourdie pour l'interrompre.

– Domna, poursuivit-il, le château de Saissac est un nid d'hérétiques et toute la contrée en est pervertie. Sachez que votre fils était enseigné chaque matin dans la religion manichéenne, par *deux* diacres de la religion nouvelle. Il était vraiment temps de le ramener vers sa mère, et vers la vraie foi.

J'observai mon fils et son compagnon, les interrogeant du sourcil. « Trop de religion », confirma Raimon-Roger.

– Et en plus, qu'est-ce qu'on mangeait mal ! surenchérit Aton.

Rieurs, ils gardaient un bon souvenir de cette marche nocturne entre Saissac et Carcassonne, et n'étaient pas plus fatigués que le valet de chiens. Seule Mondine paraissait exténuée.

– Ils marchaient trop vite ! se plaignit-elle. Et le chemin n'était pas aisé. Pensez que nous n'avons pas quitté la forêt !

– Pour échapper aux trottiers de Saissac, se défendit Garin.

– Mais ceux qui nous compagnaient n'étaient pas plus rassurants ! répliqua Mondine.

Comme je manifestai mon étonnement Raimon-Roger me murmura :

– Aton nous a refait le coup des loups. Ils nous ont accompagnés pendant toute la traversée de la forêt. Moi je me sentais plutôt en sûreté...

– Tu l'étais certainement, répondis-je, souriant à Aton. Qu'en dis-tu, Aton ?

– Ils nous sauveront d'autres fois, domna, assura-t-il sur un ton nonchalant, comme si le sujet l'ennuyait.

Il n'aimait pas parler de son don de meneur de loups, qui semblait l'étonner lui-même.

Dans les jours qui suivirent je préparai mon départ pour Béziers. Je pensais que la surveillance des enfants serait plus facile dans la cité de l'évêque Gaufred, qui dirigeait par ailleurs le conseil de tutelle de mon fils. Saissac ne pouvait y tenter un coup de force sans risquer d'être déclaré traître et félon, et puni des plus lourdes peines. À commencer par l'excommunication qui lui aurait fait perdre tout pouvoir.

On partit un matin en lourd équipage, décidée que j'étais de m'éloigner de Saissac pour longtemps, et de tenir mon fils loin des pouvoirs du roi de la Montagne Noire.

Je devais protéger mon fils au moins jusqu'à sa majorité, qui était à quatorze ans. Or il n'en avait pas douze. Comment le cacher si longtemps ?

J'écrivis à mon frère Raimon. Le comte de Toulouse faisait aussi partie du conseil de tutelle de son neveu, nommément. Peut-être pourrait-il le prendre avec lui au château Narbonnais, ou dans quelque couvent de Toulouse, à l'abri de la clôture, dans un de ces collèges qu'ouvraient les moines pour l'instruction des donzels.

Raimon me répondit très vite, et pour m'annoncer une nouvelle ahurissante. Il avait répudié Bourguigne de Chypre, après en avoir usé tous les charmes, et se préparait à épouser Jeanne d'Angleterre, la sœur de Richard Cœur de Lion. Celle qui avait été reine de Sicile, et qui revenant de Palestine m'avait fait une si forte impression quand je les avais reçus tous les trois, tous les quatre avec l'épouse de Richard, dans notre palais de Béziers, la même qui avait subi durant tout le voyage, avec une admirable constance, l'agitation déplacée et les désordres amoureux de ses compagnons, voilà qu'elle était invitée à entrer dans la danse nuptiale à son tour, dans le lit comtal d'où son amie venait d'être chassée.

Certes mon frère Raimon avait su négocier une paix honorable avec les Anglais. Il y gagnait une belle dot : tout le Quercy qu'il n'avait pu reprendre par les armes, et l'Agenais.

Il gagnait tout cela dans les bras d'une femme jeune encore, une veuve de trente et un ans. Il est vrai qu'on ne l'avait jamais vu se risquer sur d'autres champs de bataille.

Allant se marier à Rouen, il m'expliquait qu'il ne pouvait s'occuper de son neveu. Mais cela n'avait plus d'importance, car j'avais compris qu'il n'aurait pas été un bon père pour mon fils, un bon exemple. S'il était allé vivre à la cour de son oncle Raimon-Roger en serait revenu débauché, paresseux et lâche.

Dieu nous préserve d'une telle ignominie !

Raimon m'invitait toutefois à le rejoindre le mois suivant, en novembre, au château de Beaucaire où il serait avec sa nouvelle femme pour la présenter à ses vassaux de Provence.

Pourquoi pas, pensai-je, la Provence est loin de Bertran de Saissac.

Mais je ne pouvais m'éloigner avec mon fils sans l'accord du conseil de tutelle.

C'est pourquoi nous partîmes une nuit comme des voleurs, avec pour toute suite mes donzelles, mes chevaliers, Mondine et Garin. À l'aventure.

*

Le château de Beaucaire était tenu par un simple chevalier d'estage, qui était changé souvent, chaque année. Car les comtes de Toulouse voulant garder ce château très fort à leur entière disposition, sans le moindre risque de le perdre, ils n'y avaient jamais installé un lignage.

Nous arrivâmes avant Raimon, que son nouveau beau-frère, Richard Cœur de Lion, cherchait à éblouir par des fêtes somptueuses en Poitou et en Normandie. Mais mon frère avait envoyé à ma rencontre quelques fidèles, le vieux Guilhem de Sabran, qui fut le connétable de notre père, et Raimon Rascas, seigneur d'Uzès. Un voisin.

Raimon dit Rascas (il n'était pas très gentil, ce surnom de « teigneux » qui ne venait pas de son caractère, mais de ce qu'il avait été rendu chauve par la teigne) arborait un crâne nu, couvert de vermiculures violacées entre quelques mèches folles. Raimon-Roger et Aton pensaient qu'il portait un casque, nuit et jour. Il était le fils de Rostaing, un proche de mon père en Provence, seigneur de Posquière.

Le chevalier avait dirigé de main de maître les exercices des fourriers chargés de meubler et de rendre agréable la forteresse, des cuisiniers, des valets, des femmes et de tous ceux qui avaient été appelés à préparer le château pour accueillir et animer la résidence de *deux* princesses.

N'étais-je point la fille de la reine Constance, mariée au fils d'Étienne de Blois qui régna sur l'Angleterre avant Henri Plantagenêt ? Le malheur voulut que le fils meure avant le père, et la couronne échut à un autre lignage, celui de Jeanne justement qui s'amusait de mes prétentions, avançant qu'avec mon raisonnement j'avais été princesse avant elle puisque ma mère avait été reine d'Angleterre avant la sienne.

Mais la vérité était que ma mère n'avait jamais régné vraiment, parce que son mari mourut avant de monter sur le trône.

Raimon Rascas, le seigneur d'Uzès, se montra charmant jusqu'à l'arrivée de mon frère, empressé de satisfaire nos désirs. Il n'avait qu'un défaut : il ne pouvait aller dormir. Les soirées s'éternisaient alors que je bâillais à m'en décrocher les mâchoires, et que j'imaginais dans tous ses détails la molle tiédeur de mon grand lit.

Mon frère arriva avec la délicieuse Jeanne dans la fin du mois de novembre. Ils étaient à cheval, accompagnés d'une cour nombreuse qui rendait plus misérable encore ma suite étriquée.

Mon frère exigea sans délais l'hommage de mon fils, sur un ton de commandement qui ne lui était pas habituel et qu'il ne garda pas longtemps, car la fermeté lui était vite pénible.

La cérémonie se fit dans un apparat royal, et Raimon-Roger y tint son rôle superbement, vêtu de soie et armé d'une courte épée à la poignée damasquinée d'argent, offerte par un de nos barons qui l'avait rapportée d'Orient. Son demi-frère Aton le servait avec une déférence amicale, sérieux comme un pape.

Comme je m'interrogeais un soir sur ce que le roi d'Aragon allait penser de ce nouvel hommage d'un Trencavel au comte de Toulouse, de ce serment de fidélité à son premier ennemi, Raimon me rassura :

– Notre père s'est battu avec tous les seigneurs du Midi pour agrandir ses États. Il n'a rien gagné et il s'est même appauvri au bout du compte. Moi à l'inverse je vais faire la paix avec tous nos ennemis, et je n'en serais que plus puissant.

Il montra Jeanne de la main :

– La preuve est là : j'ai épousé la sœur du roi d'Angleterre, et j'y ai gagné le Quercy et l'Agenais.

Sa réussite était surprenante, imméritée mais incontestable.

– J'ai proposé une paix loyale au roi Pedre d'Aragon, continua-t-il. Je suis persuadé qu'il l'acceptera également.

– C'est ce qu'il m'a dit...

– Ah oui ? Sur l'oreiller ?

– C'était une aventure, une passade. Je n'y pense déjà plus.

– Si tu veux te remarier, j'ai des propositions magnifiques à te faire.

– Pour ta plus grande gloire, je suppose, et ton plus grand profit. Merci bien. Je connais trop les traditions dans notre famille, où l'on sacrifie les femmes plus allégrement que les chevaux. De toute façon je n'ai aucune intention de me remettre sous le joug d'un époux. Je te rappelle d'ailleurs que je vais sur mes quarante ans, et que les choix vont vite se restreindre.

– Tu es restée très belle, me rétorqua-t-il en me caressant la joue.

Jeanne, placée à l'autre main de mon frère, l'approuva énergiquement :

– C'est vrai, Adélaïs, vous êtes resplendissante. Les ans n'ont pas de prise sur vous.

Je la remerciai d'un sourire. Je serrai le bras de Raimon :

– Tout ce que je te demande, mon frère, c'est de mettre mon fils à l'abri de Bertran de Saissac, qui veut en faire un Parfait. Un bon guerrier et un Parfait, une sorte de moine-chevalier de la nouvelle Église cathare. Sans parler du frère de Roger, qui rêve de faire disparaître son neveu pour reprendre toutes les vicomtés sous son nom. Trouve-moi un asile sûr, loin de Saissac, loin du roi d'Aragon, loin de Raimon Trencavel, loin de tout. C'est là tout ce que je te demande.

– J'ai ce qu'il te faut, petite sœur. Tu t'installeras dans la forteresse de Vaison. Père l'a fait construire il y a peu pour tenir tête à l'évêque, qui voulait tout pour lui. C'est un beau château tout neuf. Le mortier est encore frais. D'ailleurs nous irons le visiter ensemble.

– Avec toute ta cour ? Moi qui voulais m'y mucer en secret...

– Pas question ! Je veux que l'évêque sache que je reprends l'étendard de mon père, et que le comte de Toulouse est toujours là, plus déterminé que jamais à lui barrer la route et à défendre ses droits. Le fait est que je ne lui céderai rien. Je pense même tout garder pour moi, parce que je suis le plus fort. Pour ce qui est du secret, Adélaïs, il n'aurait pas tenu longtemps, sois-en assurée. Mieux vaut montrer notre force.

Il sembla réfléchir, passa ses mains sur son visage épaissi par les plaisirs et la bonne chère, et lâcha ce que je craignais le plus :

– Si tu me rendais les vicomtés de Trencavel, petite sœur, tu n'aurais plus de souci...

– Et que feras-tu de mon fils ?

– Il sera chasé, marié richement, et couvert d'or, je le jure !

– Il t'a rendu hommage, il t'a juré fidélité, il ne te doit plus rien, en droit.

Il me fit un sourire fourbe :

– C'est pour toi que je dis ça. Tu as l'air si inquiète...

– Je ne le serai plus quand il régnera.

– Adélaïs, ne cédez rien à votre frère, m'encouragea Jeanne dans la langue notre, qu'elle parlait aussi bien que la langue d'Anjou, et mieux que celle des Anglais. Car je veux que nous restions amies, et aussi votre fils qui sera notre fidèle allié si nous respectons sa chevance.

Elle se tourna vers mon frère, lui fit les gros yeux en élevant la voix :

– Et notre plus grand ennemi si nous accaparons ses vicomtés !

Raimon sourcilla et, boudeur, fit semblant de s'intéresser aux petits spectacles qui s'enchaînaient sans répit devant nous, au milieu de la salle grande joliment carrelée de terres cuites vernissées.

Il ne nous adressa plus la parole.

Je remerciai Jeanne d'un grand sourire. Quelle joie d'avoir une pareille alliée !

*

Arrivant à Vaison en grand cortège nous fûmes accueillis par une communauté de *borgès* conduisant des mules et des ânes gris chargés de vin et de présents. Suivaient les hommes des métiers, chacun portant un outil qui le représentait, et puis des paysannes avec sur la tête des corbeillons emplis des fruits de la terre provençale.

Le reste du peuple nous attendait au pied des remparts.

Hommes et femmes se répandirent en louanges intéressées autour des nouveaux mariés. Cet accueil avait quelque chose de terne, qui venait de ce qu'il n'y avait aucun homme d'Église, aucune croix, aucune bannière lançant des éclats de lumière au-dessus des têtes ; l'air ne résonnait d'aucun branlement de cloche, d'aucun bourdon de voix mâles chantonnant des psaumes.

Voilà trente ans, me dit-on, que le clergé de Vaison refusait d'avoir le moindre commerce avec le comte de Toulouse et ses vassaux.

Mon frère nous avait donc installés au cœur d'un redoutable conflit, peut-être avec quelque arrière-pensée. Du moins le château de notre père paraissait-il imprenable, bâti sur un piton dont un côté était une falaise verticale et l'autre fortement pentu, rocheux tout alentour et assez escarpé pour que ne puissent y monter des animaux ferrés.

Nous étions au moins à l'abri des engins de siège.

Au pied du piton et sur son flanc le moins abrupt les riches laboureurs, les gens des métiers et les grandes familles de négociants fidèles au comte avaient construit leur résidence derrière une première muraille. La défense y était beaucoup plus facile que dans la plainc, où s'étendait la cité épiscopale autour du palais de l'évêque et de l'église cathédrale.

Aussi voyait-on le peuple gros et menu, maltraité par cinquante années de guerres méridionales et d'expéditions punitives, de passées de routiers et autres pilleurs d'église, monter s'agglutiner à la haute ville, sous la forteresse, bâtissant de nouvelles rues, de nouveaux oustals riches et solides, contre lesquels venaient s'appuyer en quelques jours des masures de terre couvertes d'ajoncs ou de roseaux, où s'installaient brassiers et valets à deux pas des murailles et de leur sûreté.

Vaison avait maintenant, séparées par une rivière, deux têtes : la haute ville où se serraient les fidèles du comte de Toulouse, la ville basse où s'étalaient dans un désordre antique les oustals souvent ruinés des vassaux de l'évêque.

Raimon ne doutait pas que la haute ville allait l'emporter sans retour, et je compris que mon installation avait aussi pour but d'accélérer ce mouvement, par mon prestige et celui de mon fils. Raimon pourrait dire à ses vassaux de Vaison désormais, à tous ceux qui recherchaient la sûreté pour leur foyer : si la comtesse Adélaïs a choisi le château de Vaison pour résider avec son fils, c'est bien qu'il est le plus sûr du Midi.

Voyant ses affaires prendre une si belle tournure mon frère ne s'attarda pas, satisfait de laisser à ma garde vigilante le plus lointain de ses domaines. Pour autant il ne me laissait aucun de ses chevaliers, aucun de ses soldadiers, prétextant qu'il en avait besoin pour protéger sa femme et sa suite.

Raimon Rascas s'engageait à accourir ventre à terre à la première alerte avec son conroi, depuis Uzès. Je devais me contenter de cette aide.

Seule à Vaison avec la garnison du château, quelques sergents d'armes commandés par un chevalier d'estage, et mes trois chevaliers fidèles (le géant Guilhem de Trénis, le trapu Raimon Garcie et le sec Jean de Montaigu) je devais veiller à tout et en premier à la protection de mon fils.

Qui savait ce que manigançait Bertran de Saissac, dans sa rage d'avoir laissé échapper son otage ?

Mon inquiétude s'accrut quand je repérai dans le château, quelques jours après le départ de mon frère, deux hommes qui ne quittaient pas de la journée leur cellule (c'est la raison pour laquelle on ne les avait pas remarqués) et qui se prétendirent de Toulouse, de la suite du comte.

Il s'avéra qu'ils étaient deux Bonshommes de la nouvelle Église, deux Parfaits qui accompagnaient habituellement mon frère partout où il allait (peut-être pour lui administrer au dernier moment le consolament de bonne fin), et qui avaient demandé à rester. Voulaient-ils hérétiquer la contrée de Vaison, encore vide de fidèles de la secte, en profitant de l'absence d'un nouvel évêque après la mort de monseigneur Guillaume de Laudun, quelques années auparavant ?

Voulaient-ils m'hérétiquer moi, sachant que j'étais désormais un obstacle à la victoire rapide de l'Église nouvelle ? Étaient-ils venus parachever l'éducation de mon fils dans la nouvelle foi ? Je ne savais que penser car loin de m'imposer leur présence ils passaient la journée en prière, invisibles, ne partageant aucun de nos repas et ne se montrant jamais dans la salle grande, sinon pour la traverser rapidement, d'un pas léger et silencieux au début de la nuit, quand ils quittaient le château.

Ils disparaissaient dans les ruelles de la haute ville jusqu'à l'aube, et revenaient au premier coup de trompe du matin.

N'y tenant plus j'allai les visiter dans leur cellule sombre. Ils s'étaient approprié sans rencontrer d'opposition les fondations obscures et humides du donjon, hantées par les courants d'air. Je les trouvai profondément endormis et ne voulant pas les réveiller j'y revins plus tard. Ils étaient en prière.

– Doms, les saluai-je, vos nuits passées dehors nous intriguent. Où allez-vous donc ?

Le plus âgé, grand et voûté, le visage décharné, les yeux cavés sous d'énormes sourcils broussailleux, sourit d'une bouche mince comme une blessure et me répondit d'une voix douce :

– Domna, le plus simple serait que vous veniez avec nous. Seule.

XXXI

On partit un soir à la nuit tombée malgré les conseils de prudence de mes donzelles qui enrageaient de me voir m'abandonner à mon insatiable curiosité.

Je m'étais encapuchonnée dans un chaud mantel, alors que mes compagnons indifférents au froid se contentaient de leur méchante cape portée en toute saison. Ouverte aux quatre vents, elle laissait voir qu'ils n'avaient par-dessous qu'une pauvre tunique de bure, noire à l'origine, que le vent plaquait étroitement autour de leur maigre corps.

« Doms, vous me faites geler ! leur dis-je. Vous n'êtes pas habillés pour une marche nocturne. »

Le plus âgé me rassura :

– Nous n'allons pas loin, dans le quartier des Juifs.

– Je ne savais pas qu'il y avait des Juifs à Vaison.

– Il y en a dans toutes les cités de Provence.

– Et qu'allez-vous faire chez les Juifs ?

– Ensemble nous cherchons l'Un, le nom de Dieu.

– Ah !...

On s'arrêta bientôt devant une maison dont la façade était décorée de pierres sculptées comme sur les monuments antiques. Des inscriptions latines naissaient de l'ombre au passage de la lumière, un masque yeux et bouche grand ouverts, des bas-reliefs et un trophée taillé dans le marbre, au-dessus de la porte.

Un des Bonshommes frappa et aussitôt la porte s'ouvrit. Une femme parut qui semblait les attendre. Elle me salua, surprise, me lança un allègre : « *Baroukh haba*[1] », m'invitant à entrer. Elle

1. « Béni soit celui qui vient ! »

m'amena dans une pièce dont la fenêtre à meneaux donnait sur le sillon argenté de la rivière. Sur l'autre rive la clarté lunaire, aussi forte qu'une fin de jour, révélait les masses noires de la cathédrale et du palais de l'évêque, en bordure de la ville basse.

Un homme assis dans une cathèdre se leva pour m'accueillir, les mains tendues. « Je m'appelle Salomon ben Isaac, fit-il. » Il était grand. Ses cheveux blancs formaient de beaux rouleaux cotonneux tout autour d'une coiffe de soie, tandis que le reste de son corps disparaissait sous une longue cotte fourrée d'hermine. Il me sourit :

– Soyez la bienvenue dans ma modeste demeure, domna comtessa.

– Modeste ? Pas tant modeste que cela, mestre. J'ai vu votre façade décorée comme un palais du pape.

Il balaya le compliment d'un geste sec de la main :

– Toute la rue a été bâtie avec des pierres que les carriers vont chercher dans les ruines de la ville antique, dans la plaine. Elles sont déjà taillées et c'est une économie pour tout le monde. Comme certaines sont imagées, nous laissons les images sur nos façades ; elles apportent de la gaieté à notre rue.

Il me proposa des fruits, et du vin aromatisé que nous servit sa femme.

Trois autres Juifs étaient dans la maison, qui se présentèrent à moi avec déférence.

Le maître de maison les nomma. Abraham ben Isaac était un homme courtaud, ventru, et abondamment barbu, chaussé de bottes épaisses. Il venait de Pologne, ainsi que Jacob ben Isaac, un vieillard égrottant au regard terrible dans l'ombre de ses sourcils épais. Quant à Yohanan ben Isaac, le troisième, il était plutôt jeune et souriant, le teint rouge, le regard festif, l'air aimable de celui qui prend tout du bon côté. Il venait de Gérone, en Espagne.

– Ils ont le même père ? demandai-je naïvement.

Ils rirent de bon cœur.

– Non, non, me répondit notre hôte, mais nous avons tous le même métier.

Ils étaient des négociants prospères qui commerçaient avec les Espagnes, la Lombardie, l'Orient.

Le vin était exceptionnellement bon.

– Je le prends à un vigneron de Sablet, me confia Salomon. Vous ne connaissez pas Sablet, peut-être ?

– Non.

– C'est un petit village des environs, à deux lieues d'ici. Le vin de l'an y est bon et de plus il est prouvé qu'on peut le garder plusieurs années sans qu'il s'aigrisse.

– C'est étonnant !

– C'est un beau vignoble !

– J'enverrai en chercher...

– Que nenni, domna ! Je serais trop heureux de vous l'offrir. Comptez que vous en aurez désormais à volonté autant que vous resterez parmi nous.

Je m'inclinai.

Salomon frappa dans ses mains et réunit tout son monde autour de lui, chacun sur un siège.

– Profitons de tous les instants que ces Bons Chrétiens passent avec nous pour avancer ensemble dans la connaissance de Dieu.

Il se tourna vers moi :

– Voyez-vous, domna, nous sommes Juifs mais nous refusons les commentaires de la Torah, de la Bible qu'en ont donnés les écoles rabbiniques. Nous voulons aller plus loin dans la connaissance de Dieu. Pour nous la Bible est le livre de l'indétermination, qui ouvre sur l'Infini. Car l'ultime origine et l'ultime fin sont déjà en nous, comme toute chose. L'Infini est Un, tout vient de l'Un. Nous sommes cet Un, vous comprenez ?

Je lui fis un sourire crispé :

– C'est si nouveau pour moi...

– La vérité est insaisissable et sans limite comme l'Infini à travers lequel nous sondons Dieu lui-même, afin de pénétrer dans cet Un qui le désigne.

Je gémis, déjà largement dépassée par la hauteur des discussions. Salomon prit ma plainte pour un encouragement passionné, une révélation.

– Ainsi Yahvé et la Torah sont Un... poursuivit-il en s'exaltant.

– Bien sûr...

– Savez-vous, domna, qu'en hébreu chaque lettre est représentée par un nombre ? La lettre ou le nombre, c'est la même chose.

– Je comprends !

– En additionnant la valeur des lettres, nombre après nombre, et en rapprochant les mots qui ont la même somme, vous révélez des connivences, des influences, vous découvrez des filiations invisibles qui ont marqué la pensée de nos pères, et qui orienteront votre compréhension de la phrase, forcément.

– Forcément.

– Car le langage divin ne connaît pas la grammaire, il ne connaît ni l'avant ni l'après, Lui.

– Bien sûr, il est le Créateur de toute chose.

– Je vois que vous me suivez... Ce sont donc les lettres qui créent le monde réel, c'est par les lettres que nous l'approchons. C'est ainsi que nous étudions, que nous pressurons le texte de la Bible jusqu'à le faire éclater pour en tirer toute l'essence, l'intention supérieure qui nous mènera à la Torah primordiale, celle qui est cachée sous la Torah révélée. Voyez-vous ?

– D'un peu loin... confessai-je. Pourrais-je avoir encore du vin ?

Le juif courtaud et haut botté se précipita sur la cruche et me remplit mon gobelet à ras bord.

– C'est beaucoup trop, fis-je.

– Point, ma domna, rétorqua-t-il d'un ton jovial. Le vin aide à se rapprocher de Dieu, car il aime que l'homme soit proche de Lui.

– Et l'homme aime le vin ! pouffai-je. Ça aussi, c'est dans la Torah cachée ?

– Abraham vient de Pologne, rétorqua Salomon agacé. Il prie dans un groupe qui pense qu'il nous faut laisser surgir nos émotions, nos sentiments les plus profonds pour toucher le Maître de l'Univers. Aussi prient-ils en dansant, en tournant, en buvant jusqu'à la transe, jusqu'à l'ivresse extatique. Ils pensent que la prière doit être gaie sinon elle se perd.

Abraham ben Isaac leva son gobelet pour réclamer la parole. C'était un homme rond, sans aspérités.

– Au moment de la Création les étincelles de la divinité ont empli l'univers de leur sainteté. Elles sont partout : il n'est pas un lieu où l'expérience de Dieu ne se puisse faire. À nous de nous y préparer.

Il avala son vin d'une seule traite.

– En cela nous nous rapprochons, reprit sur un ton solennel un des deux Bonshommes, le plus âgé. Car nous savons qu'après avoir gravi les sept cieux pour y établir son trône, Satan provoqua une grande bataille dans le Ciel avec l'archange Michel et ses légions. Et tombèrent sur terre nombre de parcelles divines, pendant neuf jours et neuf nuits. Ce sont les âmes et les esprits qui sont à la recherche de saints hommes, pour les emmener au Ciel.

– Buvez doms, fis-je en avançant leurs coupes qu'ils n'avaient pas encore touchées, et vous verrez plus vite le visage de Dieu !

Ils laissèrent échapper un petit rire grinçant, comme pour dire qu'ils n'étaient pas dupes, mais vidèrent leur coupe en signe de communion fraternelle.

Abraham vint les remplir à nouveau. Une gaieté incontrôlable le prenait subitement et il se mettait à danser d'un air extatique, les bras écartés. Son corps rond tournait lentement sur ses courtes jambes.

Pendant ce temps notre hôte me présenta le vieillard au regard terrible :

– Jacob fait partie de la secte des *baal shem*, ce qui veut dire : « les maîtres du Nom ». En prononçant les lettres des différents noms de Dieu, choisis pour la circonstance, ils chassent les démons qui causent nombre de maladies. Ils peuvent aussi percevoir le passé et l'avenir par l'extase.

– C'est-à-dire l'ivresse...

– Le vin est un bon serviteur de la clairvoyance.

– Il pourrait donc prédire mon avenir ?

– Avec la permission de Dieu.

– Et l'avenir de mon fils ?

– Certainement.

Le vieux juif me fixa de ses yeux noirs et prenant les devants il me déclara d'une voix grondante :

– Domna, pourquoi vous répéter ce que vous savez déjà ?

C'était vrai, je savais tout. Je repris une coupe de vin, tout à coup emplie de tristesse et pressée de me réfugier dans la méditation extatique joyeuse, même s'il fallait en passer par l'orgie vinassière.

Abraham, qui remplissait sans cesse les coupes des Parfaits, entre deux pas de danse, disputa avec eux sur le jeûne : « Le Maître de l'Univers se plaît à contempler la joie de son peuple, dit-il. Il faut danser, car Dieu regarde ; il faut chanter, car Dieu écoute ; il faut rire, car Dieu aime contempler notre allégresse. À quoi bon se lamenter, jeûner, mortifier sa chair, puisque Dieu nous aime et aime nous voir heureux. Car à quoi bon un roi sans sujets, ou avec des sujets tristes ? Dieu a besoin de son peuple, comme son peuple a besoin de Lui. Dieu nous aime...

Le vieux Jacob l'approuvait. Son visage décharné qui faisait penser à une tête de mort, avec ses dents toujours à la vue, démentait ses propos jubilatoires. Mais peut-être était-il très âgé. Notre hôte Salomon suivait le débat sans intervenir, se contentant de lever les sourcils dans une mimique pleine de scepticisme. Il n'en appréciait pas moins le vin de Sablet.

Les Bonshommes répondaient point par point, s'exaspéraient, vidant leur coupe avec des gestes secs comme des coups d'épée. Salomon impatient finit par interrompre la joute pour ramener la discussion sur ses idées, qu'il voulait me faire comprendre et admettre.

– Pour le judaïsme, reprit-il, tout est une histoire de signes, de lettres, de mots. car l'univers est fait avec des lettres, et Dieu aussi.

Un murmure de protestation venu des Bonshommes lui fit l'effet d'un aiguillon.

– Regardez bien, doms... tout est dans tout dès le commencement : *Béréchit bara Elohim...* Béréchit commence par Beth, la seconde lettre de l'alphabet. La lettre Aleph est avant, dans l'invisible. Aleph signifie mille, et a la valeur de Un. C'est l'inconnaissable précédant tout le pensable. Il est ce dont nous ne savons rien, c'est l'*Aïn-Sof*, le Sans-Fin, l'Infini.

Il m'observa attentivement.

– Comment quelque chose peut-il apparaître dans l'infini, me demandez-vous ?

– Moi ?

Salomon jubila :

– C'est toute la question ! Je sais à quoi vous pensez : comment a-t-il fait pour créer un avant et un après de l'Infini, qui est par essence indivisible.

– J'ai pensé ça ?

– Bien sûr, c'est toute la question : comment créer du fini au cœur de l'infini ?

– C'est toute la question, s'amusa un des Bonshommes.

Je tentai de m'échapper :

– J'ai l'impression qu'il est tard...

– C'est un grand mystère, poursuivit Salomon. On en discute encore et encore.

– Ne comptez pas sur moi pour le résoudre...

– Le percera-t-on un jour ? L'important est qu'il soit là et nous pousse à nous questionner. Et d'ailleurs je dois dire que vous m'avez agréablement surpris, domna. Vous aimez l'étude, c'est visible. Vous êtes passionnée par la recherche de la vérité sur l'Un !

– Doms, lançai-je dans une tentative désespérée, ne pensez-vous pas qu'il est l'heure de remonter au château ?

– Car nous les kabbalistes, poursuivit Salomon, pensons que le monde se renouvelle grâce à l'étude, et que le Saint construit le monde avec elle. Ainsi devenons-nous les complices de Dieu dans son activité de création. Nous entrons dans son intimité et nous partageons sa félicité.

Sentant que je me dérobais dans le sommeil Salomon se pencha vers moi et forcit sa voix :

– Les lettres composent un mot, ce mot engendre d'autres mots, des paroles, nous sommes bien d'accord ?

– Oui, oui.

Je n'avais qu'une idée en tête : aller dormir.

– Béréchit bara Elohim : Dans le commencement il a créé Elohim, comme il est dit. Regardez Elohim : ALHYM. Si vous coupez ce nom en deux syllabes et lisez la première à l'endroit et la seconde à l'envers vous voyez ALH, *cela,* et YM qui à l'envers fait MY, c'est-à-dire *qui.* C'est là le secret de son nom.

Il m'observa avec curiosité, épiant quelque signe d'intelligence. Mon esprit se figeait dans une délicieuse somnolence, mais je fis l'erreur de manifester que j'étais encore vivante, et Salomon en profita :

– La première moitié du nom Elohim, jubila-t-il, est *Éleh, Cela.* C'est la limite inférieure du questionnement, contenu dans le *Quoi. Cela* ou le *Quoi* désigne la création. Qu'est cela ? C'est le Quoi.

– Qui ?

– *Qui* est enfoui et enclos dans le nom Elohim, insista-t-il. Enfoui parce qu'écrit à l'envers, et enclos parce qu'à l'intérieur du nom...

Je m'endormis comme une masse. Un fracas de voix me réveilla. Les Juifs dansaient au milieu de la pièce, et avec eux les Bonshommes, se tenant tous serrés aux épaules, les jarrets pliés, leur face hilare levée vers le plafond, vers le ciel. Ils tournaient d'un seul bloc, cantillant des psaumes, la tête en feu.

Le plus jeune des juifs, Johanan, se dégagea avec peine de la ronde et lançant ses jambes au milieu de la salle il cantilla : « Les justes sont à l'écoute de leur voix... »

À l'autre bout de la pièce se tenait la femme de Salomon. Elle me sourit.

J'allai en tanguant m'asseoir à côté d'elle.

– C'est assez particulier, fis-je, les controverses de la kabbale.

– La kabbale est comme un jeu où il faut sans cesse poser des questions. C'est ainsi qu'on devient un homme... d'après mon mari.

Les bras écartés comme pour prendre son envol, Johanan tournait sur lui-même. Les autres tournaient ensemble sur la pointe des pieds, dans l'autre sens.

– J'ai l'impression que dans cette ville on se pose plus de questions qu'ailleurs, plaisantai-je.

– Vous trouvez ?

– Oui. Et on y atteint plus vite qu'ailleurs la transe extatique qui rapproche de Dieu.

– On me l'a déjà dit. Ce serait dû à quoi ?

– Au vin de Sablet, domna. Au merveilleux vin de Sablet.

Au retour je me glissai dans ma chambre comme une ombre, pas assez vite cependant pour surprendre la surveillance inquiète de mes donzelles.

– D'où viens-tu ? me demanda ma cousine Alis d'un ton dur, comme si elle était ma mère.

– De chez les Juifs.

– Toute la nuit ? Mais qu'avez-vous fait toute la nuit ?

– Nous avons cherché l'Un...

J'étais ivre, et de parler me donnait la nausée.

– Et vous l'avez trouvé ? me questionna Longabruna, l'air malicieux.

– Oui ! Et même plusieurs, fis-je en pensant à tous les noms de Dieu énumérés par Salomon.

La tête me tournait. La voix de mes filles s'éloigna rapidement et je sombrai dans un sommeil délicieusement vide de toute cogitation.

XXXII

Les mois passaient dans une attente confuse, dans une sorte de fausse existence, sans but mais non sans inquiétude. Je retournai chez Salomon de temps en temps, me gardant du vin de Sablet.

Quand ils avaient estimé que la controverse ne leur apporterait plus aucun bénéfice, et après avoir longuement débattu avec les kabbalistes des sujets les plus importants, les Bonshommes s'en étaient allés, heureux d'avoir troublé un moment mes préjugés en matière de dogme.

Ainsi du néant. Prétendant en effet que le néant, c'est-à-dire tout ce qui est visible sur terre, et qui ne vaut rien en Esprit, ne peut être l'œuvre de Dieu, Salomon s'accordait avec eux car, disait-il, « le néant est l'espace qui existe entre chacun et Dieu ».

« Tant qu'il y a encore toi et Dieu, toi loin de Dieu, distinct, tu es néant. Quand tu as rejoint Dieu, tu es Dieu, tu es l'Un. Il n'y a plus de néant. »

Les Parfaits se réjouissaient de ce rapprochement. Je ne savais qu'en penser.

Une autre grande question était de savoir si le Dieu de la Bible était le vrai Dieu ou un faux dieu, Satan. Les Bonshommes pensaient trouver des preuves de ce qu'ils croyaient dans les contradictions de l'Ancien Testament, et creusaient la question jusqu'à sa racine.

Là aussi l'opinion des Juifs de la kabbale et celle des Parfaits sur cette question du Dieu bon étaient assez proches. Les deux partis reconnaissaient que le Dieu de la Bible, jaloux et colérique, vengeur et menaçant, n'était qu'une vision humaine de Dieu, à l'image de la méchanceté humaine.

Quelques rasades de vin de Sablet mettaient fin au débat qui s'achevait dans le tourbillon des danses extatiques, avant de mettre en chantier une nouvelle question pour la fois prochaine, que chacun se promettait de creuser mieux que son voisin.

Je les laissai bientôt creuser sans moi, n'ayant jamais eu beaucoup de goût pour les raisonnements des philosophes, excepté au sujet de l'amour, dont on débattit aussi. Mais ils parlaient de l'amour d'une manière qui n'avait pas la saveur de l'amour, et bientôt je me lassai.

En l'absence de tout danger visible, je n'avais pu m'opposer longtemps à laisser Raimon-Roger et Aton sortir du château, et parcourir comme bon leur semblait les ruelles de la petite cité qui nous entourait étroitement. Ils attirèrent autour d'eux toute la jeunesse de leur âge qui vivait là, organisant des batailles, des tournois, des jeux de force ou d'adresse avec parfois l'obligeance intéressée des familles.

Mais un soir ils ne rentrèrent pas avant la nuit, comme à l'accoutumée. La trompe sonna longtemps avant la fermeture des portes, en vain. Je ressortis dans l'obscurité avec mes donzelles et mes chevaliers. J'appris vite qu'ils avaient passé les remparts de la haute ville, et qu'ils avaient été dans la cité de l'évêque.

Je savais que les habitants des deux cités ne s'aimaient guère, et que des rixes sanglantes n'étaient pas rares entre les deux communautés ennemies. Désemparés par la longue absence d'un chef (l'évêque d'Uzès, qui en tenait lieu, était loin), les sujets de l'évêque s'enrageaient de l'ascension continue de la cité comtale, de sa force, de sa richesse nouvelle. Ils ne toléraient aucun empiétement de leur territoire par les sujets du comte.

Mon fils et Aton ne l'ignoraient pas, car la garnison du château n'avait pas de tâche plus passionnante que de surveiller les « clercs », les habitants de la ville basse. Qu'avaient-ils été faire dans la cité des clercs ? C'est la question que nous nous posâmes toute la nuit, jusqu'à ce qu'apparaisse au petit matin un jeune homme roux et sa mère.

Le jeune homme déclarait connaître l'endroit où Raimon-Roger et Aton avaient disparu. Nous le suivîmes.

Après avoir quitté la haute ville et passé le pont romain sur la rivière, il contourna la ville basse jusqu'à une colline couverte d'un boqueteau de pins. Le chemin s'enfonçait dans une large cavité encombrée de pierres taillées, de colonnes, de plaques de marbre. Des statues mutilées, de petits autels païens avaient été entassés dans un coin. C'était à l'évidence la carrière dont m'avaient parlé les Juifs, les murs d'une cité antique dont on venait récupérer les pierres.

Le jeune homme ne s'y arrêta pas et continua sur une sente étroite à peu près invisible, mais qui pour être à demi cachée sous les feuillages semblait très fréquentée. Des arcs de pierre, des couronnements de mur, des dômes blanchâtres affleuraient le sol herbeux de la colline comme la carcasse à demi enfouie d'un animal fabuleux.

Le sentier nous mena sous un arc épais, où une ouverture avait été faite, une sorte de porte. Plongeant dans le ventre de la terre, qui baignait dans une clarté verdâtre venue des drapés de lumière tombant des puits de jour à demi obstrués de lianes entremêlées, de lierre, de chèvrefeuille, nous découvrîmes une ville morte. Elle s'étendait là sous la terre à l'abri des regards, dans une humidité lourde et odorante, couverte de mousses qui feutraient le bruit de nos pas. Nous avançâmes dans un sous-bois jusqu'au chantonnement d'un bassin au milieu d'un sanctuaire à portique. Tout un côté s'était écroulé sous la force colossale des arbres. Par miracle la coupole qui le coiffait tenait encore, autour d'un œil-de-bœuf qui perçait jusqu'au jour et éclairait tout sans ombre.

Sur le côté encore debout un grand siège de marbre sculpté comme une main portait dans sa paume une forme noire, chiffonnée, qui se déplia à notre vue. Était-ce un serpent, le Python d'Apollon ?

« La prophétesse ! » nous indiqua de la main le jeune homme roux qui nous guidait. « C'est elle qu'ils sont venus voir hier au soir... »

– C'est toi qui les guidais ?

– Non, je les ai suivis jusqu'ici. Ils allaient avec un « clerc ».

– Un homme de l'évêché de Vaison ?

– Oui, un homme qui habite le palais de l'évêque. C'est lui qui les menait.

La forme humaine qui se dépliait jusqu'au sol, posant lentement ses pieds nus sur les dauphins noirs et blancs d'une mosaïque, était une très vieille femme. Elle s'appuya à une colonne de marbre pour nous regarder venir avec la tranquille assurance de celle qui vit dans l'éternité. Vêtue d'un bliaud court de jeune pucelle, ses jambes dénudées, noueuses, décharnées, avaient des reflets d'albâtre. Elle mastiquait des feuilles.

Derrière elle on entrevoyait par l'ouverture d'un couloir une autre grande pièce à demi couverte, où l'ombrage de quelques grands arbres enchevêtrés faisait régner une clarté de sous-bois, de halliers.

– Qui êtes-vous ? demandai-je à la vieille, précipitamment.

Elle me rit au nez :

– Et toi, qui es-tu pour me questionner ?

– Je cherche mon fils.

Elle devint muette, se détourna lentement.

– Les gens qui viennent la voir lui apportent quelque chose... Un présent, de quoi boire ou manger, souffla quelqu'un.

Je lui tendis un denier d'argent qu'elle fit sauter dans sa main comme une enfant et m'invitant à la suivre elle se retourna avec la vivacité, la grâce d'une donzelle. Elle s'approcha sans hâte du bassin derrière elle, dans le patio.

Ses mouvements exhalaient un mélange épouvantable d'effluves suris et de parfums d'Arabie.

Arrivée au bassin elle envoya la petite lune d'argent dans l'eau. L'eau immobile comme la surface d'un miroir devint grise, traversée de nuées chargées d'orages qui roulèrent sous l'eau, disparaissant dans les profondeurs.

La vieille toucha l'eau de la main et elle se mit à bouillir, à gros bouillons, créant un tourbillon, un courant ruisselant comme une rivière aux eaux rapides. Peu à peu le centre se creusa et dégagea un œil rouge parcouru de reflets d'or.

Comme à Labessonnié chez le mage cadavérique, en contemplant cet œil dilaté dont la lueur instable, rougeoyante, me brûla les veines je sus le passé, le présent et l'avenir. L'avenir de mon fils.

Il était devenu l'esclave, la victime expiatoire de l'Église romaine.

*

Quelques jours après quand apparut à la porte du château Raimon Rascas, le seigneur d'Uzès, méconnaissable sous sa toque de fourrure, je savais déjà ce qu'il venait me dire. Il m'apportait un message de l'évêque d'Uzès, qui était aussi le chef de l'Église de Vaison. Le parchemin épiscopal, fermé d'un lacet et d'un sceau de cire verte, me faisait connaître *en latin* que mon fils, malignement soustrait (sous-entendu : par moi) à la surveillance de monseigneur Gaufred, évêque de Béziers, lui avait été rendu. Sans plus d'explication.

– Mais pourquoi ? demandai-je à Raimon Rascas, totalement paniquée et refusant encore l'évidence, pourquoi me l'enlever de cette manière ?

– Domna, tenta-t-il de me rassurer, l'évêque de Béziers qui dirige le conseil de tutelle de votre fils a demandé à l'évêque d'Uzès de le lui renvoyer car il est chargé de son éducation. Je crois pour ma part qu'il n'a pas d'autre ambition que de l'instruire dans la religion chrétienne.

Il me laissa prendre la mesure de l'événement et me parlant doucement, son bras sous le mien, il rajouta :

– Le mieux serait que vous retourniez à Béziers, vous aussi. Vous y retrouverez votre fils et vous serez rassurée. Je vous propose mon guidage ; ainsi vous voyagerez sans crainte.

J'acceptai sur-le-champ. Nous n'étions que trop restés à Vaison, une ville étrange et double, triple avec la cité antique, royaume des ombres et des sortilèges.

On repartit pour Béziers par une belle matinée qui aurait dû mettre mon cœur en fête, comme autrefois. C'était la fin de l'hiver et déjà se sentait le frémissement du printemps. Mais loin d'en frissonner de joie comme les troubadours qui ne manquaient jamais de commencer leurs *canços* d'amour par des pépiements d'oiseaux, une brise langoureuse, l'apparition des premiers feuillages, des premières fleurs, je ne voyais rien de tout cela, trop écrasée par le coup de force de l'évêque de Béziers qui s'était jeté comme un oiseau de proie sur mon fils.

L'idée que l'évêque de Béziers, l'évêque d'Uzès et d'autres peut-être, s'étaient concertés et avaient préparé soigneusement cet enlèvement dans le secret le plus complet, sans tenter la moindre démarche auprès de moi, sans m'avertir, et avec une désinvolture et une arrogance de routiers, de soldadiers, m'effraya tant que je me représentai désormais l'Église tout entière comme une puissance obscure et formidable, une autorité tentaculaire, sournoise, capable de m'atteindre et de me soumettre n'importe où dans le royaume, et même au-delà.

Je gardai jusqu'à Béziers le sentiment amer d'être sous la domination d'une puissance sans cœur qui dirigeait ma course d'une main dédaigneuse, désinvolte, peut-être joueuse. Sans me quitter des yeux.

Dieu régnait-il sur cette terre ?

À peine parvenue à Béziers et sans passer au palais (où se rua ma suite fourbue) j'allai avec Raimon Rascas, qui avait pris mon désespoir en pitié, jusqu'au palais de l'évêque. Je voulais savoir sans délai quel sort avait été réservé à mon fils.

L'évêque était à l'office dans l'église cathédrale Saint-Nazaire. J'y courus. Quand il me vit venir à travers la grande église sombre, à peine éclairée de quelques buissons de cierges dans le chœur, il fronça les sourcils et tenta de me tenir à distance de la pointe de sa superbe. Mais j'étais résolue à l'étrangler sur l'heure pour savoir où était Raimon-Roger, et son compagnon.

Comprenant que rien ne m'arrêterait il se leva pour me barrer la route.

– J'ai à vous parler, fis-je, dans l'instant.

Il ne chercha plus à gagner du temps.

– Allons ! répondit-il en me montrant la sortie.

– Où est mon fils ? demandai-je sans délai.

– Il n'est pas ici.

– Où ?

– Je l'ai fait revenir car vous n'aviez pas le droit de le garder avec vous. Et vous le saviez.

– Je l'ai arraché à l'éducation pernicieuse de Bertran de Saissac, et aux délires des hérétiques qui pullulent dans son château.

– C'était à moi de le faire... Il m'appartient de juger de la conduite du seigneur de Saissac. Je n'ai pas de mon côté à m'en plaindre. Bien au contraire je peux affirmer qu'il revient vers nous. Il m'a livré de sa propre volonté une dizaine d'hérétiques qui troublaient nos offices à Béziers...

– Il vous a aveuglé en vous livrant une dizaine d'innocents trop fous pour reconnaître leur mère.

– ... et il administre la chevance de votre fils comme un père. J'en ai des preuves.

– Quelles preuves ?

– Il ne s'occupe nullement de relever les taxes et autres droits qui reviennent au vicomte Jeune. C'est un clerc fidèle aux Trencavel depuis longtemps qui s'en charge. Et Bertran ne met jamais son nez dans ses comptes. Avouez que d'autres, dans les mêmes circonstances, en auraient profité !

– Connaissez-vous Arnaud de Moure ?

– Pas personnellement.

– C'est mon pire ennemi, et celui de mon fils. Sodomite notoire, parjure à l'occasion, il ne pense qu'à la puissance et à l'argent.

– Ce n'est pas mon avis. Aussi, jusqu'à preuve du contraire, votre fils restera au château de Saissac, où il apprendra la chevalerie. Nous avons convenu avec le seigneur Bertran qu'il me le présenterait une fois par mois pour que je constate ses progrès dans la connaissance de Dieu.

– Pauvre homme, vous ne le reverrez jamais... Que vous a-t-il donné en échange ?

– Il a été très généreux pour les églises de Béziers.

– Je vois... Seigneur évêque, vous en rendrez compte à Dieu, un jour.

J'allai au palais Vieux, où vivait encore Raimon de Vilar, le châtelain fidèle de Roger. J'y retrouvai ses trois filles, Almodis, Agnès et Séréna, la mère d'Aton. Elles étaient revenues chez leur père après mon départ pour Beaucaire et Vaison, attendant sans impatience de mes nouvelles.

J'y entendis un autre discours qu'à l'évêché. Comme je le pensais, monseigneur Gaufred avait reçu de Bertran de Saissac des aumônes généreuses pour ses églises et ses hôpitaux, ses bonnes œuvres, mais aussi pour lui-même un coffret de cuir rouge qui recélait cent marcs d'argent fin.

Ces présents, bien sûr, n'avaient rien coûté au seigneur Bertran, car l'argent venait des mines de Villemagne, qui appartenaient à mon fils.

J'appris également que Bertran de Saissac s'était fait attribuer plusieurs châteaux et leurs revenus, dans la Montagne Noire, dans les Corbières, chassant les lignages ou les mainadiers des garnisons qui n'adhéraient pas à la nouvelle Église.

Bertran de Saissac étant devenu notre chef à tous, par la ruse, l'intimidation, le complot, par le mensonge en tout cas, qu'allait-il faire de mon fils ? Il me restait deux longues années à attendre, encore, jusqu'à Pâques de l'an onze cent quatre-vingt-dix-neuf.

Raimon de Vilar me conseilla de ne pas chercher à reprendre mon fils, pour ne pas me mettre dans mon tort. Il m'invita à m'éclipser, afin que les comparses du complot reprennent leurs habitudes sans méfiance. Il pensait ainsi pouvoir mettre à jour plus facilement les détournements d'argent, les spoliations, les abus de toutes sortes qui ne manqueraient pas de se produire pendant la minorité du vicomte, comme on le voyait partout.

– Domna, m'encouragea-t-il, faites-moi confiance. Je saurai à chaque heure du jour et de la nuit ce que fera votre fils. S'il était maltraité, j'irais le chercher moi-même. Et pensez que dans deux ans vous le retrouverez plus beau et plus puissant que le roi Arthur. Ce ne sera pas long.

Deux ans ! Autant dire deux siècles.

Découragée je décidai d'aller rejoindre Béatrix à Mèze.

XXXIII

Quand la charrette tirée par une mule noire passa sous « la porte de Rome », à Carcassonne, les deux hommes qui la menaient jetèrent un coup d'œil à la porterie de l'enclos canonial et ne voyant personne poursuivirent leur chemin sans s'arrêter.

Une voix forte les rappela. L'homme devant arrêta la mule, tandis que son compagnon revenait sur ses pas pour aborder le portier sans le quitter des yeux. Le gardien nota que le visage du charretier, recuit par le soleil et le vin, peut-être le vin plus que le soleil, s'agrémentait encore d'une large balafre qui s'étendait jusqu'au cou, puissant et musculeux, sans mauvaise graisse. Ses cheveux étaient grisonnants.

L'homme s'approcha du portier, tendit le bras et passant un doigt gros et terreux dans l'échancrure de sa gonelle il l'attira contre lui pour lui parler à voix basse :

– L'ami, on vient livrer quatre tonneaux de vin au prévôt de monseigneur. Veut-il y goûter l'ami, du vin du prévôt ?

Le portier refusa la proposition, n'osant imaginer le châtiment que lui infligerait le prévôt de l'évêché s'il apprenait que le portier a eu l'audace de goûter son vin.

Sous le hauqueton de l'homme se devinait un haubergeon de mailles robustes. Le portier se demanda pourquoi le charretier avait mis les mailles de fer sous le hauqueton, et non dessus puisque le hauqueton avait pour rôle d'amortir le poids de la cotte de mailles. Il surprit aussi sur sa hanche l'éclat pâle d'un manche d'ivoire dépassant d'un épais fourreau suspendu à sa ceinture.

Le portier de plus en plus mal à l'aise observa encore que ses jambes, comme celles de son compagnon, étaient arquées par les chevauchées. Des soldadiers, sans aucun doute.

– Quelque chose te dérange ? le questionna brutalement le faux charretier, agacé par son mutisme.

– C'est du bon vin, certainement... répondit lentement le portier, soucieux d'être aimable.

– C'est de l'ambroisie. C'est que pour les fines gueules.

– De l'ambroisie ?

Le portier connaissait ce mot d'oreille, pour l'avoir entendu prononcer ici et là, dans la bouche des chanoines. Mais il n'arrivait pas à situer où se récoltait l'ambroisie.

Pendant ce temps l'autre charretier avait remis en branle son attelage. La charrette s'éloignait en grinçant. Elle disparut dans la ruelle qui menait au grand logis du prévôt.

– Bon, j'y vais, fit le soldadier. Laisse ouvert, on va repasser dans une heure.

– Soyez tranquilles, on ne ferme qu'à la nuit.

– Et ouvre l'œil ! Par les temps qui courent, il pourrait venir des hérétiques mal intentionnés...

L'homme sourit chichement, la mine préoccupée. Il lança :

– Cette ambroisie, elle vient d'où ?

Le soldadier éclata de rire.

– L'ambroisie, elle vient du ciel pardi !

Il retourna en riant et claquant ses cuisses. Le portier releva la largeur de son enfourchure, ses jambes tout arquées et torses, pensa qu'il devait être à cheval depuis ses enfances. Il s'inquiéta : que font ici ces truands armés jusqu'aux dents, à mener une charrette comme des culverts ?

Il haussa les épaules, pensant qu'il s'agissait encore d'une de ces affaires troubles du prévôt, un de ces trafics pas très catholiques qui lui permettaient de s'enrichir sur le dos de l'Église.

Arrivant devant le logis du prévôt la charrette s'immobilisa à peine. La porte charretière voisine s'ouvrit, dévoilant une cour intérieure et ils y entrèrent.

Un homme les accueillit répétant : « Vite ! Vite ! Il ne faut pas qu'on vous voie ! » Il referma les grands vantaux derrière eux avec un empressement maladroit, heurtant les ridelles. Puis il gagna à pas pressés une portanelle qui revenait dans l'oustal et monta en soufflant l'escalier jusqu'à l'étage, s'appuyant des mains sur les genoux.

Cet homme corpulent, le visage rouge et luisant, tendu, encore vêtu pour le dernier office du rochet de lin blanc, était le chanoine Raimon de Moure. Les hommes de Saissac savaient qu'il trahissait son évêque pour se venger.

Ils le suivirent jusqu'à la chambre du prévôt. Le chanoine s'agenouilla devant le lit, une sorte de haut meuble fermé, planta son petit couteau dans un panneau de bois et le fit glisser, dévoilant sur deux niveaux des coffres.

– Voilà, fit-il en montrant la cachette, l'argent est là.

Il tira un coffre vers lui, le prit dans ses bras et le donna avec des précautions de nourrice à l'un des hommes qui redescendit aussitôt le déposer dans la charrette.

Raimon de Moure s'agenouilla à nouveau pour en prendre un autre mais le soldadier le poussa pour se servir lui-même.

Quand l'homme eut disparu il revint à la cachette pour extraire un autre coffre qu'il remit au premier soldadier. « Vite ! Vite ! » répétait-il sans cesse, affolé.

Il rappela deux ou trois fois, tourmenté par l'allure inquiétante des hommes d'armes : « Si quelqu'un vient, surtout pas de violence. Laissez-moi faire. »

Toutefois l'opération prenait du temps. En bas dans la cour, à l'abri des regards, il fallait enlever le fond des barriques pour entasser les coffres à l'intérieur, avant de le remettre proprement. L'opération demandait du soin, des efforts.

Quand Raimon de Moure sortit du meuble le dernier coffre, une sorte de jubilation l'envahit qui le fit trembler de tous ses membres. Il venait de faire disparaître par miracle le trésor mal acquis du prévôt, le rabaissant au même niveau que lui.

Entendant des pas dans l'escalier il s'empara de la petite caisse et alla sur le palier, lançant à l'homme qui arrivait : « C'est le dernier ! »

Il se figea dans son élan. L'homme qui recevait le coffre dans ses bras n'était pas l'un des soldadiers de Saissac, c'était le prévôt en personne. S'immobilisant en équilibre sur la dernière marche, un pied levé vers le palier, le régisseur des finances de l'évêque s'exclama, grondeur et méprisant :

– Mais frère Raimon, maintenant vous me volez !

Raimon de Moure sentit comme un coup de fouet ébranler sauvagement son être. Son âme répliqua : « Je ne suis pas un voleur, mais un justicier ! » et une sorte de haine meurtrière l'enflamma tout entier. S'appuyant sur le coffre de tout son poids il envoya le prévôt à la renverse dans l'escalier. L'homme roula avec sa charge jusqu'en bas.

Un des charretiers qui arrivait buta sur le corps. Il prit le coffre sans hésiter et disparut par la portanelle. Raimon de Moure descendit l'escalier comme un chemin de croix à l'envers, répétant « Ah ! Dieu de bonté ! Qu'ai-je fait... » Il se baissa au-dessus du cadavre curieusement chiffonné (il pensa à un pantin en sciure qu'il avait eu enfant, et qu'il avait beaucoup aimé), le secoua.

Les conducteurs de la charrette revenaient. Ils se réjouirent au-dessus du prévôt, se frappant à tour de rôle dans le dos : « Pas de violence ! qu'il disait le frère... »

– Mais pourquoi est-il mort ? sanglota le chanoine. Il me met au supplice !

– Pauvre comme Job, il ira au Ciel.

– Que vais-je faire ? Je ne peux pas rester ici.

– Qui saura que c'est toi qui l'a tué, à part nous ?

– Tout finit par se savoir ici. On s'épie sans cesse. C'est pire qu'à la cour du pape.

– Comme tu dis ! Bon, nous avons du chemin. On s'en va.

Un des charretiers rouvrit le grand portail.

– Ne me laissez pas, supplia le chanoine. Si je suis pris, je mourrai dans d'atroces souffrances.

– Tu seras écartelé, tout simplement.

– Ou roué vif, plutôt.

– Écartelé, je pense. Mais avant écorché vif... De toute façon c'est écrit.

– Mon Dieu... gémit Raimon de Moure, au bord de l'évanouissement. Tous ces supplices font très mal !

– Oh ! La nature est bien faite. Tu perdras connaissance à peine les cuisses rompues.

– Tout dépend, corrigea son compagnon, s'il est écorché avant ou après.

– Mon Dieu ! Je ne peux pas rester ici, c'est l'évidence.

– Viens à Saissac. Le seigneur Bertran t'y recevra.

– Je vais y penser. Laissez-moi passer devant pour voir si la voie est libre.

Il fit un signe aux soldadiers et la charrette recula dans la ruelle. La mule martelait le sol en faisant de gros efforts pour tirer l'attelage.

– La charrette est plus lourde au retour qu'à l'aller. Le portier ne va-t-il pas trouver que ça va de travers ? s'interrogea Raimon de Moure, geignard.

– Ma tête à couper qu'il ne fera pas le curieux. La vue de nos armes l'a plongé dans une profonde méditation.

– Il réfléchit encore, railla l'autre routier.

– Vous êtes si... si..., soupira le chanoine.

Le convoi repartit, un homme devant, un autre derrière qui poussait discrètement.

Raimon de Moure rejoignit son logis, résolu à s'enfuir avant la nuit pour aller se réfugier dans la forteresse de Saissac. Chez les ennemis d'hier.

Au moins là-bas serait-il à l'abri des poursuites.

Il eut envie de remercier la Providence, et la Vierge Marie de l'avoir obligé à passer le Rubicon, à choisir une autre Église, dont on disait qu'elle était accueillante au pécheur, amicale à tous et à toutes, fraternelle. Il y finirait sa vie, son pèlerinage sur terre.

Courageux je le suis assurément, songeait-il, surtout quand on sait ce qu'ils mangent. On racontait que les hérétiques, dans une émulation délirante, inhumaine, se forçaient à se nourrir de plats exécrables, d'herbes et de poissons à moitié crus.

Il demanderait naturellement un temps d'adaptation, qu'il ferait durer le plus longtemps possible.

Et d'ailleurs l'Église de la nouvelle foi pouvait évoluer elle aussi sur ce sujet, comme sur d'autres. Pourquoi s'abîmer dans des macérations inhumaines, dans une austérité proche du total dénuement, quand Dieu nous a donné de si bonnes choses.

Il est vrai que les hérétiques contestent l'origine divine de toute vie sur terre, se souvint-il à temps, ils en attribuent la paternité à Satan.

Il me faudra être prudent, se tança-t-il, éviter de les froisser, de semer le doute sur ma vraie foi. Et prendre rapidement une charge dans leur Église, afin de retrouver quelque moyen de vivre.

Il tira d'un tonnelet un pichet de vin aromatisé, but directement en pensant qu'il avait besoin de se remonter. Sentant une grande fatigue le submerger comme une lame de fond il s'allongea sur son lit.

Il rêva qu'il était promu Parfait, très rapidement chef de la nouvelle Église, et qu'il rapprochait habilement les deux camps, contribuant par son exceptionnel charisme au salut de toutes les créatures de Dieu.

Il se réveilla effrayé par ses propres ronflements, cria : « Qui est là ? »

Il se leva d'un bond, apeuré, inspecta tout l'étage, allant précautionneusement à la fenêtre. Un chat peut-être, songea-t-il, mais ne traînons pas.

Il commença à réunir ses affaires, renonçant peu à peu, le cœur serré, à ses grands livres enluminés et à ses plus beaux vêtements. Il soupira en considérant ses tonnelets de vin, et beaucoup d'autres choses qui lui avaient rendu la vie aimable durant ces longues années au service de Monseigneur.

*

Au petit matin on vint avertir le seigneur de Saissac qu'un homme tenant un âne lourdement chargé le réclamait devant la grande porte du château.

Bertran monta aux créneaux avec Arnaud de Moure, qui était revenu pour y attendre le retour du butin sur lequel il avait sa petite part. Arnaud était surtout impatient de savoir si son oncle, qui avait déclaré aux soldadiers de l'expédition son intention de quitter l'enclos canonial, avait emporté l'argent qu'il avait caché chez lui. Sinon il était ruiné, ruiné avant d'être vraiment riche.

Il pensa que si son oncle dans sa panique arrivait à Saissac les mains vides, il ne pourrait pas le supporter et ferait tout pour convaincre le seigneur Bertran de le chasser.

Mais la vue du gros chanoine emmitouflé dans sa cape lui laissa un peu d'espoir. Il lui souriait en lui envoyant de petits saluts, frétillant des doigts. Derrière lui un âne disparaissait sous la charge. On le fit monter dans le donjon. Raimon de Moure se présenta en proie à une agitation tout à fait inattendue chez cet homme mou, connu pour sa lourdeur, la componction affectée de sa conversation et sa répugnance au moindre effort physique. On aurait dit dans la fraîcheur matinale le retour victorieux d'un Almogavar, d'un tournoyeur, d'un chasseur.

Il se planta avec assurance devant le seigneur Bertran, se présenta :

– Seigneur Bertran, clama-t-il pour être entendu de tout le voisinage, vous avez devant vous l'ancien archidiacre du chapitre de Carcassonne, devenu le défenseur de la vraie foi.

– Vous ?

– Moi-même. J'ai passé le Rubicon. Je ne regrette rien.

– Vous avez tué un homme, m'ont dit vos complices. Ce n'est pas rien.

Raimon de Moure perdit contenance. Il revint sur un pied, caressa du plat de la main sa bedaine, crocheta des deux pouces sa ceinture de cuir et baissa le nez. Oui il le savait, il était un meurtrier. Mais le meurtrier d'un mauvais homme. Ainsi en lui ôtant la vie avait-il libéré son âme affligée, prisonnière du mal, lui donnant dans son errance la possibilité de rencontrer une nouvelle créature plus proche du Ciel, et qui saurait la conduire vers la sainteté.

J'ai fait un acte de bon chrétien en somme, pensa-t-il. Mais il le garda pour lui, dans un orgueilleux silence.

Il savait aussi que les hérétiques cathares accordaient facilement le pardon des péchés, de tous les péchés, dans le consolament de bonne fin. Il n'y avait plus ensuite qu'à vivre saintement. C'est à cela qu'il aspirait désormais, et uniquement à cela.

– Seigneur, s'inclina Raimon de Moure, je me repens de mes fautes et ne souhaite rien d'autre que de vivre en Bon Chrétien, désormais, jusqu'à mon dernier jour.

Bertran se tourna vers le neveu du chanoine et laissa échapper un rire étouffé.

– Nous verrons bien, fit-il.

– Mon oncle, l'interrogea Arnaud sans plus attendre, piaffant comme un jeune cheval, qu'avez-vous emporté avec vous ?

Le chanoine laissa passer sur sa figure tirée une mimique amusée :

– Rassure-toi mon neveu, j'ai emporté ton avoir. Je n'allais pas le leur laisser.

À ce moment entrèrent bruyamment dans la salle grande deux jeunes donzels, bientôt suivis de quelques chevaliers de tous âges. Bertran appela de la main Raimon-Roger et Aton, leur lança :

– Venez là !

Raimon de Moure reconnut le vicomte Jeune aisément, retrouvant dans son allure puissante la constitution solide du vicomte Roger. Toutefois ses cheveux plus clairs, et quelque chose d'ineffable dans son visage, dans son regard, une douceur de femme qui venait peut-être de ses joues roses, imberbes, lui rappelèrent la comtesse Adélaïs. Il se demanda quel âge il pouvait bien avoir.

– Il a treize ans, lui répondit son neveu sans qu'il ait eu à formuler la question.

– Et son demi-frère quinze, compléta Bertran de Saissac.

– Seigneur Bertran, s'exclama le jeune vicomte, votre Branc m'a fait un cabré du tonnerre de Dieu. Il a eu peur d'un lièvre.

– Et tu n'es pas tombé ?

– Non. Ce n'est pas dans mes habitudes, répliqua-t-il dans une moue méprisante.

– Non. C'est vrai qu'il tombe rarement, confirma Rainès, le chevalier chargé de son apprentissage de la guerre. Il reste toujours au fond de la selle, quoi qu'il arrive.

Raimon-Roger fit quelques pas sonores dans la salle, tintinnabulant des pieds à la tête. Il tenait à la main un chapeau de fer auquel était encore attaché son camail. Sa taille prise dans une ceinture brodée supportait un baudrier doublé de soie verte qui se partageait sur la cuisse gauche en de nombreuses lanières se croisant sur un fourreau de cuir. Une ingénieuse disposition des lanières ramenait la pointe de l'épée en arrière, souplement, sans faire perdre à l'arme son léger balancement asservi au mouvement de la marche.

Il accentuait à plaisir le cliquetis métallique qui accompagnait ses pas. L'allure du jeune homme était royale, rehaussée par le drapé de sa cotte d'armes, une sorte de bliaud sans manche et fendu par-devant, par-derrière et sur les côtés. Raimon de Moure fut assez ému pour s'exclamer, joignant les mains :

– Seigneur vicomte, vous êtes à votre avantage dans ce harnois. Votre père serait fier de vous...

L'enfant ne réagit pas. Raimon de Moure insista :

– Dieu du Ciel ! Ne vois-je point Roland à Roncevaux ? Votre propre mère ne vous reconnaîtrait pas... se risqua-t-il, enjoué.

Raimon-Roger se retourna tout d'une pièce, s'approcha du chanoine et se campant devant lui, les bras croisés :

– Moine, l'interpella-t-il, je ne t'autorise pas à me rappeler que j'ai une mère. Je ne sais par quelle diablerie elle a réussi à séduire mon père, mais elle restera dans la mémoire des hommes comme la plus grande putane de Toulouse.

Raimon de Moure, incrédule, resta longtemps figé devant le donzel, le dévisageant d'un air ahuri. Il espérait qu'il ne s'agissait que d'une plaisanterie, de fort mauvais goût par ailleurs, mais comme le jeune Trencavel gardait sur lui un regard de fauve, il tenta de reprendre en main la situation :

– Mais... mais... mon enfant, vous ne pouvez pas parler ainsi de votre mère ! Une mère, c'est... c'est l'image de la Vierge Marie !

– En fait de Vierge, la mienne est tout le contraire. C'est une putane. N'en parlons plus.

– Seigneur vicomte, n'écoutez pas les médisants.

– Elle a couché avec le roi Alfonse d'Aragon, et après la mort du père avec le fils.

– À quand le Saint-Esprit ? s'amusa Saissac.

– Deux rois, c'est peu dans une vie, modéra le chanoine.

– Toutes les femmes n'y arrivent pas, poursuivit Saissac en ricanant.

– Il n'y en a pas beaucoup d'autres qu'elle aurait pu connaître, répliqua le jeune vicomte. Elle a eu aussi des amants chez les chevaliers, et personne n'a pu en tenir le compte. L'as-tu connue ma mère ?

– Très peu, seigneur vicomte. J'ai davantage connu votre père. Nous étions amis.

– Ça m'étonnerait ! Mon père n'aimait pas les tonsurés. Que faisais-tu à Carcassonne ?

– J'honorais le Christ dans la cathédrale, répondit l'ancien archidiacre sur un ton qu'il avait de plus en plus de mal à garder amical.

– Comment le Christ né dans une étable peut-il être honoré dans une cathédrale... il faudra que tu me l'expliques.

– Aujourd'hui je ne suis plus rien, pleurnicha le chanoine, baisant l'épaule du jeune homme, qu'un pécheur en quête du chemin du Ciel, le plus court possible. Et d'un gîte pour reposer ma vieille carcasse.

– Tu peux rester si tu ne me parles plus de ma mère. Et de ton Église corrompue.

– Seigneur, je suis désormais au service de l'Église nouvelle, celle de la vraie foi.

– Tu es donc un traître ?

– Non, non. J'ai choisi la voie de la vérité, éclairé par le seigneur Dieu.

– Vas-tu devenir moine cathare ?

– Si l'on veut. Je vais m'efforcer de vivre selon les préceptes de la nouvelle foi, et me rapprocher de la sainteté, pas à pas.

– Tu as commencé à jeûner ?

– Pas encore.

– C'est ce que j'ai pensé en te voyant. Jeûner ne sera pas pour toi un renoncement à vivre, mais au contraire prolongera ta vie. Car tu dois avoir le sang très épais.

– Il est vrai que je ne vais pas tarder à m'imposer toutes les privations que mes confrères en religion s'imposent depuis longtemps. Mais encore faut-il y aller lentement, à pas mesurés, sous peine d'y perdre la santé.

– N'attends pas trop quand même ; je te répète que ta santé sera meilleure, au contraire, si tu ne manges pas.

– Les moines sont comme les ânes, intervint Bertran, ils n'écoutent jamais ce qu'on leur dit. Ou alors, ils ne comprennent pas.

– Seigneur Bertran... s'offusqua le chanoine.

Raimon-Roger interrompit la dispute.

– Nous mourons de faim, lança-t-il.

– Alors passons à table, répliqua Bertran.

– Mangeons ! se réjouit le chanoine, et fêtons dignement le succès de notre expédition.

– Non, non, répliqua le seigneur de Saissac, congédiant les deux clercs, l'oncle et le neveu. Nous vous laissons en famille. Vous mangerez dans votre chambre, que vous partagerez quand Arnaud sera au château. Vous ne pouvez avoir meilleure compagnie. Et par sûreté je garderai avec moi ton avoir, Arnaud. Je ne veux pas qu'on puisse dire qu'il y a des voleurs dans ce château.

Arnaud tourna du nez, saliva du fiel, soupira, branla du chef. Il tenta de répliquer mais à la fin y renonça. Il savait bien que le roi de la Montagne Noire avait tous les pouvoirs. Et qu'il n'hésiterait pas à en abuser.

Les chevaliers déshabillèrent les donzels de leur harnachement guerrier, leur présentèrent une cuvette au-dessus de laquelle l'un d'eux fit couler de l'eau pour laver leurs mains, et ils passèrent à table joyeusement.

Seul Raimon-Roger gardait dans le regard la dureté d'une rogne inextinguible. Ne plus pouvoir aimer sa mère, ne plus pouvoir la défendre, ne plus pouvoir l'imaginer attentive, aimante, salvatrice... Il pensait vraiment qu'il n'aurait plus jamais de joie.

XXXIV

J'étais revenue à Mèze. La situation avait grandement changé. Béatrix de guerre lasse s'était rendue aux assauts galants du seigneur Pèire, et partageait sa couche. Prenant son abandon pour une reddition sans conditions le seigneur de Mèze s'était empressé de restaurer son pouvoir sur la forteresse et la seigneurie entière. Partout où Béatrix s'était présentée en domna de Mèze, il était revenu sans tarder pour y signifier le retour naturel de son autorité, appliquant son sceau par quelque décision suzeraine, ou quelque don.

Béatrix me reçut avec un plaisir exubérant qui bouleversait son visage. J'en fus alarmée et contrite. Mais la présence assidue de Pèire, aussi obstinée que pesante (celle d'un garde malgré ses tentatives grotesques de nous amuser avec des plaisanteries lourdement viriles, et un souper gras, chargé en vins) m'empêcha de connaître ses sentiments.

Le lendemain j'emmenai Béatrix en promenade sur les rives de la mer de Thau, sous le château. J'attendis d'être loin des murailles pour lui demander ouvertement quelle était sa vie et si elle pensait épouser le seigneur de Mèze.

Son sourire triste me fit mal au cœur.

– Que puis-je faire d'autre ? me répondit-elle sur un ton résigné. Pèire est aimable avec moi, attentionné depuis que je me suis donnée à lui. Il ne me laisse jamais seule...

– Il te couve parce que tu représentes la moitié de ses revenus, ne l'oublie pas.

– De toute façon je ne peux plus revenir en arrière, il ne le comprendrait pas.

– Il ne comprendrait pas que tu gardes pour toi l'héritage de Roger alors qu'il est le seigneur de Mèze, et toi une femme. Et de plus sa femme, en quelque sorte. Est-ce que tu l'aimes ?

Béatrix haussa les épaules, claqua des mains :

– Est-ce que je l'aime ?... répéta-t-elle, s'interpellant elle-même. Disons qu'il a de la gentillesse.

– Est-ce que tu l'aimes ?

– Comment ça, si je l'aime ?

– Arrête de faire l'idiote ! Je te demande si tu l'aimes d'amour ! Je n'arrive pas à croire que tu puisses aimer cet homme. Il a quelque chose du vieux donzel, la tête si légère, et cette fierté galvaudée, cette manie pénible d'exhiber ses muscles au moindre battement de cil d'une femme...

Béatrix s'esclaffa. Elle me prit le bras.

– Tu sais, il est plus facile à vivre quand tu n'es pas là.

– Ah ? Charmante observation !

Elle me secoua le bras, pouffa :

– Je pense que tu lui plais, il cherche à attirer ton attention. Quand il te voit il fait le fiérot...

– S'il aime toutes les femmes c'est bien la preuve qu'il n'en aime aucune. En tout cas il ne t'aime pas, toi. Ce qu'il veut ton Pèire c'est palper à nouveau tous les deniers qu'il palpait avant ton arrivée.

– Mais qui d'autre voudrait de moi aujourd'hui ? se révolta-t-elle.

– Ta question est sotte. Tu es très belle, et beaucoup de chevaliers tomberaient amoureux de toi au premier regard, s'ils te rencontraient.

– Des chevaliers de bourse, peut-être, sans un sou. Des quémandeurs. Ceux qui ont une belle chevance épousent plus haut qu'eux, tu le sais.

– Mais arrête de te rabaisser ! Tu es comtesse, jambe-Dieu !

– Je l'étais... et ne le suis plus.

Ses yeux scintillèrent. Je l'embrassai, la serrai contre moi et lui dis en riant :

– Ne laissons pas les hommes nous diviser. Je serai toujours ta meilleure amie.

Elle m'embrassa, me rendit mon sourire, et nous restâmes toute la journée dehors, nos cœurs à l'unisson.

On ne revint au château qu'à la nuit, dans la lumière éclatante de la lagune pailletée du feu du soleil couchant. Pèire nous attendait impatiemment dans la salle grande, entouré de ses fils et de sa mesnie. Son visage fermé ne reflétait pas des pensées aimables, ni gentillesse ni courtoisie, ni *fine amor*.

Ma venue l'inquiétait, visiblement.

Comme pour lui donner raison je lui expliquai que nous allions nous retirer dans notre logis sans tarder, sans partager son souper.

– Nous avons tant de choses à nous dire, entre femmes, plaisantai-je.

Pèire de Mèze dépité nous regarda partir dans un silence pesant. Sa mesnie s'était composée à son exemple une mine grave, sinistre, sans peut-être trop savoir de quoi il retournait. Mais le châtelain avait compris que j'étais venue ravager son blé encore en herbe.

On resta jusqu'à la mi-nuit sur la terrasse de la tour du Midi, à écouter le roulis mouillé des vagues sur la grève, contemplant la plaine vernissée sous la lune, parcourue devant nous de luisances sombres où de gros corps d'oiseaux en chapelet se berçaient.

Au loin la longue masse noire de la montagne de Sète se piquetait de feux de camp.

Le ciel nocturne s'éclaira tout à coup, jonché d'étoiles si drues qu'elles recouvraient la voûte de draperies blanchâtres. Devant elles passèrent lentement de grandes ombres éperdues, lançant des cris qui s'assourdissaient sur le clapotement rugueux des vagues. Une douce brise de terre entretenait un miroitement incessant sous nos fenêtres.

Fatiguées et heureuses de cette fête, de ce recueillement chaleureux et tendre à peine troublé de nos murmures, avec la fraîcheur marine nous rentrâmes nous coucher, partageant le même lit, la même chaleur, la même touffeur amoureuse ; le même souffle, n'osant séparer de la nuit nos corps embrassés, quêtant dans la caresse douce de nos peaux grenues la certitude d'une amitié sans limites, sans bornes, sans fin. Loin des hommes.

Nous étions comme deux sœurs dans la nuit de Mèze, enivrées de l'air marin et des effluves puissants de la grève, deux amies partageant leur sang au même cœur, le même cœur, les mêmes battements aux tempes, la semblable moiteur du ventre, la même chaleur charnelle dilatant nos corps dans une heureuse parade.

Au matin nous découvrant ainsi l'une emboîtée dans l'autre nous éclatâmes de rire, un rire gai, frais, en quelque sorte victorieux.

– Je ne l'épouserai pas ! s'exclama Béatrix, la bouche volontaire.

Je l'embrassai.

– Il ne faut plus lui laisser le champ libre !

Un levain puissant nous soulevait d'une force mystérieuse. Je pris Béatrix dans mes bras, légère, fine et charnue cependant, la portai nue devant la grande baie qui vidait le regard dans la mer. Comme une enfant elle laissait aller sa tête. Sa chevelure enflammée de reflets cuivrés aux rayons du soleil levant se déversait sur mes bras, me couvrant le ventre à la façon d'un pagne frais et soyeux.

Je m'assis sur le rebord de la fenêtre, sur les pierres froides, serrant le corps chaud, renversé, de ma belle-sœur dont le regard se perdait dans l'envers du ciel. Posant ma joue sur son ventre, bercée par la houle lente de sa respiration profonde, je me coulai dans une sorte de torpeur bienheureuse.

La brise de mer qui nous soufflait en pleine figure me ramena à la vie, s'insinuant avec insolence dans les plis de mon corps. Je me souvins des caresses ineffables de la noire Zaida aux bains de Perpignan. J'ajoutai aux effleurements de la brise la douceur de mes doigts, parcourant le corps abandonné de Béatrix de glissements doux, à peine perceptibles. Sa bouche se crispa dans un sourire souffrant, balançant entre l'attente et la crainte, et puis elle ferma les yeux, recueillie.

Le remue-ménage des pêcheurs vers midi nous obligea à une prompte retraite dans l'ombre de la chambre. Béatrix en alerte émergea de son demi-sommeil, cherchant mes yeux. Nos regards se tendirent dans un brûlant acte de foi, redoublant notre détermination à lutter. Ma belle-sœur toujours dans mes bras, suspendue à mon cou comme une enfant, je la portai jusqu'au lit où nous nous écroulâmes joyeusement l'une sur l'autre, sur les draps frais, nous préparant par une brève reptation à poursuivre notre léthargie matinale d'une sieste anticipée, la main dans la main.

*

Dans l'après-midi, nous allâmes avec des pêcheurs jusqu'à la villa romaine nous baigner dans les bassins dallés de marbre. Une eau printanière sourdait de la montagne de Sète continûment, se déversant dans les bassins successifs jusqu'à une piscine ovale cernée de colonnes qui avaient dû porter dans le temps une toiture. Cette couverture n'existait plus, nous laissant dans le ravissement du ciel bleu et de l'enchevêtrement lumineux, sur nos corps nus, des rais du soleil se nouant et se dénouant sans fin dans l'eau claire.

Nous prîmes l'habitude de venir là tous les matins sacrifier à la beauté de la nature au pied de la montagne de Sète. De vieux pêcheurs de Mèze, que l'âge incitait à ne pas sortir de la lagune, nous y menaient dans une grosse barque et venaient nous reprendre quand le soleil avait passé son zénith.

Il nous arrivait de les renvoyer, surprises par l'avancement trop rapide de l'heure, et désireuses de rester tout le jour sur l'île à vagabonder dans les bois, les pâturages, traversant la garrigue rocheuse sur des sentiers de chèvre, nous nourrissant de quelques fruits.

Il y avait aussi un ombrage de pins de Jérusalem au-dessus de la mer où nous allions nous réfugier aux heures les plus chaudes, parce qu'il était habité d'une brise continue et tiède transportant des senteurs de thym, de lavande, et le lourd parfum des bois-jolis qui se répandaient en larges taches roses dans les sous-bois.

Sans le dire nous retardions le moment de revenir à la forteresse et d'y croiser le seigneur Pèire, rongé par la méfiance, évitant aussi ses familiers qui nous jetaient un œil noir de reproche, sournois, ne sachant plus quelle attitude prendre à notre approche.

Nous non plus. Le plus simple était bien de rentrer à la nuit, de nous faire monter quelques plats dans notre chambre, et de suivre depuis la fenêtre (ou depuis le sommet de la tour du Midi) l'indicible transmutation du lac turquoise devenu ciel, embrasé par le coucher du soleil.

Cette espèce de rêve éveillé pouvait à notre sens durer éternellement, selon un *modus vivendi* que tout le monde suivait par défaut, faute d'avoir eu une fois l'occasion de dire son mot. C'était faire peu de cas de l'opiniâtre persévérance du seigneur Pèire, qui indépendamment de ses sentiments envers ma belle-sœur (il appréciait *a minima* sa grâce juvénile, son corps bien fait, sa gaieté) ne pouvait oublier tout ce que l'indépendance de Béatrix lui coûterait.

Il nous surveillait sans y mettre une attention pesante, attendant son heure. Elle vint – il la fit venir – un matin où nous étions au bain dans la villa romaine, vers midi. Il apparut dans une nuée jupitérienne alors qu'épuisées par nos joutes dans l'eau froide – des corps à corps féroces d'une brutalité joyeuse qui se mêlaient à de tendres embrassements – Béatrix se faisait pardonner un geste brusque qui m'avait envoyée contre la murette, me meurtrissant les côtes. Me serrant dans une étreinte anxieuse, son corps dur contre le mien, ses cuisses froides contre les miennes, elle embrassait ma bouche.

C'est à cet instant que survint le seigneur Pèire dans la brume matinale, suant d'avoir tiré ferme sur les avirons depuis l'autre rive, le torse nu enveloppé d'une vapeur animale. Je le vis la première, et se méprenant sur mon raidissement involontaire Béatrix s'accrocha à moi avec une énergie panique. Je me laissai glisser dans l'eau, montrant à ma compagne l'intrus, d'un geste du menton.

Le seigneur Pèire se composa sans peine un visage avenant, s'exclamant joyeusement : « Je viens ! »

Il se dévêtit en un tour de main et sauta dans l'eau, courant et gesticulant comme il aimait faire, dans un grand bouillonnement.

Béatrix l'apostropha, campée comme une guerrière, oubliant qu'elle était nue :

– Que viens-tu faire ici ?

– La même chose que vous, *bèlas domnas*. Me baigner.

– C'est chez nous ici ! se rebiffa ma belle-sœur en faisant le geste de fermer violemment une porte sur un visiteur non désiré.

– Ce n'est ni à toi ni à moi, *domna cara*, répliqua Pèire sur un ton ironique et vif. Cet endroit appartient à l'évêque d'Agde, qui n'en a cure.

Il s'approcha de nous, la mine rubiconde et la marche indécise, embarrassée. Il avait l'œil pétillant du vieux satyre rôdant autour du bain des tendres nymphes, et se délectait sans retenue de nos peaux rosées par la fraîcheur de l'eau, légèrement ambrées. Son regard se figeait mécaniquement sur nos tétons durcis, nos hanches neigeuses.

Je lui trouvais les gestes lents d'un homme ivre. S'approchant sans hâte de Béatrix, qui le repoussa d'une bourrade en lui criant :

« Va-t'en ! », il lui agrippa une main, un pied, la souleva comme une plume et l'attira sur lui, la palpant sans vergogne.

Béatrix sembla se résigner et comme il relâchait sa poigne elle lui décocha un coup de pied rageur et s'écarta. Il revint à la charge, indifférent à ses coups, la reprit en l'encourageant : « Viens ici ma commère, tu ne m'as pas oublié quand même ! Je ne te veux que du bien... »

Béatrix se débattit en hurlant comme une folle. Il gronda, me prenant à témoin :

– Mais pourquoi elle crie, cette follieuse ? Elle n'a pas toujours dit non !

Béatrix se replia contre la murette, haussa les épaules, ergota :

– On ne commande pas à son cœur.

Pèire se rapprocha, faussement amical, plaisantant :

– Je ne visais pas si haut...

Ma belle-sœur s'était assise sur le rebord du bassin. Elle replia ses jambes et s'accroupit, prête à fuir. Le châtelain sembla hésiter. Il nous détailla posément, sans gêne, semblant comparer nos charmes. Il s'avança à grands pas incertains vers Béatrix qui se tournant lui montra joliment ses fesses avant de s'éloigner.

Pèire tenta vainement de la saisir et se jeta... sur moi. Il m'enlaça, me tâtonnant les mamelettes, les épaules, cherchant ma bouche. Je le repoussai. Nous étions de la même taille.

Il me retint par un bras et revint à la charge, me caressant grossièrement. « Nous allons nous plaire vous et moi. Et tant pis pour elle ! » marmonna-t-il.

Il avançait son ventre pour me montrer son membre arqué par le désir, le poussant en avant vers moi. « Voyez ce que vous faites, *bèla domna*, à mon rameau de sang ! » se réjouit-il.

Je repoussais son ventre avec le poing, mais comme il s'entêtait je saisis son « rameau de sang » d'une poigne féroce et le déviant de sa course je le tordis affreusement. Pèire cria mais s'obstina à me forcer. Il pesa sur mes épaules de toutes ses forces. On lutta ainsi un moment dans l'eau, pris dans une sorte de danse grotesque, bras tendus, environnés d'embruns scintillant dans les faisceaux du soleil. Parfois un repli de quelques pas relançait l'attaque et c'était un bouillonnement d'enfer qui envoyait des vagues claquer sur la murette, puis de nouveau un faux calme, la paix armée dans un état d'alerte, le lent glissement sournois de nos corps se rapprochant et s'éloignant, et de nouveau la tempête.

Pèire se lassa le premier, fou de douleur. Je m'enfuis du bassin à la poursuite de Béatrix. Il ne chercha pas à me suivre, se contentant de nous injurier copieusement, nous traitant de ce que, justement à son grand dépit, nous refusions d'être, et comme des silhouettes noires venaient sur le chemin de la villa il s'en retourna avec ses affaires. Il disparut derrière les buissons pourpres qui nous fermaient la vue sur l'étang.

On se rhabilla en vitesse. Prenant la main de Béatrix – une main chaude qui me serra avec effusion, comme pour sceller sa rupture définitive avec Pèire – nous partîmes faire le tour de l'île.

On ne revint au château qu'à la nuit tombée. Le seigneur de Mèze ne nous marqua aucune attention particulière devant sa mesnie. Mais, sans nous l'avouer, nous savions d'instinct qu'il n'en resterait pas là.

*

Nous n'avions rien changé à nos habitudes, et Pèire non plus qui ne nous adressait plus la parole. Ce mutisme, qui s'était transmis comme une loi martiale à tout son entourage, et aussi aux manants de la cité, au peuple, aux pêcheurs, était à la longue assez effrayant.

Nous revenions à la villa romaine comme auparavant, amenées par nos vieux pêcheurs qui enfreignant le ban seigneurial nous servaient sans réticence aucune. Ils étaient familiers du gros temps.

Béatrix prise d'une curiosité étrange explorait la villa dans ses moindres recoins, déchirant ses doigts aux gravats qui encombraient le sol des salles et des couloirs, débarrassant les murs des arbustes épineux qui recouvraient les ruines d'une broussaille défensive. Exténuée, le corps griffé elle me faisait lécher ses plaies, assurée que ma salive était le meilleur des cicatrisants.

On découvrit de nombreux restes de mosaïques et aussi, sur un pan de mur effrité qui semblait fermer une grande salle, un lambeau de fresque dont les couleurs naturelles passaient inaperçues sous la poussière et les mousses.

On la dégagea à grande eau et apparut une scène assez licencieuse qui fit s'exclamer Béatrix : « Pourvu que Pèire ne la voie jamais ! Il croirait qu'elle lui est destinée. »

Deux femmes conjouissaient un homme à demi couché, dont

l'indolence rendait tout à fait irréelle sa musculature d'athlète, comme s'il agissait sans effort de toute éternité.

– C'est un dieu, fis-je doctement.

– Ah ! répondit Béatrix soulagée. J'aime mieux ça.

Une femme à califourchon sur le dieu s'appuyait d'une main sur sa poitrine, l'autre bras gracieusement étiré vers l'arrière comme pour mieux s'offrir ; la seconde jeune fille se tenait derrière lui, penchée au-dessus de sa tête. Toutes deux pressaient leurs lèvres sur sa bouche.

L'homme s'appuyait avec une force tranquille sur son bras replié, un bras fort d'athlète, déployant son torse large et puissant mais à demi effacé ainsi qu'une grande partie des corps. Toutefois les ocres des chairs lumineuses avaient beau s'infuser dans le jaune soutenu du mur de la chambre, l'esquisse qui perdurait non seulement n'avait rien perdu de sa vivacité mais au contraire, en se laissant « surprendre » difficilement par de brefs coups d'œil à contre-jour, elle en avait plus de force qu'au trait gras.

Je m'amusai à suivre du doigt l'autre bras du dieu, dont la main davantage suggérée que visible se tendait nonchalamment vers l'enfourchure de la seconde femme, celle qui n'avait droit encore qu'au baiser. Béatrix pouffa, rougit et prenant l'air soudain préoccupé :

– Tu sais que ton frère Raimon voulait m'enfermer dans un couvent ? fit-elle.

– Rien ne m'étonnera venant de mon frère.

– Il voulait m'enfermer dans un couvent *cathare*... Je me demande bien pourquoi.

– Pour te répudier plus vite, ma belle. Il t'aurait déclarée hérétique, envoyée dans les prisons de l'évêque, et la conscience tranquille il aurait demandé au pape d'annuler votre mariage. Mon frère est d'une fourberie diabolique...

Béatrix observa longuement le baiser à trois, s'interrogea à nouveau :

– Je me demande si c'est possible de s'embrasser à trois.

– Pour un dieu rien n'est impossible.

– C'est vrai !

Elle m'enlaça :

– J'aime ta bouche, fit-elle en toute innocence.

Je lui donnai ma bouche devant la fresque mise à jour qui nous servait en quelque sorte de modèle. Le ciel blanchissait, se chargeant d'andains laineux très haut dans l'azur comme tombait sur l'île, sur l'étang, un air lourd et tiède.

On se rhabilla pour aller courir les sentiers de l'île dans le grésillement de l'été. Au milieu des chênes à kermès, des bois de pins, des pâturages et des vergers, nous grimpâmes la main dans la main jusqu'au sommet de la montagne de Sète.

Sous l'empire des senteurs âcres des roches chaudes la vue y était immense du côté de la mer. Elle nous plaisait parce qu'elle était comme une page enluminée animée des voiles claires des bateaux. Nous les suivions jusqu'à l'extrême horizon, où derrière les vapeurs blanches qui fusionnaient l'eau et le ciel s'imaginaient des pays des Mille et Une Nuits.

Mais vers le cers l'immense étang devenu grisâtre se ridait en longs sillons dont les ombres mouvantes couvraient la surface d'un champ de fleurs noires.

Je montrai à Béatrix le lac agité, le ciel encombré, brillant d'un éclat anormal dont on ne pouvait distinguer l'origine, pas plus que la source du tonnerre qui roulait d'un horizon à l'autre.

– Il nous vient un bel orage, fis-je, cherchons un abri.

Nous connaissions un abri de pierre sèche, une capitelle pointue en assez bon état, proche de la villa. On y alla sans se presser. À notre grande surprise un homme l'occupait déjà, qui nous chassa, nous obligeant à prendre un mauvais chemin.

Il menait à des barrières fermant des pâturages que nous n'avions jamais franchies.

Nous savions qu'un taureau y vivait, régnant sans partage sur son troupeau, pour l'avoir souvent observé paressant sous un abri de planches et de branchages, dans l'ombre d'un antre odorant qui nous paraissait plus noir que la bouche de l'enfer.

L'enclos qui l'enfermait n'était pas infranchissable. Aussi avions-nous pris l'habitude de l'éviter.

Je vis l'animal la première, courant non plus dans son enclos mais sur notre chemin. Un homme et des chiens l'aiguillonnaient. Il était encore au-dessus de nous, assez loin, à demi caché par une courbe, mais je connaissais suffisamment les lieux pour comprendre qu'il allait nous rencontrer au bout de sa course.

L'homme nous voyant s'était arrêté sans que l'animal ralentisse. Je pris la main de Béatrix pour retourner. Je lui dis de courir.

– Qu'est-ce qu'il se passe ? fit-elle, me suivant sans comprendre.

– Un taureau vient vers nous.

– Tu crois qu'il vient *sur* nous ? demanda-t-elle essoufflée.

– J'en suis sûre.

On revint jusqu'à la capitelle. L'homme qui nous avait chassées avait disparu, comme envolé. Béatrix poussa la porte, je la bousculai pour la refermer et j'eus le temps de voir l'animal apparaître au bout du chemin, trottant fièrement, cherchant son adversaire d'un côté et de l'autre.

Il m'aperçut certainement dans l'ombre de la cabane, à moins que ce fût le mouvement de la porte qui attira son attention et l'excita. Il accéléra son allure et vint sur nous au galop, un galop précipité, tête baissée.

On entendit un énorme bruit et la porte vola en éclat. Toutefois comme nous l'avions bloquée à l'intérieur avec le gros châlit du berger, calé contre le mur du fond, quelques pans de la porte restèrent en place, ainsi que le châlit qui, sous la poussée, avait déplacé des pierres du mur.

L'animal se prit les sabots dans les bois et retraita. Je remarquai qu'il portait sur le dos, planté dans le garrot, un aiguillon. Le haut de la porte avait disparu et le taureau passant la tête tentait de nous accrocher avec ses cornes. L'espace était si minuscule qu'elles nous frôlaient. Béatrix tenta de s'échapper par un fenestron mais le taureau comme mû par une intuition intelligente fit le tour de la cabane et lui fonça dessus, l'obligeant à se replier précipitamment comme un bernard-l'hermite. Elle tomba sur moi en hurlant.

Le taureau passait maintenant ses cornes dans le fenestron, l'une après l'autre, curant le vide, descellant à chaque fois quelques pierres qu'il arrachait au mur. Notre abri partait en morceaux.

Je dis à Béatrix de passer par-dessus la porte, et de courir jusqu'à la villa pendant que j'occuperai l'attention du fauve. Je lui piquai les yeux et le mufle avec un bâton chaque fois qu'il passait son museau, pensant ralentir son ardeur destructrice. Mais ce fut le contraire : fou furieux le taureau écroula le mur et avec lui une partie de la toiture.

Profitant de ce désordre Béatrix avait basculé par-dessus la porte et disparu sur les pentes. Avec une brutalité effrayante l'animal passa la tête et tenta de m'accrocher. Il poussa si fort que le mur s'écroula entièrement sur lui et je n'eus que le temps de basculer par-dessus la porte pour me ruer à mon tour dans la pente vers la villa romaine.

L'orage venait de crever et au milieu des éclairs une pluie battante nous accabla, nous rendant moins visibles.

Le taureau perdit du temps dans la capitelle, embarrassé par tout ce qu'il avait fait écrouler et obstiné à ressortir par la porte, là où j'avais disparu. C'est ce qui me sauva car j'arrivai à la villa avant lui. Béatrix se montra, les mains sur la tête, dégoulinante.

– Il n'y a rien ici pour nous protéger, lança-t-elle. Allons dans la mer.

Nous courûmes encore, ruisselantes, comme le fauve apparaissait.

– Je ne sais pas nager ! s'affola Béatrix.

– Nous allons passer par le grau.

Nous descendîmes en longues glissades sur la plage du côté du grau, là où l'étang communiquait avec la mer les soirs de tempête, ou de grande marée. Je savais qu'en été à certaines heures on passait presque à pied sec en suivant la ligne des dunettes.

Mais à cette heure l'eau s'étendait d'un bord à l'autre, sans dévoiler la moindre langue de sable. Nous nous jetâmes dans la mer sans hésiter, le taureau ronflant derrière nous, nous pourchassant avec une obstination incroyable.

Il entra dans la mer en faisant de grands bonds qui l'auréolèrent de gerbes d'écume.

– Mais qu'est-ce qu'on lui a fait ? se révolta Béatrix. Pourquoi cette haine ?

– C'est Jupiter qui s'est changé en taureau pour te poursuivre, ma belle, comme il avait fait autrefois pour séduire Europe. Ou bien c'est le seigneur de Mèze.

Béatrix en resta ébahie.

– Pèire ? Tu crois qu'il s'est changé en taureau ?

Je lui embrassai le front.

– Gardons les pieds sur terre, ma douce. Pèire a monté un complot pour se débarrasser de nous.

Elle ne l'avait pas imaginé un instant.

– Mais pourquoi ?

– Devine...

– Pour se venger ?

– Ou pour reprendre toute la seigneurie de Mèze.

– Ou peut-être les deux...

On observa le taureau, guettant malgré nous quelque sortilège divin. Mais l'animal n'avait pas l'humeur marine. Après quelques tentatives désordonnées pour nous rejoindre, comme il perdait pied il retourna. Béatrix applaudit, lançant dans un gros rire : « Il est peureux comme une vache ! »

J'avais en mémoire le chemin à suivre pour rester sur les hauts fonds sableux. Nous parvînmes de l'autre côté de la passe avec bonheur, la main dans la main, totalement trempées mais sauves.

On emprunta sans manières des vêtements à des femmes de pêcheurs qui s'empressaient de nous apprendre que nous étions passées à la mauvaise heure.

Sur leurs indications je revins à Mèze au plus court par la terre ferme, sur un chemin invisible au milieu des roselières. Ma décision était prise : retourner à Béziers au plus tôt. Béatrix me fit jurer que je ne l'abandonnerais jamais.

Comme je protestais de son manque de foi elle s'en excusa d'un baiser mais me fit jurer quand même. Elle hésitait à quitter son château de Mèze, persuadée qu'en désertant le champ de bataille elle y perdrait aussi tous ses droits.

– Si je quittais Mèze, ergota-t-elle, ce serait comme un aveu d'impuissance, une renonciation, un jugement de Dieu. Ce serait accepter mon sort de femme spoliée. C'est comme si tu me demandais d'accepter mon martyre...

– Tu ne peux pas rester, lui rétorquais-je tendrement, sans risquer justement de vivre ton martyre. À moins d'épouser le seigneur Pèire !

– Il me fera enfermer, comme ton frère...

– Ils ne pensent tous qu'à enfermer leur femme. Tu n'as pas d'autre choix que de me suivre à Béziers.

Je lui souris :

– Quand mon fils régnera, dans quelque temps, il te rétablira dans tes droits. Ce sera son premier acte d'autorité. Je te le promets.

Béatrix laissa venir un rire perlé, mit un genou en terre, prit mes mains dans les siennes :

– Entends mon serment ! fit-elle. Par ma droite foi désormais tu es ma suzeraine. Toi que je tiens par les mains je te rends hommage et te jure amour, confiance et fidélité.

Elle se pendit à mon cou et me donna le baiser du vassal, sur la bouche. Un baiser tendre, interminable.

Je vis dans ses yeux brillants se refléter l'azur du ciel, à nouveau sans nuages.

XXXV

La mule buta du pied sur un gros caillou. Frère Boson, dit le Fredonneur, assis en travers du bât, se sentit glisser et saisissant la crinière de sa monture il vitupéra :

– *Cave ne cadas, Estellada*[1] *!*

– À qui parles-tu ? lui demanda Saissac.

– À ma mule pardi !

– Elle comprend le latin ?

Frère Boson haussa les épaules :

– Seigneur Bertran, vous vous moquez de moi. Estellade est une mule d'Église, que diable !

– Jambe-Dieu ! C'est que tous les clercs ne connaissent pas le latin.

Frère Boson leva les yeux au ciel :

– Dieu me garde de partager ma vie avec une créature illettrée.

Bertran rit franchement. Ils étaient sur le chemin d'Alet, remontant rapidement la vallée de l'Aude depuis Carcassonne où le seigneur de Saissac était venu prendre le moine au passage, le tirant brutalement de son *scriptorium* pour lui ordonner de le suivre. Sans se retourner.

---

1. *Prends garde à ne pas tomber !* (expression répétée par un esclave derrière le général triomphateur à Rome).

Le frère fredonneur avait obéi et tout laissé en plan, ses parchemins en cours d'écriture, ses pots de couleur, ses calames, ses pinceaux encore chargés d'encre. Il avait juste emporté son petit couteau qui lui servait à gratter les erreurs, parce qu'il l'utilisait aussi pour tous ses besoins quotidiens, tailler une gaule ou vider un poisson.

Il avait pris le temps toutefois de glisser dans ses chaussures de grandes feuilles de plantain, qui a la réputation d'endurer les pieds et de les rendre infatigables, et pour éviter le point de côté il avait plaqué quelques feuilles de verveine sur sa rate, non sans se demander si ce remède n'était pas au fond qu'une superstition.

Cette docilité exemplaire qu'il manifestait à l'occasion trompait longtemps ceux qui le connaissaient mal. C'est à leurs dépens qu'ils découvraient que frère Boson était parfaitement insouciant du lendemain, et affligé d'une légèreté puérile qui tantôt le poussait à avancer avec une audace admirable, qui séduisait, tantôt l'entraînait avec sa communauté, ses proches, dans une tourmente désastreuse d'où le plus souvent il était seul à sortir indemne.

Saissac lui avait seulement précisé qu'il l'emmenait à l'abbaye d'Alet, où l'abbé venait de mourir.

– Ta sainteté sera d'un grand secours à la communauté, affligée d'avoir perdu un père.

– *Asinus asinum fricat*[1], avait rétorqué frère Boson en étirant sa bouche dans un sourire malicieux.

Saissac qui ne connaissait pas le latin avait ri pour ne pas avoir l'air trop ignare, bien qu'il ait deviné qu'il était question d'ânes. Bien sûr, il aurait préféré bastonner le moine, mais il avait besoin de lui.

La mule noire, rétive, continua à faire des siennes pendant tout le chemin, suivant de mauvaise grâce les chevaux trop rapides pour son pas. Saissac retournait souvent jusqu'au moine fredonneur pour le houspiller. Boson, bien disposé, interrompait son fredon pour infliger à sa mule un coup de baguette sur sa croupe. À chaque coup de baguette la bête lançait les fers. Le moine se retrouvait sur l'encolure et l'injuriait en latin.

Le manège était devenu un divertissement pour toute la chevauchée. Seul Raimon-Roger, qui était devant au botte à botte

1. L'âne frotte l'âne.

avec Aton, occupé à conserver au conroi son allure vive, se désintéressait du moine.

Bertran de Saissac lui avait raconté comment, avec son père, ils avaient humilié l'abbé de Saint-Pons, et ravagé l'abbaye en signe d'avertissement. « Il ne faut jamais céder devant les emburés ! lui répétait Saissac sur tous les tons. Sinon ils te prendront tout et te rendront aussi impuissant qu'un agneau. »

Le redouté roi de la Montagne Noire lui avait présenté la visite à l'abbaye d'Alet comme une semblable expédition punitive, vingt-cinq ans après l'exploit de son père contre une abbaye rebelle.

Raimon-Roger considérait cette chevauchée armée comme une épreuve mystique qui devait l'introduire dans le monde des puissants, des chefs. Une porte allait s'ouvrir sur les mystères de l'autorité, du commandement, de *l'honneur*. Il allait recevoir le droit insigne de châtier, une tâche brûlante et sacrée qu'on ne confiait qu'aux plus nobles.

Le jeune vicomte avait hâte de se distinguer après la mort de son père, comme son propre père l'avait fait après la mort du sien. Il avait hâte de commander, de s'imposer, de punir.

Passé Limoux, n'y tenant plus, emporté par le désir impérieux d'en découdre, il mit son cheval au galop dans les gorges fourrées de l'Aude, entraînant son conroi de chevaliers à grande allure. Il restait moins d'une lieue jusqu'à l'abbaye.

La suite du convoi arriva en vue d'Alet en fin d'après-midi, quand les ombres allongées forcissaient les murailles, les parant d'une impression de solidité inébranlable. Les chevaliers emmenés par le jeune Trencavel tournoyaient depuis longtemps autour des remparts, doublés d'un large fossé, que l'abbé défunt avait fait édifier autour du monastère et du village serré tout contre lui, comme les petits contre leur mère.

Ils allèrent en cortège, tous ensemble, jusqu'à la grande porte charretière.

– Porte close ! résuma Raimon-Roger, sur un ton de fureur outrancière.

– Je les comprends... murmura Boson. Que d'armes ! Que d'armes !

Saissac cria : « Ouvrez au vicomte Trencavel ! » mais les portes ne bougèrent pas. « Enfoncez-les ! » ordonna-t-il à bout de patience. Un remue-ménage de tous les diables se fit entendre derrière la clôture, des cris étouffés, des ordres chuchotés.

Frère Boson comprit qu'il n'était pas venu seulement soutenir par ses chants et ses prières le chagrin des moines d'Alet. Il s'agissait de tout autre chose. Mais quoi ? La mort du seigneur abbé, Pons Amiel, était avérée, et le nom de son successeur était maintenant connu. Il s'agissait de Bernard de Saint-Ferréol.

Il était aussi connu pour sa haine des hérétiques.

Raimon-Roger encourageait les soldadiers qui frappaient contre la porte avec une grosse barre. Il descendit de cheval pour leur donner un coup de main, poussant avec les autres qui, respectueusement, s'écartaient pour ne pas le bousculer dans leur effort. Il n'avait que treize ans.

« On va leur faire gagner le Ciel d'un seul coup à ces emburés ! répétait le jeune vicomte, imitant l'entourage de Saissac. D'un seul coup d'épée ! »

Les soldadiers riaient bruyamment.

La porte finit par céder et les chevaliers pénétrèrent dans la cour d'entrée à cheval. Des moines effarouchés détalaient dans toutes les directions. En un instant l'abbaye fut silencieuse, comme abandonnée, au point que l'air s'emplit du gargouillis joyeux de la rivière Aude, toute proche.

Boson reniflait bruyamment. Son visage altéré avait pris la mine lapinière qui lui venait dans les moments de grande anxiété. Il remuait son nez rouge, jetait des coups d'œil en biais, fébrile.

– Seigneur Bertran, fit-il d'une petite voix en agrippant par la manche le châtelain de Saissac, que se passe-t-il ?

– Il se passe, répondit Saissac avec impatience, que ces bastards de truie qui s'enfuient ont élu un nouvel abbé sans me prévenir.

– Comme notre règle nous en donne le droit ! rétorqua Boson avec une conviction à se faire tailler en pièces.

Bertran sourcilla :

– Le droit... peut-être, mais il devaient me demander mon agrément. En lieu de quoi ils ont proclamé un nouvel abbé notoirement ennemi de la nouvelle foi, avant même d'avoir enterré l'ancien. Pour me mettre devant le fait accompli.

– Qu'allez-vous faire ? Les châtier ?

– Mieux que ça, nous allons reprendre l'élection au tout début.

– Et vous avez quelqu'un d'autre à proposer ?

– Oui, toi !

– Seigneur Jésus ! Vous me voulez tant de mal que ça ?

– Tu es le plus digne pour cette charge. Tout le monde en est d'accord à Saissac.

Le moine lui rit au nez :

– À Saissac. En terre promise... à l'erreur ?

– La foi nouvelle est la vraie foi. Nous supplanterons bientôt l'Église romaine. Nous avons le Saint-Esprit avec nous. En te prenant de notre côté je te sauve de la géhenne.

– C'est possible. Et sur quoi m'ont-ils jugé, vos... paroissiens de la vraie foi ? fit-il la mine rusée.

– Sur ton latin.

Il tordit sa bouche, pénétré par le doute.

– Est-ce suffisant, seigneur Bertran ?

– Je le crois. Tu parles en latin avec ta mule. Les moines ne sont pas plus bêtes.

Boson rit de bon cœur. Il aimait les bons mots.

– Quand est-ce que je commence ? se reprit-il, tout à coup sérieux.

Il avait posé une main, bras tendu, sur l'épaule de Saissac. Celui-ci agacé par cette familiarité se détourna.

– Attends d'être élu, répondit-il. C'est ce que nous sommes venus faire, mais tu vois, personne ne veut discuter avec nous. Où sont-ils passés, ces rats de sacristie ?

– Dans le chœur de l'église, seigneur tuteur.

Bertran fixa le moine, intrigué du curieux titre qu'il lui donnait, ne sachant s'il se moquait. Il lança l'ordre d'entrer dans l'église.

Les hommes à pied coururent au grand porche et ouvrirent les vantaux en grand. L'escouade de chevaliers, Raimon-Roger en tête, s'engouffra à cheval dans la pénombre de la grande nef.

Les moines debout dans le chœur chantaient des psaumes. Les cavaliers s'approchant dans un étrange bruit de grêle, les voix s'interrompirent et le nouvel abbé quitta précipitamment la lumière des cierges pour s'avancer vers les intrus. Il écarta ses longs bras, interdisant le saint de l'église aux profanateurs.

« Il fait la quintaine ! » s'exclama Raimon-Roger et éperonnant sa monture il le renversa avec sa lance. L'abbé se releva et sans se soucier de sa blessure il saisit les rênes d'un cheval, clamant :

– Sortez d'ici, bourreaux du Christ. Vous profanez le saint lieu.

Bertran arriva sur lui, à pied, et sans un mot le gifla.

Il ordonna aux moines du chœur de se rendre à la salle capitulaire. Le nouvel abbé fut emmené hors de l'abbaye, encordé et la corde attachée à la selle d'un cheval. Quand il eut disparu, et ses cris étouffés dans les rues serpenteuses d'Alet, Bertran de Saissac commença son discours, qu'il prononça l'épée à la main :

– L'abbé Pons Amiel ayant été rappelé à Dieu – que Dieu l'accueille dans son bleu paradis – nous allons procéder à l'élection d'un nouvel abbé, annonça-t-il directement.

– Nous l'avons fait, se risqua un moine jeune, intrépide.

– La procédure n'a pas été respectée. Il faut tout recommencer, lui répondit Saissac calmement.

– Nous avons le droit d'élire qui nous voulons, répliqua le moine. Nous avons un nouvel abbé et n'en voulons point d'autre.

Saissac perdit patience.

– Vous n'avez pas de nouvel abbé ! La preuve, c'est que vous n'avez pas encore enterré l'ancien.

Les moines s'agitèrent, huèrent, commencèrent à se lever de sur leur banc de pierre. Raimon-Roger à côté de Saissac posait sur eux un œil curieux, distant, comme s'il observait des insectes.

Des soldadiers entrèrent apportant sur une civière un cadavre fraîchement déterré, dans une puanteur épouvantable. Les moines se couvrirent le visage avec un pan de leur scapulaire.

– Mettez-le là ! ordonna Saissac.

Les hommes d'armes prirent le cadavre et l'assirent tant bien que mal dans la chaire abbatiale, en bois, placée face à l'entrée. Ses vêtements bruns raidis de boue étaient plaqués sur le corps décharné comme des bandelettes, et lui donnaient l'air d'une momie cherchant à s'échapper, les jambes revenant sous lui comme dans un geste désespéré pour s'enfuir.

Sa face cavée d'ombres purulentes, animée d'un rictus d'éternité, portait sur l'assemblée un regard de fou, de diable noir, de revenant. L'odeur était insupportable et plusieurs moines se mirent à vomir sur le dallage.

Les soldadiers ricanaient. L'un d'eux sortit une gourde en peau de chèvre pour donner à boire au mort.

Raimon-Roger, le nez enfoncé dans sa cotte d'armes, sortit dans le cloître, tomba à genoux dans le jardin et emporté par la nausée vomit tout son repas. Il revint aussitôt dans la salle du chapitre, pâle, honteux, et resta près de la porte pour interdire aux moines de sortir. Ceux qui tentaient de s'enfuir se piquaient du bout de sa lance, et revenaient sanguinolents, gémissants, dans la salle capitulaire. Un curieux mouvement circulaire s'amorça autour du pilier central.

Bertran de Saissac, indifférent à l'horrible grimace de l'abbé défunt comme à son odeur pestilentielle, tapa dans ses mains et prit la parole.

– Reprenons ! fit-il pour obtenir le silence. L'abbé Pons Amiel, ici présent, vient de mourir en plein chapitre. C'est bien ça ?

Personne ne fut en mesure de lui répondre. Prenant cette absence de réaction pour un acquiescement sans réserve il poursuivit :

– Nous devons donc procéder à une nouvelle élection. Souvenez-vous cette fois que vous devez élire votre nouvel abbé avec mon assentiment.

Un silence total accueillit ses paroles. Personne n'était en état d'émettre un vœu, une protestation.

– Puisque nous sommes d'accord, et en l'absence d'un candidat au sein de votre communauté, je vous propose un saint moine de la prestigieuse abbaye de Saint-Pons, frère Boson ici présent.

Personne ne pipa mot. Les frères étaient à la fois fascinés et accablés par la forme noirâtre, diabolique, qui exhalait une odeur fétide du fond de l'enfer. Ils voyaient Belzébuth en personne, tenant du haut de la chaire abbatiale dans son regard vide, étrangement lointain, l'assistance figée de peur.

Un gros ver blanc sortit d'une orbite, qui tira une longue plainte de l'assemblée et sembla sortir un des moines de sa léthargie.

– Nous ne connaissons pas frère Boson, rétorqua-t-il d'une voix blanche.

– Il est l'illustre rubricateur de Saint-Pons. Ses enluminures sont connues dans toute la Chrétienté.

– Il est connu pour peindre des enluminures licencieuses, nous ne voulons pas de lui pour chef, intervint un autre d'une voix mal assurée.

– Ce sont des mensonges, s'emporta faussement Bertran de Saissac.

– Mensonges ! confirma Boson.

– C'est un homme de bien, poursuivit Saissac, et c'est lui que j'ai choisi pour vous guider sur le chemin de Jésus-Christ.

– C'est un hérétique, comme toi ! lança un autre moine plutôt âgé, qui avait retrouvé tout son courage.

– Oui, tu veux gangrener l'abbaye en y apportant la doctrine cathare !

– Nous en appellerons au pape qui nous rendra le père que nous avons choisi en conscience. Nous voulons Bernard de Saint-Ferréol.

– Jamais je n'accepterai Bernard de Saint-Ferréol ! hurla Saissac en brandissant un bras du cadavre, qui venait de se détacher. C'est mon plus grand ennemi. Ou vous acceptez frère Boson, ici présent, dont la science et la sagesse sont aussi grandes que celles de Salomon, ou vous quittez l'abbaye sur-le-champ, sans rien emporter. Et jamais, moi vivant, vous ne retournerez ici.

Quelques moines s'en furent sous les coups de soldadiers qui les bousculaient en les traitant de « Judas ». Raimon-Roger au passage leur tapait du plat de son épée sur l'échine, les obligeant à s'enfuir courbés. « Vous êtes des rats ! » répétait-il.

La majorité resta.

– Ainsi à la majorité des voix, constata Bertran, frère Boson est élu abbé du monastère d'Alet. Que Dieu le garde dans la voie de la sagesse, comme il a toujours fait.

– Amen ! répondit frère Boson, le regard exalté.

La veille encore il n'aurait jamais imaginé qu'il serait un jour abbé. D'ailleurs il n'aimait plus les couvents, les heures en prière, les confessions publiques, les jeûnes, la vie en communauté, les dortoirs qui sentent mauvais. Il pensa que Dieu, dans sa grande science, avait trouvé ce moyen pour le ramener dans le troupeau, et faire de lui un réformateur de la vie monastique.

« Je ne manque pas d'idées », sourit-il en prenant place dans la chaire abbatiale que les soldadiers de Saissac venaient de libérer, emportant le cadavre qui se défaisait. Son immense regard figé, tourné maintenant vers la voûte, était effrayant d'obstination, comme si le mort voulait dans une sorte d'avidité sardonique saisir les vivants et les entraîner dans sa tombe.

À l'orbe des têtes tonsurées qui entouraient la chaire, auxquelles se mêlaient sans ordre les trognes chevelues et barbues des chevaliers de Saissac, de ses hommes d'armes, et le beau visage clair et sévère du vicomte Jeune campé dans son harnachement éclatant, frère Boson, devenu l'abbé Boson, pensa à sa mère qu'il avait très peu connue et lança à l'assistance inquiète, pressé d'établir un esprit de réforme :

– *Audaces fortuna juvat*[1] !

Et, pour lui-même, observant ses frères d'un œil déjà soupçonneux, rancunier, il murmura : « *Oderint dum metuant*[2]... »

1. La fortune sourit aux audacieux !
2. Qu'ils me haïssent pourvu qu'ils me craignent...

XXXVI

Je n'avais pas voulu rester à Béziers, en butte à l'évêque, aux consuls, à Bertran de Saissac, aux chevaliers du conseil de tutelle et toutes les puissances de Béziers et d'ailleurs qui, me sachant veuve et séparée de mon fils, ne m'écoutaient plus, détournaient mes redevances, et s'opposaient ouvertement à ma volonté.

Seul Raimon de Vilar, le gouverneur du château Vieux, me restait fidèle, du moins en apparence, prévoyant peut-être mon retour rapide au commandement de la vicomté.

Le pouvoir ne se partageant pas et ne pouvant l'exercer en entier j'avais décidé de me retirer du champ de bataille. Il n'aurait pas été bon de supporter plus longtemps l'arrogance des chevaliers, des sénéchaux, des gouverneurs, des consuls, des évêques, des prévôts, des viguiers, des châtelains, tous unis contre moi, sans y perdre à force de la valeur, peut-être toute dignité.

Mes donzelles qui souffraient de me voir de nouveau bafouée me rappelaient justement que je devais me préserver assez pour rendre possible et facile mon retour auprès de mon fils, quand viendrait pour lui l'heure de gouverner. Dans un an.

J'avais alors décidé de me retirer dans le prieuré de Cassan, un lieu hors du temps où ne pourrait plus m'atteindre la méchanceté humaine, la veulerie des hommes de pouvoir et d'argent, la haine des sectaires. Là, derrière la clôture du monastère, à l'abri d'un coup d'épée toujours possible, mon existence dans la méditation et la prière prendrait une nouvelle force.

Je pensais surtout sans le dire qu'auprès de la tombe de mon époux, le père glorieux de mon fils, dont la dalle pavait une galerie du cloître, je forgeais une nouvelle image de la comtesse Adélaïs, lui assurant la légitimité nécessaire pour régner à côté de son fils, le moment venu. Le temps de l'amener à l'âge d'homme.

Je n'avais pas souhaité emmener avec moi un grand cortège, mais je ne pouvais me résoudre non plus dans mon état à la solitude des ermites. Outre Béatrix, ma tendre amie, j'invitai à me suivre ma fidèle « lance » forgée à l'aventure aragonaise : ma cousine Alis revenue des ors et des plaisirs de la cour royale d'Aragon, Leïla, Longabruna et Argentella, mes vestales.

Mondine et Garin Garrèl, qui me faisaient pleurer malgré eux en me parlant de Raimon-Roger, quelques servantes et les esclaves maures Adalla et Sclavus pour les chevaux, tous étaient volontaires pour me suivre et assurer mon service.

Le prieur de Cassan nous avait logées, non sans réticence, dans une partie indépendante de l'oustal des voyageurs qui jouxtait le vieil hospice construit par saint Guiraud. J'avais fait valoir le service que mes donzelles et moi-même pourrions rendre à l'hospice, en cas d'afflux brusque de pèlegrins, de vagabonds, de malades. C'était pour moi chaque jour un bonheur nouveau de surprendre depuis le sommet des hauteurs environnantes le vieux monastère, somnolant comme une forteresse assoupie dans un paysage de Thébaïde, les clochers dressés au milieu d'un bosquet verdoyant de pins, de cèdres, de cyprès qui formaient dans le ciel lumineux un brouillis de traits noirs.

Une allée de lauriers frémissants sous le vent marin nous menait à des bâtiments sans âge, marbrés de vieillesse, mêlés à des constructions neuves d'une blancheur éclatante, sentant encore le mortier frais.

Les travaux de construction ne s'interrompaient jamais dans cette abbaye florissante, protégée par les Trencavel depuis plusieurs générations. L'occupation principale de l'abbé semblait y être celle d'un maître d'œuvre ou d'un tailleur de pierre. Les chantiers concernaient la construction de nouveaux dortoirs, de bâtiments pour les frère convers, et d'un nouvel hospice.

Une foule de pèlerins hantaient l'église chaque jour, se pressant devant la grande porte dès le lever du soleil, n'abandonnant les lieux à regrets qu'à la nuit, veillant encore aux vigiles des fêtes, tournant sans cesse comme un troupeau sans berger autour des reliques du Christ (une pierre du Calvaire, une épine de la sainte Couronne) et des restes d'apôtres et martyrs ramenés d'Orient par saint Guiraud.

Nous étions là chaque jour après none, résignées à nous plonger dans l'obscurité humide de l'église abbatiale, dans l'odeur de paille pourrie, de suri, les relents d'antre de fauve qu'apportaient les pieux voyageurs, hommes et femmes assis sur le dallage pour manger et dormir, banqueter à l'occasion, riant et s'étreignant dans les coins sombres à l'abri des regards et de la pluie.

Cette fréquentation turbulente obligeait les moines à laver le sol à grande eau chaque semaine, comme on nettoie les écuries.

Je m'autorisais quelques instants dans le cloître sur la tombe de Roger (les chanoines fermaient les yeux), lui demandant la force de sauver mon fils de l'hérésie, moi qui savais que s'y était installée la malédiction qui allait l'emporter, lui aussi, après son père, une malédiction implacable, invisible sous le signe de la nouvelle foi, tapie derrière le masque de l'amour et du salut bienheureux.

Mais comment aurait-il pu m'aider, lui qui avait sans vergogne embrassé les deux religions ensemble, mourant dans la foi cathare d'abord, dans celle romaine ensuite, s'imaginant que de rester pendant des siècles sous la semelle des moines, mêlant la poussière de son corps à la poussière de leurs souliers, il en recevrait un peu de sainteté, suffisamment pour plaider sa cause.

Pensant, amusé, que si la foi cathare se révélait fausse, l'autre le sauverait.

Mais qui a entendu dire que Dieu récompense la duplicité, les tièdes, les calculateurs, les parjures ? Roger ne pouvait m'être d'aucun secours. À mes yeux il était perdu pour ma cause comme pour la sienne, même si Dieu dans sa grande compassion l'avait peut-être sauvé de l'enfer éternel. Nous n'avions rien d'autre à faire que de prier pour lui.

Je priais aussi pour mon fils. Plusieurs fois déjà, j'avais cru soulager ma douleur de mère en lui écrivant. Sans réponse.

Sur le conseil du saint père du monastère j'écrivis une lettre à l'évêque de Béziers, où je ne cachai pas mon désarroi et mon indignation, pensant le toucher sinon par la pitié du moins par la crainte.

Je m'en souviens encore, de cette lettre. Elle n'a pas quitté ma mémoire bien que dans ma hâte, dans ma rage, je n'en ai gardé nulle copie. Elle débutait ainsi, abruptement : « *Adélaïs, par la colère de Dieu comtesse de Toulouse, vicomtesse de Béziers, Carcassonne et Albi, domna du Razès, mère du vicomte Jeune, au seigneur évêque de Béziers qui semble avoir oublié son devoir de pasteur, salut ! Quand te décideras-tu à réclamer au seigneur de Saissac mon fils, Raimon-Roger, afin qu'il soit instruit des vérités de la foi catholique ? Et si le seigneur de Saissac n'y consent, comme il l'a souvent proclamé, quand trouveras-tu le courage d'y aller toi-même, et d'affronter Satan ?... »*

J'écrivais une seconde fois à Béziers, en vain. Béatrix m'arracha tout à coup à ma prostration, à mes larmes :

– Puisque personne ne nous écoute, décréta-t-elle, allons-y nous-mêmes !

– À Béziers ?

– À Saissac ! Nous ramènerons ton fils avec nous. Il sera ravi de fuir les macérations que lui imposent les Parfaits, et le mauvais caractère du seigneur Bertran.

– Bien sûr, c'est tout ce qu'il nous reste à faire. Pourquoi ne l'ai-je pas fait plus tôt ?

– Pour démontrer la mauvaise foi de Saissac. Maintenant qu'elle est établie, nous pouvons y aller.

*

Je n'avais pas voulu emmener ma mesnie avec moi, et arriver en cortège chez le roi de la Montagne Noire. J'avais imaginé au contraire d'y aller *incognito,* de rencontrer mon fils au hasard de ses allées et venues et de le persuader à l'insu du seigneur Bertran de s'enfuir avec moi. Ainsi pourrait-il se sauver sans risquer d'être retenu par son tuteur.

Je pris avec moi Béatrix, que personne ne connaissait là-bas. Garin Garrèl voulait nous accompagner, mais je m'y refusais pour ne pas le mettre en danger de mort.

On arriva sous les murs de la ville de Saissac en fin d'après-midi, comme des pèlegrines occupées à visiter les reliques, la tête dans l'ombre de nos capuchons. Le passage de la porte de l'enceinte, qui n'était pas gardée, se fit sans encombre. Je savais qu'il n'en serait pas de même au château. Mais comment faire pour rencontrer mon fils ? L'idée première d'attendre son passage dans les rues me parut tout à coup chimérique. Il ne serait pas seul, et comment disparaître sans témoins dans ces conditions ?

Nous serions rattrapés sans faute. Béatrix eut encore une idée.

– Envoyons quelqu'un le chercher, fit-elle, et qu'il nous rejoigne hors de la vue du château.

– Qui envoyer ?

– Une donzelle.

Je me souvenais des Parfaites qui tenaient un couvent, Garsende du Mas et sa fille Gaillarde. J'hésitai.

– Nous pouvons demander à une Parfaite d'aller chercher Raimon-Roger, certainement, mais il ne faut pas lui dire que nous voulons l'emmener. Pour elles, il ne peut faire mieux son salut qu'ici.

– Nous ne dévoilerons pas nos intentions.

– Allons-y.

L'Oustal des Parfaites était encore en pleine activité, mêlant le travail de la laine et du tissage à celui de la cuisine et, dans un coin, l'éducation religieuse des enfants.

Cette animation nous fit passer inaperçues. Je reconnus la femme qui parlait aux enfants : c'était Gaillarde, la fille de la prieure qui avait soigné Aimeric avec sa mère, et nous avait souvent emmenés dans les bois alentour à la recherche des herbes qui soignent et de celles qui nourrissent.

Je me découvris devant elle et la prenant par le bras je lui chuchotai :

– Gaillarde, tu me reconnais ?

Gaillarde étouffa un cri et ses yeux virevoltèrent un moment avant de se poser sur moi avec méfiance. Elle est toujours aussi émotive, pensai-je.

– Domna Adélaïs ! s'exclama-t-elle, mais que faites-vous ici ?

– Je viens voir mon fils.

– Vous allez au château ?

– Non, justement. Je suis fâchée avec le seigneur de Saissac, qui ne veut pas me recevoir. Aussi je compte sur toi pour aller chercher Raimon-Roger et le ramener ici, que je puisse l'embrasser et lui parler un instant, sans témoins. Tu me comprends ?

Elle sourit poliment, jeta des regards furtifs autour d'elle.

– Je vous comprends, domna comtessa.

– Je compte sur ta discrétion. Ta mère est là ?

Une taie bruineuse passa sur ses yeux bleus.

– Elle est au Ciel, depuis deux ans.

– Que Dieu l'ait récompensée pour sa bonté.

– Amen !

– Tu iras ?

– Où ?

– Chercher mon fils au château ?

– Demain matin, sans faute.

– Maintenant !

– Maintenant ce n'est pas possible. Votre fils n'est certainement pas au château.

– Je suis si impatiente de le revoir. Je ne pourrai pas attendre...

– Il le faut. Vous dormirez ici. Et demain j'irai.

Je l'embrassai. Elle rougit violemment et laissa perler un rire de pucelle. Elle me serra à son tour dans ses bras. Je la sentis se réchauffer.

– J'ai beaucoup aimé ta mère, lui dis-je.

Ses yeux s'embuèrent à nouveau.

– Tout le monde l'aimait. Tout le monde l'a pleurée, sans exception.

*

Quand j'entendis le pas déterminé de Raimon-Roger s'approcher de ma chambre, mon cœur se mit à battre la chamade. Qu'était-il devenu, depuis un an ? Un jeune homme change davantage d'une année sur l'autre, à cet âge, qu'en dix ans de maturité.

Un donzel s'encadra au beau milieu de la porte et me fixa d'un regard de faucon. Je le reconnus à peine. J'allai vers lui murmurante, souriante, cherchant à le saisir. Il me repoussa brutalement.

– Que voulez-vous, domna ? fit-il d'une voix tranchante.

Je restai muette, hébétée. Il n'avait pas quatorze ans et déjà un corps d'homme, la stature de son père, en plus mince, sa taille à peu près, le visage plus clair, plus fin mais inachevé, ingrat, tourmenté. Ses yeux sombres brillaient dans l'ombre d'une colère incommensurable.

– Mon fils, dis-je, tentant une nouvelle fois de l'embrasser, de le serrer sur mon sein.

Il me retint à bout de bras et recula.

– Raimon-Roger, c'est ta mère ! l'interpella Béatrix furieuse.

– Pas elle. Une mère comme celle-là, je n'en veux pas.

– Quoi ? s'indigna ma belle-sœur. Qu'est-ce qui sort de ta bouche ? Tu renierais ta mère ?

– Je sais tout de vous, me cracha-t-il droit dans les yeux. Vous avez commis scandale sur scandale, sous les yeux de mon père.

Vous l'avez trompé avec tous les hommes qui passaient à portée de vos mains.

– Qui t'a raconté ces sornettes, mon neveu ? s'enflamma Béatrix, les joues rouges.

– Vous avez été la courtisane du roi Alfonse, poursuivit mon fils avec emportement, de ses chevaliers, et après lui de son fils. Et maintenant vous couchez avec l'Église de Rome, l'Église mère de fornication et d'abomination, ivre du sang des saints et des martyrs de Jésus-Christ.

– Qu'est-ce que c'est que ce baragouin ?

– C'est la vérité avérée sur l'Église des prélats cousus d'or, dépravés, que ma mère courtise et dont elle partage la couche. C'est dans cette sentine de vices qu'elle abandonne chaque soir toute décence, toute dignité.

Je reconnaissais dans la bouche de mon fils la violence sans limites des Bonshommes contre l'Église romaine, et aussi habilement mêlés les propos malsonnants de Bertran de Saissac à mon égard, qui voulait à tout prix m'empêcher de revoir Raimon-Roger et de le ramener vers l'ancienne foi.

J'étais atterrée. Bertran de Saissac avait ravagé le cœur de mon fils, il y avait semé d'épouvantables mensonges qui avaient pris racine avec la force attendue dans un terrain jeune et fertile. Je m'entendis dire d'une voix misérable :

– C'est le seigneur Bertran qui t'a raconté tout ça ? Et tu le crois ?

– Domna, répliqua-t-il avec impatience, un sauvage feu noir au fond des yeux, avant d'être mon tuteur le seigneur Bertran était le meilleur ami de mon père, alors que vous étiez son ennemie. Il est mieux placé que vous pour me dénoncer les traîtres, les infidèles, et les femmes qui se sont jouées de lui.

– Mon pauvre enfant, murmurai-je, dans quelles mains criminelles le conseil de tutelle t'a placé !

– Vous parlez faux ! J'ai la plus grande confiance dans le seigneur Bertran, qui est mon second père, et consacre son temps et son argent à me former au gouvernement de ma principauté, transmise de père en fils depuis des générations, depuis la naissance de notre lignage, dont vous n'êtes pas et que vous combattez...

– Mon petit, mais je suis ta mère ! Tu es aussi un Saint-Gilles ! Dans tes veines coulent le sang des Trencavel et le sang des Saint-Gilles, deux lignages à part égale, glorieux l'un et l'autre.

– Je refuse le sang des Saint-Gilles, du comte de Toulouse qui paya le meurtre de mon grand-père, le père de mon père. Je ne veux plus les connaître !

– Mon Dieu ! soupira Béatrix, pauvre enfant. Comme tu seras étonné, le jour où quelqu'un saura te remettre la tête à l'endroit.

– J'ai la tête à l'endroit, domnas, et je ne veux rien y changer. Je vous ai assez entendue, domna Adélaïs. Je n'ai plus rien à vous dire, sinon de vous recommander de vous repentir de vos fautes et d'embrasser la vraie foi, si votre corps supporte l'abstinence des plaisir de la chair. Je m'en retourne et ne veux plus vous voir, ici ni nulle part ailleurs.

Je m'avançai sur lui :

– Mon Dieu, mon petit... encore un instant écoute-moi...

Raimon-Roger avait tourné les talons. Je fondis en larmes. Gaillarde apparut, empressée, s'exclama : « Ça s'est mal passé, je m'en doutais ! » et avec Béatrix elle tenta de me consoler, insistant sur la jeunesse de mon fils.

« Il est certain qu'il ne sait pas ce qu'il dit, Adélaïs, reprit Béatrix, inquiète de me voir en lambeaux, en miettes ; il changera un jour et regrettera ce qui s'est passé ici, sois-en sûre. »

Je n'étais assurée de rien et désespérée, sanglotante, je repris sur l'heure le chemin du prieuré de Cassan, comme une route d'exil. J'étais comme une orpheline.

J'étais orpheline de mon fils.

XXXVII

L'hiver durait et s'allongeait démesurément. La fête de Pâques venue tôt cette année était passée dans le froid et la pluie.

Je n'avais pas eu la force de suivre tous les offices de la Semaine Sainte au monastère de Cassan. J'étais sans espérance, et loin de me réjouir de mes souffrances qui pour beaucoup auraient été un pas de plus vers le salut éternel, la lassitude d'une vie trop incertaine me retenait de revenir dans le monde.

Je n'avais de soulagement qu'en parcourant seule la campagne autour du monastère, dans les collines couvertes de chênes verts, de buis, de pins au feuillage léger comme une ombre, marchant dans des sentiers déserts piquetés de mottes herbeuses, traversant des landes rocheuses couvertes de genêts d'or.

Il y avait sur le chemin de Béziers un vigné odorant envahi par les cistes, la lavande, les genêts.

C'étaient des vignes données au monastère par des mourants, et que les moines ne travailleraient pas cette année parce que les familles s'y opposaient. Elles voulaient reprendre ce qui avait été donné trop facilement pour faire une bonne mort, sur le dos des vivants ; elles proposaient de payer des messes à la place, de s'inscrire largement dans le livre des obits, de faire des dons en argent, de donner un enfant, mais de garder la terre.

Les chanoines qui ne voulaient pas la guerre discutaillaient, eux, sur le dos des morts. En attendant la vigne se reposait, hirsute. Elle n'en serait que meilleure l'an prochain.

Je m'éloignais peu à peu de mes compagnes, que je trouvais trop légères, trop gaies. J'enviais leur gaieté, leur insouciance, leurs rêveries, mais j'étais incapable de les partager.

La perdition de mon fils me hantait.

J'allais me réfugier souvent dans une crypte de lauriers, à l'abri du vent et des regards, contemplant sous la glace, le matin à l'aube, les herbes et les feuilles prises dans le cristal de l'eau, méditant jusqu'au soir, jusqu'à l'apparition sur le ciel rosi du ponant, derrière l'église, du tracé harmonieux des branches noires.

Quand me revenait un instant le désir de revivre au milieu des hommes, ou plutôt pour être agréable à mes donzelles je les accompagnais sur les chantiers de l'abbaye. Nous nous mêlions simplement aux compagnons tailleurs de pierre, aux maçons, aux charpentiers, aux frère convers dont la ferveur suppléait mal l'ignorance des métiers. Parfois s'arrêtait brusquement le martèlement de la pierre et du bois, le chantier retenait son souffle ; nous attendions en souriant l'éclat d'une bordée de jurons, des vociférations fort peu monastiques qui déchiraient l'air froid et humide.

Le contraste entre cette agitation rude et tapageuse des hommes besogneux et la suave sérénité du chœur, aux offices, dans la lumière dorée des buissons de cierges, nous faisait l'effet d'être passées d'un monde dans un autre, parfaitement étranger au premier.

Néanmoins l'attrait de la Jérusalem céleste, lumineuse et parfumée, bercée des voix profondes, l'harmonieuse mimique des chanoines au plain-chant ne pouvait détourner de leur proie la force obstinée qui me hantait, et qui me ramenait sans cesse auprès de mon fils. Je l'imaginais dans une sorte de manège à chevaux où je voyais qu'on le dressait à prendre en haine l'Église romaine et les femmes. Et sa propre mère.

Il était revenu à Carcassonne, après Pâques, pour être montré au peuple, ayant passé quatorze ans. Il pouvait régner. Pour autant je n'en avais pas davantage de nouvelles. J'avais essayé d'imaginer ses premières volontés.

Je ne pouvais m'empêcher de rêver qu'il venait me visiter au prieuré de Cassan avec une suite nombreuse, m'honorant enfin d'une considération filiale, peut-être feinte, que ses proches, son tuteur, quelque évêque soucieux de paix publique lui aurait finalement conseillé dans le souci de sa réputation et de son honneur.

J'imaginais d'autres fois qu'il survenait à bride abattue avec Aton et deux ou trois compagnons de son âge, tout au plus, s'avançant en secret jusqu'ici pour voir de ses yeux à quoi ressemblait la femme coupable qui avait si souvent humilié son père, et qu'on disait être sa mère de sang.

Mais personne ne venait jamais, ni pour m'embrasser ni pour me punir, ni simplement par curiosité. Personne n'apparaissait, jamais, sur l'horizon bouqueté de pins, de cèdres, de cyprès que je ne quittais jamais des yeux du côté de Béziers, ni cortège éclatant dans le soleil printanier, ni troupe bruyante de cavaliers venant à franc étrier et poussant des cris d'assaut, ni visiteur furtif marchant en secret avec quelque compagnon, un bâton à la main. Il n'y avait jamais personne. Personne.

Je pensai écrire. La crainte d'une attente interminable et vaine m'en empêcha. C'eût été me supplicier moi-même, sans aucun profit.

Béatrix qui souffrait plus que toutes de mon état, et qui avait été témoin des injures dont mon fils m'avait abreuvée à Saissac, m'incita à raconter ma vie, telle que je l'avais vécue, connue, ressentie, sans rien omettre.

– Peut-être Raimon-Roger en aura-t-il connaissance un jour, me répétait-elle. Peut-être voudra-t-il connaître la vérité sur sa mère.

– J'en doute.

– Moi non. Et s'il n'ose le faire de ton vivant, par crainte de devoir te demander pardon, il le fera certainement après ta mort.

– Ce sera trop tard.

– Pour toi peut-être, mais lui ça le sauvera.

– Que veux-tu que je fasse ?

– Raconte-lui ta vie comme s'il était à côté de toi, tout oreille. Ne cache rien, dis-lui comme ton cœur a toujours été sincère, et comme on l'a malmené. Dis-lui les injustices qui t'ont été faites, les violences, les déchirements ; les choix qui t'ont été imposés. Dis-lui comment tu as fini par aimer son père, jusqu'à lui donner un fils, et comme tu l'aimes, lui.

– Et après ?

– Tu laisseras ce livre à la garde du monastère. Un jour Raimon-Roger parlera de toi au prieur. Le prieur saura que le moment est venu de lui remettre ton livre. Le livre de ta vie. Fais-le.

Je me fis livrer par le monastère encres et parchemins dans ma chambre, et tout me revint comme au premier jour, au premier jour où je rencontrai Aimeric de Castelnau, le compagnon de mon frère. Ma plume courait seule en crissant presque joyeusement sur la surface raide du parchemin, l'encre s'insinuait dans les pores gorgés de craie, suivait les sillons minuscules en traçant pas à pas mes pensées, mes souvenirs : « *J'aimais ma chambre. Elle donnait vers la Garonne par une fenêtre double que partageait – et que partage encore certainement – une colonnette torse portant une pierre cubique chargée de petits écureuils. Je ne sais pas pourquoi j'aimais tant ces petits écureuils. Ils couraient sur des rameaux de lierre dans une ronde sans fin qui échappait à ma vue en parvenant sur la façade. Je les voyais revenir de l'autre côté, sans faute, et c'était à chaque fois une surprise. Je m'assurais qu'aucun n'avait grimpé aux arêtes courbes des fenêtres...* »

Tout revint se bousculer en foule devant mes yeux, et je compris que Dieu dans sa bonté m'avait donné plusieurs vies. Mais tout ceci n'était rien si je devais mourir sans revoir mon fils, sans lire dans ses yeux qu'il m'aimait et me considérait. J'aurais tout donné, la totalité des jours qui me restaient à vivre pour lire dans le regard de faucon de mon fils, ce regard furieux, méprisant, surprendre une seule fois derrière ce feu noir une lueur d'amitié, comme une fugace envie de douceur envers cette femme dont on lui avait dit tant de mal.

*

Je suis assise au bord de ma crypte de lauriers, ce minuscule ravin couvert de fourrés odorants, de lauriers, d'amélanchiers, et qui porte dans l'ombre de la haie un minuscule parterre de violettes. Dans le petit miroir de l'eau qui a conservé sa clarté de l'hiver je contemple ma face, ma vie. Je raconte. Quand je n'écris pas je raconte ce que je vais écrire au retour, j'explique, je justifie plutôt, je donne des détails, des preuves. Je me défends, je ne peux pas m'empêcher de me défendre.

Reviennent aussi, comme par inadvertance, les moments gais de mon existence.

Alis vient me surprendre. Elle me gronde, exaspérée : « Mais à qui parles-tu, pauvre femme ?

– À mon fils !

– Encore ? Mais il n'est pas là, il n'y a personne, regarde !

Je sais qu'il n'y a personne, je le sais beaucoup mieux qu'elle. Mais un miracle est toujours possible, j'y crois encore. J'y croirai jusqu'à mon dernier souffle.

Je lui rétorque avec une assurance méchante :

– Il viendra, tu peux me croire.

Elle me prend les épaules, me serre contre elle sans un mot.

Au même instant apparaît la silhouette d'un cavalier sur sa monture, en haut de la colline qui touche le ciel vers le ponant.

– Le voilà, dis-je pour me venger de son manque de foi.

Alis sourit, caresse mes cheveux, murmure : « Et si c'était vrai... » scrute la tournure du cavalier, reconnaît de loin un chevalier de cour, richement paré. Le pectoral de son cheval brille comme de l'or.

Alis a de bons yeux, je peux m'y fier. J'attends en silence, sans un geste tant je crains de voir cette apparition s'estomper dans l'air encore frais, se dissoudre dans le scintillement de l'air et s'évanouir, comme un mirage.

Derrière le cavalier qui s'est mis au pas une aile basse et grise de nuages passe devant le soleil, répandant un air glacé.

« C'est un cavalier du froid », s'amuse Alis.

Puis l'aile sombre se replie dans une flexion majestueuse, libérant un trop-plein de lumière blanche qui éclaire d'une lueur biblique la campagne. Un grésil se déverse brusquement dans un crépitement d'aiguilles, illuminant les champs et les vignes, couvrant le cavalier d'une poudre blanche et brillante avant de venir grésiller sur nos têtes.

Nous nous levons, courant nous abriter sous un carré d'amandiers dont l'orage déchiquette à plaisir la floraison neigeuse, puis sous un pin à pignons qui déploie sa majestueuse couronne entre nous et le cavalier. Nous y sommes ensemble. Sous la courte cape trempée je reconnais Aton, le demi-frère de mon fils, meneur de loups à l'occasion. Il nous salue. Je n'en crois pas mes yeux.

Dieu m'aurait-il exaucée, rompant avec sa réputation d'être d'une insupportable désinvolture, d'une incroyable légèreté ?

Une tendresse lumineuse et poignante me pousse à embrasser Aton qui sourit, vaguement ému. De mes doigts glacés je dégage son visage pris dans le filet de ses mèches mouillées.

– Parle-moi de lui, fais-je le cœur malmené.

Aton laisse venir la clarté d'un sourire sur sa face luisante, rosie par les giboulets.

– Il m'a demandé de venir vous voir.

– Qu'a-t-il à me dire ?

– Il veut savoir si vous lui pardonnerez.

– Lui pardonner quoi ?

– De vous avoir maltraitée à Saissac, l'an passé.

– J'ai oublié.

– Il souhaite que vous alliez le voir à Carcassonne. Vous irez ?

– Je ne sais pas. Et pourquoi ce revirement tout à coup ? Il était si sûr de lui ! Il a enfin chassé Saissac, son âme damnée ?

– Il était à Carcassonne depuis peu de temps quand une vieille femme l'a mandé dans le quartier Saint-Vincent.

– Il s'est déplacé pour une vieille impotente ? Ça ne lui ressemble guère.

– Elle lui annonçait qu'elle avait des révélations importantes à lui faire sur sa mère.

– Et qu'a-t-elle révélé de si extraordinaire, qu'il en ait été complètement retourné ?

– Je ne sais pas.

– Tu n'étais pas avec lui ?

– Nous sommes descendus à pied dans le quartier Saint-Vincent, dans un petit oustalet, tout petit. Une femme en bas était couchée dans un lit, un lit énorme bâti par un charpentier, car la vieille femme était...

Il arrondit ses bras. Je lui vins en aide :

– ... monumentale.

– Oui. Le lit était disposé pour qu'elle puisse voir les passants dans la rue. Elle a reconnu Raimon-Roger dès qu'il est entré. Lui ne l'a pas reconnue. Elle lui a fait signe de s'approcher, en agitant la main. Raimon-Roger lui a demandé :

– Vous êtes malade ?

– Malade d'avoir trop vécu. Approche mon petit ! Je suis faible comme un pet de papillon.

Je ris d'un rire gros. C'était bien ma petite mère.

Comme il se penchait elle saisit sa tête comme dans un étau et le tirant à elle l'embrassa sur les deux joues.

– Raimon-Roger, poursuivit-elle sans le lâcher, je ne veux pas mourir avant de t'avoir dit la vérité sur ta mère Adélaïs, que j'ai élevée comme ma fille en l'absence de sa vraie mère.

– Qu'avez-vous à me dire ? s'impatienta mon frère.

– Tout le contraire de que tu as entendu de tes ennemis, les malebouches qui ont toujours travaillé à te séparer de ta mère. Pense qu'ils n'ont pas travaillé pour toi, ceux-là, ni pour la foi, ni pour le salut de ton peuple.

– Qu'avez-vous à me dire sur ma mère ? Je ne voudrais pas la revoir pour mille marcs d'argent !

– Riche qui peut, mais heureux qui sait et sage qui veut...

La vieille femme le tenait toujours serré, agrippée à son gambison. Il ne pouvait plus s'en aller.

– Écoute-moi ! Personne ne connaît ta mère mieux que moi. Son seul péché est d'avoir trop aimé la vie. Et jamais elle n'a été infidèle à son cœur...

Aton se tait. Il n'a pas pu ou pas voulu entendre ce qu'Ogive, la bouche collée contre l'oreille de mon fils, lui a révélé qui le bouleversa au point de m'inviter à le rejoindre à Carcassonne.

– Vous viendrez ? répète-t-il, quelque peu inquiet.

– Je ne sais pas. J'aurais tant préféré qu'il vienne lui-même...

– Il est resté trois jours sans parler. Puis il m'a demandé de venir vous voir.

– Il a peur de moi ?

– C'est qu'il a craint d'être chassé.

– Par une vieille femme ?

Le jeune homme me rétorque :

– Vous n'êtes pas vieille ! Vous êtes très belle, tout le monde le dit.

Je m'amuse :

– Qui c'est ce « tout le monde » ?

– Moi, mes compagnons, les chevaliers de la cité, tous ceux qui vous connaissent. Même Saissac.

– Dans la bouche de Saissac c'est toujours accompagné d'une injure. Quant aux autres, ils ne m'ont pas secourue pour autant.

Je lui prends le bras.

– Tu me plais beaucoup, Aton. Tu es courageux, fidèle. Je te sens franc comme l'or. Tu me rappelles quelqu'un de cher à mon cœur. Je te donnerai une de mes donzelles en mariage, si tu le veux.

– Leïla.

– Tu as déjà fait ton choix ? Si elle y consent elle sera à toi.

– Elle y consent.

– Ah ? Vous avez déjà parolé...

Quelque chose me contrarie. Mon fils... j'ai oublié ses injures, réellement, mais je ne peux admettre sa lâcheté. Il n'a même pas pris le risque de venir se mettre à ma merci pour obtenir mon pardon.

« C'est bien un Trencavel ! dis-je tout haut. La malédiction des Trencavel, c'est leur orgueil, pas autre chose. »

Aton tente de m'apaiser :

– Je suis venu, moi son frère. Enfin, son demi-frère.

Je réplique, je crie :

– Tu es son frère, c'est entendu, mais ce n'est pas toi qui m'a tuée de chagrin !

Mes yeux sont attirés par le vol d'un aigle qui dans le ciel bleu et blanc tourne au-dessus d'une prairie scintillante. Il s'enfuit brusquement et d'un coup d'aile passe derrière la colline. Mon regard accroche un cavalier que je n'avais pas remarqué dans l'ombre du vallon. Son cheval sautille, le pas vif, l'encolure étirée dans une sorte d'envie folle de partir en avant, d'échapper à la main.

Je ne demande pas qui est ce jeune homme qui ploie son corps avec grâce sous les sursauts du cheval. Mon cœur l'a reconnu.

Aton sourit. « Il est là, dit-il doucement, il m'a demandé de venir vous avertir. Il craignait que l'émotion, la surprise... » Je lui prends le bras :

– Allons !

On s'avance. Le cavalier, comme s'il avait compris l'invite, met son cheval au petit galop, laissant sa monture joyeuse s'encapuchonner avec élégance. Comme son allure se brise par de brusques écarts sur le miroitement des flaques, le donzel accommode souplement, accentuant le balancement comme par jeu.

Qu'il est beau mon fils !

Je distingue peu à peu son visage réjoui, amusé. Insouciant, impertinent peut-être. Je sais qu'il m'observe sans inquiétude, assuré de mon pardon, de mon amour. Je me dis : « Nos enfants ne prennent jamais leur part de notre souffrance... Mais c'est peut-être mieux ainsi. »

Ma peine s'est envolée. C'est du moins ce que je crois. Aton m'observe.

– Il était là-bas sous les pins... fait-il. Il voulait vous laisser le temps... Il ne voulait pas vous imposer... Mais vous pleurez, domna ?

Il me serre le bras. Je lui prends la main avec force.

– Je suis heureuse. Si heureuse...

GLOSSAIRE

Adouber : l'adoubement est une cérémonie initiatique et religieuse pendant laquelle on arme un nouveau chevalier en lui remettant ses armes et son armure.

Alleu : tenir en *franc alleu* un bien (terre, maison, domaine, revenus) c'est le posséder directement, sans verser de droit à personne. Les alleux « ne relèvent que du soleil », contrairement au *fief* et à la *tenure*.

Apier : (du latin *apis*, l'abeille), rucher en langue d'oc.

Argentière : mine d'argent.

Aumusse : sorte de camail à capuchon, souvent fourré, que les chanoines portent aux offices dans l'église pour lutter contre le froid.

Barricot, barriquot : petit tonneau.

Bliaud : tunique de dessus pour les hommes (plutôt court) et les femmes (long).

Borgès : bourgeois, c'est-à-dire habitant le bourg. Il ne vit pas directement de l'agriculture, mais du négoce ou des services.

Campane : cloche, sonnaille.

Canon : (du grec *kanon,* règle), règle, décret des conciles en matière de foi et de discipline. Le droit canon est le droit ecclésiastique.

Capeleta, capelette : petite chapelle.

Capitelle : cabane de berger de diverse forme mais bâtie toujours en pierres sèches. Elles sont souvent prises dans la murette d'un enclos.

Carreau : coussin de soie carré pour s'asseoir ou s'agenouiller.

Castrum : bourg fortifié, comprenant le château *(castellum)*, l'habitat et les remparts.

Cers : vent du nord dans les pays d'Aude.

Chantadours : chanteurs.

Chapel : à l'origine bandeau ou ruban qui ceint la tête et retient la chevelure. C'est encore le cas au XIIe siècle. Brodé, fleuri, rehaussé de fils d'or et d'argent, ou de soie colorée il est indispensable pour la fête. Puis prendra le sens actuel : *chapel de fer, chapel de fautre* (feutre).

Chartier : armoire, coffre ou recueil de toutes les chartes et autres actes juridiques concernant une communauté (monastère, paroisse) ou une seigneurie.

Chaser : établir un paysan sur sa tenure, un vassal dans son fief.

Chausses : bas de laine ou de lin, de soie, prenant le pied ou non, parfois semellé, qui gaine la jambe des hommes comme des femmes. Les hommes les attachent à la ceinture par des cordons, les femmes les retiennent avec des jarretières.

Chevance : ce que l'on possède de son propre chef.

Conduit : (lat. *conductum*) : protection accordée aux voyageurs (surtout aux marchands) par une autorité. On dit aussi *guidage.*

Conroi : groupe de chevaliers réunis sous la même bannière.

Consolament : la religion cathare ne connaissait qu'un sacrement : le consolament. C'est le baptême en Esprit. Il consistait dans l'imposition des mains par un Parfait sur la tête du croyant pour réaliser l'union mystique de l'âme et de l'Esprit-Saint, qui avait seul pouvoir à l'heure de la mort de ramener au Ciel l'âme qui en était tombée.

Le consolament se déclinait de diverses manières rituelles selon qu'il s'agissait du premier baptême d'un croyant, de l'ordination d'un diacre ou d'un évêque, ou du consolament de bonne fin du mourant.

Sans le consolament le croyant cathare ne pouvait être sauvé. Comme ce sacrement impliquait le renoncement au monde terrestre, et donc imposait une vie ascétique jusqu'à la fin de ses jours, la plupart des croyants ne le demandaient que sur leur lit de mort.

Convers : moine illettré qui ne reçoit pas les ordres cléricaux et est chargé des tâches matérielles.

Cotte : tunique qui peu à peu remplace le bliaud en s'allongeant. La cotte serre le torse et s'évase à partir des hanches. elle est très longue chez la femme.

La *cotte de mailles* a la forme d'une cotte, en mailles de fer entrelacées.

La *cotte d'armes* est un vêtement armorié en tissu qui se porte sur la cotte de mailles et l'armure pour se faire reconnaître. En pays chaud elle évite l'échauffement du fer.

Dariole : flan doré.

Domna : contraction du latin *domina*, qui signifie maîtresse, patronne. Le terme est en pays de langue d'oc l'équivalent de dame en pays de langue d'oïl. Une autre contraction réduit le terme à *Na* (Na Louba, Na Lombarda) ou *N'* (N'Azalaïs) et s'applique à des femmes ayant une position sociale dominante ou une célébrité particulière.

Donzel : jeune homme de noble famille qui n'est pas encore chevalier, ni marié.

Enfelonné : très en colère.

Esbourrasser : houspiller, se tirer les cheveux.

Estage : les châteaux qui n'étaient pas habités en permanence étaient gardés par des chevaliers de service qui y séjournaient un certain temps (par exemple quatre mois par an). Le temps de service est l'estage.

Fièvre tierce, quarte : fièvre revenant tous les trois jours, tous les quatre jours.

Flassade, flaçade : (*flaçada* en langue d'oc), couverture grossière, housse de cheval.

Follieux, follieuse : fou, folle.

Force : petite forteresse, maison forte.

Garrèl : boiteux. Qui marche de travers.

Gonelle : tunique de dessus, plutôt rustique.

Grau : le long du littoral, les lagunes sont séparées de la mer par des cordons littoraux dans lesquels s'ouvrent des passes par où la mer peut s'engouffrer, et les crues des fleuves s'évacuer. Ces passes sont les graus qui permettent aux marins de venir s'abriter et de se rapprocher des villes.

Guidage : droit perçu sur les voyageurs par un seigneur contre la sécurité qu'il garantit. Également *conduit.*

Hoqueton,hauqueton, auqueton : toile de coton qui donna son nom à une sorte de gambison rembourré d'ouate de coton, porté sous la cotte de mailles ou l'armure pour amortir les coups.

Honneur : dignité morale mais aussi droit de commandement sur tout le territoire de la seigneurie. Désigne tout ce qui représente la dignité seigneuriale : terres, châteaux, justice, revenus.

Joncasse : terrain couvert de joncs.

Jouglar : musicien chanteur dont le métier est de distraire. Récite, joue et interprète le répertoire des troubadours. Il est aussi bateleur et fait des tours.

Joy : le *joy (joi)* est le mot clef du lyrisme des troubadours. Il représente un état d'allégresse, d'emportement poétique, d'exaltation ou de félicité amoureuse absolue.

Lance : unité militaire de cinq à dix hommes composée d'un chevalier et autour de lui d'écuyers, d'archers, de valets d'armes, coutiliers, pages, etc.

Lauze, lause : dalle de pierre. Pierre calcaire de couverture, mince et plate.

Lice : à l'origine palissade, puis espace entre les diverses murailles d'un château. Enfin désigne le champ clos où se déroulent les tournois.

Lieue : mesure de distance variable, de l'ordre de quatre kilomètres.

Mainadier : celui qui mène le troupeau (*mainada*).

Maisnie, mesnie : englobe la famille et tous les familiers, les domestiques, tous ceux qui vivent au sein d'un château, d'un *oustal.*

Marc : mesure de poids des métaux précieux qui équivaut à 250 grammes environ. Le nombre de pièces tirées d'un marc d'argent donnait la valeur d'une monnaie.

Ménétrier, ménestrier : musicien.

Mense : (latin *mensa*, la table) : la *mense* est la part du revenu ecclésiastique affectée à celui qui occupe une charge : évêque, chanoine du chapitre, abbé, moine.

Méshaigné : meurtri.

Mucer : cacher.

Ost : armée, service dans l'armée du suzerain obligatoire pour les nobles un certain nombre de jours par an (en principe 40 jours).

Oublie : sorte de gaufre.

Oule : grand vase pansu à cuire, en céramique grise.

Oustal : maison, habitation, mais aussi maisonnée comprenant la famille, la mesnie, le lignage. C'est le clan.

Oustalier : hôte, maître de maison.

Palenc : alignement de pals, palissade en bois.

Parage, paratge : (de *par*, égal) : famille, parenté, lignage. Désigne la noblesse de cœur.

Parfait : le terme *perfectus* est employé uniquement par l'Inquisition pour qualifier les hérétiques confirmés, qui ont reçu le consolament d'ordination et ont renoncé au monde.

Parier : dans le Midi désigne les coseigneurs qui se partagent une seigneurie, un droit. Certaines seigneuries pouvaient avoir jusqu'à cinquante coseigneurs, en raison des successions qui ne connaissaient pas le droit d'aînesse.

Patarin : le mouvement de la *pataria* est né en Italie au XIe siècle, autour de Milan. Hostile au haut clergé et professant le retour au christianisme des origines, leur dogme était proche de l'hérésie cathare. Utilisé par les uns pour réformer l'Église, accusé d'hérésie par les autres, le mouvement des Patarins sera assez vite persécuté. Le mot désignera par extension tous les hérétiques dans un sens péjoratif.

Puech, pech, puèg, pog, puig : (latin *podium*), puy, mont, montagne, haute colline.

Pèlegrin : (*pelegrinus*, voyageur), pèlerin, celui qui accomplit une pérégrination.

Péon : soldat à pied.

Piote : dinde, nigaude en langue d'oc.

Pissin : pisse, urine répandue dans un lieu.

Quintaine : mannequin monté sur pivot, casqué et cuirassé, qui servait à l'entraînement du chevalier à la lance.

Ricomes : « Riches hommes » en espagnol, pour désigner les nobles et les notables.

Rissoles : sorte de beignets salés.

Robine : en Camargue canal artificiel plus ou moins large. Sert à la vidange des crues.

Routier : (*ruptorius*, celui qui rompt la trêve) : soldat mercenaire au chômage et qui profite de la paix pour former une bande armée (*route*) et écumer la région sans grand risque. Ils sont nombreux dans le Toulousain pendant tout le Moyen Âge.

Sac : pillage d'une ville.

Sagne : terrain humide, marécageux. En Camargue désigne le roseau qui sert pour la construction des cabanes.

Sansouire : en Camargue, terres salées régulièrement inondées, portant une végétation spécifique : salicorne et saladelle, roseaux, joncs, carex.

Senhal, segnal : signe, signal. Dans le monde des troubadours le *senhal* est un surnom qui désigne le troubadour et la personne qu'il aime en secret. Cette manœuvre permet les plus grandes audaces de langage.

Socius : (latin *socius*, compagnon), chaque Parfait a un *socius*, chaque Parfaite une *socia*. En effet le clergé cathare va toujours par deux, comme les apôtres.

Sodomite : homosexuel masculin, par référence à Sodome et Gomorrhe, villes détruites par Dieu parce que l'homosexualité masculine y était largement répandue.

Saumade : charge d'une bête de somme. Par exemple une saumade de vin égale deux tonnelets de vin.

Tartane : petit navire de la Méditerranée portant un grand mât avec antenne et donc unc voile triangulaire.

Trobar : Art de « trouver » les beaux vers qui émeuvent, les mots qui font mouche, les belles phrases bien frappées. Le troubadour est d'abord un auteur qui sait séduire par le verbe, la mélodie restant secondaire et changeante.

Trottier : (*trottaïre* en langue d'oc) : piéton légèrement armé qui accompagne les chevaliers pour les assister et protéger les chevaux.

NOTICE HISTORIQUE

Après la première croisade en Palestine (1096), dont une armée fut menée par le comte de Toulouse Raimon de Saint-Gilles, le Midi connut un essor magnifique dans tous les domaines. Cet essor excita l'appétit des puissants et entretint pendant tout le XIIe siècle une guerre endémique appelée « la grande guerre méridionale ».

Trois princes se disputaient l'hégémonie sur le Midi.

Le roi d'Angleterre Henri Plantagenêt, d'origine française, duc d'Aquitaine par sa femme Aliénor, tentera à plusieurs reprises d'occuper le Toulousain sous le prétexte que sa femme y avait des droits (elle était l'arrière-petite-fille du comte Guilhem). Son fils Richard Cœur de Lion s'emparera brutalement de Cahors et du Quercy.

Les comtes de Barcelone, devenus rois d'Aragon par le mariage de Raimon-Bérenger avec la fille du roi d'Aragon, Pétronille, ont toujours disputé la terre provençale aux comtes de Toulouse, chacun ayant épousé en 1112 une fille du comte de Provence. Un premier règlement du conflit s'établit en 1125 qui partage la Provence en deux : le comte-roi a le comté de Provence, c'est-à-dire la basse Provence de la Durance à la mer, tandis que le comte de Toulouse conserve le marquisat de Provence, au nord de la Durance. Ce partage, jamais totalement accepté, alimentera des conflits armés continuels pendant tout le XIIe siècle, et occupera une grande partie des forces toulousaines.

Le roi d'Aragon possédait également la vicomté de Millau et le comté du Gévaudan. Le premier comte-roi, Alfonse, passera plus de temps au nord des Pyrénées qu'en Espagne. Parlant couramment la langue d'oc, troubadour reconnu, il a peut-être rêvé d'un État à cheval sur les Pyrénées.

Enfin les comtes de Toulouse, avec une principauté bicéphale (pays toulousain à l'ouest et marquisat de Provence à l'est) ont beaucoup de mal à défendre et à consolider leurs possessions. D'autant que les territoires qui séparent les deux parties de la principauté toulousaine sont sous l'autorité de vicomtes qui refusent, pour la plupart, la suzeraineté de Toulouse.

Le plus important de ces vicomtes, par l'immensité de son État autant que par sa situation stratégique, est le vicomte d'Albi, Carcassonne et Béziers. Simples viguiers du comte de Toulouse dans la vallée du Tarn à l'origine, les vicomtes de l'Albigeois connaissent une ascension importante par d'habiles mariages et, deux siècles plus tard, se sentent assez forts pour se soustraire à l'autorité de Toulouse. Surnommés Trencavel (« Tranche bien » en langue d'oc), devenus vicomtes d'Albi, Carcassonne et Béziers, ils vivent dans la hantise d'être cernés par les possessions du comte de Toulouse. C'est la raison pour laquelle ils passent des alliances définitives avec les comtes de Barcelone devenus rois d'Aragon, ainsi que des accords de circonstance avec les autres grands seigneurs de la région contre le comte de Toulouse.

Ils n'hésitent pas non plus à affronter directement leur suzerain. En 1143 le comte Anfos (Alphonse-Jourdain) est capturé par Roger Ier Trencavel. En 1153 c'est le nouveau comte de Toulouse Raimond V qui capture Raimon Trencavel, le père de Roger II, après qu'il eut fait hommage au roi d'Aragon. Le même Raimond V est soupçonné d'avoir suscité à Béziers l'assassinat de Raimon Trencavel en 1167.

Se rendant compte de l'impossibilité d'imposer la paix par la force des armes, Raimond V propose au jeune Roger Trencavel sa fille Azalaïs (Adélaïde est son nom latinisé puis francisé), à peine nubile. Roger accepte mais sans renoncer à ses alliances. Raimond V propose alors de marier son fils (le futur Raimond VI) à une sœur de Roger Trencavel.

Comme ces deux mariages n'apportent pas les résultats escomptés, Roger persistant dans son alliance avec ses ennemis mortels, le comte de Toulouse utilise une autre arme : la dénonciation de la déviation hérétique.

En effet une nouvelle doctrine religieuse se répand dans le Midi, assez développée dans un périmètre Albi-Toulouse-Foix-

Béziers pour mettre en place à la fin du XIIe siècle une nouvelle Église, l'Église cathare appelée « Église de Dieu ».

Cette hérésie qui se veut chrétienne considère que tout ce qui a une origine terrestre est mauvais, et qu'il faut donc s'en détacher le plus tôt possible. L'Église catholique romaine, qui est une puissance temporelle autant que spirituelle, comprend le danger de laisser se développer une idéologie qui sape directement la légitimité de son clergé, et donc de ses revenus, la présentant comme l'œuvre de Satan.

Raimond V exploite cette situation en écrivant en 1177 au chapitre général de Cîteaux, proche du pape, pour l'alerter du fléau hérétique qui se répand dans les terres albigeoises. Il obtiendra l'année suivante l'inspection d'un légat suivie de l'excommunication de son gendre, Roger Trencavel.

Trencavel se venge et protège ses possessions en rendant hommage, avec la donation de ses biens, au roi d'Aragon qui les lui restitue en fief (1179). En rétorsion le comte de Toulouse participe militairement à une nouvelle inquisition du pape en 1181 dans les domaines de Trencavel, qui s'achève en juillet par le premier siège de Lavaur (Tarn), ville sainte de l'hérésie cathare. Trencavel poursuit l'escalade en adoptant un fils du roi d'Aragon en 1185. Dans la même année le comte de Toulouse assiège Carcassonne.

Le conflit ne s'apaisera qu'après 1191 avec la paix d'Albi, peu d'années avant la mort de Roger à Béziers, en mars 1194. Il est enterré au prieuré de Cassan (commune de Roujan au nord de Béziers), devenu la nécropole des Trencavel. La même année meurt le comte de Toulouse à Nîmes, au retour d'un pèlerinage. Il est enterré dans la cathédrale.

Le roi de France intervient assez peu dans cette compétition, sinon pour maintenir l'équilibre entre les trois maîtres du Midi selon le principe : « diviser pour régner ». C'est ainsi qu'il ne refuse pas son aide au comte de Toulouse quand il est menacé. En 1159 Louis VII vient délivrer Toulouse du siège anglais, et en 1188 Philippe Auguste intervient dans le Berry et le Bourbonnais pour ralentir l'attaque de Richard Cœur de Lion sur le Quercy, ce qui ne l'empêche pas plus tard de s'arranger avec le roi d'Angleterre au détriment de Toulouse.

Il se manifeste encore au mariage d'Adélaïs et de Roger Trencavel (1171) en leur donnant la ville de Minerve, dont il détenait les droits, et auprès de Raimon VI à la mort de son père (1194) en lui donnant la ville et l'abbaye de Figeac.

Mais si le comte de Toulouse Raimon V cultivait l'amitié des rois de France (il avait épousé la sœur de Louis VII ; c'est lui qui entamera en son nom, en 1170, les pourparlers avec l'empereur Frédéric Barberousse), Raimon VI fera tout à l'inverse de son père. Il s'alliera sans hésiter aux ennemis du roi de France, épousant la sœur de Richard Cœur de Lion, Jeanne, puis celle du roi d'Aragon à qui il rendra l'hommage lige.

Les seigneurs du Midi, à l'exemple de leurs suzerains, négligent ou refusent d'apporter leur aide au roi de France contre ses ennemis. Philippe Auguste le leur rappellera au moment crucial de la croisade contre les Albigeois.

L'influence d'Azalaïs (Adélaïde) est difficile à saisir dans ces conflits. Nommée par les troubadours « comtesse de Burlats », cette titulature insolite semble indiquer qu'elle vécut longtemps après son mariage dans ce *castrum* des Trencavel. Peut-être en exil.

Elle est aussi connue par quelques chansons de troubadours catalans, en particulier Guilhem de Berguedan qui fait allusion à une liaison amoureuse entre elle et le roi d'Aragon Alfonse, suzerain de son mari. « La comtesse qui est domna de Béziers, dit-il au roi, à qui tu as pris – quand elle te donna son amour – deux cités et cent châteaux et tours... » Il s'agit de son douaire, avec les cités de Limoux et Quillan et tous les châteaux du Razès, donné au roi lors de l'hommage de 1179, et que celui-ci a refusé de lui rendre.

Un autre indice de la difficile cohabitation de la fille du comte de Toulouse avec Roger Trencavel est dans le fait qu'ils mettront quinze ans pour avoir un enfant et assurer la continuité du lignage. Raimon-Roger est né à Pâques 1185.

À la mort de Roger en 1194 cet enfant sera disputé entre sa mère et son tuteur Bertran de Saissac, un ami des Trencavel mais hérétique notoire. Bertran de Saissac empêchera Azalaïs de voir son fils jusqu'à sa majorité.

L'hérésie cathare étant tolérée sinon soutenue par la noblesse du Midi, le pape Innocent III finit par obtenir du roi de France son accord pour une croisade contre les « Albigeois », après le meurtre de son légat Pierre de Castelnau en janvier 1208.

Le comte de Toulouse Raimond VI, frère d'Azalaïs et donc oncle de Raimon-Roger, fera semblant de s'associer à la croisade descendue par la vallée du Rhône pendant l'été 1209. Il l'orientera vers les terres de son neveu qui, refusant tout faux-fuyant, sera le seul grand seigneur du Midi à oser s'opposer à l'occupation armée. Il n'avait que vingt-quatre ans.

Sans être un croyant de la nouvelle foi il mettra par principe ses villes en défense, mais après la prise soudaine de Béziers et le massacre de sa population, Carcassonne ne tiendra que quelques jours. Invité à négocier dans le camp des croisés, il sera fait prisonnier et enfermé dans les geôles de son propre palais. Il ne survivra que quelques mois à sa captivité.

Par sa tolérance aux idées nouvelles, son esprit de résistance et son sacrifice, Raimon-Roger reste le véritable héros de la croisade contre les Albigeois.

La mère de Raimon-Roger n'a pas connu les événements dramatiques de l'été 1209. À la majorité de son fils elle retrouva son influence et passa les dernières années de sa vie auprès de lui. Elle disparut à la fin de l'année 1200 et fut enterrée auprès de son époux dans le prieuré de Cassan (commune de Roujan, Hérault), un monastère richement doté par les Trencavel et devenu leur nécropole familiale.

Raimon VI, le frère d'Adélaïs, survécut longtemps aux désordres de la croisade. Il réussira à conserver son comté de Toulouse jusqu'à sa mort en 1222. Excommunié et haï par l'Église romaine, celle-ci aura toutefois le dernier mot en lui refusant obstinément une sépulture chrétienne.

La malédiction des Trencavel

de Toulouse à la Provence, une épopée de lumière et de ténèbres

1/ Adélaïs, comtesse de Toulouse

En 1168, Roger Trencavel, vivomte d'Albi, de Carcas-sonne et de Béziers, intéressé par le développement du mouvement cathare, venge son père assassiné en punissant dans le sang la ville de Béziers. Une femme profère à son encontre une terrible malédiction. Trois ans plus tard, le comte de Toulouse – chrétien traditionnel – lui donne pour épouse sa fille Adélaïs. Mais, elle a déjà pour amant un troubadour, Aimeric de Castelnau, qui, lui, est fortement attiré par la vie des premiers cathares qu'on dits parfaits... Roger n'a alors de cesse d'éliminer ce trop séduisant rival...

2/ La saison des orages

Voilà huit ans que Roger Trencavel vit sous la menace de la malédiction proférée à son encontre. Et déjà l'ombre de la répression contre la religion cathare plane sur les villes languedociennes. Adélaïs, dans la splendeur de ses 20 ans, doit se défendre de la concupiscence du roi Alfonse d'Aragon et de la duplicité de son propre mari, Roger Trencavel, qui n'hésite pas à l'utiliser comme appât. Héroïne passionnée, elle possède pour seules armes son intelligence et sa fierté.

3/ L'Enfant du miracle

Après le sacrifice de son amant, Adélaïs comprend qu'il lui faut prévoir pour mieux gouverner. Quinze ans après son mariage avec Roger Trencavel, elle projette de lui donner un fils.

C'est le seul moyen pouvant libérer son mari d'une parole imprudemment donné au roi Alfonse d'Aragon et qui le livrerait, lui et toute sa vicomté, à l'Espagne. La comtesse sauve son peuple, réconcilie son père le comte de Toulouse et l'impétueux Roger... Hélas, en ce printemps de 1185 qui voit naître Raymon-Roger, la malédiction des Trencavel court toujours !

4/ L'Agneau cathare

La naissance de Raymond-Roger apporte à Adélaïs une considération nouvelle dans la principauté des Trencavel. Mais à la mort de son mari, son fils est confié à Bertran de Saissac, qui élève l'enfant dans l'hérésie cathare. Ayant tenté en vain de reprendre contact avec son fils, Adélaïs part s'enfermer dans l'abbaye où repose Roger. Ce n'est qu'à sa majorité que Raimon-Roger apprendra la vérité sur sa mère.

CET OUVRAGE
A ÉTÉ ACHEVÉ D'IMPRIMER
SUR ROTO-PAGE
PAR L'IMPRIMERIE FLOCH À MAYENNE
LE 1ER JUIN 2004
COMPOSITION ET SUIVI DE FABRICATION
ATELIERS GRAPHIQUES DE L'ARDOISIÈRE

DÉPÔT LÉGAL : JUIN 2004
N° D'ÉD. : 138 - N° D'IMP. : 60315
IMPRIMÉ EN FRANCE